U0448941

小说变形记

新时期长篇小说版本变迁

罗先海 / 著

生活·讀書·新知 三联书店

Copyright © 2025 by SDX Joint Publishing Company.
All Rights Reserved.

本作品版权由生活·读书·新知三联书店所有。
未经许可，不得翻印。

图书在版编目（CIP）数据

小说变形记：新时期长篇小说版本变迁 / 罗先海著．
北京：生活·读书·新知三联书店，2025. 8. -- ISBN
978-7-108-08093-6

Ⅰ．I207.425

中国国家版本馆 CIP 数据核字第 20257ZU551 号

责任编辑　柯琳芳
装帧设计　刘　洋
责任校对　张　睿
责任印制　李思佳

出版发行　生活·讀書·新知三联书店
　　　　　（北京市东城区美术馆东街 22 号　100010）

网　　址　www.sdxjpc.com
经　　销　新华书店
制　　作　北京金舵手世纪图文设计有限公司
印　　刷　河北鹏润印刷有限公司
版　　次　2025 年 8 月北京第 1 版
　　　　　2025 年 8 月北京第 1 次印刷
开　　本　635 毫米 × 965 毫米　1/16　印张 22.75
字　　数　304 千字　图 30 幅
印　　数　0,001－3,000 册
定　　价　79.00 元

（印装查询：01064002715；邮购查询：01084010542）

目 录

代　序　版本批评：开掘新时期文学研究的新富矿…1

引 言…6
　　第一节　何以可能：新时期长篇小说版本修改问题的提出…6
　　第二节　何以可鉴：新时期长篇小说版本汇校的理论资源…9
　　第三节　何以可为：新时期长篇小说版本研究的意义路径…16

第一章　新时期以来长篇小说版本修改与文本演变概论…23
　　第一节　作为问题的新时期长篇小说版本修改…25
　　第二节　长篇小说版本生产与文本演变现象…28
　　第三节　长篇小说版本的异文修改倾向…35

第二章　《第二次握手》…41
　　第一节　二度创作与艺术升华：初版本与重写本、终极版对校记…45
　　第二节　不同时代的文本生产与艺术追求…65

第三章　《沉重的翅膀》…77
　　第一节　文本锻造的艺术轨迹：初版本与修订本对校记…81
　　第二节　主流意识的契合与艺术精神回撤…96

1

第四章 《天堂蒜薹之歌》…103

第一节 增删间的文本淬炼：初版本与初刊本对校记…107

第二节 文本打磨的隐形转向：其他版本主要异文汇校…115

第三节 趋向现实与小说造艺的完善…121

第五章 《活着》…129

第一节 文本扩容与意义增殖：初刊本与初版本对校记…132

第二节 跨媒介叙事的互动与裂隙…149

第六章 《白鹿原》…169

第一节 版本修订的艺术提升：初刊本与初版本对校记…172

第二节 评奖导向下的文本调适：初版本与获奖修订本对校记…180

第三节 当代隐形文化权力下作家意图文本的微调…188

第七章 《一个人的战争》…201

第一节 复原性修改：初刊本与再版本、图文本对校记…205

第二节 传播接受中文学史形象的生长…219

第八章 《暗算》…229

第一节 人物重塑与历史叙述的增补：初版本与修订版对校记…233

第二节 编辑介入与文本润色：修订版与重修版对校记…247

第三节 讲故事与"重写"的艺术…252

第九章 《金陵十三钗》…261

第一节 版本跃迁与会意式整理：中篇初刊本与长篇再刊本对校记…264

第二节 电影改编与小说修改互援共生…272

第十章 《繁花》…295
第一节 网生文本的纸质涅槃：网络初稿本与初刊本对校记…298
第二节 沪语精缮与历史补遗：初刊本与初版本对校记…303
第三节 "网—纸"互联时代的修改动因与启示…307

第十一章 新时期以来长篇小说版本修改动因论…317
第一节 文学评奖与长篇小说的修改本…319
第二节 市场化运作与长篇小说的文本演变…325
第三节 网络媒介兴起与文本演变新问题…329
第四节 影响长篇小说文本演变的其他多元因素…333

第十二章 新时期以来长篇小说版本批评的学术价值…339
第一节 推动当代文本文献校勘与整理…341
第二节 丰富当代文学研究的问题与方法…343
第三节 促进文学批评与文学史叙述的精准化…346

参考文献…348

后 记…355

代 序
版本批评：开掘新时期文学研究的新富矿

改革开放以来的新时期文学与时代同频共振，与人民同向同行，不仅名家辈出，佳作纷呈，相关批评与研究亦成果丰硕。新时期文学生产场域，也存在作者、编辑或出版方等"复数作者"，他们出于不同原因会对文本做出主动或被动修改，导致作品版本变迁，并形成文本的演化与歧变现象，从版本修改现象入手研究新时期作家作品却仍稀少罕见。版本研究原是古代文学尤其古典文献学倚重的治学方式与手段，通过对传统典籍版本的考辨与阐释，可以还原古代社会与文化的变迁脉络。殊不知，新时期文学重要作家作品，尤其是长篇小说名作的版本修改与文本演变，其间亦隐藏着丰富的未被发掘的当代政治史、社会史、制度史、出版史、情感史乃至文学史信息。开展新时期重要作品版本汇校与研究，既是一种可资利用的作品文本细读之法，也能以文学（作品）为媒，勾连至广阔的时代变迁、社会风尚、民族文化及媒介更迭等重要社会或文化心理语境问题。以版本批评作为问题和方法，是新时期文学研究亟待开掘的一座富矿。

在中国传统文学研究中，因为作品版本价值差距很大，重要作品如《西游记》《红楼梦》《三国演义》《水浒传》《儒林外史》等版本考证与探究一直是被高度重视的学术问题，版本考辨已经成为古代文学研究比较成熟和稳定的研究方法之一。随着时间的推移，中国新文学名著如《骆驼祥子》《家》《子夜》《日出》《女神》《倪焕之》《围城》

《青春之歌》《创业史》等作品版本及其相关问题也逐渐突显。以金宏宇为代表的学人，在梳理并总结新文学名著版本变迁的同时，批判性吸收中国传统版本学研究的理论与方法，将偏于史料的版本考证与偏于阐释的文本批评相结合，提出新文学"版本批评"的新概念，尝试构建具有实证性和批评意义的现代文学研究新方式。这一新的研究理念与范式也逐渐得到现当代文学研究同人青睐，近年来甚至有人撰文倡导要"建构独立的现当代文学版本文献学"（段美乔，2021）。不过此前人们对新文学（或曰现当代文学）版本批评问题的关注似乎更多指向现代文学经典作品，当代文学的版本问题也只是聚焦现代文学名著的跨时代修改或共和国长篇小说新作的集体性修改，新时期文学尤其是长篇小说名作版本批评问题还处于初步探索阶段。笔者借鉴"版本批评"方法，尝试将版本研究范围从民国文学、共和国文学向新时期文学延伸，侧重新时期长篇小说名作版本修改及其背后隐藏的政治、社会和文化等问题，既体现一种新的学术发展趋势，同时在呼应当代文学历史化与经典化、国家当代文化建设和积累方面具有积极意义。

新时期以来，重要作家及其作品的版本修改，其实已经成为一个显在的学术现象，如韩东、昌耀、北岛的诗歌，《书衣文录》（孙犁）、《傅雷家书》（傅雷）、《文化苦旅》（余秋雨）、《娘》（彭学明）等散文著作。小说版本修改与文本演变现象相较其他文体则更为突出，涉及版本变迁的中篇小说有《爸爸爸》（韩少功）、《高山下的花环》（李存葆）等，中篇改扩成长篇的有《活着》（余华）、《金陵十三钗》（严歌苓），以及从《传说之死》到《旧址》（李锐），从《凤凰琴》到《天行者》（刘醒龙）等，更重要的是大量长篇小说如《沉重的翅膀》《第二次握手》《芙蓉镇》《将军吟》《白鹿原》《心灵史》《暗算》《丰乳肥臀》《一个人的战争》《金陵十三钗》《繁花》《琅琊榜》等都存在不同版本变迁现象。就"实质性异文"修改内容而言，新时期长篇小说名作的修改类型主要有政治规训型（如《青春之歌》《沉重的翅膀》）、洁化修改型（如《创业史》《白鹿原》）、情节改写型（如《活着》《金陵十三钗》)、形象重塑型（如《第二次握手》《芙蓉镇》)和艺术完善型(《一个人的战争》《天堂蒜薹之歌》)等。各种主要修改模式或类型都有其形成的特殊原因、独特效果、典型技巧及适用范围，不同的修改模式也会影响到不同版本的修改效果。可以说，丰富多样的版本修改资料是新时期文学研究一个价值诱人的"文学史富矿"。其版本修改问题主要表现如下：

一是新时期文学作品版本难以搜集和辨认问题。作为距离当下最近的新时期文学，其版本谱系及源流已经呈现出比较复杂的情况，如《白鹿原》有手稿本和其他三个版本，《沉重的翅膀》有四个版本，《心灵史》有两个版本，《活着》至少有两个差异较大的版本，《一个人的战争》有七八个不同版本，《暗算》有四五个版本，《天堂蒜薹之歌》也有四五个版本，《繁花》短短四五年也有四个版本，《第二次握手》含手抄本的话有近十个不同版本，《金陵十三钗》也有从中篇到长篇的重写与改版等。普通读者定然不知这些版本差异，专业研究者也未必都能厘清版本源流和文本变异，只有视其为学术专题问题加以重视，才有可能厘清其版本演变情况。

二是新时期文学版本差异主要由作家本人修改所致，修改异文面广量大。与传统古籍在长时段流传过程中，由他人在传抄、误刻、妄改或校勘中形成局部差异不同，新时期文学版本差异主要由作家本人亲自修改所致，异文也不再局限于传统文献版本局部文字上的歧异，修改量更是达历史峰值。内容差异最多有约36万字篇幅，如张扬《第二次握手》1979年中国青年出版社初版本只有约25万字，而2006年人民文学出版社重写本修改、增写后篇幅已达约61万字，较初版本净增约36万字。少则几千甚至几万字篇幅差异，如陈忠实《白鹿原》1997年人民文学出版社修订本较1993年初版本修改篇幅仅2200余字；余华《活着》1993年长江文艺出版社初版本较1992年《收获》初刊本增写篇幅近5万字等。这些版本差异并非无关紧要的小修小改，其中很多修改都是涉及作家创作心理、作品思想艺术和体现时代社会变迁的重要信息和资料。

三是新时期文学版本修改动因更加复杂多元。既与传统典籍因时间久远和传播流散而造成的版本差异不同，也与现代长篇小说受政治环境影响而出现伪装本、删节本有别，影响新时期作家作品修改与再版的动因更为复杂和多元。新时期作家创作与修改不仅仍受政治因素影响，经济体制改革、文学评奖、市场化、商业和影视化、网络与新媒体、作品版权、地域文化、全球化语境及读者批评等多元复杂因素，都会纠缠并影响作家对原有文本不断进行增删修订，出现了文学版本从未有过的复杂情况。

四是新时期文学版本修改会造成文本的流动与变异。这一时期的修改差异不再只是个别文字歧异，而是涉及人物形象延续、增加或重新塑造，情节、人物命运改写，作家创作态度、立场的变化等重要问题。如张扬《第二次握手》版本变迁中苏凤麒由一位独断专横的学阀到经世忧国优秀知识分子形象的演变，张洁在《沉重的翅膀》（修订本）中对郑子云、田守诚等人物形象的改写，余华《活着》长篇初版本中对"家珍后死"情节的修改及其形象塑造，麦家《暗算》修订版对黄依依和安在天之间的情感补写及形象再造等，都体现了新时期文学版本修改导致的文本流动与阐释差异。只是作家、编者在公开场合没有提及，学界也未引起重视并加以汇校、整理和发掘，因而这些都久藏于不同版本的文本叙述中。

五是新时期文学的多版本及文本变异，在进入文学批评和文学史叙述时会带来过度阐释或批评混乱现象。不具备版本批评意识的研究者，往往并不注意作品多版本现象及文本变异，误以为某部作品只有静止不变的文本，所以在评论作家作品时会出现主观臆测、过度阐释的现象。如有研究者将《活着》文体上由中篇向长篇的转换称为新时期以来小说中的"重写现象"，认为"余华的重写实践并不多，但作为其代表作的长篇小说《活着》却是重写的产物。余华的重写既没有马原、麦家的审美自觉，也不同于刘醒龙得益于外部因素的触动，而是基于艺术形式上自我反叛的意愿"①。这种对余华《活着》早期文本文体转换的阐释与分析，不能说全无道理，如果静止地单就文本谈文本，类似阐释自有其逻辑依据。但若对《活着》电影改编、小说修改及出版历程做了详细史实考证后，会发现这样的阐释和结论未必完全符合"文学研究的历史情理"。也许余华创作中篇小说《活着》确有投石问路的性质，但其长篇修改本肯定并非"基于艺术形式上自我反叛的意愿"之考虑，导演张艺谋及其剧组主创团队的电影改编意见才是其真实合理的"重写"动因。

当前大批新时期文学都已有了版本修改与文本流动事实，只是与当下过于接近，作者、读者和研究者暂时还未意识到其重要性。新时期文学已经出现修改频繁、修改量大且修改动因复杂的客观现象，其版本生产导致的文本变异也是亟待引起重视的学术现象，这些也都是从版本批评这座"文学史富矿"可以打开的新问题空间。及时对新时期文学开展版本汇校和文献整理综合研究，是一项能不断推动当代文学"历史化"与"经典化"研究的重要工作。

---

① 王迅：《新时期以来小说中重写现象研究》，《创作与评论》2016年第4期。

引 言

第一节 何以可能：新时期长篇小说版本修改问题的提出

新时期长篇小说的版本修改与文本问题，有没有必要研究？值不值得研究？笔者在部分学术场合，也听到过一些用心良苦的建议。大致意见是新时期长篇小说还未定型，作家大多健在，作品也还未最终定稿，文本汇校和整理工作量特别大，如果要将汇校的异文成果出版成汇校本，作家不一定支持，已故作家亲属也不一定理解，甚至还有惹上官司之风险。这样的研究实难进行，没必要跟进汇校、整理和研究。但是基于对中外版本学、校勘学历史的了解，并结合新时期文学丰富的版本存在事实，笔者以为，新时期长篇小说版本汇校工作的实践和学术价值潜力巨大，值得抓紧时间去做。

关于文学的版本，尤其是古今中外名著版本研究，历来着眼于作家创作和作品传播两个阶段。借由文学名著版本研究，既可探索作家创作构思的过程或艰难的修改变化，亦可揭示作品传播过程中的政治变迁、社会风尚、民族文化及媒介更迭等重要社会或文化心理问题。有学者曾肯定："小说版本研究是有积极意义的工作，通过它，既能进入作家创作过程的研究，又可以进入作品传播过程的研究。"[1] 探究文学版本与修改问题，尤其是经典作品版本变迁，是国内外古典文献和文学研究的热点话题，是世界范围内保护和传承经典传统文化的学

---

[1] 刘世德：《关于小说版本和古今贯通研究的随感》，《文学遗产》2006年第2期。

术实践，也是农耕文明时期探究"手书文学"及其媒介嬗变的一种文化研究范式，迄今这种研究视角和方法仍未止歇。

进入以书籍、报刊为传播媒介代表的"印刷文学"后，这种古典文献学理论和方法逐步延伸。在西方形成了较为完善的现代校勘学批判与讨论，组建并成立了近现代作家作品整理中心（或称文本研究整理中心），来探讨和推动现代校勘学系列工作原则和方法。[①]国内虽未正式提倡和构建完整现代校勘学理论体系，但也较早关注到新书版本学的研究价值，认为唐弢《晦庵书话》是新书版本学奠基之作。谈新书版本，可开拓版本学研究新天地。前辈学人对新书版本研究做了大量搜集、整理和考证工作，既为推动现代文学经典化研究奠定基础，也为后来研究者积累了版本研究的历史资源与遗产，呈现出书话、校读记、各体作品版本经眼录、少量经典作品汇校本等系列成果，为新文学版本研究打下了史料基础，遗憾的是并未形成与西方现代校勘学类似的新书版本研究理论体系。直到新世纪以来有学者提出"版本批评"概念，在梳理并总结现代文学名著版本变迁内容、脉络规律的同时，将偏于史料的版本考证与偏于阐释的文本批评相结合，尝试构建具有实证性的现代文学研究新方式，以此弥合文学版本研究中理论分析和文本阐释的不足。[②]

版本批评亦在尝试沟通古籍版本研究重版本与现代文学批评重内容之间的隔阂。研究历代经典古籍版本的学者大都沉迷于版本考证和鉴定，对文本内容疏于关注；而现代文学批评大多关注文本所深蕴的思想内涵，注重内容分析和创见提出，相对忽略经典作品的文献学价值。其实，在学术研究中，"内容"与"版本"原本应该是密不可分的一体两面。现代文学版本批评重传世作品版本谱系梳理、考证与文

[①] 参见苏杰编译：《西方校勘学论著选》，上海人民出版社2009年版。
[②] 参见金宏宇《中国现代长篇小说名著版本校评》（人民文学出版社2004年版）、《新文学的版本批评》（武汉大学出版社2007年版）、《文本与版本的叠合》（中国社会科学出版社2013年版）等系列论著和成果。

本演变的内容分析，可称为一种新的版本批评观。

遗憾的是，作为一种理论和方法（甚至可作为文本细读之法）的版本批评，并没有深度介入新时期长篇小说的批评阐释。究其因则有：一是版本研究是偏向于历代经典的搜集、考证与阐释，目前对新时期文学作品的价值认定暂未达成共识，还不具备版本研究价值。二是秉承传统观念，认为一部作品版本变迁是较长时间跨度的产物，时间跨度越大，所经历的政治、社会、文化、出版、媒介嬗递等因素影响越多，遂可产生不同版本进而兼有研究价值。而新时期文学因时间跨度不长，过于贴近当下而没有版本变迁现象。三是因作家大都健在，其创作活动仍在延续，不排除出于各种原因，作品仍有修改出版可能，未形成定本，是一种未完成式的版本谱系，从而不便研究。有人甚至担心，因作家（或家属）反对、作品版权因素干扰，新时期长篇小说版本汇校的实践成果（如汇校本）很可能惹上版权官司，从而不敢研究等。[①]诸多因素介入，导致新时期长篇小说版本汇校与研究还很匮乏。

本书正是基于这样一种对传统和国外文学理论与研究方法的继承，及其介入当代文学研究的不足，选择以新时期以来长篇小说作为研究对象（尤指初刊本或初版本在新时期的作品），从版本批评视角介入和考察。当然，并非所有新时期长篇小说都能纳入研究范围，笔者在长时间搜集和整理长篇小说版本史料过程中，发现新时期以来大量产生了诸多轰动效应的小说在初刊（初版）问世之后，仍不断再版、重版，并随着出版机构的变化而产生不同版本。而且新时期长篇小说版本生产实践的影响因素也较古籍和新文学阶段，甚至当代文学

[①] 1991年5月，四川文艺出版社出版了由胥智芬汇校、龚明德责编的《〈围城〉汇校本》，曾引发了一场侵权诉讼和广泛的学术论争。起因是该汇校本汇校者及责编在事前事后均未将汇校本一事告知作者钱锺书本人。1993年钱锺书看到汇校本后，认为此书的出版事先并未征求他的意见，是变相的盗版，是不尊重作者修改权的侵权行为，遂将汇校者及四川文艺出版社推上了被告席。后经上海市中级人民法院和高级人民法院的一审、二审，均判决作者钱锺书胜诉。这一结果也产生了强大的"震慑"作用，不但终止了自20世纪80年代以来校勘文学作品、出版汇校本的热潮，而且至今还对汇校本的生产与出版实践产生深远的负面影响。

"一体化"阶段的前三十年文学都更为复杂和多元。这个时代的作家创作与修改不仅仍受政治因素影响,甚至经济体制改革、市场化、商业化、影视化、网络与新媒体以及读者批评等多元复杂因素,都会纠缠并影响作家对原有文本不断进行增删修订等,从而出现不同文本。相较于古典文学和新文学而言,新时期的文学版本也出现了从未有过的复杂情况。更重要的是,新时期长篇小说版本间的差异也不再像传统版本那样仅仅局限于个别文字上的歧异,而是更多涉及作家创作心理、作品主旨艺术及作家所生存时代和社会的整体思想变迁等。从版本批评角度出发,对新时期以来长篇小说名作进行异文汇校和文本演变的综合研究,是一项亟待提上学术研究日程的跨学科研究工作。

第二节 何以可鉴:新时期长篇小说版本汇校的理论资源

开展新时期长篇小说版本问题研究的基础性工作,是进行同一作品不同版本的异文汇校,汇校本或校读记是进行版本研究较为理想的依靠文本和材料。版本汇校作为方法在我国由来已久,原指整理中国传统典籍的学术方法,主要考证不同版本图书中文字讹误、衍脱,篇章颠倒错乱,内容增补删改等,属古典文献体系中的校勘学范畴。除校核考证、指出异同、纠正谬误外,汇校之法更注重汇集某书各种不同本子和有关资料的异文呈现,保存异说,可称汇异式校勘[①],是一种特殊的、更为完备的校勘形式。承续汇异式校勘,兼备会意式整理[②],是新时期长篇小说版本汇校的特有表现。

西方虽无具体汇校法之称谓,但校勘学一直是西方文艺批评与文本整理实践的优良学术传统,是名副其实的世界性学问。西方最早的文

---

① 与此相对的是复原式校勘,是中国古典文献校勘的主要形式。
② 会意式整理,是笔者针对新时期文学版本修改实际情况而提出的一种新的文本校勘与整理方法。鉴于新时期文学版本修改形成的异文量大面广、复杂多样,难以逐一量化呈现,该方法在古籍复原性校勘与现代文学汇异性校勘的基础上,融入汇校者的主观思考与概括,通过分类别固化整理,系统呈现不同版本间的异文,从而满足新时期文学文本校勘与整理的特殊需求。

本校勘起源于希腊化时期,长篇史诗《伊利亚特》和《奥德赛》存有异文。毁于火灾之前的亚历山大图书馆,是收藏古代抄本最重要的文献宝库,这所图书馆甚至自发形成了一个严格恪守字、句编校的校勘学派。西方校勘学的原则和方法,自发源以来就特别注重文本校勘整理,在早期手抄本、古典文献文本和《圣经》文献文本校勘整理中不断发展,最后在莎士比亚文本及近现代作家文本的校勘整理过程中完善起来。①胡适是较早向国人介绍西方校勘学的引路人。他在1933年为陈垣先生《元典章校补释例》所撰序文《校勘学方法论》中,曾注意到中西方校勘学之间的差异,甚至感叹西方校勘学传统较中国而言有"三长":有古本可供校勘,古译本也可供校勘,校勘之学比较普及。其因则源于西方印刷术晚于中国,且西方大学和图书馆的公家藏书,乃至私家学者收藏都较发达,这样为保存和借用古本提供了更为便利的条件。②胡适之后,国内学人涉及西方校勘学的梳理与研究并不多,这种开路先锋作用也使他成为中西校勘学对比研究绕不开的人物。这种空白现象一直持续到新世纪以后,才有少量相关译介和研究成果出现。③

苏杰编译的《西方校勘学论著选》贡献较大,该书选取西方校勘学七篇代表性论著进行精心翻译和编排,包括《〈马尼利乌斯〉第一卷整理前言》,《用思考校勘》(A. E. 豪斯曼),《校勘学》(保罗·马斯),《文法学家的技艺:校勘学引论》(路德维希·比勒尔),《底本原理》(W. W. 格雷格),《校勘原理》(G. 托马斯·坦瑟勒),《现代

---

① 如美国就专门成立了CEAA机构,全称为"the Center for Editions of American Authors"(美利坚作家作品整理中心),后来称为"the Center for Scholarly Editions"(文本研究整理中心)。
② 相关论述参见胡适:《校勘学方法论——序陈垣先生的〈元典章校补释例〉》,《胡适文集》(5),北京大学出版社1998年版,第122页。
③ 如彭小瑜《近代西方文献学的发源》(载于《世界历史》2001年第1期),张强《〈伯罗奔尼撒战争史〉巴黎本中的H本——兼论西方古典著作的校勘》(载于《社会科学战线》2003年第2期),米辰峰《马比荣与西方古文献学的发展》(载于《历史研究》2004年第5期),张强《西方古典著作的传承与翻译》(载于《中华读书报》2006年3月22日)以及《西方古典著作的稿本、抄本与校本》(载于《历史研究》2007年第4期),苏杰编译的《西方校勘学论著选》(上海人民出版社2009年版),加布勒著、颜庆余译《西方校勘学概说》(载于《古典文献研究》第13辑,2010年6月)等。

校勘学批判》(杰罗姆·麦根)。该著系统介绍并阐述了西方校勘学理论、原则、方法及演变历史,为我国校勘学定量研究提供了有益借鉴。尽管如此,相较于当今中西哲学社会科学等其他领域交流繁荣的局面,西方校勘学译介、中西校勘之间的比较研究仍显欠缺。对此,有学者对这种现象保持了警惕,并意识到其间关乎着中西文化比较的重要意义。如余英时为刘笑敢《老子古今》一书撰序,阐明该书"原文对照"与"对勘举要"两节紧密关联,其实就是考证之学时,认为:"这一套专门之学并非中国传统所独擅,它在西方更为源远流长……至于文本的传衍和研究,如希腊罗马的经典作品,如希伯来文《圣经》和《新约》等,都有种种不同的版本,西方在校雠、考证各方面都积累了十分丰富的经验,文本处理的技术更是日新月异。现代'文本考证学'的全面系统化便是建立在这一长期研究传统的上面。20世纪以来,中国学术界十分热心于中西哲学、文学以至史学的比较,但相形之下,'文本考证学'的中西比较,则少有问津者。事实上,由于研究对象(object)——文本——的客观稳定性和具体性,这一方面的比较似乎更能凸显中西文化主要异同之所在。"① 目前西方校勘学已经摆脱了旧有经验层面的随意和主观性,形成了较为系统和科学的原则、方法及操作规程,甚至正在朝着应有"行业标准"探索和前进,其校勘理论和实践对中国传统校勘学及新时期文学版本汇校均有方法和理论的借鉴意义。但因研究对象和文化语境的差异,我们也不能盲目跟进,对本土文化与文学研究应持有一种意识上的警醒和批判之态。

汇校作为一种特殊校勘方法,在我国很早就参与到古代典籍版本校勘中,其实践活动亦发端较早。孔子"作《春秋》,删《五经》"算是早期汇校工作;汉末刘向、刘歆奉命校书的汇校实践还开创了以校书为其工作内容的"校雠学"。清乾嘉年间,校书活动可谓登峰造极,并以"校勘学"之名替代"校雠学",同时也涌现出章学诚和《校雠

---

① 刘笑敢:《老子古今——五种对勘与析评引论》(上),中国社会科学出版社2006年版,第2—3页。

通义》等校勘学家及校勘名作。到了现代，不少名家学者也都加入古籍汇校行列，鲁迅曾率先汇校刊行《嵇康集》，郭沫若汇集完成《管子集校》巨作，闻一多汇校出版《楚辞校补》，马叙伦更是汇校完成《老子校诂》。汇校实践可谓代代相传，薪火不断。在古典文献校勘理论探索上，陈垣《元典章校补释例》（1931）问世后，成为古典文献校勘学理论的集大成者。与古典校勘理论体系的确立和同时期西方现代校勘学理论、原则、方法及操作规程建构相比，我国并没有形成现代的"校勘学"或"版本学"，亦没有这方面的理论专著。现代校勘（汇校）或新书版本理论研究，最早只是被纳入现代文学史料学或文献学研究框架中，萌芽于20世纪30年代。阿英早在《中国新文坛秘录》中就触及小说版本问题；钱杏邨《版本小言》也提到新书版本学，并开始关注现代文学作品版本差异；唐弢在20世纪40年代开始写书话，其中多论及现代文学作品版本及出版等方面情况，唯独没有谈汇校本问题；20世纪50年代，孙用《〈鲁迅全集〉校读记》是重要的异文汇校研究，可惜此类成果在当时为数甚少。

20世纪八九十年代以来，出现了理论探讨与汇校实践成果的双丰收。在版本与校勘理论探讨方面，王瑶、樊骏、严家炎等学者都撰文倡导现代文学版本研究。1986年，朱金顺《新文学资料引论》也专辟版本、校勘、目录等专章总结研究方法。此期，也真正掀起了现代文学版本和异文研究的第一次小高峰，出版有王得后《〈两地书〉研究》、龚明德《〈太阳照在桑干河上〉修改笺评》、朱泳燚《叶圣陶的语言修改艺术》、朱正《跟鲁迅学改文章》等著作。

异文汇校最为理想的实践成果——汇校本的出现也是20世纪八九十年代的另一道风景。从80年代初到1991年共有五种现代文学汇校本出现，分别为郭沫若著、桑逢康汇校的《〈女神〉汇校本》（1983），郭沫若著、黄淳浩汇校的《〈文艺论集〉汇校本》（1984），郭沫若著、王锦厚汇校的《〈棠棣之花〉汇校本》（1985），李劼人著、龚明德汇校的《〈死水微澜〉汇校本》（1987），钱锺书著、胥智芬汇校的《〈围城〉汇校本》（1991）。现代文学汇校问题是20世纪80年代提出来的，且是一种从属于作家研究的非自觉学术行为，严格说来是鲁迅和郭沫若研究的副产品。最早研究者注意到鲁迅作品存在修改和异文问题，且与其思想艺术研究都紧密关联，遂开始捡起作为古籍校勘方法的汇校工作。《〈鲁迅全集〉校读记》（孙用）和《〈两地书〉研究》（王得后）就是最早出现的关于鲁迅作品的汇校成果。真正的汇校本成果与郭沫若研究有关。1983年至1985年三年间，保持了每年出一本郭沫若作品汇校本的纪录。把整理汇校本当成一种自觉的文本整理学术行为者当属龚明德先生，他不仅较早地推出《〈太阳照在桑干河上〉修改笺评》，还亲自作为汇校者推出《〈死水微澜〉汇校本》，另作为责编还推出《〈围城〉汇校本》。客观来说，这一时期汇校本数量并不多，却为现代文学名著异文汇校和版本研究打下了良好学术基础，甚至引发并推进着现代文学文献学研究进程。

令人扼腕叹息的是，1993年《〈围城〉汇校本》官司使这场方兴未艾的学术活动戛然而止，其负面"震慑"效应至今仍影响着汇校本的生产与出版。21世纪后国内才姗姗出现两种汇校本：《〈女神〉校释》和《边城（汇校本）》。在国外，日本也出版过一种《边城》汇校本。相对于巨量现代文学名著版本和异文存在，这几种汇校本显得微乎其微。虽然新世纪前后汇校本实践成果的出版遭遇瓶颈，可喜的是关于现代文学版本的理论倡导和研究却迎来了第二次高峰。这一时期先后出版了朱金顺《打开尘封的书籍：新文学版本杂话》，姜德明《新文学版本》，陈漱渝《鲁迅版本书话》，陈墨《版本金庸》，解志熙《考文叙事录：中国现代文学文献校读论丛》，金宏宇《中国现代长篇小说名著版本校评》《新文学的版本批评》，刘增杰《中国现代文学史料学》，徐鹏绪《中国现代文学文献学研究》等著作。陈子善、龚明德的书话著作也有此方面研究。这些成果都为现代文学校勘及其史料学理论探索打下了初步基础。

新中国成立后文学名作汇校本因版权干扰出版得更少，类似成果目前只有龚明德《〈太阳照在桑干河上〉修改笺评》。据说作家柳青后人已完成《创业史》汇校，2018年第2期的《现代中文学刊》已刊发署名刘芳芳《〈创业史〉汇校本说明》一文，并附《〈创业史〉第一部第三十章汇校》案例。由作家后人推出名著汇校本有着"天然"便利，可避免类似《〈围城〉汇校本》的版权官司，相信《创业史》（汇校本）将来肯定也能公开出版。这对更多文本汇校整理和出版会起到助推作用，也能为对柳青及其作品的深入研究提供更为完备的异文和文本史料。

新时期文学各体作品汇校本或校读记等成果未见公开出版。究其原因倒并不是其版本问题不值得关注，或许还是作品版权原因进一步限制了这种学术成果的出版。如民间就有许多人极为关注《白鹿原》修改情况，并将其涉性等主要异文进行汇校说明，因为是非官方正式出版成果，故难断定这种异文汇校是否完整、科学，但也足以说明新时期文学有其汇校之价值。在未获作家本人或亲属版权授予的情况下，可以校读记或修改笺评等类似形式汇聚和固化已有异文资料，使之成为一种易于流传和共享使用的文本资源。笔者同时也窥见了一种可喜现象，近些年面对新时期长篇小说多版本存在但研究者关注不够的现象，也有学者从理论上进行阐释并呼吁予以重视，相关成果有《当代文学的版本》（金宏宇）、《中国当代文学的版本问题》（黄发有）、《"获奖修订版"生成与当代主流文学话语的规范、妥协机制——以〈沉重的翅膀〉和〈白鹿原〉的修订为例》（吴秀明、章涛）、《丙崽生长记——韩少功〈爸爸爸〉的阅读和修改》（洪子诚）、《略论当代文学的版本问题及其处理原则》（赵卫东）、《沿途的秘密：毕飞宇小说的修改现象和版本问题》（沈杏培）、《新时期长篇小说版本批评及学术价值论》（罗先海）等。此外，学者们还积极呼吁对新时期以来尤其是进入电子化时代后当代文学版本新变问题加以关注。

尽管西方现代校勘学、中国传统版本校勘及新文学版本汇校理论与实践，共同构成了新时期长篇小说版本汇校三大理论资源，但从当下文学研究实践来看,也只有《创业史》《白鹿原》《活着》《爸爸爸》等少数经典作品版本问题及汇校实践受到研究者共同关注。有学者认为,"由于沿用古典文献的版本校勘理念,以'善本'或'定本'为目标,当前现当代文学的版本校勘和整理,往往将初版本之后的各种版本忽略不计"①。这种看法可能适用于古典和现代文学,却并不符合新时期长篇小说版本汇校的独特性与差异性。新时期长篇小说版本汇校既注重汇异式校勘,即汇聚作家本人修改造成的变本及异文,所以作品初刊本、初版本固然重要,而之后各种不同形态修改本也并不能忽略,有时候这些修改本还往往更能体现作家的艺术思考;同时也注重会意式整理,即新时期长篇小说版本异文量大面广、复杂多样,不可像古籍整理和西方现代校勘一样逐一量化呈现,需要加入汇校者本人的主观思考和概括,分类别固化整理并呈现版本异文的主要类型。

针对新时期长篇小说特殊的版本修改问题,开展版本汇校的基础性工作,首先就是以"专题问题"形式搜集和整理具有实质性修改变动的版本形态。如《白鹿原》的重要修改不仅涉及1992年第6期、1993年第1期《当代》杂志初刊本,1993年6月人民文学出版社初版本,更需要将1997年12月人民文学出版社"获奖修订本"纳入整理和研究视野。因为都是作家本人参与修改,所以可突破古籍校勘所确立最接近作者原本的"定本"或"善本"目标。新时期长篇小说每一修改版本都是作家在不同时段的重新思考和表现,只要有作品内容的实质性改动,就应当纳入版本研究完整序列。其次,为尽可能完整呈现作家修改异文,汇异式校勘当以求真存异为目标,主要针对新时期长篇小说某部作品从原初文本到各种修改变本所产生异文的汇校,一般按递进顺序将这些版本两两对校,然后汇通存异,不对异文是非做出裁断。再次,针对新时期长篇小说版本异文量大面广、复杂多变的实际情况,在汇异式校勘基础上融汇会意式整理是版本汇校必要和可

---

① 段美乔:《建构独立的现当代文学版本文献学》,《中国社会科学报》2021年12月27日。

能的方式。如《活着》从1992年第6期《收获》杂志中篇初刊本，到1993年11月长江文艺出版社长篇初版本，再到电影《活着》剧本生产过程中，因吸收了导演张艺谋及其电影主创团队意见，作家余华对原中篇小说进行了大量修改，从中篇初刊本到长篇初版本修改变动的异文篇幅量近5万字，而且还涉及大量叙述视角、情节结构及人物形象改动，传统汇异式校勘根本无法逐一呈现版本异文。笔者为了研究工作需要，在秉承过往汇异式校勘基本原则与方法的基础上融入会意式整理，即通过对《活着》版本修改情况进行整体分析和研判，最后确定《活着》从中篇初刊本到长篇初版本修改异文可总体呈现为三个方面：其一，长篇小说较中篇小说而言增写了大量历史叙述内容；其二，故事情节做了重要改动，长篇修改本中"家珍后死"也是源于影像表现逻辑；其三，长篇修改本对叙事节奏进行了修改和调整。[①]这样就综合呈现出《活着》版本变迁中最为实质性的修改内容。新时期长篇小说中普遍存在量大面广、复杂多变的修改事实，这也是中西文学版本校勘史上从未有过的复杂现象，融入会意式整理不失为一种行之有效的新方式。汇异式校勘能具体呈现版本变迁过程中个别文字的歧异和局部修改情况，而会意式整理能尽可能呈现涉及人物形象延续、增加或重新塑造，情节、人物命运改写的文本流动与变异现象，是新时期文学版本汇校在方法论上既对接传统、连接西方，又能开创新局的版本汇校方式。新时期文学版本汇校及文本演变研究，问题突显，方法可行，理应引起学界重视并跟进关注。

第三节　何以可为：新时期长篇小说版本研究的意义路径

2003年12月在清华大学召开的中国现代文学的文献问题座谈会

[①] 罗先海：《跨媒介叙事的互动与裂隙——以〈活着〉的电影改编、小说修改为考察中心》，《文学评论》2020年第4期。

上，著名鲁迅研究专家王得后曾在会上倡言："史料是研究的出发点和基础，现代文学作品相当普遍地经过可观的修改的事实，要求研究者必须进行汇校，首先梳理清楚作品的本来面貌和它的变化，才能够作出自己的见仁见智的结论。否则，情况不明，是难免失足掉入陷阱的。也就是我们习惯说的'硬伤'，即无可争辩的事实上的错误。那样的一切言说都成空话。"[1]这是王先生针对现代文学作品具有大量修改，不被人重视的现象，呼吁研究者必须进行汇校，其实新时期长篇小说又未尝不是如此。新时期文学中大量修改和重写现象，相比于古典和现代文学，不仅修改频率高，改写幅度和文本量更是前所未有，有些甚至是大规模重写。面对新时期以来错综复杂的影响因素及不可忽视的巨量修改事实，进行必要的版本汇校整理和研究，理所当然应成为一项亟待提上"议事日程"的学术工作。这不仅是打造具有文献、经典和传世价值的文学文本的实践行为，更能为文学批评精确所指和文学史评价的准确性和科学性提供可靠文献保障。对新时期长篇小说进行系统版本探源、异文汇校及文献整理研究，具有独特的理论与实践意义。

理论层面能突破古典文学校勘拘囿，丰富现当代文学校勘与文本研究的实践。古籍版本研究视域中，主要是对历代经典文献做复原式校勘，以清除长时间传播和流散过程中，因他人误抄、妄改或避讳等造成的文本污染，是将文本尽可能恢复原貌的一门技艺，以文本求真复原为目标。而新时期长篇小说版本汇校在复原式校勘之外，更主要的活动是进行汇异式校勘和会意式整理，版本变迁所导致的文本异文主要因作家本人修改造成，其主要目的并非清除因他人抄、刻或传播过程中所造成的"文本污染"，而是汇聚作家本人修改形成的"异文流"，最后旨在呈现文本的变异性、成长史或衰退史，以文本求真存异为目标。它既有助于对古典文学校勘传统的继承，在批判性对接西

---

[1] 王得后：《中国现代文学作品的汇校和校记问题》，《中国现代文学研究丛刊》2005年第2期。

方现代校勘学理论与方法基础上，也有助于中国现当代文学校勘学的建构和发展。此外，从版本变迁和异文汇校视角研究重要作品文本演变，也不失为一种特殊的文本细读方法。"严格意义上说，只有多版本间的文本'异文'才是版本批评的直接对象，而这些深藏不同文本深处'异文'的发现和呈示，则有赖于作为一种文本细读之法的版本汇校。"[1]显然，这对进一步丰富当前文学文本研究的问题和方法论意识不无益处。

实践层面则能提供较为理想的文本形态，既体现作品的传世价值，亦能成为多学科共享的研究资源，还可进一步指导青年作家创作实践。新时期长篇小说版本研究重要的前期工作就是汇校同一部作品不同版本异文，其理想成果就是版权授予后的汇校本（或未能取得版权授予的校读记）。这种成果可保存不同版本所有异文，是较为完备的文献文本。通过对汇校本（校读记）开展研究有助于重要作品经典化，提升其阅读和研究价值，作为异文资料库的汇校本（校读记）出版后还能成为一种可以传世的文本。同时，不同学科还可从不同需求出发以不同方法对汇校（校读）异文进行材料取舍和研究，使汇校形成的异文材料库成为多学科共享的研究资源。此外，根据异文资料中实质性异文修改内容，可以发现政治规训型（《青春之歌》《沉重的翅膀》）、洁化修改型（《创业史》《白鹿原》）、情节改写型（《活着》《金陵十三钗》）、形象重塑型（《第二次握手》《芙蓉镇》）、艺术完善型（《一个人的战争》《天堂蒜薹之歌》）等不同类型的修改异文，还能体现重要作家及经典作品的修改思路和创作轨迹，对青年作家的创作实践也能起到现身说法的指导作用。

在具体研究路径选择上，新时期长篇小说版本研究是把偏于史料考据的版本学和偏于阐释的文本学研究范畴相结合，既考证作品版本变迁，编撰版本谱系目录，进行版本校勘过程的异文汇校等，又对比

---

[1] 罗先海：《新时期长篇小说版本批评及学术价值论》，《文艺理论研究》2021年第3期。

版本差异汇聚文本异文，并以对校记的形式建立异文资料库。据此可运用语言学、修辞学、写作学、阐释学及文本批评理论等综合研究文本演变的过程及特性，总结新时期长篇小说文本演变的规律、影响因素及核心问题等。具体路径可从目录、校勘和阐释三步入手。

从目录学层面，可对新时期长篇小说版本谱系进行梳理、汇制和研究。首先要做到备具众本，经眼和搜集所有版本实物，如初刊本、初版本、修订本及定本，甚至包括删节本、盗印本等。其次要鉴别版本，这也是备具众本之后的版本考辨过程，只有作家、编辑或出版方等"复数作者"修改造成文本变异，且在正文本或副文本上有较大差异的不同版本，才能进入具体研究视野。最后是进行版本编目，对新时期长篇小说版本及文本谱系进行目录学研究，在备具众本、鉴别版本基础上，查找相关书目，经眼版本实物，研究版权页、作家序跋、修改说明及其他相关文字，绘制新时期长篇小说版本变迁谱系目录，以求弄清新时期长篇小说版本源流。在宏观把握上，通过编制重要作品版本演变情况表予以呈现；在个案研究过程中，则通过树状谱系图形式予以呈现，可一目了然地揭示一部作品的版本变迁及其谱系。

从校勘学层面，可对新时期文学进行版本异文的汇校、整理和分析研究。若第一步弄清版本谱系及演变过程是前提，那么第二步不同版本异文的汇校则是基础性工作，也是重要的研究文献保障。异文汇校的理想成果形态是汇校本，当然汇校本出版会受到版权问题制约，在没有作家本人或已故作家亲属授权的情况下，学界根据实际研究工作需要以校读记形式整理和保存版本异文是较为合理的途径。如笔者为及时开展新时期长篇小说版本研究，目前已完成张扬《第二次握手》初版本与重写本、终极版对校记，张洁《沉重的翅膀》初刊本与初版本、修订版对校记，莫言《天堂蒜薹之歌》初版本与初刊本对校记，余华《活着》初刊本与初版本对校记，陈忠实《白鹿原》初刊本与初版本、获奖修订本对校记，林白《一个人的战争》初刊本与再版本、图文本对校记,麦家《暗算》初版本、修订本与重修本对校记、严歌苓《金陵十三钗》中篇初刊本与长篇再刊本对校记,金宇澄《繁花》网络初稿本与初刊本、初版本对校记等。通过系列校读记(汇校记)的形式,并按实质性异文和非实质性异文分类固化汇校成果,可集成新时期长篇小说版本修改异文资料汇编,力求较为完整地呈现重要作品不同版本异文汇校资料库,为相关重要作家研究,重要作品再解读、再阐释提供公开、共享的文本文献保障。

从阐释学层面,可对新时期长篇小说版本修改及文本演变史进行阐释和研究。在梳理了新时期长篇小说版本谱系、汇校版本异文后,还必须对新时期长篇小说版本变迁与文本演变进行学理性研究,即不能只局限于版本视域,还必须联通文本视域。新时期长篇小说不同版本往往是作家本人反复修改所致,所以版本差异其实就是文本差异。当把版本构成置换为文本构成时,就必须了解作品正文本与副文本在文本建构和阐释中的功能和作用。最后,还必须进入到"变本"视域,厘清原文本与各种变本尤其是修改型变本之间的变异关系。具体而言,一是要弄清版本与文本的关系。与古书不同版本往往指向同一文本相异,新时期长篇小说不同版本所形成的异本往往就是不同的文本。二是文本与变本的关系。"变本"是指一部作品在主动或被动情况下改变其正文本和副文本而形成的不同文本,关注"变本"应将重点指向小说文本的修改问题。三是正文本与副文本的关系。作品版本变迁过程中因编辑或出版社变更,乃至作者自身修改意图需要,往往在作品封面、插图、注释、附录等副文本方面也有所改动。弄清正文本与副文本的关系也十分必要,其中副文本往往隐含着版本变迁的关键信息,甚至对正文本的阐释起到关键作用。四是版本变迁与经典化的关系。作品版本变迁过程也是作品在接受和传播过程中走向经典化的重要一环,从版本角度确认佳作、拯救名作也是经典化研究的一种路径和方法。此外,还要弄清新时期长篇小说版(文)本间的变化,分析其版本异文状况、内容、形成的原因,分析不同异文对不同文本语义系统和艺术系统及文本本性的改变，分析文学批评或文学史叙述应秉持的叙众本原则。

在路径上这三个层面呈现着相互依存又逐步递进的研究关系，也是尝试研究新时期长篇小说版本汇校与批评较为有效的方式。目前，学界对有关作家经历和文学制度等史料比较重视，新时期以来重要作家作品的版本研究做得还很不够。希望承借近些年现当代文学研究史料学转向的东风，推动新时期文学版本研究向着纵深方向发展。

综上所述，独立开展新时期长篇小说版本研究已具备较为完备的条件。一是研究对象的独特性。从作品修改及其版本变迁重新切入新时期长篇小说研究，视角独特，其研究价值不可替代，并能从中拓展出当代文学新的研究空间。二是有适用于本领域的研究方法。汇校之法融合了中国传统古籍校勘和西方现代校勘之所长，兼备汇异式校勘与会意式整理的版本汇校方法，能有效汇聚新时期长篇小说文本"异文流"。这些异文都是深藏于不同版本未曾揭示出的文本"秘密"，是开展作家作品研究新的一手资料，具有重要的学术研究价值。三是研究路径的可行性。从目录、校勘到阐释，既涵盖了新时期长篇小说版本文献资料的搜集整理，又深入到文本内容的阐释和研究，深度融合版本与内容研究、外部与内部研究，相得益彰，相辅相成。开展新时期长篇小说版本研究，实现了将版本研究范围从传统古籍、民国文学向共和国文学延伸，侧重当下文学版本问题，既体现一种新的学术发展趋势，同时在呼应现当代文学历史化与经典化，在国家当代文化建设和积累方面亦具有积极意义。且如笔者曾经所言："以当代同人身份考证新时期长篇小说准经典作品的版本变迁，不仅因时间靠近易于获取资料，版本研究本身也能成为一种文学批评的视角和方法；更为重要的是，还能为后世经典作品传播接受积累准确的版本资料。如果硬要等到新时期长篇小说准经典作品成为'古籍'后，才意识到其版本价值，那时再回过头来进行文本汇校、整理和研究，可能会更费时费力，效果也不一定比当下从事这项工作更好。"①所以，我们要及时更新研究观念，版本不只是传统古籍及现代文学研究对象，新时期长篇小说虽未定型，但如上所述其版本存在已经成为显在学术现象，其版本史料整理与研究学术潜力较大，值得抓紧时间去做。

---

① 罗先海：《加强新时期文学的版本研究》，《中国社会科学报》2020年5月11日。

第一章

新时期以来长篇小说版本修改与文本演变概论

版本修改与异文汇校问题原是我国传统文献学研究内容，但新时期文学生产场域也存在作者、编辑或出版者等"复数作者"，出于各种原因对文本做出主动或被动修改，从而导致作品版本变迁并形成文本的演化与歧变现象。目前，新时期长篇小说的版本修改与文本演变，已呈现出与传统古籍和现代文学文献迥然有异的复杂情况，但其版本文献整理及相关批评问题却并未得到应有重视。本书旨在纠正学界"当代文学无版本"的认识偏差，对新时期长篇小说名作版本进行系统搜集，并在版本编目及版本异文整理基础上，对新时期长篇小说版本批评问题进行理论建构、实证研究及价值总结，丰富当代文学研究的问题和方法意识，夯实学科建构。

第一节 作为问题的新时期长篇小说版本修改

新时期以来长篇小说文本的诞生与修改及其在传播接受过程中的命运，受当代文学历史化研究的局限及批评观念影响，几乎一直是被忽略的问题。其实它也是漫长的文学文献问题研究的重要一环，甚至因新的时代语境变化而正在衍生着版本研究新的学术问题。古典文献研究非常重视版本的考证与鉴定，这种治学路径和方法与古代较为单一的传播方式有关。现代长篇小说由于受政治环境及报纸、期刊和出版等现代传媒影响，也出现了大量伪装本、删节本及作者亲自操刀的修改本。随着时间推移及现代文学史料研究的深入，这些长篇小说的诞生、出版及在传播过程中的再版与修改命运，乃至伴随着的政治、社会、文化与媒介的关联问题,都引起了越来越多学者的关注和重视,甚至出现了不同于古籍版本学的"新书版本学"倡导。[①]"当代是文学作品版本密度最大的时代。由于政治形势、出版机制、文学观念等的不断改变,许多作品都被不同程度地修改,导致版本的变迁,使中国当代文学成为一种拥有众多不同版本(不算新文学在当代的版本)的文学样态。这是中外文学发展史上一种十分奇特的现象。"[②]

当代文学修改与版本研究问题已逐渐引起重视,却又存在发展阶段不平衡的现象。总体来说,新中国成立以后的30年,也就是20世纪50年代初至70年代中后期,当代文学的版本与作品修改成了显在的学术问题。这主要体现在两个方面:一是现代经典长篇小说,诸如《子夜》《骆驼祥子》《家》《倪焕之》等,进入新的时代语境后在20世纪50年代所做的集体性跨时代修改;二是伴随新中国成长起来的作家所创作并体现"国家意志"的长篇新作,诸如《创业史》《金光大道》《茫茫的草原》《野火春风斗古城》等,在20世纪五六十年代随着形势的突变导致作品修改及新版问题。总体而言,这一时期文学文本的变迁多受制于时代潮流导向与外部批评压力,作家为了适应新的环境和形势而修改自己的作品,但也留下了诸多遗憾,这种迫于形势与主流观念的修改往往以损伤作品艺术作为代价。"文革"时期对文学文本的制约与干涉则走向了粗暴和极致,作家在时代与艺术两难境地下保持的有限独立性也因之逐渐丧失。对此,韦君宜曾在《思痛录》中有着真实的记录:"我记得当时的大作家浩然,他那个《金光大道》的架子实际上是由编辑帮他搭的,先卖公粮,后合作化……前边我不清楚,到写第二卷时,我从干校奉命调回社来,接任责任编辑。管这部书的编辑组长,是由外单位调来没当过文学编辑的一位造反派,他

---

① 参见鲁海:《"书话"与新版本学——悼念唐弢同志》,《图书馆杂志》1992年第3期;武晓峰、徐雁平:《〈晦庵书话〉和新版本学》,《图书馆》1998年第6期;徐雁平、武晓峰:《是否有新书版本学》,《中国图书馆学报》1995年第1期。

② 金宏宇:《当代文学的版本》,《光明日报》2004年2月4日。

看了稿子就说：'书中写的那个时候，正是抗美援朝呀！不写抗美援朝怎么成？'但这一段故事，实在与抗美援朝无干，作者只好收回稿子，还是把抗美援朝添了进去。""由此我联想到当时很多很多小说，凡写知识分子的几乎全坏，凡写工农兵出身的全好——这就叫'歌颂工农兵'（自然也不是真的工农兵），否则叫没立场。""但是现在我在干这些，在当编辑，编造这些谎话，诬陷我的同学、朋友和同志，以帮助作者胡说八道作为我的'任务'。我清夜扪心，能不惭愧、不忏悔吗？"[①]这里可以看出，"文革"时代的文学生产、出版、传播与批评已经被粗暴地整合进了国家的时代潮流中，文学文本俨然已经成为时代文本，这种改写明显是迫于时代压力。当代文学前30年，因为时代形势对作家与文学的干预非常明显，且文学历史化研究问题近些年来也渐受重视，导致这一时期的文学版本问题受到了应有的关注。

由于新时期以来社会形势的松弛，文学创作环境的不断优化和改善，及以市场化为代表的商业意志的介入和以技术化为趋向的新兴媒介（网络和新媒体）的干预，新时期文学尤其是长篇小说也出现了大量或被动或主动的修改、再版与改写问题。尽管这些大量存在的版本变迁还未最终定型，但已经非常明晰地显现出了新时期长篇小说在传播接受过程中，与政治环境、市场商业、文学体制、社会风尚、阅读心理、地域环境甚至新兴媒介转型之间的胶着关系。新时期文学由于突破了新中国成立后前30年的"一体化"，向着"多元化"方向发展，影响作家修改与作品再版的因素也更加复杂和多元。这些都与新时期文学的版本生产、流传及接受紧密关联，甚至还出现了过往文学版本研究视域中前所未有的新情况和新问题。种种迹象表明，现在的版本研究"在继承传统版本的基础上有必要建立一套新的原则与规范，简单照搬乾嘉学派版本校勘的思维、理念与方法，恐怕很难对当代文学版本及其生成历史与原

---

① 韦君宜：《思痛录》，北京十月文艺出版社1998年版，第165、169页。

因做出有效的阐释"。①但事实上,学界却少有人着力于搜集和梳理新时期以来长篇小说的版本变迁及谱系目录,更谈不上对文本演变的内在规律和核心问题进行深入研究。究其原因,既有时间上的切近而不易被研究者将其"学术化"的问题,更与学界把新时期文学作为当前文学重批评而轻历史化的倾向紧密关联。本章就从这些新时代语境下所产生的比较突出的问题入手,探究新时期长篇小说版本变迁与文本演变的主要规律、现象及核心问题。

第二节　长篇小说版本生产与文本演变现象

新时期以来,文学创作的观念与技法,文学作品的主题与风格以及重要的文学思潮和流派等,都得到了及时跟踪和研究。但随着社会形势、市场经济、文化心理、艺术审美、传播载体、印刷技术以及网络与新媒体的发展变化等多方因素影响,导致作家本人修改或重写旧作而出现不同版本现象,却较少引起研究者关注。其实,新时期重要作家作品版本存在已经成为一个显在的学术现象。笔者为了进一步梳理研究范围,摸清研究对象,通过经眼新时期长篇小说名作版本实物,研究版权页、作品序跋、修改说明及其他相关副文本文字,并对大量重要作品进行不同版本的汇校整理,以求弄清新时期长篇小说名作版本源流。现辑录并整理出新时期以来重要长篇小说的主要修改与文本演变情况,列为如下简表(见表1-1)以做具体分析。

表1-1　新时期重要长篇小说版本修改与文本演变情况

作品、作者	出版单位	出版时间	版次
《这边风景》 (王蒙)	《新疆文艺》	1978年	初刊本
	花城出版社	2013年	初版本

---

① 章涛、吴秀明:《当代文学版本生产与版本研究的实践》,《中国现代文学研究丛刊》2013年第11期。

续表

作品、作者	出版单位	出版时间	版次
《第二次握手》（张扬）		1963—1974年	手抄本系列
	中国青年出版社	1979年	初版本
	人民文学出版社	2006年	重写本
	四川人民出版社	2012年	终极版
《将军吟》（莫应丰）	《当代》	1979年第3期	初刊本
	人民文学出版社	1980年	初版本
	人民文学出版社	2005年	重校本
《沉重的翅膀》（张洁）	《十月》	1981年第4、5期	初刊本
	人民文学出版社	1981年	初版本
	人民文学出版社	1984年	修订本
《芙蓉镇》（古华）	《当代》	1981年第1期	初刊本
	人民文学出版社	1981年	初版本
《皖南事变》（黎汝清）	解放军文艺出版社	1987年	初版本
	大众文艺出版社	2005年	第一版
	人民文学出版社	2011年	第一版
《金草地》（张承志）	作家出版社	1987年	初版本
	海南出版社	1994年	修改本
《天堂蒜薹之歌》（莫言）	《十月》	1988年第1期	初刊本
	作家出版社	1988年	初版本
	北京师范大学出版社	1993年	最新修改本
	当代世界出版社	2004年	文集版
《穆斯林的葬礼》（霍达）	北京十月文艺出版社	1988年	初版本
	北京十月文艺出版社	2012年	修订本
《心灵史》（张承志）	花城出版社	1991年	初版本
	自费印刷本	2012年	改定版
《旧址》（李锐）	《黄河》（中篇名《传说之死》）	1991年第2期	初刊本
	《小说界·长篇小说》	1992年第16期	初刊本
	上海文艺出版社	1993年	初版本

续表

作品、作者	出版单位	出版时间	版次
《活着》（余华）	《收获》	1992年第6期	初刊本
	长江文艺出版社	1993年	初版本
《白鹿原》（陈忠实）	《当代》	1992—1993年	初刊本
	人民文学出版社	1993年	初版本
	人民文学出版社	1997年	修订本
《最后一个匈奴》（高建群）	北京十月文艺出版社	1992年	初版本
	北京十月文艺出版社	2006年	修订本
《天行者》（原名《凤凰琴》，刘醒龙）	《青年文学》	1992年第5期	初刊本
	中国青年出版社	1993年	初版本
	人民文学出版社	2009年	修订本
《骚土》（老村）	中国文学出版社	1993年	初版本
	书海出版社	2004年	足本
	贵州人民出版社	2011年	最终版
《一个人的战争》（林白）	《花城》	1994年第2期	初刊本
	甘肃人民出版社	1994年	初版本
	内蒙古人民出版社	1996年	再版本
	江苏文艺出版社	1997年	文集版
	长江文艺出版社	1999年	长江文艺版
	北京十月文艺出版社	2004年	图文本
	春风文艺出版社	2006年	定本
《露莎的路》（韦君宜）	人民文学出版社	1994年	初版本
	人民文学出版社	2014年	修订本
《丰乳肥臀》（莫言）	《大家》	1995年第5、6期	初刊本
	作家出版社	1996年	初版本
	中国工人出版社	2003年	增补修订本
《暗算》（麦家）	《钟山》（新生代长篇小说特大号）	2003年秋冬卷（增刊）	初刊本
	世界知识出版社	2003年	初版本
	作家出版社	2009年	修订（增补）版
	北京十月文艺出版社	2014年	重修本

续表

作品、作者	出版单位	出版时间	版次
《繁花》 (金宇澄)	弄堂网	2011年	网络初稿本
	《收获》长篇小说增刊秋冬卷	2012年	初刊本
	上海文艺出版社	2013年	初版本
	上海文艺出版社	2014年	再版本
《狼图腾》 (姜戎)	长江文艺出版社	2004年	初版本
	长江文艺出版社	2014年	修订版
《金陵十三钗》 (严歌苓)	《小说月报(原创版)》	2005年第6期	初刊本
	《当代·长篇小说选刊》	2011年第4期	再刊本
	陕西师范大学出版社	2011年	长篇单行本
《因为女人》 (阎真)	《当代》	2007年第6期	初刊本
	人民文学出版社	2007年	初版本
	人民文学出版社	2010年	修订本
《风雅颂》 (阎连科)	《西部·华语文学》	2008年第2期	初刊本
	江苏人民出版社	2008年	初版本
《日夜书》 (韩少功)	上海文艺出版社	2013年	大陆第一版
	台湾联经出版事业股份有限公司	2013年	台湾第一版
《推拿》 (毕飞宇)	人民文学出版社	2008年	大陆第一版
	九歌出版社	2009年	台湾第一版
	九歌出版社	2013年	台湾修订版
《K》 (虹影)	台湾尔雅出版社	1999年	台湾第一版
	花山文艺出版社	2002年	大陆第一版
	春风文艺出版社	2003年	再版本
	山东文艺出版社	2005年	修订本
	江苏文艺出版社	2013年	再修本
《饥饿的女儿》 (虹影)	台湾尔雅出版社	1997年	台湾初版本
	上海文艺出版社	1998年	大陆初版本
	四川文艺出版社	2000年	再版本

续表

作品、作者	出版单位	出版时间	版次
《大清相国》（王跃文）	湖南文艺出版社	2013年	初版本
	湖南文艺出版社	2018年	修订本
《废都》（贾平凹）	《十月》	1993年第4期	初刊本
	北京出版社	1993年	初版本
	作家出版社	2009年	修订本第一版
	文化艺术出版社	2010年	第二版
《悟空传》（今何在）	新浪网	2000年	网络版
	光明日报出版社	2001年	初版本
	光明日报出版社	2001年	修订本
	二十一世纪出版社	2006年	全本
	湖南文艺出版社	2011年	完美纪念版
《张居正》（熊召政）	长江文艺出版社	2003年	初版本
	四川文艺出版社	2005年	修订本
《琅琊榜》（海宴）	起点中文网	2006年11月	网络最初本
	起点中文网	2006年11月—2007年8月	网络连载本
	起点中文网	2007年	网络定稿本
	朝华出版社	2007年	初版本
	四川文艺出版社	2011年	再版本
	四川文艺出版社	2014年	定稿本

  该表虽然不足以涵盖新时期所有长篇小说的版本修改与文本演变情况，但从表中所列代表性重要长篇小说的修改情况来看，可发现作家初次修改作品的现象三个时间段比较突出：一是新时期初1979年至1981年的集中修改期；二是20世纪90年代初、中期1992年至1997年的集中修改期；三是新世纪以后的常态化修改期。而每个时段修改、出版的动因及倾向也各有不同，应做具体分析。

新时期初期处于极左思潮向思想解放运动转轨的历史语境，一方面作家受到十一届三中全会所确立的思想解放潮流影响，创作中难免大胆控诉和揭露；另一方面，这种思想解放的过程并没有全部完成，意识形态对文化及文学的"管控"仍处于一种"刚柔并济"的过渡状态。当作家的越界创作威胁到新时期初期文化领导权时，被迫或主动的修订便成了必然，这也就形成了1979年至1981年新时期初长篇小说的集中修改现象。当然，这个时期每个作家及其作品具体修改动因也是因人因情而异。这既有出版社和编辑的策划与协助，亦有使小说在艺术上更加完善的考虑，但仔细汇校并考察这一时期的作品修改情况，可发现编辑出版因素及文本艺术完善都不是核心影响要素。作品修改的主要动因，还是源于作家主体萌发的新时期意识与隐形意识形态权威的抵牾和冲突。新时期之初，意识形态管控在文化与文学领域内确已逐步后撤，政府也开始有意识地逐渐调整过往30年间文学与政治之间的附庸关系。尤其是经过十一届三中全会洗礼后的新时期作家，更是燃起了创作的主体愿望，渴望并急切实践着在创作中获得相对独立和自由的言说空间。但意识形态管控逐步回撤并不意味着要放弃对文化和文学的领导权威，再加上新时期初的社会语境刚走出"文革"不久，短时间内还无法完全弃置原有叙述模式。当作家个体普遍觉醒的新时期意识遭遇隐形意识形态权威的抵牾时，许多长篇小说的作者也就不得不为此做出一种权宜性质的被迫修改。如《沉重的翅膀》初版本对初刊本中大量"越界"或过于偏激的敏感言论，或部分涉及宿命论色彩的议论悉数进行了删改；《将军吟》初版本中也删除了大量涉及时代事件或人物言辞过激的话语；《芙蓉镇》初版本中删除和修改了部分议论意识形态的内容；等等。这些作品的修改，某种程度上也是作家为了保全作品或少受苛责而做出的一种妥协。《沉重的翅膀》发表后，作家张洁虽然在各种学术场合收到过一些友好批评与修改建议，但随后被严厉的批评所代替，其中"来自上面的批评意见就多达一百四十余条，有的批评很严厉，已经上纲到'政治性错误'"。①面对这样的苛责与批评,不仅作家要被迫做出修改,编辑也会参照当代出版审查机制进一步督促甚至要求作家进行必要改动。某种程度上,这一时期长篇小说的集中修改现象,正是新时期初期意识形态作为隐形文化权威对文学介入和干预的表现。

20世纪90年代初、中期的1992年至1997年,长篇小说出现了第二次较为集中的修改现象。此一时期作家修改作品的动因除了延续新时期之初乃至80年代以来隐形意识形态对文学或文化的介入——《白鹿原》初版本和修订本的修改甚至直接关涉其能否最终获评茅盾文学奖,便是这一问题的典型例证,还主要源自文学遭遇着市场经济时代"生存还是毁灭"的艰难抉择。20世纪90年代后经济体制的市场化变革,几乎改塑了整个社会和国民的生存方式与思维观念。身陷市场化浪潮的新时期作家,或主动迎合市场需要进行创作,或被动迫于市场化压力进行改写,从而出现了20世纪90年代初、中期长篇小说的集中修改现象。林白《一个人的战争》初版本的遭遇就比较典型。出版商在没有征询作者意见的情况下,擅自将作品进行商业包装和市场化运作,不仅对标题、封面等副文本因素进行了刻意的低俗包装和推广,在正文本中还新增了本不属于原文本却含有大量女性私密叙述的第五章内容,造就了一个作者很不满意的新版本,以致作者认为这个版本"被庸俗包装,封面不堪入目,内容错漏百出,我至今不愿意承认这一版本"。②老村《骚土》初版本的出版,也是由于当时生活困难而不得不将书稿交由书商进行市场化运作,结果出版商为了迎合大众市场将其完全打造成了一部地摊文学性质的下流作品。

新世纪以后出现了长篇小说修改的常态化现象,具体表现则不同于20世纪80年代和90年代的集中修改期,长篇小说的修改以一种不断线且较为平稳的趋势一直延续至当下。这种现象一方面打破了版

---

① 何启治:《文学编辑四十年》,人民文学出版社2001年版,第57页。
② 林白:"后记",《一个人的战争》,长江文艺出版社1999年版,第239页。

本学研究固有的常规思维,即认为作品的版本,尤其是经典作品的版本与修改必须是较长时段传播与接受的产物,当前的文学因时间的切近不具备版本变迁因素而不值得研究;另一方面也充分说明了新世纪以后长篇小说版本生产与实践的影响因素日趋多元和复杂,既不同于古籍和现代文学时期,亦与新中国成立后半个世纪的文学版本与修改情况有所不同。除了时代和市场因素外,商业、影视、版权、地域文化、网络与新媒体以及读者批评等多元复杂因子,都会纠缠并影响新世纪作家对原有文本不断进行增删修订,从而出现不同的文本。这些大都是文学版本研究在新世纪以后面临的一些新情况与新问题,值得跟进关注和研究。

第三节　长篇小说版本的异文修改倾向

表1-1还显示出另一些比较突出的修改现象,那就是新时期以来不少长篇小说修改时间跨度非常长,修改的文本量也非常大,甚至是大范围的改写或重写,这也是文学版本与校勘研究史上非常罕见的现象。从创作到修改定稿时间跨度最长的要算是张扬的《第二次握手》,前后跨越近半个世纪,且一直处于一种重写和修改的状态中;王蒙的《这边风景》从创作、发表到修改并出版定稿也经历了30余年时间;张承志的《心灵史》从初版本到改定版也经历20余年时间等。之所以出现这种现象,与老一辈作家的阅历及不同时代的文本生产与艺术追求有关,这与现代作家跨时代、跨语境的当代修改现象有些类似。就文本的修改量而言,新时期以来长篇小说大篇幅的修改实际,也迥异于古籍和新文学版本情况。有的是中篇改写成长篇小说,如余华的《活着》,其初刊本就是一部不足7万字的中篇小说,而其初版本却被改成了一部近12万字的长篇小说;严歌苓的《金陵十三钗》,李锐从《传说之死》到《旧址》的修改,刘醒龙从《凤凰琴》到《天行者》的修改等都属于这类改动。有的则是大篇幅重写,如《第二次握

手》，作者干脆将2006年由人民文学出版社修订出版的本子称为"重写本"，也由初版本约25万字修改为重写本61万余字，文本修改量达36万字左右；张承志则将修改后的《心灵史》称为"改定版"，在文本的修改量上重写和改定的篇幅达全书三分之一；麦家《暗算》的修订（增补）版中，将黄依依的故事一章"有问题的天使"进行了大篇幅增补和重写，也使原书篇幅净增了六七万字；等等。这些大篇幅的文本修改与增写，既为新时期长篇小说的版本汇校与文本演变研究提供了丰富的异文素材，同时也反映着作家及其所经历的社会文化心理的变迁过程，成为研究作家作品及社会文化思潮演变的重要切入口。

以上所述是不同时段长篇小说的大致修改现象，实际某部作品完整修改过程可能跨越几个时段，或兼有多种现象。每次修改可能既有相同缘由，亦有不同因素影响，从而导致新时期长篇小说修改的复杂性。这种复杂样态只有通过具体作品不同版本修改异文的具体汇校及展示才能清晰陈述。从所汇校并整理的"实质性异文"[①]来看，新时期长篇小说对"涉政""涉性"问题删改及基于艺术完善和时代因素的综合改动等是其共有的修改倾向。

首先是对某些敏感言论或过激叙述进行删改。文学与主流意识形态关联问题一直是当代文学常见话题，新中国成立后就有不少长篇小说被禁或被修改，"当时，'千万不要忘记阶级斗争'口号的提出、对刘少奇路线的批判、与苏联的断交等等政治性事件直接影响着长篇小说的修改"。[②]《茫茫的草原》、《创业史》（第一部）、《欧阳海之歌》、《青春之歌》以及《红旗谱》等"十七年"长篇小说名作修改本，都有关于意识形态问题的删改。进入新时期后，创作与评论自由双原则虽然给文学进行了松绑，但这并不等于放弃对文学的领导权。新时期

[①] "实质性异文"相对于"非实质性异文"而言，是指在思想内容方面有所不同的文本异文；后者则是指在拼写、标点以及词形分合等呈现形式上有所不同的文本异文。这里借用的是英国书志学家W. W. 格雷格的说法，见苏杰编译：《西方校勘学论著选》，上海人民出版社2009年版。

[②] 金宏宇：《中国现代长篇小说名著版本校评》，人民文学出版社2004年版，第23—24页。

长篇小说大多因作家追求言说主体自由和空间，在控诉姿态中因涉及对意识形态的"越界"批评，与隐性文化领导权威产生冲突和抵牾，从而被要求做出合乎规范的修改。张洁《沉重的翅膀》从初刊本到初版本，再到修订本的"一改再改"，均涉及对意识形态的"越界"叙述与批评。莫言《天堂蒜薹之歌》初版本也删去对时政问题的议论，还通过更改题记内容和署名，达成修改后文本与意识形态关系的疏离，甚至不同版本标题的修改及回改过程，也体现出莫言对文学与政治关系的进一步思考。①陈忠实《白鹿原》修订本终获茅盾文学奖，对国共两党斗争的见解进行适当修改和廓清就起着关键作用。总之，新时期长篇小说的规范修改，虽然并不影响作品整体框架，但相较原作其内涵丰富性及艺术批评锋芒都有所减弱，是以艺术损耗达成符合规范的文本。

20世纪90年代后诞生的长篇小说修改本往往还对作品中"涉性"叙述大加删改。新中国成立后30年长篇小说普遍存在洁化叙事倾向，"这个时期的长篇小说真正是耻于写'性'，少数作品即便写到'性'，那也多半只是反面或落后人物身上才有的特'性'"。②这种洁化叙事惯性甚至一度持续到20世纪80年代。长篇小说修改本对"涉性"叙述进行集中删改现象是从90年代开始的，主要原因则是90年代后作家们已经拥有更多创作自主权，可以将艺术思考融进更深更广的生活场域。但随着长篇小说传播与接受范围进一步扩大，出版审查及教育导向等因素制约，作家不得不对这种大胆、开放的性叙述进行洁化改动。林白《一个人的战争》再版（删节）本中，将自己十分钟爱的题记内容中较直露的女性对自我凝视和性幻想的叙述悉数删去，此外还

---

① 该作初刊、初版本标题为《天堂蒜薹之歌》，题名较含蓄，似为歌颂，其实极具反讽意味；1993年北京师范大学出版社推出时标题修改为《愤怒的蒜薹》，很明显，修改后的标题对作者愤怒情绪的传达更为浓烈，情感倾向更明显，立场态度更鲜明；时隔八年之后作品再版，作者又隐退这种标题中浓烈的情感宣泄，将小说题名重新改回为含蓄且具有反讽意味的《天堂蒜薹之歌》，并沿用至今。

② 金宏宇：《中国现代长篇小说名著版本校评》，人民文学出版社2004年版，第22页。

对文本中涉及性描写和性感受的叙述部分也做含蓄修改。作家之所以"忍痛割爱"进行改动，实则是为争取作品再版而做出的妥协。陈忠实《白鹿原》初版本参评茅盾文学奖后，也被评审委员会告知必须对"较直露的性描写加以删改"，[1]随后《白鹿原》修订时作者也遵从评委会意见，对田小娥与黑娃、鹿子霖之间等过度性描写进行必要改动。而《一个人的战争》中的"涉性"叙述，在艺术上能传递出女性个体生命体验应有的张力和锋芒；《白鹿原》对田小娥的"性"描写，也能很好地表现其敢爱敢恨和复仇的性格及形象。修改本这种删减，无疑会削弱文本艺术内涵的表达，人物形象塑造及性格阐释也会产生一定偏差。

　　新时期长篇小说基于艺术完善和时代因素的综合改动，也是不少修改本的普遍追求。相比"十七年"长篇小说要么是1949年前现代长篇小说名作跨时代、跨历史语境的修改，要么是1949年后在极左思潮干预下的修改，新时期小说家因获得更多创作自由，对文学创作精益求精的艺术追求自然成了新老作家创作与修改的愿景。如《第二次握手》初版本，本来其情节结构及人物形象塑造就已定型，但张扬时隔数十年后修改，仍不忘在重写本中对主要人物苏凤麒、丁洁琼、叶玉菡等进行艺术完善与改动，而其中苏凤麒是重写本中改写幅度较大且较为成功的主要人物之一。重写本不仅延续初版本人物画廊，而且做出更富人性深度和真实性的艺术修改与探索。张洁耗费大量精力、时间去走访、体验和搜集创作素材，在《沉重的翅膀》修订本中主动对情节结构和人物形象做出合乎艺术完善的主动修改。林白在《一个人的战争》多版本修改中一次次修订，一次次复原，为的就是让作品在艺术上变得越来越完善。金宇澄《繁花》从网络稿本向纸质版本的转变，作者不忘从字、词、句修改润色，对语言改动加工，甚至在历史场景和细节上也有修改增加等，都是为了呈现出一部艺术上精益求精

---

[1] 王得后：《世纪末杂言》，福建教育出版社1999年版，第167页。

的修改本。从迫于时代压力的修改到追求艺术完善的自主努力，体现了新时期小说家创作与修改过程中主动性与从容状态的转变，也体现出长篇小说不断向本体回归的艺术倾向。

应说明的是，编者或作者一般都没有在修改本中对这些比较明显的修改现象和文本修改量进行直接说明，这就很容易使读者或研究者将其混淆为同一版本。不过，部分作品用类似"重写本""改定版""增补本"等字样标示新版本的修改，也为文本汇校和版本研究提供了有益线索和依据。当然，最终要详尽掌握不同版本修改及其差异，唯有通过多版本间异文汇校来判定。另外需要说明的是，本书最终选择的个案小说文本是需要纵贯20世纪80年代、90年代及新世纪以后三个主要时段，各个阶段无论是作家声望或是作品产生的"现象级"影响，都能够起到一定代表作用，且个案考察章节主要按作品初刊本或初版本面世时间先后顺序来排定，综合考虑这些因素后最终以九部长篇小说名作作为个案考察对象。

第 二 章

《第二次握手》

手抄本系列

《浪花》　　　1963年，约1.5万字

《香山叶正红》1964年，7万余字

《香山叶正红》1967年，约10万字

《归来》　　　1970年，约6万字

《归来》　　　1974年，约20.5万字

出版本系列

《第二次握手》初版本（中国青年出版社）
　　　　　　1979年7月，约25万字

《第二次握手》重写本（人民文学出版社）
　　　　　　2006年6月，约61.4万字

《第二次握手》终极版（四川人民出版社）
　　　　　　2012年9月，约46万字

《第二次握手》版（文）本谱系图

《第二次握手》1979年初版本封面

　　1963年，作家张扬以自己舅父所遭遇"爱情悲剧"作为素材，创作短篇小说《浪花》（约1.5万字），是为《第二次握手》手抄本系列第一稿。1964年，作者在《浪花》基础上进行第二稿重写，易名为《香山叶正红》，7万余字，并在衬页上首次出现恩格斯的"爱情语录"："痛苦中最高尚的、最强烈的和最个人的——乃是爱情的痛苦。"重写的第二稿不仅篇幅大增，基本确立小说主题和叙述框架，且将第一稿《浪花》的悲剧结局修改成了"积极"的结尾。1967年，作者作为下乡知青，劳动之余又在遵循原有故事情节基础上扩写成10万字左右《香山叶正红》第三稿。后张扬被迫逃亡，开始第四次重写因被朋友借阅传抄而丢失原稿的《香山叶正红》，于1970年2月完成并改名为《归来》，约6万字。第四稿《归来》在张扬第一次长达两年多入狱期间亦流失在外，并经反复传抄。最后传到北京标准件机修厂刘展新手中时，此稿已没有了封皮，该工人遂根据小说内容擅将作品改名为《第二次握手》，后该书以此名在全国范围内广泛传抄和流散。出狱后的张扬得知《归来》书稿遗失并难以收回时，开始了《归来》第五稿重写，并于1974年夏扩写成20.5万字左右的长篇小说。第五稿突出了对周恩来的形象刻画，加强对丁洁琼在美国情况的描绘。

　　1979年初张扬第二次出狱后，为给自己平反及满足广大读者需求，于1979年3月7日至次月30日，在编者协助及建议下连续修改50余天，将定稿改写成25万字左右篇幅。因作家在赶写《归来》第五稿时，被改名后的手抄本《第二次握手》已在全国疯传，产生较大反响，张扬为尊重广大读者，最终将书名《归来》正式改定为《第二次握手》，并于1979年7月由中国青年出版社首次公开出版，是为作品初版本。初版本是由编者先替作者在前述各种手抄本基础上，大致做了一回增删修订工作，最终由作者采纳编者建议修改而成。虽然故事情节和整体框架未变，但初版本删除了手抄本衬页中原有的"爱情语录"，在目录和正文之间增补替换为了题词，且在小说细节及场景等方面有了更多补充和增写，叙述语言也更为放松。初版本曾轰动全国，此后多次重印，累计销售达430万册，至今仍在新中国成立以来当代长篇小说发行量中保持前列。初版本虽广受读者欢迎，但作者却认为"写得不好"，并坦言《第二次握手》能在当时感动一代人，是特殊时代的原因，并不是作者的功力"。后来，作者也执意拒绝重印或再版，直至初版本在市场上绝迹。2006年6月，为适应出版及阅读市场需求，时隔27年之后年过60岁的张扬，再一次推出重写本《第二次握手》。重写本篇幅约61.4万字，较初版本而言，净增36万多字。虽然情节及框架基本延续初版本，但重写本还是出现较大改动。既有局部修改，也有整章增写；除大量场景及细节增补外，还对政治、军事、历史及文化等诸多学科知识进行增写叙述。不过重写本似乎仍未让作者满意，"加入了太多的资料，冲淡了小说作为文学作品的原旨，读起来也太重"。经过几年沉淀、积累和思考，作者又对重写本《第二次握手》进行大量删改，于2012年9月由四川人民出版社推出"2012年终极版"，篇幅约46万字，较重写本而言，又删减15万字左右的内容。

鉴于《第二次握手》手抄本种类繁多，难于搜寻，本章拟以五稿手抄本作为文本前提和背景，重点考释出版本系列从初版本到重写本及终极版的修改及变异情况。《第二次握手》重写是中国当代文学史上十分罕见的文学现象，其修改篇幅之大，重写力度之大至今少见，其异文量更是本文篇幅所难一一呈示的。本章对校除了拟在整体上分类呈现出版本系列主要修改（重写）差异外，还期望通过重要修改和重点异文信息的呈示，以窥《第二次握手》版本修改及文本变化。

第一节 二度创作与艺术升华：初版本与重写本、终极版对校记

《第二次握手》自初版以来，作者就一直保有修改初心，"希望能允许我在今后的岁月里，如果还有机会，把这部粗糙的作品修改得稍趋完美一点"。[①]张扬在其后三四十年生涯中，曾两度花费数年时间对作品进行重写。经汇校可见，出版本系列《第二次握手》修改主要依循版本演进顺序，即重写本在初版本基础上进行大规模增删改写，而终极版则以重写本为底本，主要通过入篇幅删改进行艺术上的完善和改定。就修改量而言，重写本的修改幅度更大，增36万余字篇幅，几乎是进行二度创作。异文修改无法逐一呈现，但主要修改层面还是清晰可见。其中，副文本有显在变化，如重写本删除初版本中两则语录题词及文末作者后记，开篇增加代自序。笔者通过仔细汇校并结合重写本全文章节调整、标题修改，厘清了作者修改的大致轮廓。为

[①] 张扬：《第二次握手》，中国青年出版社1979年版，第411页。

《第二次握手》2006年
重写本封面

清晰呈示重写本修改范围,在此拟出两版章节、标题调整和修改表(表2-1)如下:

表2-1 初版本与重写本章节、标题对应表

初版本(1979)			重写本(2006)		修改备注
引子					删除
第一章	深巷来客	第一部分:苏冠兰与丁洁琼如何相识并相爱,及丁洁琼赴美之前的故事	第一章	归来	拆分为两章
			第二章	无名女郎	
第二章	不眠之夜		第三章	夫妻夜话	
第三章	旅途邂逅		第四章	旅途邂逅	
第四章	暴风雨中		第五章	江上暴风雨	
第五章	淞沮医院		第六章	松居医院	
第六章	金陵道上		第七章	险恶沪宁道	拆分为两章
			第八章	"执手相看泪眼"	
第七章	"杂种修斯"		第九章	"赤色学生"	拆分为两章
			第十章	"杂种修斯"	
			第十一章	杏花村	新增

续表

初版本（1979）			重写本（2006）		修改备注
第八章	苏氏彗星	第一部分：苏冠兰与丁洁琼如何相识并相爱，及丁洁琼赴美之前的故事	第十二章	逼婚	拆分为两章
			第十三章	苏式"彗星"	
			第十四章	香山深处修道院	新增
			第十五章	齐鲁大学校长	新增
第九章	"终身大事"		第十六章	可怜天下父母心	拆分为两章
			第十七章	终身大事	
第十章	"一言为定"		第十八章	神圣誓言	拆分为两章
			第十九章	"一言为定！"	
第十一章	周公吐哺				重写本删除
第十二章	鱼尺传素		第二十章	蓬山一万里	
第十三章	不意变故		第二十一章	天有不测风云	
第十四章	暮色苍茫		第二十二章	摊牌	拆分为两章
			第二十三章	美丽的"敌人"	
第十五章	梦为远别		第二十四章	孤蓬万里征	
第十六章	基督狞笑		第二十五章	"受难的耶稣"	
第十七章	鸿途万里		第二十六章	盈盈一水间	
第十八章	无价之宝				删有关国内政治及苏冠兰书信的叙述
第十九章	十年离别				

续表

初版本（1979）		重写本（2006）		修改备注
	第二部分：苏冠兰与丁洁琼数十年分隔于中美两地，各自的科研生活及取得的事业成就，以及苏冠兰最终因丁洁琼的"失踪"与叶玉菡结婚的故事	第二十七章	"维纳斯博士"	
		第二十八章	萧萧悲壮士	
		第二十九章	燃烧的太平洋	
		第三十章	"U委员会"	
		第三十一章	"曼哈顿工程"	
		第三十二章	烽烟云贵高原	
		第三十三章	长空飞虎	
		第三十四章	原子锅炉"窒息"	
		第三十五章	亚伦·佩里将军	
		第三十六章	X基地与W基地	大篇幅增写和修改
第二十章	丁式构造	第三十七章	"一七七九号信箱"	
第二十一章	神秘信箱	第三十八章	"香格里拉"	
第二十二章	黑蘑菇云	第三十九章	"核鬼火"	
		第四十章	总统决定	
		第四十一章	"一千个太阳"	
		第四十二章	"科学家起义"	
		第四十三章	血海	
		第四十四章	锁定日本西海岸	
		第四十五章	广岛的末日	

续表

初版本（1979）			重写本（2006）		修改备注
			第四十六章	恶有恶报！	
			第四十七章	从原子弹到"H弹"	
			第四十八章	从氢弹到"G弹"	
			第四十九章	天涯何处是神州	
			第五十章	小姑居处	
		第二部分：苏冠兰与丁洁琼数十年分隔于中美两地，各自的科研生活及取得的事业成就，以及苏冠兰最终因丁洁琼的"失踪"与叶玉菡结婚的故事	第五十一章	"SB-1"实验室	
		^	第五十二章	血腥档案	
		^	第五十三章	罪恶花园	
第二十三章	深夜"回声"	^	第五十四章	"人体核试验"	
第二十四章	"东雅"烈火	^			
第二十五章	石头城下	^	第五十五章	堇园烈焰	
第二十六章	"无形钢锯"	^	第五十六章	风雨紫金山	大篇幅增写和修改
第二十七章	鲁宁将军	^	第五十七章	"廉颇虽老"	
第二十八章	紧急警报	^	第五十八章	"终被无情弃"	
第二十九章	不速之客	^	第五十九章	"钗头凤"	
第三十章	月圆花好	^	第六十章	"无形钢锯"	
第三十一章	心灵呼唤	^	第六十一章	妈妈，妈妈	
			第六十二章	神奇的"K酶"	
			第六十三章	"敌情"	
			第六十四章	夜半枪声	
			第六十五章	巨星陨落	
			第六十六章	月圆花好	
			第六十七章	此恨绵绵	

续表

初版本（1979）			重写本（2006）		修改备注
			第六十八章	母亲的怀抱	
			第六十九章	"我们胜利了"	
			第七十章	"美国巴士底"	
			第七十一章	爱丽丝岛	
			第七十二章	原子间谍案	
		第三部分：丁洁琼为归国所遭遇的艰辛和磨难及对我国原子能科技事业的卓著贡献，与苏冠兰分别数十年最终"第二次握手"的故事	第七十三章	酷刑	
第三十二章	群星灿烂		第七十四章	白宫特别会议	
第三十三章	握手重逢		第七十五章	良知作证	
第三十四章	此恨绵绵		第七十六章	"第三个诺曼底"	
第三十五章	红热的心		第七十七章	宽恕	大篇幅增写和修改
第三十六章	贵宾室里		第七十八章	赛珍珠之情	
第三十七章	胸海巨澜		第七十九章	"惟有泪千行"	
第三十八章	阳光普照		第八十章	永诀	
			第八十一章	啊，北京！	
			第八十二章	物是人非	
			第八十三章	遥望乌蒙山	
			第八十四章	相见时难	
			第八十五章	为了永远忘却	
			第八十六章	天堂尘世	
			第八十七章	祖国期望	
			第八十八章	相对无言	
尾声			尾声		修改

由上述所列对照表可知，两版故事情节虽大致相同，基本遵循国内相识相爱—中美异地艰难的精神之恋及各自取得事业成就—归国"第二次握手"的三段式脉络，但重写本修改幅度之大仍可见一斑。重写本不仅删除初版本的"引子"，将初版本"尾声"中奥姆来中国的情节进行删除修改，且全书也由初版本38章铺叙修改为重写本88章，净增50章的内容。绝大部分是内容增写，但也涉及章节拆分及删除修改。其中第一部分中叙述苏冠兰与丁洁琼相识相爱，及丁洁琼赴美之前故事时，各章标题做了大幅增删和改动，但在内容上相差并不大。重写本改动较多在第二部分，叙述苏、丁数十年分隔于中美两地，各自科研生活和事业成就，及苏冠兰最终因丁洁琼"失踪"与叶玉菡结婚的故事。初版本对这一阶段只用12章篇幅叙述，重写本则将增写重点放在了此处，并铺叙拓展成41章的内容。其中对丁洁琼在美科研成就及所遭受磨难做了重点改写，初版本只用第二十章"丁式构造"、第二十一章"神秘信箱"、第二十二章"黑蘑菇云"三章进行叙述，重写本则将这三章铺叙成由第二十九章"燃烧的太平洋"到第四十九章"天涯何处是神州"整整21章的内容。重写本通过大量铺叙和改写，详尽呈示丁洁琼国外生活及遭遇，也使整个故事情节更加曲折，对丁洁琼杰出的科研成果和坚毅、正直的优秀品质刻画得更鲜活，这对主要人物形象塑造和文本主题升华有重要促进作用。第三部分叙述丁洁琼归国所遇艰辛和磨难，及对我国原子能科技事业的卓著贡献，与苏冠兰分别数十年最终"第二次握手"的故事。这部分修改也较明显，其中"第三个诺曼底""赛珍珠之情"等章都属重写本新增内容，这对情节上的细节补充及突出主要人物形象都能起到较为重要的作用。以上是从整体上对重写本所做大篇幅修改进行概述，结合具体异文信息，可将重写本正文修改大致归纳为如下几方面。

一、"去政治化"删改

首先，重写本在初版本基础上做了"去政治化"的删改。《第二次握手》初版本是在手抄本系列基础上多次改（重）写而成，不可避免会体现特定的时代色彩。而重写本的"重写"语境已经迥异于手抄本和初版本创作时期，读者群体及阅读语境的变化，都促使作者做出淡化文本政治色彩的努力。作者自己也曾说："《握手》原版在文学上有很多缺陷，政治上更有很多僵化、概念化、脸谱化的和'左'的写法——这跟当时我的功力浅薄和大环境不好有关。"[①]作者期望在全新的社会与历史语境下进行重写，故2006年重写本做了不少"去政治化"删改，最为明显的就是删除初版本第十一章"周公吐哺"全部内容。初版本该章主要叙述凌云竹教授夫妇在住处与关山巍秘密"接头"，显示出知识分子凌云竹夫妇、革命烈士之女丁洁琼与进步人士之间的密切关系，甚至还叙述知识分子对共产党及周恩来的崇拜之情：

"周恩来？"凌云竹教授霍地站起来，"是不是当年在黄埔军校当政治部主任，后来又指挥上海工人武装起义的那位共产党大将？"

"是的。"关山巍点点头。

"这位名满天下、威震神州的伟人，他……他谈起我，并且给我那么高的赞誉？他……周恩来，周恩来！"教授坐不住了，他离开藤椅，在小室中踱来踱去，激动地叨念着那位伟人的名字——那个像金刚石一样闪射异彩的名字，那个具有神话般魅力的名字……

重写本将初版本中关于丁洁琼身世及其与共产党，尤其是周恩来的关系，凌云竹对周恩来的崇拜叙述等这一整章悉数删去。关于丁洁琼与周恩来关系的描绘，初版本中还有两处衔接全文的"三枚铜板"细节描写。第一处是在丁洁琼即将赴美留学，凌云竹夫妇告知丁洁琼的身世及其与周恩来的特殊渊源时，第168页叙述有：

[①] 张扬：《〈第二次握手〉：第二次"颠覆"》，《同舟共进》2006年第12期。

凌云竹将三枚铜板放在丁洁琼的右手掌中，庄严地说："总之，就是这样，几年来，我和你师母虽然尽了自己一点责任，但真正抚育、关怀和无微不至地照顾你的，却是那些没有出面的人——周恩来和你父亲的其他朋友。他们前仆后继、英勇顽强，在为争取一个光明、幸福的新中国而战斗。他们怀念着牺牲了的同志，也注视着你的成长。现在，我有义务把这一切真实情况告诉你。"

丁洁琼把三枚珍贵的铜板紧紧攥在掌心中，之后，又扣在胸膛上，目不转睛地盯着老校长。

第二处是文本结尾处，周恩来总理亲自到机场挽留丁洁琼，第405—406页叙述有：

"……这三枚珍贵的铜元……"女物理学家停了停，以更不平静的语气继续说，"二十六年来，我一直藏在内衣的左胸兜内，因为那里最靠近我的心脏。现在，我把它们作为自己事业、精神和敬爱之情的象征，奉献给您……"

…………

"至于这三枚铜元……"总理凝视着女物理学家的脸，把她的右手拉到自己胸前，将暗红色的铜币重新置于那只白皙而柔软的手心中，无限亲蔼地说，"就作为我的一点心意，让它们继续伴随着你吧！洁琼，你乐意吗？"

"太好啦，谢谢您，总理！"丁洁琼连连点头，兴奋地说，"我一定珍藏着它们，让这些真正的宝物伴随着我，直至生命的终点……"

"不，"总理摇摇头，铿锵有力地笑道，"让它们伴随你登上更光辉的科学顶峰！"

初版本通过"三枚铜板"的细节，强调丁洁琼革命烈士子女的身份及与周总理的特殊关系。重写本弱化丁洁琼的身世并删除了与周总理这层特殊关系，修改后作为大国总理的周恩来前来机场专门挽留丁洁琼，就不再拘囿于曾经与她的这一层特殊的"革命化"身世关系，而是体现出特殊时期国家领导人对科教事业和科学工作者的重视，能够换来读者的感动。

其次，重写本还删减了对苏冠兰与叶玉菡之间富有政治色彩的爱情的描写。初版本第131页苏冠兰在信中向丁洁琼告知不接受叶玉菡的理由是：

> 长期以来，我认真考虑了自己为什么不喜欢叶玉菡，现在找出了根本原因。我们生活在一个大动荡的时代，我总想投身于滚滚向前的历史潮流中去，而她却太温驯、沉寂，缺乏个性和反抗精神。在叛逆的道路上，她不能和我共同奋战。父亲和查路德正是看中了她这一点，才把她当作一副枷锁来束缚我，才拿出这张王牌来破坏我的自由、我的选择，破坏你我之间的爱情。而在这个关键问题上，你与她恰恰相反，这正是我们爱情的基础。

可见，初版本中苏冠兰把不能接受叶玉菡的根本原因归结为"大动荡的时代"，及叶玉菡缺乏个性和反抗精神，从而导致不能"共同奋战"等革命时代的外因，从侧面烘托出二人不能相爱的根本原因乃是政治观念的不符。如果苏冠兰这种表达略显含蓄，那么后文鲁宁劝告苏冠兰接受叶玉菡则是从赤裸裸的政治立场出发。初版本第304页：

> 从现在起，你应当换一副新的精神面貌，让爱情服从政治，把个人问题归入革命事业的总渠道。站在这个立场上，正确处理周围的一切。

重写本将苏冠兰与叶玉菡之间带有政治色彩的爱情叙述悉数删去，这也符合新世纪以来的重写语境。试想新世纪以来的读者谁还能接受政治意识对爱情如此直接的干预？修改后让爱情回归纯粹，更符合现代读者的阅读和心境。

重写本中"去政治化"删减还体现在对特殊时期中美关系及美国形象的改写。初版本第258页描述叶玉菡参与"P·U·S-001"小组细菌实验时，逐渐意识到她所参与的这种实验与罪恶的细菌武器之间有着微妙关系，叙述有：

> 虽然她暂时还不知道，在太平洋两岸以无形的黑手控制着这个专家小组的，有美国国务院、国防部、陆军部、国会拨款委员会、中央情报局、纽约战略生物研究所和驻华大使馆……

可见，初版本中作者对中美关系定位持着较为偏激的观点，美国在作者笔下呈现为负面的妖魔化形象。作者也曾自述："《握手》原版（指初版本。——笔者注）中的美国和美国人全被妖魔化了！这在当时是一种迫不得已的'防护'措施，在今天看来就完全不必要了。事实上，中美两国是'二战'中的盟国，两国政府、军队和领导人曾经在反法西斯斗争中相互支持，两国人民有过鲜血凝成的情谊——新版本将回顾那段感人的历史，唤醒两个国家的美好回忆，共同遥望那可能更加美好的未来。"[①]正是基于这种认识，作者将初版本中对美国形象妖魔化的内容进行了改写。重写本第五十一章"'SB-1'实验室"中叙述道，是美国"SLR基金会"的西蒙·切尼尔博士作为老师，安排叶玉菡筹建SB-1实验室。鉴于中国的贫穷及教育、科技的落后，建立类似实验室及医院、研究所等对中国大有好处。且西蒙考虑到叶玉菡未婚未育，而该实验室可能损害生育机能，所以也只是安排叶玉菡筹

---

① 张扬：《〈第二次握手〉：第二次"颠覆"》，《同舟共进》2006年第12期。

建，待正式建成后再选派一批身强力壮且已婚生子的年轻美国科学家前来工作。重写本叙述中充满着人道主义精神，也可见彼时中美两国之间的相互支持与合作。

二、历史叙述增加

重写本篇幅达61.4万字，相较初版本净增36万多字。文本内容大篇幅的差异除源自上述弱化政治色彩的叙述外，大部分是对涉及政治、军事、历史及文化等历史叙述内容的增加，目的则是有意铺叙更多与故事有关的历史背景和细节。从表2-1可见，重写本很多新增章节的内容都是如此，尤以第二部分和第三部分为多。鉴于增写篇幅过多，在此仅选择重要增补内容予以呈现。

如初版本只在叙述丁洁琼科研生活时，提到她所从事的有关原子能的研究，而重写本第二部分从第三十章"U委员会"到第三十一章"曼哈顿工程"，详细铺叙美国关于首批原子能研究实验的机构组成及变迁，大量介绍原子能研究所涉及的有关技术及理论问题。重写本第246—247页有对话叙述如下：

> 奥姆略事斟酌了一下词句，语气郑重，"我想请你出山。"
> "为研制原子弹？"
> "当然。"
> "相关的理论和技术问题你曾多次咨询，我都无保留地提供了意见。"
> "不，我希望你直接参加到'曼哈顿工程'中来。"
> "不叫'U委员会'了？"
> "是的，要大动刀兵了！"
> "怎么个'直接参加'？"
> "就是说，列入'工程'编制，在'工程'安排的地方上班和领薪金，服从那里的安排和调遣，直至原子弹研制成功并炸在

希特勒头顶上！"

"'曼哈顿'，我必须住到纽约去了？"

…………

"不，不是'曼哈顿'，而是'曼哈顿工程'。……工程非常庞大，参加者可能将达几十万人，动用几十亿美元，运用今天世界上最尖端的科学和最先进的技术，参与的大学、研究所、军队和企业，所涉及的能源配置以及行政区域将遍布全国甚至远及海外。但我想不会把任何一个项目摆在纽约。"

对战时日军侵华罪行的叙述也是重写本大幅增写内容之一。《第二次握手》故事讲述时间背景就是二战前后，初版本有对日本发动侵华战争的叙述，但却未有对日军侵华罪行的描述，显然削弱了故事讲述的历史厚重感。重写本则增写第四十三章"血海"内容，通过丁洁琼查看佩里所送卷宗资料——《旅顺的陷落》，详尽呈示日军侵华的血腥历史：

丁洁琼开始翻阅《旅顺的陷落》。她很快便找到了关键的记载，她想这也是佩里希望她读到的内容：日军一八九四年十一月二十一日攻占旅顺实施屠城，四天后全城一万五千多居民仅幸存三十六人！

…………

从第五份卷宗开始，像"编年史"般记录着日军一九三三年二月侵占热河，一九三七年七月进攻卢沟桥和占领平津，一九三七年八月进攻上海，一九三七年十月和十一月攻占归绥和太原，一九三七年十二月侵占南京、浙江和安徽，一九三八年四月占领徐州，一九三八年十月占领广州，一九三八年十一月占领武汉，一九三九年二月占领海南岛，一九三九年三月占领南昌，从一九三八至一九四一年底太平洋战争爆发后日军占领厦门、福州、香港和上海租界，一九四四年日军进攻河南、湖南和广西，长达十多年里对中国的疯狂侵略。

重写本整整增加11个页码的篇幅，呈现大量有关日军侵华罪行的史料记载。这样修改既能增加作品的历史厚重感，更能引起读者阅读共鸣，但也留下大量材料堆砌造成文本艺术不足的缺憾。

重写本增加的重述中美关系的内容是第三十三章"长空飞虎"，有关于援华的美国志愿航空队"飞虎队"及"驼峰航线"的描写：

> 这批战机是"中国空军美国志愿援华航空队"即"飞虎队"的作战武器。陈纳德从此被称为"飞虎司令"，由中国政府授予他上校军阶；而中国"第一夫人"则是"飞虎队""名誉司令"，如果授衔的话也许应该是"上将"，因为她还是中国空军的"总司令"！
>
> ············
>
> 为了躲避日机，我方运输机被迫向北绕了一个很大的弧形，不仅航线大大延长，还必须飞越"世界屋脊"喜马拉雅山脉。而当时的飞机，特别是满载的运输机续航能力有限，升限仅一万八千英尺或更低，而喜马拉雅山脉简直是一道平均高达二万三千英尺至二万七千英尺的天然屏障；地面则峡谷急流纵横交错，交通阻隔罕见人迹，天空则经常雷鸣电闪，沸腾着特殊气流，长期是"空中禁区"。运输机在雪山峡谷中穿行。航线曲折，高度起伏，有如驼峰，因此被称为"驼峰航线"。

重写本中，作者摒弃初版本对中美关系妖魔化的偏激写法，通过新增人物赫尔作为叙述线索，大幅增加中美双方同盟抗日与合作的内容。

三、艺术完善修改

重写本还对主要人物形象进行艺术完善，在延续初版本人物画廊基础上，做出更富人性深度和更真实的改动。苏凤麒是重写本中改写幅度较大的主要人物之一。作为苏冠兰的父亲，初版本中苏凤麒是一位独断专横的学阀，虽然长期留学国外，毕业于剑桥大学，因发现以自己名字命名的"苏氏彗星"而赢得世界声誉，并获得英国皇家学会伊丽莎白金冠奖，骨子里却有着根深蒂固的封建伦理思想，他能用尽一切国内外影响、权力和手段强行干涉儿子苏冠兰恋爱自由，并最终导致苏冠兰和丁洁琼间的爱情悲剧。初版本对苏凤麒极端矛盾的性格和行为并无过多解释，呈现出概念化、脸谱化、刚愎自用的封建家长负面形象，很不符合常理和生活实际。重写本增加大量有关苏凤麒的篇幅，使其形象得到很大改变，成为一个不仅睿智博学，还重承诺、守信用，甚至爱国抗日的正面形象。对于苏凤麒为什么粗暴干涉苏冠兰的爱情生活，重写本专门增写第十六章，尽管结果仍是干涉苏冠兰的爱情，但改写后却被赋予了"可怜天下父母心"的色彩：

叶楚波气若游丝，紧抓着的手渐渐松开，却仍旧目不转睛……

苏凤麒迎视着老朋友："菡子聪明懂事，我会让她尽量多读些书的，中学，大学，留学，能读多少就读多少！"

叶楚波显出欣慰之态。

"还有一件事，趁现在跟你说说。"苏凤麒略微停顿，"菡子跟冠兰年纪相仿，刚出世就在一起，相处得也很好，像亲姐弟似的——这使我们两口子都很高兴！我想给他俩订下终身之约，不知你的意思如何？"

叶楚波居然流露出一抹惨淡的笑意，还点了点头——这点表情和动作终于耗尽了他残余的生命，但见他缓缓合上眼帘……

重写本解释了苏凤麒在得知儿子与叶玉菡并无爱情基础后，仍横加干涉的原因，不仅如文中所述，他自己就是封建包办婚姻，更重要的是他对友人临终之际有承诺。苏凤麒也一直践行着自己的诺言，在生活和学业上都支持和关心叶玉菡，对苏冠兰进行"逼婚"也是践行诺言的表现。重写本修改增写后，使苏凤麒"封建家长"式的行为有了合理注脚。在重写本中，苏凤麒的逼婚行为就不会让人觉得不可理喻，甚至是可以谅解的，一定程度上也是对该形象的一种修复。

重写本还增写苏凤麒的抗战贡献，将其封建家长的负面形象修改为积极的抗战功臣形象。重写本第三十二章"烽烟云贵高原"，增写大量苏凤麒的抗战行为：

> 人们很快看到了这把"宝刀"：从临洮回到昆明的苏凤麒开始研究开发最先进的技术，要使凤凰山天文台兼具导航功能，为美国援华空军服务。
>
> ············
>
> 苏凤麒认为，昆明位于中国战略后方的地理中心，即使把缅甸考虑在内时仍然如此——这种地理位置在飞行器导航方面具有突出的优越性。他运用天文导航原理，对当时已是最新技术的雷达作了重大改进，打破原有的非自主式导航台必须设在机场或航线上的局限，以凤凰山为中心建立起高效率的和稳固的信号网络，为我方飞机航行和空军作战指挥提供了坚实保证，美国飞机失事或被日机击落的几率大大降低，及至凤凰山被美国飞行员们盛赞为"指南台"。

初版本中苏凤麒是一个封建家长形象，他唯一正确的选择就是在解放后的关键时刻留在了大陆，但其学术建树及发挥的作用并未得到描述。相反，初版本着力叙述其利用权力和影响干涉苏冠兰的人生及自由选择，这种刻板形象塑造也就过于简单而显得脸谱化。重写本中增写苏凤麒利用所学，冒着生命危险为抗战做贡献，甚至初版本中对父亲抱着仇视心态的苏冠兰，重写本中他也因父亲的抗战壮举而在看法上有了较大改观，第258页：

"老头子毕竟还是爱国的，抗日的，而且这把年纪居然还有作为，有创造力……"苏冠兰寻思，"难怪他敢自比'廉颇'！"

重写本显然塑造了一位知识分子的饱满形象，还原出了一个近代以来经世忧国的优秀知识分子形象，在新世纪以来的人物形象谱系上对接了"五四"以来的传统。

重写本还对丁洁琼的形象进行了更生活化和更真实的改写。初版本中丁洁琼一生只忠于对苏冠兰柏拉图式的精神苦恋，其事业成就亦由这种精神动力所促成，是一个完美无瑕的圣女形象。这是作者的初衷，要在特定年代创造出一位完美的女性形象，使其在爱情失语和知识分子失声的年代里，成为感动世人的完美女神。初版本确实达成了作者的心愿，但从艺术规律及生活真实出发，这样的人物是否真的存在？显然因"被塑造"而显得"失真"，同时也失去了人性的丰富及深度，成为有缺憾的人物形象。重写本则通过对丁洁琼感情描写内容的增写，对这一"有缺憾的形象"进行了修复。

重写本在初版本基础上，增加大量奥姆追求丁洁琼的内容，及奥姆之弟赫尔对她的倾心。初版本中丁洁琼面对奥姆的追求毫不动心，甚至因心中只有苏冠兰而义正词严地拒绝；重写本中丁洁琼的心理和态度则变得柔和，尽管未接纳奥姆，但其拒绝也显得心中有愧，甚至因在国外长期孤寂和渴求关心，也会生出一丝对奥姆的思念之情，重写本第276页：

想了冠兰，又想奥姆。丁洁琼算了算，奥姆足有两个月没到"暗红色小楼"（这是他和她都喜爱的对伯克利郊区这所房子的称呼）来了，连电话也很少打——由此可以看出他异乎寻常的紧张忙碌；也由此，丁洁琼觉察到了自己内心深处对奥姆的牵挂和眷恋，还有对奥姆正在进行的事业的关心……

尽管丁洁琼最终并未移情奥姆，但由于在异国他乡二人长期相处合作及她所受的关心照顾，尤其是与苏冠兰数十年分隔两地的情感煎熬，丁洁琼内心生出对奥姆的牵挂和眷恋也是人之常情。同时对丁洁琼内心情感的刻画也显得更为细腻，把丁洁琼从初版本高高在上的圣女形象，拉回到重写本普通生活中的女性形象，显得有血有肉，更加生动。

四、"终极版"改写

2012年作者经过沉淀和打磨，由四川人民出版社推出《第二次握手》"终极版"，篇幅约46万字，较重写本删减了15万字左右内容。对于再次重写并称之为终极版的原因，张扬曾解释都是由追求完美的性格使然，"某种意义上来看，我一生只写了一本书，即《第二次握手》。而对它从来不满意，一直在不停地重写改写，从手稿和手抄本时代即是如此，而这一版是我最满意的"。[①]作者把终极版当定本来看，也认定其为最满意的版本。那么，作者认为重写本的局限又在哪里呢？当时重写本因增写大量有关科学知识和历史背景而被责编称为百科全书，作品背景及历史性、真实性得到加强，文学性反被削弱。张扬的女儿开玩笑说："看了爸爸的书，我可以造出原子弹了。"张扬认为，读者要看的是小说，不是百科全书，这是一个优点，也是缺点，因此便有了"动刀"给它"瘦身"的念头。[②]2006年重写本有88章，2012年终极版只有42章，从结构上看，"瘦身"一半之多，减少的篇幅更是达15万字左右。从"瘦身"内容来看，删减了政治、科学、军事及历史、文化等诸多学科知识的内容。这些专业知识的删除，使故事叙述少了很多枝蔓，整个情节及叙述更加紧凑。终极版是在重写本增加大量材料的基础上又一次大面积的删改本。

除了大量知识性叙述删除外，终极版还在爱情观及人物形象修

[①] 《作家张扬：一生只写了一本书》，《成都商报》2012年12月2日。
[②] 《作家张扬：一生只写了一本书》，《成都商报》2012年12月2日。

《第二次握手》2012年终极版封面

复上延续重写本的初衷，主要体现在对女主人公丁洁琼和叶玉菡的修改。对于丁洁琼的形象修复，重写本已做不少调整，终极版中作者在对爱情观保留原汁原味时代风格基础上，增加很多美国学者奥姆追求丁洁琼的细节，是对重写本的续写，从而使其爱情故事更加生动感人，进一步还原丁洁琼作为一名生活女性的形象。

在作者看来，叶玉菡也是一位拥有内涵和东方知性美的女性。重写本对叶玉菡也做过形象修复和修改，但力度不大。初版本中叶玉菡较丁洁琼而言，是更能忍受及甘愿付出的"修女式"女性，《第二次握手》讲述的"三角相恋"故事中，唯有她处于单恋状态。尽管苏冠兰拒绝，叶玉菡仍一直单恋，甚至苏冠兰以20年之约作为托辞推迟婚期，试图让她主动放弃，叶玉菡仍一口应承这个不平等约定。初版本对叶玉菡的情感及心理没有过多描绘，叶玉菡始终以苏冠兰暗恋者兼未婚妻的身份存在着。重写本对叶玉菡的情感生活做了适当改写，增加奥姆之弟赫尔来中国后与叶玉菡的相遇，赫尔是叶玉菡世界中出现的另一位男性形象，但也仅止于此，没有进一步对赫尔与叶玉菡之间的感情进行描述。终极版则延续这一人物形象的修复思路，增写赫尔对叶玉菡强烈的情感诉求，第161—162页叙述有：

> 叶使我获得了第二次生命，可是却不愿意听我说感谢的话语。她说自己是一个医生，是在尽她的天职，做她该做的事。她说，她和所有同胞一样，感谢飞虎队为中国抗战作出的牺牲和贡献。
>
> ……
>
> 叶走后，我内心充满迷惘和感伤。我很想念她，不知道是否真的"后会有期"，又企盼与她"后会有期"。罗曼被你迷住了，而我可以说是被叶迷住了。我说不清这是一种什么感情，是哪一类感情。她和你都是中国女性，她和你都那么美丽！

终极版对叶玉菡情感生活的描述，除进一步增写赫尔对叶玉菡的追求外，还在第二十五章"小姑居处"增写惠勒对叶玉菡的强烈表白：

> 叶玉菡凝视惠勒。
> "或虽然确实有'他'的存在，但是你俩如果因故不能履行婚约，不能结成夫妇——"惠勒一字一顿，"那么，我会再向你求婚的。"
> 叶玉菡仍然沉默，也仍然凝视惠勒。
> "叶，现在就这样回答我，"惠勒目不转睛地盯着对方，"那时，你一定接受我的求婚！"
> 叶玉菡避开对方灼人的目光，低下头去。

对赫尔的追求，叶玉菡表现出婉拒之态；而对惠勒的追求，叶玉菡顾虑的是与苏冠兰未知结果的婚约，而"低下头去"的沉默实质上则是默许的态度：

叶玉菡转过脸来，看着惠勒。

"叶，答允我，答允我！"惠勒一把抱住对方，抱得很紧很紧，娇小的叶玉菡简直透不过气来，"现在就答允我，说你接受我的求婚。"

附近游人投来惊讶的目光。

"惠勒，听我说，再等三年，再给我三年时间，好吗？"叶玉菡尽管有点透不过气来，神态和口吻却仍然冷静，"三年，三年之后。"

惠勒大声叫喊："为什么，为什么还要等三年，为什么是三年？为什么不是两年或四年，而是三年？"

叶玉菡对惠勒提出三年之约的要求，可以看出她虽深爱苏冠兰，但对于与苏的婚约也未抱有绝对幻想（甚至失望的心态更大），对惠勒也有情窦再开的表现。这与初版本所刻画的"修女式"女性形象截然不同。终极版中叶玉菡有了情感追求的主体性表现，脱离了初版本中所呈现的完全附庸于男性的形象，和丁洁琼一样，其性格与形象均随着文本的修改而得到了成长。

第二节　不同时代的文本生产与艺术追求

《中华读书报》记者舒晋瑜2006年曾在《第二次握手》重写本面世时，采访作家张扬。访谈文章用了"43年写一本书"作为标题，意在突出作者从1963年到2006年长时间、跨世纪坚持"写"同一作品的奇特现象。当年访谈时舒晋瑜可能也未曾料想作者还未定稿，日后仍有"再写"可能。果不其然，2012年《第二次握手》"终极版"问世。作品最终定稿将"43年写一本书"的纪录刷新为"49年写一本书"。一个作家近半个世纪（且是跨世纪）坚持重（改）写同一部作品，不仅是中国当代文学史上的奇迹，也是世界文学史中的奇特现象。张扬缘何如此热衷于反复地重（改）写？除了作家对作品本身的热爱外，更与近半个世纪所跨不同时代及语境变迁息息相关。

一、特殊年代的续写与重改

从《浪花》到《香山叶正红》，再到《归来》及被反复传抄的《第二次握手》，20世纪60—70年代这十余年正是中国当代文学史上最沉闷的时代。《第二次握手》描写知识分子，叙述知识分子的"三角爱情"及肯定他们对科学的贡献，歌颂周恩来总理等，因与当时"四人帮"所倡导的"三突出""三结合"等"主流"文艺政策相悖，而使公开发行成为奢望。但作品故事却又是引人喜爱的内容，自从首次以短篇小说《浪花》手稿形式传播后，一传再传，作者再也收不回原稿，于是每一次都凭着对原稿的记忆进行重写，又传出去，同样再也收不回来，以至于十多年间，作者在没有原稿的情况下进行了多遍重写，前后写了五稿之多，每写完一稿都不胫而走并被争相传读甚至抄写留念。其在民间流传和受欢迎的程度令人吃惊，据说"成千上万的热心读者们，曾经冒着被批判被批斗的危险，在黯淡的灯光下阅读这本书，传抄这本书，使这本书不胫而走，使有幸得到这本书的人，在冷漠的寒夜里，得到瞬刻的温暖"。①"唐山市有个青年，连续八昼夜抄了两份……湖南某学院，有近半数学生传看这本书，有的人躲在岳麓山树林中抄写它……上海有个工人花了好多个日夜，把它刻在蜡纸上，没地方去油印，厂里医务室的同事悄悄地帮他，在诊疗室里从日落印到日出。"②"非常"的历史时代造就了文本特殊的手抄生产与传播形式，并贯穿着作品"手抄本系列"历时发展全过程，造就了作品"未定型"的开放式艺术样态。作品由短篇至中篇，最后"手抄"成20万字左右长篇规模，结局也由初稿的悲剧结尾改为后续文本的"积

---

① 张扬：《〈第二次握手〉文字狱》，中国社会出版社1999年版，第393页。
② 顾志成、邝夏渝：《要有胆有识地保护好作品——手抄本小说〈第二次握手〉调查记》，《二十世纪中国实录》，光明日报出版社1997年版，第5528页。

极"结局,每一稿都吸收了上一稿的精华和长处。在特殊的文本生产环境下,"手抄本系列"也呈现出向好的艺术效果。

1979年,新时期后首次公开出版并定型的文本——初版本《第二次握手》面世,创下中国当代文学作品发行量"百天三百万"的奇迹。1984年《中国青年出版社的三十五年》一书中,记载了《第二次握手》发行量为4294200册(简称430万册),当时排在新中国成立后当代长篇小说总印数第二位(仅次于《红岩》),居新时期以来的第一位。[1]且这一发行量并非依靠官方宣传、推广,实乃市场自发举动。这一曾经影响整整一代人的定型文本,是否就代表着新的时代(新时期以来)文本生产与艺术追求的目标呢?富有深意的是作者在初版"后记"结尾做了如下自述:前面谈到本书历稿的粗糙,这是由于我多年身陷囹圄,后来又是带着重病,在极其困难的条件下坚持改稿的。因此,现在成书的这部作品也是非常不像样的。我谈到这些,并不是要求读者们原谅我那拙劣的写作水平,而是希望能允许我在今后的岁月里,如果还有机会,把这部粗糙的作品修改得稍趋完美一点。[2]字里行间可见作者对初版本并不满意,出版伊始就抱定修改的想法。作者后来的举动也证实这并非自谦之词,日后近四分之一个世纪中,作者坚持拒绝多家出版社以单行本或收入文集等形式重印或再版,直至初版本在市场"绝迹"。作者后来也道出如此做的原因:"这本书感动过一代人,这是事实;这如同沙漠上钻出了一棵野草,大家自然感到新鲜、兴奋。但更重要的是,这部作品写得不好,还不是一般的不好,而是非常不好!它感动一代人是那个特殊时代造成的,不是作者功力的反映。"[3]可见作者把对作品不满归因于"特殊时代造成的",特殊时代显然指的是20世纪六七十年代手抄文本的生产年代。

这也呈示出一个有意味的话题:出版于新时期之后并畅销于20世

---

[1] 张扬:《〈第二次握手〉文字狱》,中国社会出版社1999年版,第378页。
[2] 张扬:《第二次握手》,中国青年出版社1979年版,第411页。
[3] 舒晋瑜:《43年写一本书》,《中华读书报》2006年9月13日。

纪80年代的初版本《第二次握手》，并不能代表"新时期"这一新的时代文本生产与艺术追求的目标。再来考证一下初版本改稿及出版过程，亦能佐证这一点。1975年张扬就因手抄本《第二次握手》广泛流传而受到迫害，第二次入狱并被内定为死刑。当时起诉案卷交到湖南省法院审判员李海初手中时，审判员通过认真阅读不同版本"手抄本"后，认定这并非如案卷所说是反动的书，而是一本好书。最后年轻的审判员基于事实和良知故意对案件拖着不办，冒着风险暗中对作者和作品予以保护。直到中国青年出版社和中国青年报社收到大量读者来信，肯定手抄本内容与价值，要求给作者平反，两位青年记者顾志成、邝夏渝遂冒着极大风险奔赴湖南调查取证，最后通过各方努力，才于1979年为张扬平反。平反后的张扬尽管身染重疾，还是极力促成《第二次握手》公开出版，也成了一起编者、作者及社会读者广泛关注的公共事件。有学者甚至认定，"1979年的氛围中，《第二次握手》的修订和出版，在本质上，其实是一个政治事件而非文学事件"。[①]

对于初版本《第二次握手》修改及成稿过程，当时张扬案件的直接参与者，两位年轻编辑李硕儒、邝夏渝有过详细回忆：

> 这次出书必须最后做一次修改，才能定稿付排。但是作者由于当时重病在身，无法立即修改，鉴于这种情况，我们便努力搜集作者写过的六稿，并就如何修改与作者充分交换了意见。在此基础上，由编者代作者做了一遍增删修订工作。大约一个月后，作者病情逐渐好转。经医生同意，允许每天阅改三四小时的稿件。
>
> ……
>
> 作者抱病改完后，我们又仔细阅读了一遍，已是五月末。在我社出版部门和印刷厂工人的大力支持下，仅五十多天的时间，

[①] 王尧：《〈第二次握手〉："手抄本"与"定稿本"》，《小说评论》2011年第1期。

《第二次握手》即行出版，时值去年七月。①

之所以引述这则材料，是因为材料记录人为事件参与者，可信度高，另外其中也包含着丰富的历史细节。初版本是在手抄本前六稿基础上综合改定而成，先是由编者代替作者"做了一遍增删修订工作"，然后由病情稍有好转的作者在此基础上"每天阅改三四小时的稿件"修订而成。当然，手抄本1974年稿篇幅最长，有20万字之多，初版本主要以此稿为修改底本或也可能。修改内容上，既有情节的丰富，如丁洁琼赴美后的学术和反战活动，新增苏、丁两地相思、互相支持的情节等，更有对反映特定历史时代价值观及意识形态的内容的改写，如苏冠兰在国内奔波、苦斗及与地下组织的联系，尤其是增写几处表现总理形象的场面。可见1979年初版定稿本虽是在新时期得到改写，但仍是延续手抄本系列所体现的20世纪五六十年代的文本内涵和精神。修订的初版本实质上是对手抄本系列合法性的确认，它的再度创作并没有充分体现新时期意识，其中能感动一代读者的知识分子"投身科学"及"痛苦爱情"，也是手抄本本身所具有异质性因素的延续。

1979年初版本副文本信息也营造出整个文本所体现的20世纪五六十年代的文学氛围。从手抄本第二稿《香山叶正红》，基本确立小说框架、情节和主题，正文前作者也首次抄录题词："痛苦中最高尚的、最强烈的和最个人的——乃是爱情的痛苦。"（革命导师恩格斯语）以后各抄本中这句名言均得以保留。题词本身只起到"痛苦爱情"点题作用，重要的是恩格斯革命导师身份，与五六十年代主流的革命化、阶级性社会或文化氛围相吻合。当然，说作者想利用革命导师语录达成保护自己的目的，似乎也稍显牵强附会，因为作品未公开发行，有没有读者亦未可知，更难料想之后的岁月里会被广泛传

---

① 李硕儒、邝夏渝：《作者的战友　读者的知音——编辑出版〈第二次握手〉的点滴体会》，《中国出版》1980年第2期。

抄。但作者有意借用在那个年代广泛流行的革命导师语录，表达对自己创作主题的解释也合理可行。至1979年初版本为不同手抄本定稿且公开发行时，作者仍保留恩格斯其名，只将语录改换成"人与人之间的，特别是两性之间的感情关系，是自从有人类以来就存在的"，表明作者想表达的是人类永恒的爱情主题。更重要的是，还添加了与表达"科学"主题相关的另一位革命导师马克思的语录。借用五六十年代最为流行的两位重要革命导师及其名言语录共同呈现文本主题，其间所传递的文化政治信息不言而喻。以上是从作者本人对副文本信息的修改所呈现出来的。此外，编辑出版者还为初版本增写另一种副文本——"内容提要"，如下：

> 这是一部描写老一代科学家的事业、生活和爱情的小说。
>
> 作者通过苏冠兰、丁洁琼、叶玉菡等人的不同境遇，反映了解放前，面对我国内忧外患、濒于灭亡的现状，他们忧国忧民，试图走科学救国的道路。然而，在那样的制度下，他们的努力非但无补于国家和民族，即使自己的科研事业和个人命运也惨淡潦倒；只有解放后，在社会主义的阳光沐浴下，他们的愿望才得以实现。
>
> 这部作品情节曲折，语言生动。它热情地歌颂了党，歌颂了周总理，歌颂了社会主义制度；深刻地揭示了资本主义制度下的虚假的民主。作者也以细腻的笔触，通过发生在知识分子阶层中深层曲折的生活经历，刻画了苏冠兰、丁洁琼、叶玉菡等爱国科学家的感人形象。

这则副文本在概述作品内容、主题及艺术成就的基础上，鲜明地打上了五六十年代社会和文化氛围中"两种制度"的阶级印痕。显然，编者与作者一道在合法秩序中，试图使修订出版的初版本重现出五六十年代的文学旋律。所以初版本虽是新时期修订的新写作，但在内在肌理和精神上却仍是延续手抄本系列的"旧文本"。新时期后，面对文学史家洪子诚"虽然销量达400余万册，却没有得到预期的评价"①的困惑，我们也能从中嗅出些许因由。回顾新时期以来的文学主潮，伤痕文学和反思文学回溯了历史；改革文学关注着现实；从寻根文学及先锋文学之后，文学回归自身的潮流已从暗流涌动变为自觉追求。这一时期修订出版的《第二次握手》初版本处于新时期文学主潮之外，虽有社会反响，但文学批评及其价值意义却少被认可。这也就不难理解，作者在初版本刚推出时，就在"后记"中抱定了修改初衷。

二、融入"新时期意识"的文本改写

以上说明初版本并不能体现新时期意识，在文本生产内在肌理和精神实质上与手抄本系列一脉相承，是特定历史及意识形态下的产物。但初版本不同于手抄本，在文本生产方式上，由手抄本地下创作的未定型稿本变为了公开出版的定型稿本，生产方式变化也带来了传播途径和范围的变化。至今《第二次握手》初版本不仅发行量最多，其重要意义还在于电影、舞台剧、少数民族文字版等各种衍生版本都是以初版本为基础进行改编或翻译，各种评论和文学史记载绝大多数均指向初版本，初版本成了目前讨论《第二次握手》最流行的文本。

初版本却并不能代表作者的真实或终极意图。初版问世之初，作者就表达了"这部作品的粗糙、拙劣是可想而知的"②这一想法。所以即便初版本销量可观，深受欢迎，但作者在很长时间内拒绝作品重印或再版，目的就是希望这一"粗糙、拙劣"的文本能够待市场消化殆尽后再以新的面目呈现出来。张扬多年后也向记者坦陈心迹："我早就想重写《第二次握手》，但这需要适当的历史条件和政治环境。"③ 2006年人民文学出版社推出《第二次握手》61万余字重写本，便是作者所追求的新的"历史条件和政治环境"的产物。初版后20余年间，

---

① 洪子诚：《中国当代文学史》，北京大学出版社2007年版，第183页。
② 张扬：《第二次握手》，中国青年出版社1979年版，第410页。
③ 舒晋瑜：《43年写一本书》，《中华读书报》2006年9月13日。

作家一直未曾间断为修改初版本所做的准备工作,甚至重写本的篇幅与创作所耗时间都远超手抄本和初版本,"尽管动笔是在2003年,但实际上他已经为此准备了长长的二十多年的时间。二十多年来,张扬发表和出版过几百万字的报告文学、杂文和小说等,但一直没有间断过《第二次握手》的构思和材料搜集"。[①]作者甘愿坐冷板凳,耗费精力,再度推翻重写,其实就是想在新的时代语境里再度生产(改写)出一部符合"意图"的文本。这种"意图"在重写本中的表现就是"反文革""去政治"的新时期意识。

"文革"时期不仅爱情成为创作禁区,甚至人性也被异化,爱情成为特殊年代里日常生活及文学表现的忌讳。而无论从手抄本题词中的"痛苦爱情",还是初版本题词中的"爱情永恒"关键词,都可以看出,表现特定时代知识分子爱情生活是文本的主题之一。但受"文革"这一特定历史条件及话语氛围限制,手抄本仅只直观表现丁洁琼、苏冠兰及叶玉菡之间的"三角恋爱关系",就曾遭受批判;初版本因延续手抄本的内在精神,三人之间的爱情描写也未能脱离"文革"语境而充分展开。及至重写本,随着时代语境变化,这种爱情描写也由"文革"时期单一化、脸谱化向更加符合人性深度的多元化、复杂化方向发展。表现在重写本中就是呈现出更复杂的爱情脉络及更加生动、更富深度的人物形象。初版本(手抄本亦然)中丁、苏、叶三者间的爱情描述简单干瘪,没有过多人物关系介入,爱情叙述中的人物形象也过于脸谱化。而重写本则在"三角关系"主线外,同时展开了"多角关系"的副线:奥姆追求丁洁琼,赫尔、惠勒追求叶玉菡,阿罗追求苏冠兰等。当然,重写本在主线之外增加爱情副线,目的并不在于削弱他们各自对爱情的忠贞和信仰程度。相反,增写的爱情副线不仅能使文本中的主要人物形象更真实、生动,且更能从侧面检验主人公对爱情的执着和坚守,这与作者所要表现的爱情主题相契

---

① 舒晋瑜:《43年写一本书》,《中华读书报》2006年9月13日。

合。初版本中丁、苏、叶之间是纯柏拉图式的精神之恋，而重写本因副线增加，各个人物形象有血有肉，热烈饱满。如丁洁琼与苏冠兰之间的爱情描述及情感表达主要是通过往来书信，初版本中丁洁琼在给苏冠兰的信中写道："爱情的结果并不一定是生活上的结合，它也可以是心灵的结合，是精神的一致，是感情的升华。即使我们将来不能共同生活，你也将永远镌刻在我的心灵上……"可见，初版本中丁洁琼的爱情观念圣洁高远，遗憾的是显得缺乏生活气息和世俗色彩。而重写本中丁洁琼的爱情态度和观念则更加生活化，"成为院士和科学大师——即使那样，又怎么样？即使那样，我也要说：我在你面前只是个女人，一个属于你并且只属于你的女人！她时常想象'相互拥抱着，耳鬓厮磨'，想象'在充分享受你的爱抚之后怀孕、生育和哺乳，跟你一起抚养我们亲生的孩子们'"。她坚信，两人的爱情一定会成功！初版本中的爱情是革命化的爱情，而重写本更符合人性所需，更富有生活色彩，因而更加真实感人。

叶玉菡在初版本（或手抄本）中以"修女式"的女性形象存在，为践行对苏冠兰的爱，甘愿付出，默默等待。在她的世界里，只为等待一份未知结果的爱情。当然，这样的女性形象是作者基于时代原因塑造出来的。叶玉菡是一位秀美，有内涵，极富东方美的知识女性。重写本增写美国人赫尔来华后与叶玉菡的相遇，在叶玉菡的世界里新增了一位男性形象，是作者对初版本中叶玉菡形象进行突破的尝试。

进入新时期以后的思想与文化领域，一个非常重要的动向就是逐步摆脱前30年对政治的过度依附，表现在文学创作领域就是鲜明的去政治化叙述。初版以来作者长时间做着搜集与整理资料的工作，没有立刻进行重写，也是为了等待"适当的历史条件和政治环境"。手抄本和初版本能感动一代人，是特殊的时代环境造成的，难免在文本叙述中留下意识形态的痕迹，甚至人物形象的脸谱化、爱情叙述的单一化都是特定年代的产物。重写本经过20多年酝酿，新时期以来环境不断趋于宽松，20世纪90年代后社会主潮的无名化，及新世纪以来的文化多元诉求使作者重写初版本的意图有了可行性。重写本的明显表现就是删掉手抄本和初版本中僵化、概念化、脸谱化的政治叙述，用作者自己的话说，这跟当时作家的"功力浅薄和大环境不好有关"。所以重写本增强知识分子人格的独立性，弱化知识分子对于领袖人物过度崇拜的心理。重写本还主动删改知识分子本身所具有的革命身份，如删去丁洁琼作为革命烈士之女的身份，将丁洁琼所受组织的照顾改写为知识分子凌云竹教授夫妇的无偿关心，弱化了丁洁琼在身份上与革命政党的渊源关系。初版本中凌云竹教授夫妇也并非纯粹独立的知识分子，他们本身也有革命者的隐秘身份，二人在住处与关山巍秘密接头就可说明，且通过关山巍叙述，凌云竹夫妇长期以来尽己所能通过物质馈赠等形式与革命活动保持关联，其一系列隐秘的革命行为也得到周恩来的高度赞扬。重写本则悉数删去凌云竹教授夫妇支持或接触革命者的行为叙述，恢复其独立的知识分子身份。重写本中的这些去政治化叙述，无论是为表现知识分子的爱情永恒，还是为表现科学救国主题，都展开了更为广阔的叙述空间。相较于初版本，重写本是更能代表作者意图，体现作家"新时期意识"的文本。

  2012年终极版的文本生产意图与艺术追求，应是重写本的延续。终极版保持和延续了重写本相对洁化的叙述，一个显著变化体现在对叶玉菡这一形象的补充和完善上。如果说重写本是对叶玉菡形象进行突破的尝试，那么终极版的叶玉菡则从不食人间烟火的修女形象，回归到理性的日常生活女性形象，完成从初版本到重写本，再到终极版之间的形象生长与嬗变过程。终极版不仅增加赫尔对叶玉菡的追求，甚至还在第二十五章增写惠勒对叶玉菡的表白。而叶玉菡在初版本（或手抄本）中几乎是没有感情体验的"付出型"女性，唯有对苏冠兰单向的恋爱，完全缺乏被爱和主动争取情感的举动。终极版不仅新增两位异性对叶玉菡的追求，且在惠勒强烈表白时，用"低下头去"的沉默表达叶玉菡对惠勒情感的默许态度，最后以"三年之约"的要求默许了惠勒的强烈追求。最后叶玉菡发现惠勒特殊的军方身份，知晓其用人体从事细菌研究的卑劣行径后，无奈在自卫反击中将其枪杀。终极版中叶玉菡已完全不同于初版本（手抄本）中冷若冰霜、甘愿付出的修女式形象，而是有血有肉却又不乏理性的日常生活中的女性形象。当然，这两种截然不同的形象塑造，或者说叶玉菡形象的成长过程，也与两个时代不同的环境息息相关。

《第二次握手》从20世纪60年代的手抄本到21世纪的终极版，其不断修改、传播和出版的过程，经历了整整半个世纪之久。显然，初版本和手抄本系列同属特殊时代的产物，而重写本和终极版才是真正属于新时期新时代的修改产品。张扬是一位有着独立艺术追求的作家，在20世纪六七十年代特殊岁月里，人性被压抑，爱情成禁区，知识分子更是被贬为"牛鬼蛇神"，其手抄本体现出温暖的爱情叙事和知识分子的报国热情，成为文学和文化荒芜岁月里的异质性存在。作者虽曾因手抄本一再被打倒入狱，但其冒着生命危险坚守文学追求，拒不承认作品有影射之嫌，体现彼时张扬对艺术创作的初衷及前瞻眼光，但因受时代局限，他的作品虽在那个特殊年代感动一代人，却并没有充分表达出创作意图。之后长达二三十年的艺术修订并再版完善，使其创作初衷和意图逐渐实现。

第三章

《沉重的翅膀》

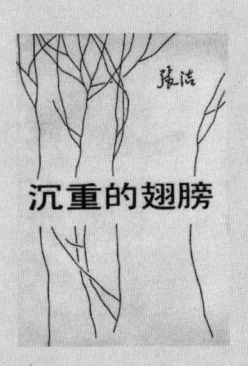

初刊本　　《十月》杂志
　　　　　1981年第4、5期

初版本　　人民文学出版社
　　　　　1981年12月

修订本　　人民文学出版社
　　　　　1984年7月

文集本　　人民文学出版社
　　　　　2012年4月

《沉重的翅膀》版（文）本谱系图

《沉重的翅膀》1981年初刊本封面

　　《沉重的翅膀》为张洁首部长篇小说,是当代文学史上第一部反映经济改革的长篇小说,也是新时期以来改革文学的代表作品之一。作者于1980年酝酿并开始写作,耗时四个多月,于1981年春脱稿。随后《沉重的翅膀》初刊《十月》,在当年第4、5两期连载,甫一发表便引起广泛争论,成为社会上引人注目的文学事件。作品得到评论家普遍肯定的同时,也受到批评、指责,并被要求修改。在综合考虑各方批评意见的基础上,作者会同出版社和编辑部做了冷静分析和全文推敲,对原作(初刊本)做了百余处修改,于1981年底由人民文学出版社推出单行本,是为初版本。1982年首届茅盾文学奖初评推荐书目中,《沉重的翅膀》初版本曾排名前列,但最终并未如愿得奖。为进一步满足作者及各方对作品的要求,1983年9月,作者在出版社及编辑部帮助下第三次修改《沉重的翅膀》。至年底改毕时,全书近三分之一内容进行了改动。再次修改后的《沉重的翅膀》提交出版社时,受到时任社长韦君宜的关注。韦君宜写了长达四页

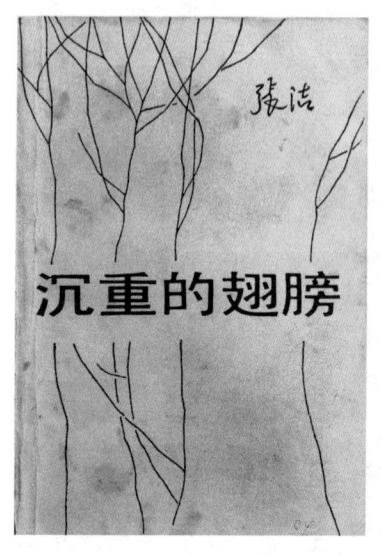

《沉重的翅膀》1981年初版本封面

纸的审读意见,并请作者最后改定。至此,《沉重的翅膀》第四次修订本于1984年7月改版发行,修订本在1985年第二届茅盾文学奖初评中又获一致推荐,后经评委投票,最终问鼎第二届茅盾文学奖。作品曾被德、英、法、俄、美、巴西、西班牙和北欧的荷兰等十多个国家翻译出版,是新时期之初当代文学走向世界的代表性作品之一。2012年,张洁在出版文集时收入《沉重的翅膀》,并在序中说:"文集的出版,给了我一个清理的机会。如果将来还有人读我的文字,请帮助我完成这个心愿——再不要读已然被我清理的那些不值得留存的文字,更不要将它们收入任何选本。"《张洁文集》中《沉重的翅膀》是在修订本基础上收入的,可见文集本即作者认为的定本。从1980年至1984年,作者共进行了四次修改,改动较大的主要有三次:一是1981年修改,是为1981年12月初版本;二是1983年的两次修改,是为1984年修订本。《张洁文集》所收《沉重的翅膀》是定本。本书主要汇校初版本与修订本之间的差异,以窥其版本变迁与文本演化的秘密。

第一节　文本锻造的艺术轨迹：初版本与修订本对校记

《沉重的翅膀》于1984年7月出版修订本。在作品序言中，张光年曾说："现在这个修订本，虽说还未能充分满足各方面的要求，包括作者自己的要求，但经过大幅度的去芜存菁功夫，使人有耳目一新之感。韦君宜同志告诉我，全书三分之一是重新改写的。细心的读者不难发现，除了内容上的修改加工，作者还在很多地方做了语法修辞上的推敲与润色，使这些地方的语言简练挺拔了。在中青年作家中间，一部长篇作品发表出书后，还下大功夫进行反复修改加工的，如今并不多见。这种艺术上认真负责的精神，是难能可贵的。"[1]修订本出版不久，有评论家也揭示文本修改后所呈现的"艺术魅力的秘密"，认为"作家的修改不是一般地修修补补，剪贴挪位，而是既在全部文字上的润色加工，又在情节、人物上重新调整、删节、增补"。[2]这些说明和判断都基本属实。笔者以修订本与初版本进行汇校后发现，其中修改可谓"大改百余处，小改上千处"，这是作家修改最多的一个版本。从字、词、句润色到段落调整，从人物形象增改到故事情节变化等不一而足。作家为本次修改做了充分准备，还专门花了几个月时间到曙光汽车厂调研考察。虽然小说主要内容、人物和艺术结构在初版本中就已具备，但修订本仍在此基础上做了大量修改和调整。

一、删改部分议论和结论性叙述

修订本较初版本删除了大量冗余、游离于情节之外的议论和结论性叙述。在《文艺报》1981年底举行的研讨会上，陈骏涛曾指出作品（指初刊本）中存在如下缺陷和不足，"她不是让读者从故事的自然发展中去得出结论，而是有些结论是作家自己做出来的。……小说中有

---

[1] 张洁：《沉重的翅膀》，人民文学出版社1984年版，第3页。
[2] 胡德培：《艺术魅力的秘密——〈沉重的翅膀〉为何受欢迎》，《当代文坛》1985年第4期。

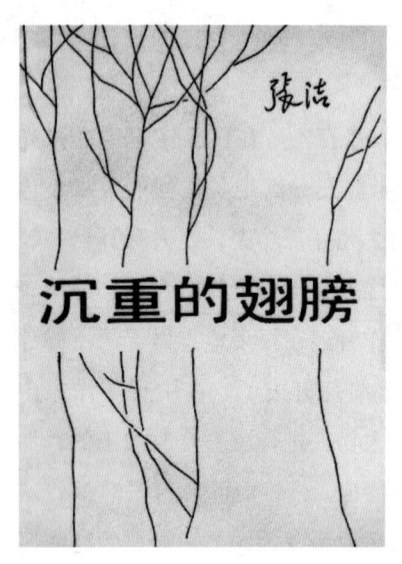

《沉重的翅膀》1984年修订本封面

些议论是紧扣了人物的内心世界的,但也有相当多的议论无助于刻画人物,是作者加上去的,是失败的。……作者的议论中刺太多,效果不好。这些都说明作家的主观随意性太强。如果作者能把议论部分删一删,作品可以干净得多,也不会引起现在的轩然大波"。[①]尤其是在人物对话过程中,作者总是随处插进许多议论,固然有些议论很精彩,有画龙点睛之效,颇富哲思,但有些并不必要,也不妥当。张光年曾回忆他在阅读作品后与作者交流时说:"你好不容易把读者吸引到你精心织造的形象世界中,读者可以同人物共喜忧了,又跟着来一段议论,把读者从情景中赶了出来……你多次多次地这样折腾读者,岂不是自己跟自己过不去吗?"[②]《文艺报》组织的专题研讨会及张光年的意见,代表了当时批评界的意见,细心的作家自然也将其吸纳进其修订意图。据笔者粗略统计,类似删改主要有50余处,其中删改最多的是第十章中郑子云在思想政治工作座谈会上的讲话,在初版本第217—220页:

[①] 本刊编辑部:《长篇小说〈沉重的翅膀〉讨论会记实》,《文艺情况》1981年第20期。
[②] 张洁:《沉重的翅膀》,人民文学出版社1984年版,第2页。

郑子云看到，有人在东张西望了，可能他讲的内容太过抽象。参加会议的虽然有不少搞理论研究的同志，但也有不少基层的政工人员、行政工作人员，应该照顾到接受能力上的差异，他赶紧拉回话头："上面大致地介绍了一下国外的情况，下面，我谈谈为了使我们的思想政治工作科学化，当前需要注意的几个问题：

"第一，民主管理问题……

"这是我说的第一个方面的问题，是个大题目，有很多问题，需要深入研究。"

初版本第223—226页：

郑圆圆更加肃然地听郑子云讲下去："第二，我再谈谈作为行为科学基础理论的所谓'人的本性问题'。"……

初版本第227—230页：

第三，是关于人群关系问题。
…………
搞好人群关系，对于工业企业来说，是个重要问题。各国行为科学家曾花很大力气企图解决好这个问题。
他像是在唱田园式的牧歌。

初版本第230—236页：

第四，关于激发动机理论的应用问题。
…………

以上十余页内容，粗略统计有万字以上，主要是记录郑子云在座谈会上的详细讲话，涉及现代企业经营中的民主管理、科学基础理论的所谓"人的本性问题"、人群关系及激发动机理论的应用问题等四个方面。太过烦琐地直录讲话让小说和政治公文之间的界限被模糊，读者阅读时像看讲话稿或会议记录，文学评论家顾骧曾在《文艺报》讨论会上谈自己的感受："《文艺报》要讨论了，我找来看，本想跳着看，结果除了郑子云讲行为科学那一段跳了两页，竟一口气读完了。"①这跳了的两页正是郑子云讲话内容的部分，可见专业评论人员在认可小说整体叙述水平的同时，也觉得直录讲话式的叙述有碍阅读，且拖沓、冗长的叙述也不利于将郑子云塑造成有魄力的改革者形象。因而，修订本将万余字会议记录式的讲话全部删除，第十章也成了修订本中改动最大的章节之一。

修订本还删除了作者以旁观视角进行全知叙述时的说理与议论近30处。这部分议论往往平铺直叙，且加入作者的人生思考和政治解读，带有较强的说教意味，可读性不强，因而修订本予以删除。如初版本第五章第87—88页中，陈咏明在思考自己能否胜任曙光汽车厂厂长职务时插入的议论部分：

> 对于一个真正的共产党人来说，他所解的，永远不是一个为一般人所能平衡的算式。生活提供给每一个人的场景是同样的，但每个人在其中所扮演的角色却有所不同。如果不是这样，历史是怎样演进的呢？也就无所谓英雄或奸雄。世上的事物便是这样怪诞地组合着。
>
> 生了，活了，死了。短短的一生，各人凭着自己的禀赋。有人说岁月、环境、条件都是可以改变它的。但是，向哪一个方向变化呢？难道它和组成一个人的细胞核没有关系？也许生物学早晚有一天会解开这个谜吧！

---

① 本刊编辑部：《长篇小说〈沉重的翅膀〉讨论会记实》，《文艺情况》1981年第20期。

陈咏明却像淬火的钢材。一次又一次，在水里，在火里。

很多人说不清楚使自己确定终生信念的最初的契机。

那个疙瘩是在哪里结上的？真实，真实，多么可贵的生活的准则。今天，明天，乃至后天，也不可能完全依照这个准则来生活。而未来呢？

修订本第84页删去了这部分议论，一是因为前后文都是直接以人物对话形式展开，突然插入议论与人物对话的语境不协调；二是因为议论部分枯燥冗长，甚至打乱行文思路，使文章结构显得松散。而修订本删后结构更紧密，思路更连贯。

修订本最后还删改了文中借小说主要人物心理活动开展的议论10余处，涉及的人物有叶知秋、莫征、夏竹筠、吴国栋、冯效先、陈咏明、何婷、田守诚等。这些删改不仅减少了作者在小说中的态度和声音，而且使叙述更流畅，情节更紧凑。如初版本第五章叙述陈咏明上任曙光汽车厂厂长前与副部长郑子云促膝交谈后的心理活动：

每次和郑子云谈话，陈咏明总觉得好像往心里注入了一支激昂飞扬的进行曲，它在心里响着，使周身的血液流动得更快，激发起勇气和动力。他常生出感慨：并不是哪个领导干部都能够像郑子云这样准确地鉴别、判断自己部下的能力、意愿、政治素质，并且有他那样的魄力，把一个距离比较远的目标指给人。这距离的高低、远近对将要跑去的人是那样地恰如其分，在越过这段距离的同时，造就了信心，发掘、培养出我们社会主义的实业家。但更多的时候，更多的情况下，不少的领导干部就不会掌握这个分寸，它反而会使本来可以发挥得很好的能力，被失败所埋葬，从此一蹶不振，永远对自己失去信心。（第90页）

这段话虽是陈咏明心生感慨，但显然是作者的立场和声音。修订本第86页直接删去此段。一是因为将作者的声音强行代入人物的痕迹过于明显，没有人物情感流露的随意和自然感；二是陈咏明对郑子云内心生出的好感及崇敬之情，通过前后文二人的对话，读者在阅读过程中已然能够深切感受到。作为改革派的郑子云全力支持陈咏明走马上任的魄力和决心，及最大限度支持改革的承诺，已为读者刻画出有远见、有魄力的好领导形象，此处议论略显多余。

二、修改主要人物形象

修订本还聚焦于修改主要人物形象，使之更具典型性。《沉重的翅膀》没有跌宕起伏的情节，也没有构思精巧的结构，重心在于以日常生活中最为真实的细节和细致入微的心理活动，塑造改革时期的人物群像。1981年初版本"内容说明"中也着重突出了作品的这一艺术特点，"作品没有常见的枯燥无味地写生产过程，和诸如废寝忘食攻克尖端之类的情节，而是着力在塑造人、揭示人的心灵。她写了部长、司局长、厂长、车间主任、秘书、青年工人、女记者以及他们的家庭、子女"。[①]塑造改革时期不同阶层人物群像是作品最大的艺术特点，1984年修订本仍继承这一优点，并在此基础上做了承续性发展。正如1984年修订本"内容说明"所述："作者着力在塑造人，写了部长、司局长、厂长、车间主任、秘书、青年工人、女记者……写他们对待改革截然不同的态度，也写了他们不同的家庭生活。人物个性鲜明，各有千秋。"[②]修订本不仅如初版本一样，着力塑造系列代表人物群像，更通过修改使"人物个性鲜明，各有千秋"，修订后人物形象更为丰满、典型。据异文汇校统计，主要涉及人物形象塑造的修改内容达34处，涉及的人物有叶知秋、夏竹筠、冯效先、郑子云、陈咏明、田守诚、何婷等，以及修订本中新增而初刊本和初版本中所没有

---

① 张洁：《沉重的翅膀》，人民文学出版社1981年版，"内容说明"。
② 张洁：《沉重的翅膀》，人民文学出版社1984年版，"内容说明"。

的人物形象。其中，修改最多的是夏竹筠、郑子云及田守诚，修改后人物形象的特征也更聚焦，更突出。

关于夏竹筠的修改，初版本第66页原文为：

> 夏竹筠把大提包往沙发上一丢，没有注意到房间里的客人，自顾自地叫道："圆圆！"
>
> ……
>
> "你又躺在床上看书了吧，我跟你说过多少次，这会变成近视眼的，一个女人戴眼镜，要多难看有多难看。"夏竹筠完全忘记了叶知秋是戴眼镜的。

修订本第60—61页修改为：

> 夏竹筠把大提包往沙发上一丢，顺手打开了天花板上的吊灯，注意到房间里有个女客人，怪声怪气地说："哟，怎么不开灯啊！"然后又高声地叫道："圆圆！"
>
> ……
>
> "你又躺在床上看书了吧，我跟你说过多少次，这会变成近视眼的，一个女人戴眼镜，要多难看有多难看。"夏竹筠完全不顾及叶知秋是戴眼镜的。

这是叶知秋第一次以记者身份采访重工业部关于经济改革情况，贸然造访郑子云时，夏竹筠回家后发生的一幕。初版本原文是夏竹筠"没有注意"到家里有客人；修订本则改为"注意到房间里有个女客人"，却仍是怪声怪气，且高声叫喊。初版本夏竹筠训斥圆圆不该躺着看书，否则女人近视后戴眼镜很难看，是完全忘记了叶知秋也戴着眼镜；这种无意间造成的难堪在修订本则改为"夏竹筠完全不顾及叶知秋是戴眼镜的"，这就变为有意为之的讽刺和刁难。夏竹筠本是和叶知秋一样的知识女性，但修改后她作为部长夫人傲慢无礼、刁蛮任性的形象更为突出。

类似的修改还有初版本第257页：

> 铃声响了很久，夏竹筠才去接它。从她那干巴巴、一个字儿像值一千元美金、生怕说多了会赔本的语气里，他猜想一定是一位她不欢迎，而是他欢迎的人。

修订本第243页修改为：

> 铃声响了很久，夏竹筠才去接它。她的语气干巴巴，不怀好意。
> 只听见她一连串地发问：
> "喂，哪里？"
> "你要哪里？"
> "找谁？"
> "你是谁？"
> "找他有什么事？"
> 对方大概连个喘息的机会也没有。心里有鬼或是反应慢的人，让她像扫机枪似的这么猛一通扫射，准得丢盔卸甲地落荒而去，往他家打电话的人，应该先穿上尼龙避弹衣，或戴上防毒面具。

此处修改，不仅将夏竹筠傲慢、刁蛮的性格刻画得更形象，而且反映出她在家显然是一副高高在上、颐指气使的姿态。修订本最后还借圆圆之口增加了一句话："把茶杯里的烫茶往爸爸脸上泼，就跟黄世仁他妈虐待、折磨喜儿一样。"（第381页）至此，夏竹筠市侩、傲慢、刁蛮甚至泼辣的形象发展到极致。

与夏竹筠形象进一步"恶化"相反，修订本中郑子云形象不仅更正派，充满改革的魄力，且处处体现出作为一名领导者应有的宽厚与仁慈。如修订本第19页，小说开篇不久就增加了两小段，夏竹筠的自私及郑子云果敢、正派的形象已露端倪：

> 郑子云坚决反对，说："这叫什么？你想搞政治联姻？我看不惯这一套。假如一个部，或一个单位的党政领导，都照你这种办法搭上亲家，还怎么工作呢？能分得清公事或私事吗？要是大家坐在一起开会，谁能说清那是研究工作，还是在走亲家。别忘了，咱们还是共产党员。搞什么名堂！"
>
> 夏竹筠撇嘴。共产党员怎么啦，党章上也没写着干部子女不能通婚。现在和外国人还能通婚呢，中国人和中国人结婚倒成了问题。真是岂有此理。

对郑子云在推动改革过程中的改革魄力的描绘是人物形象修改的重要内容。如初版本第86页，郑子云就任命陈咏明为曙光汽车厂厂长与其谈话，原文为："我们了解你，部党组认为你去是合适的。"修订本第82—83页则修改为："突然，郑子云像和谁吵架，气势汹汹地说：'……部党组经过研究，认为你去还是合适的。'"郑子云之所以"气势汹汹"，是因为充分看好陈咏明的能耐和魄力，与其说是部党组成员认为他去合适，倒不如说陈咏明是在郑子云力荐下产生的合适人选，充分显示郑子云用人不疑的魄力。

修订本除将郑子云塑造成改革的闯将外，还充分刻画其作为改革派的领导者顾全大局、体恤民情、注重民生的形象，最为明显的是对曙光汽车厂工人吕志民受伤一事的态度。初版本第182页将郑子云的态度简单描述为："啊，对这件事，群众有什么反应吗？"作为主要领导，得知有人受伤后第一时间关心群众的反应，也没有什么不妥。但仅仅只有对社会反响的关心，而对伤者本人没有关注，似乎对塑造作为改革者的领导形象欠妥。故修订本第186—187页修改为：

> 郑子云显然受了震动，把车子停在路边。侧过头来，严肃地

第三章 《沉重的翅膀》

盯着吴宾的眼睛。气氛显得紧张起来。

"情况怎么样？危险吗？"

"肝破裂。危险期已经过去了。"

"会留下残疾么？"

"医生说不会。"

郑子云缓缓地转过头去，看着前方。"为什么？安全措施不够，还是安全教育不够？"

"工程快完了，大概心里有点急。"

郑子云说，"这种事总是有征候的，八成事先应该看出来，工程快完的时候，每班班前讲话要特别强调安全，加强检查。"

"厂长一直盯在医院里，到小吕脱离危险期才走开。"

"这件事，群众有什么反应吗？"郑子云这才把车子重新启动起来。

修订本中郑子云得知工人受伤事件后，第一时间关注伤者本人的安危情况，进而询问事故原因，最后在得知伤者已脱离危险后，才关注受伤事件的社会反应。这样的行为更符合一个亲民的改革派领导者形象。修改后，郑子云的改革者形象愈发鲜明、突出。

同时修订本还注重对郑子云作为改革派领导沉稳、内敛性格的进一步塑造。初版本第150页在一场会议中叙述道：

> 会上，郑子云还指责了别的同志关于实践是检验真理的唯一标准问题，不是会议的问题，以及可以把这个问题作为理论问题从容讨论的说法。他说："这个问题讨论得好，下一阶段的会才能讨论得好……"

修订本第153页改为：

会上有人提出，实践是检验真理的唯一标准的讨论，不是会议的议题，可以把这个问题作为理论问题从容讨论。郑子云却说："这个问题讨论得好，下一阶段的会才能讨论得好……"

初版本郑子云在会上先发言，且当场指责有关同志。修订本则是会上有人先提出，尔后郑子云才以同意其观点的形式发言。修改后，将初版本中郑子云冒失、莽撞的性格不断向内收缩，显得更为理性、内敛，更符合行政会议中主要领导"末位表态"的一般规则。

"保守派"代表人物田守诚也是修订本中主要修改的人物形象。初版本第八章第159页，叙述田守诚看到改革派狠抓体制改革及加强企业管理工作，甚至经济理论界也参与摸索，作为重工业部一把手的他本应做出些决策，提出些办法，但他却担心走得太快出问题，因而主张：

需要等一等，看一看，找些人研究研究，至少也要搭个班子，做出些姿态。

修订本第163页则做了进一步修改：

等什么，看什么？田守诚也说不清楚。反正，根据他的经验，那些让人拿不准，或是僵持不下的事情，往往就在等一等、看一看中拖了过去。就像北京冬天刮的风，一上来就是七八级，飞沙走石的。它不能老那么刮吧，刮上一两天，就会转成五六级、三四级，最后变成一二级。眼下他只须找些人搭个班子，做些姿态。

修改后田守诚拖延、散漫、不作为的官僚性格与作风表现得更明显。修订本还增加不少内容，突出刻画田守诚为官时的两面派性格。如修订本第十一章第229—230页，增写如下内容：

他希望事情闹大，希望郑子云陷得越深、搅和得越狼狈越好。文章发表的当天，半夜三更地，田守诚给陈咏明打了个电话："这件事情，你知道不知道？"

……………

结果怎么样？不幸而言中。"文责自负！"头脑里缺政治哟！

此处主要增加田守诚与陈咏明就报告文学刊出后交换意见的内容，对田部长的两面派作风有了进一步叙述。

除了人物形象修改外，修订本还在初版本基础上新增了几个人物。如修订本第89—91页，新增近两页半内容："听说基建处长董大山已经把陈咏明告到部里去了……要么拥护得要命，持中不溜态度的很少。"此处主要是新增基建处长董大山这个人物。陈咏明敢动董大山的利益，说明他敢于与反对势力斗争。还另增保卫处处长这个人物。面对保卫处处长懒政、敷衍的态度，陈咏明晓之以理，动之以情，最后使得保卫处处长无处可退，这也显示出陈咏明的办事作风与为人性格。这些新增人物，对于巩固陈咏明改革者形象及描绘当时改革在人事上的阻力均有益处。另外，修订本第104—106页还新增两页内容："千军万马抓班子……怎么能用到组织社会主要企业的领导班子？"新增内容主要是细述陈咏明到厂后"千军万马抓班子"的思想观念和难处。保卫处处长、董大山、生活福利处处长都是班子成员，却都是不思进取的典型，小说尤其是刻画了生活福利处女副处长因未被及时扶正大吵大闹的丑剧。仅一个多月时间，陈咏明就大刀阔斧地改组了各职能处科室领导班子。

三、精细化的语言修改

作者在修订本中对语言精雕细刻，删去多余的话，调整句子结构，变笼统叙述为形象叙述，语言由冗赘不清改为清晰简明。作家曾自述是学工科出身，对自己的语言功底并不自信，所以作品完成后仍重视对语言的修改锤炼。"准确地把想说的、想写的表达出来，我就很感困难。我不得不排出四五个句子进行选择。《沉重的翅膀》再版时我做了修改，有一部分工作量就花在语言句法上。起码你得语法通，语法都不通，让人怎么看？堆砌一堆词藻，会使读者读起来特别累。刨去形容词，没有几句'干'的。"①细致汇校初版本到修订本的异文可以发现，作者通篇都在进行字、词、句的修改，据粗略统计，仅第一章字、词、句的改动就有188处，通篇至少有3000处以上修改。作者在修订本中不厌其烦地改动，充分体现作家的执着与毅力，展现出作品较高的艺术水准。

首先将小说中的字词按照现代汉语规范进行改订。比如将"合式"改为"合适"，将"我咽不下饭去"改为"难以下咽"，将"她发气了"改为"她发脾气了"等。这样修改更符合日常用语习惯，减轻读者阅读障碍。还改正了初版本出现的语法错误，如初版本第一章第7页，"一听见这声音，叶知秋总是不放心"。"一"与"总是"搭配读起来拗口，而修订本第6页改为"这声音总是让叶知秋感到不放心"，修改后明显更顺畅。

修订本还删去多余、累赘的话语。初版本第一章第11页，"莫征不再说话。他不愿意惹叶知秋生气。于是只顾低着头不紧不慢地吃着"。修订本第10页删去上述下划线部分，原因则是文中后一段亦有"他不愿意惹她生气"的表述，为避语言重复，故在修订本中删除。修订本还删掉很多比喻类叙述，使行文更简洁精练。初版本第一章第13页，"莫征的话，像在她那憋足了气的心口上安了一个减压阀，使里面的压力渐渐地降了下来。他说的话，虽然带着孩子气的偏激，但是有他那一面的道理"。修订本第12页删去下划线处比喻性叙述。除了删改外，作者还对语言，尤其是长句、杂句进行简洁处理，使文本叙述更顺畅，表达更

---

① 何火任编：《漫谈小说创作的准备——在锦州文学报告会上的演讲和答问》，《张洁研究专集》，贵州人民出版社1991年版，第54—55页。

清晰。如初版本第三章第53页原文为:"从汽车的小窗里,看得见方文煊那张永远不流露任何表情的面孔,如果说是一张冷漠的脸,也不为过分的。"修订本第49页改为:"汽车的小窗里,方文煊那张闭着眼睛的脸,一闪而过。"初版本第四章第64页叙述夏竹筠从化妆舞会走进家门的感受,原文为"立刻就丢掉了舞会上被人簇拥着的时候嘴角上挂着的温柔的微笑,渗透在每一抬手、一投足里温文尔雅的风度,待人处世上流露出来的顶上流的教养"。修订本第60页则改为"立刻就丢掉了顶温柔的微笑,顶文雅的风度,顶上流的教养"。类似修改比比皆是。作者创作《沉重的翅膀》只用了短短四个月时间,初版本虽有修改,但主要是为契合主流的修改,作者语言上的打磨则是通过修订本完成的。

四、开掘作品时代意蕴

修订本还对作品时代意蕴进行了深度改写和开掘。除了针对强烈的批评意见所做的修改,以及锤炼语言外,作者还站在时代高度上对作品做了与时俱进的修改。主要表现在通过修改、增写部分内容,进一步强调十一届三中全会的历史与时代作用,这样的修改共有6处。如初版本第八章第157—158页:

不,一定不能使老百姓再这样生活。我们是社会主义国家,要使他们像一个人那样地生活。郑子云用力地敲击着桌子。

……像贺家彬这样的同志,不是太多,而是太少了。

修订本第159—161页则将所引两小段修改扩写成整整两页之多的内容:

如果说过去有许多事情曾让郑子云感到忧虑,那么现在,在三中全会以后,他已充满了信心。

…………

但是这种无穷无尽的虚功、会议、争论，耗去人们多少精力啊！

这一扩写主要增加郑子云对十一届三中全会重要意义的论述，以及十一届三中全会是怎样成为郑子云改革的思想先导和来源的，还有他对改革开放后仍存在旧官僚做法的鄙视。

初版本第九章第188页原文为：

一定要使企业的思想政治工作形成一门科学，把心理学、政治学、社会学、经济学的最新研究成果都综合进去。

修订本第194—195页则修改为：

三中全会以后，中央非常重视体制改革工作，多种试点工作正在进行……一定要使思想政治工作渗透到各项生产业务工作中去，大家都来做思想政治工作。

修改本增加十一届三中全会后中央重视体制改革工作的背景，及很多企业思想观念滞后的现状。如果初刊本、初版本让人感觉改革的翅膀委实沉重，那么修订本让人觉得十一届三中全会就是改革的动力来源和政策支撑，让人在沉重的奋进中，感觉到时代的振奋和光明。关于改革派与反对派较量的结局，初版本尾声第408页为：

可是，一阵从未有过的疲倦向他袭来，看来前面鏖战难休！

修订本第390页修改为：

他立刻变得颓唐，有气无力地在医院走廊的长椅上坐下，沮丧地想，前面还是鏖战难休！

第三章 《沉重的翅膀》 95

从初刊本的悲剧结局，到初版本留了一线光明的尾巴，再到修订本田守诚的沮丧、有气无力，作者将保守派的势力越写越弱。

第二节　主流意识的契合与艺术精神回撤

《沉重的翅膀》诸版本中最主要的就是《十月》初刊本、人民文学出版社初版本及修订本。其中1981年初版本曾入围首届茅盾文学奖，获得专家评委一致好评，但最终还是无缘获奖；1984年修订本再次入围第二届茅盾文学奖，同样获得专家一致投票通过，最终罕见地以"修订本"形式得奖，亦称"茅奖"修订版。《沉重的翅膀》与"茅奖"的机缘得失及其主要版本变迁，折射出新时期之初，意识形态或显或隐地与作家艺术追求之间的冲突及调和过程。作为首部反映经济战线改革，也是新时期之初重要收获的长篇小说，1980年酝酿并开始创作的《沉重的翅膀》，将触角及时敏锐地伸向十一届三中全会以来的工业经济战线，尤其是重工业领域里改革派与反改革派之间的斗争与较量。作家这种几乎与当代生活同步的"直录式"书写方式，甚至被批评家称为"'和历史的进行取同一步伐'的力作"，[①]从题材而言，与当时主流意识形态一致并深受欢迎。所以当作品于1981年春夏之交发表后，很多专家学者对作品呼唤改革的热情和勇气都给予极大肯定。

从初刊本到初版本，基于时间仓促及舆论压力，作家对初刊本的修改只能是对某些涉及意识形态细节的微调，而对作品主旨及结构内容并无大的修改。唯一明显的则是结尾处的修改。初刊本结尾处郑子云虽以1006：287的得票击败田守诚，顺利当选十二大代表，但最终却因心肌梗塞住进监护病房，生死未卜，以田守诚"低头看着手腕上带日历的夜光表，时间是一九八一年一月一日凌晨三点四十一分"结

[①] 杨佳欣：《"和历史的进行取同一步伐"的力作——评〈沉重的翅膀〉》，《新文学论丛》1982年第2期。

尾。初刊本中改革派虽以比较优势战胜保守派（从得票结果可知），但郑子云生死未卜的现实悲剧结局却又让改革希望成了泡影，难怪"有同志认为，小说最后写到郑子云患心肌梗塞，进了医院，还不知死活，这种结尾太令人心寒了：似乎改革者都没有好下场"。[1]而在初版本"尾声"里，郑子云的悲剧结局被修改赋予了一抹亮光和希望，"实际情况好像有些出乎意外，值班大夫告诉他（指田守诚——笔者注），郑子云可以闯过这一关"。[2]初刊本中沉重的悲剧氛围让人看不到"向前"的希望，初版本结局改动显然能缓解这种沉重与疼痛感。

人民文学出版社1981年12月推出的初版本，是否就是一部完全契合主流意识形态的文本？初版本参评首届茅盾文学奖的曲折经历对此给出了答案。学者蔡葵曾回忆："参加一九八二年三月到四月举办的首届茅盾文学奖读书班，初评推荐书目中《沉重的翅膀》就名列前茅，最终未能通过。"[3]至于初版本未能获评首届茅盾文学奖的原因，作家本人在后来的访谈中说得很清楚："《沉重的翅膀》获奖，我是非常在意。因为在政治上，我为它受到的迫害特别大，当时我的处境难极了。第一届茅盾文学奖全体评委都通过了《沉重的翅膀》，但是就是因为政治问题，拉了下来。"[4]初版本未能最终获评"茅奖"，原因就在于修改后的新文本仍然存在问题。虽然张洁对初版本进行了契合主流的修改，已为避免错误而做了最大努力，但最终还是未能通过茅盾文学奖终评，这说明修改后的新文本——初版本《沉重的翅膀》与主流意识形态的要求仍不契合。张光年1982年5月日记中的记载也能佐证这一点，"君宜出示中宣部邓、廖部长在文艺局汇报会上关于《沉重的翅膀》的严厉批语，文艺局认为修改本仍保留了几处错误言

---

[1] 陈俊涛：《评长篇小说〈沉重的翅膀〉》，《文艺报》1982年第3期。
[2] 张洁：《沉重的翅膀》，人民文学出版社1981年版，第408页。
[3] 蔡葵：《沉重的话题——重读〈沉重的翅膀〉》，见张洁：《沉重的翅膀》，人民文学出版社1982年版，附录。
[4] 赵为民：《和美国回来的张洁聊天》，《海上文坛》1997年第6期。

论"。①张光年日记叙述得比较委婉，当时有关部门对修改后初版本的意见甚至上纲到"犯有明显的政治性错误，是'思想战线问题座谈会后的一个重要情况'，作者也被斥为'放肆'"。②这也就是为什么初版本于1982年参评首届茅盾文学奖，在专业评委都通过的情况下，仍被"拉下来"的直接原因，也说明修改后的初版本并不完全契合主流意识形态。

　　初版单行本出版后，不仅遗憾错失首届"茅奖"，而且还听到各方不同意见，苛求仍在继续。当时责编"周达宝综合了众多意见，又理出了修改方案，建议她修改再版"。③作家本人经历过初刊本风波，初版本的曲折命运也让她最终下定决心，要按编者建议再一次对初版本进行修改。相比初版本对初刊本的仓促修改，从初版本到1984年7月的修订本之间，作家张洁在有关领导和编者帮助下，为修改做了较为充分的准备，且不再像对初刊本进行的小修小补式修改，而是做好大幅改动的准备。张光年曾建议："说起修改，我也曾给作者出过难题，考虑到她在这方面还有不少潜力，我建议对全书做较大的改写，使人物集中一些，枝蔓减少一些，主题突出一些。"④准确地说，作家为这次大改做了两回修改，也就是《沉重的翅膀》修订本文末列出的修改信息：1983年9月20日第三次修改，1983年12月13日第四次修改。

　　为了做好9月的修改，作家还专门到曙光汽车厂等单位体验生活、搜集素材，因而修订本增写很多对基层工厂改革和工人生活的叙述。本次修改后，时任人民文学出版社社长韦君宜看过修改稿，又于1983年11月专门写出长达四页纸的审读意见，对作者精心准备后做出的修改给予充分肯定。同时还逐页提出在以往审查中所遗留的问题，切实指导作者针对批评意见进一步修改。最终1983年12月13日才将《沉

---

① 张光年：《文坛回春纪事》（下），海天出版社1998年版，第359页。
② 《欧阳文彬文集》（散文卷），生活·读书·新知三联书店2012年版，第258页。
③ 《石楠文集》第13卷，中国戏剧出版社2006年版，第167页。
④ 张洁：《沉重的翅膀》，人民文学出版社1984年版，"自序"第3页。

重的翅膀》第四次修改稿作为定稿,并于1984年7月顺利推出全新修订本。从初版本到修订本第三次和第四次修改,修订主要体现在两方面:一是契合主流意识的进一步修改;二是合乎艺术完善追求的主动调整。相较而言追求艺术完善的修改比例更大。因为文本中的政治问题有关部门都会明确指出,所以只要愿意,作家修改的难度并不大;而更重要的是,作家之所以还耗费大量精力和时间去走访、体验和搜集创作素材,就是想在契合主流意识的基础上,使文本艺术上更趋完善,精益求精。而事实上修订本也达到了应有的艺术效果,正如张光年所言,"现在这个修订本,虽说还未能充分满足各方面的要求,包括作者自己的要求,但经过大幅度的去芜存菁功夫,使人有耳目一新之感。韦君宜同志告诉我,全书三分之一是重新改写的。细心的读者不难发现,除了内容上的修改加工,作者还在很多地方做了语法修辞上的推敲与润色,使这些地方的语言简练挺拔了。在中青年作家中间,一部长篇作品发表出书后,还下大功夫进行反复修改加工的,如今并不多见。这种艺术上认真负责的精神,是难能可贵的"。[1]修订本出版后反响很好,消弭了昔日尖锐的批评之声,代之而来的是对作者主动修改、精益求精艺术追求的肯定,该作1985年以修订本形式第二次参评茅盾文学奖,同样受到评委们一致好评,最终顺利得奖。

　　修订本契合主流意识的修改首先表现在对初版本敏感言论的删除,这些言论往往又是作者以议论形式插入的叙述。比如初版本第一章第2页,作者借叶知秋的心理活动展开一段议论:"而人们的认识,经过十年'文化大革命'的陶冶,越是复杂的现象,越是谎言,倒越是显得正常,容易让人相信,容易让人理解。而越是简单的,越是真话,反倒显得不正常、不容易让人相信、不容易让人理解了。白白地活了四十几年,却还没有学会生活!"显然,初版本以反讽口吻拷问着"文革"带给人们的精神扭曲。初版本中之所以未删除这段议论,

---

[1] 张洁:《沉重的翅膀》,人民文学出版社1984年版,"自序"第3页。

一是对"文革"的剖析和反思本就是新时期以来的合理话题；二是这段插入的叙述并没有直接涉及对意识形态的抨击或否定。而这种比较含蓄的反讽、议论及叙述，将当时的局势写得过于悲观，再加上语言也不够简明，因而修订本悉数删去。还有一些直接的政治议论，修订本也变得更为温和、含蓄。比如初版本第13页："她痛心地想起从五六年以后经济政策上的那些错误、失败。"修订本第11页则改为："她痛心地想起从五六年以后到三中全会前经济政策上的那些问题。"初版本中的"错误、失败"几乎等于是对1956年后到当时经济政策的全盘否定，显然与对历史主流的认识和当时意识形态的要求不相符。因而修订本将"错误、失败"改为"问题"，更加符合历史实情，且在时间范围上还加上"三中全会前"这一限定，"问题"指向的就是部分特殊历史时段，更暗含着对十一届三中全会及以后政策的肯定。这样的行文使修订本更含蓄温和，也更易于被主流意识接受。

在对改革阻力的描述中，从初刊本、初版本到修订本逐渐修改，使改革面临困难的程度也渐趋缓和。如第八章，初刊本第4期第67页原文为："郑子云的对手早就有了，那几乎是整个的社会。"初版本第149页改为："郑子云的对手早就有了，那几乎是整个社会里的旧意识。"到了修订本第136页则改为："郑子云的对手早就有了，那便是这个社会里，虽说是残存的、却万万不可等闲视之的旧意识。"初刊本的叙述过于悲观，突出强调了改革派郑子云面临的最大阻力是需要对抗整个社会，从而把改革的形势描述得过于黑暗、片面和绝对。初版本则修改为"整个社会里的旧意识"，把改革的矛盾和阻力叙述并定义为改革与守旧之间的意识对抗，改革的阻力范围也就逐渐明确并大大缩小。最后修订本又为旧意识加上了"残存的、却万万不可等闲视之"的限定语，突出改革的阻力虽然逐渐减小，但仍然不可小觑，从而使修订本的叙述更准确、客观。最后修订过的定稿也基本契合主流意识的要求，修订本最终获评茅盾文学奖就是明证。但修改后的部分内容由于叙述上过于谨慎，没有初刊本与初版本针砭时弊的肆意畅然，这也是文学作品在修改进化过程中伴随的艺术精神回撤。

正是由于寻求对主流文化的契合，对文学批评意见的回应，张洁才开始《沉重的翅膀》的修改过程。值得肯定的是，作家并没有完全按照批评意见删去所有政治言论，而是有所侧重，有所保留。从初刊本面世后饱受争议，初版本参评首届茅盾文学奖被"拉下"，到修订本最终广受好评而问鼎"茅奖"，在笔者看来，中间的反复修改既是一个不断与主流意识契合的过程，也是作家艺术精神不断妥协和回撤的表现。

第四章

《天堂蒜薹之歌》

初刊本	《十月》杂志	1988年第1期
初版本	作家出版社	1988年4月
最新修改本	北京师范大学出版社	1993年12月
北岳文艺版	北岳文艺出版社	2001年4月
文集版	当代世界出版社	2004年1月
全　本	南海出版公司	2005年8月
全新修订版	上海文艺出版社	2009年8月

《天堂蒜薹之歌》版（文）本谱系图

《天堂蒜薹之歌》1988年初刊本封面

　　1987年，作家莫言因山东苍山震惊全国的"蒜薹事件"[①]，放弃正在创作的"家族"系列小说，于该年8月至9月共35天时间，一鼓作气完成20余万字长篇小说《天堂蒜薹之歌》的创作。次年1月，该作刊于1988年第1期《十月》杂志，开篇附有题记一则（题记作者署名"斯大林"，系作者杜撰），全篇19章，内附插图4幅，文末附"作者附记"，是为作品初刊本。1988年4月，作家出版社推出作品初版本（书名为《天堂蒜苔之歌》），首印7800册。初版本较初刊本有较

---

① 1987年，山东苍山县农民响应政府号召种蒜薹，结果因滞销、官员不作为和压价克扣等产生不满。5月27日，农民将蒜薹拉进县政府大院，引发千人围观，冲进办公楼打砸。此事震惊全国，被称为"蒜薹事件"。

第四章　《天堂蒜薹之歌》　105

大修改，增写很多细节，其中第十七章是整章增写，初版本也由初刊本的19章变为20章。五年后，作者又对作品进行修改，1993年12月由北京师范大学出版社推出"莫言长篇最新修改本"（封面标识语）。该版不仅书名变更为《愤怒的蒜薹》，题记也由富有时代意味的"语录"变为极富乡土情味的"作者题记"。开篇除了有"新中国五星创作文库"主编谢冕先生"总序：永恒的追求"一文外，还收入作者一篇短小"自序"，文末附有"莫言主要作品目录"，此外文本内容亦有修改。2001年，作品恢复书名《天堂蒜薹之歌》，纳入作家李锐主编的"涨潮丛书"，由北岳文艺出版社出版。该版并没有过多修改，不同之处在于除了书名恢复外，还收入李锐代总序"相信自己"，及作者为新版重新创作的一篇重要"自序"，交代创作的因由、时间、题记的由来，及创作目的和愿景等。后当代世界出版社策划"莫言文集"，于2004年1月推出"文集版"《天堂蒜薹之歌》。该版最重要的修订是增加第二十章内容，对各主要人物命运均做了交代，也使全书由20章变成21章。文末除附有"莫言创作年鉴""台湾出版书目"等信息外，还有"海外版作品翻译情况"。此外封底还推出日本藤井省三、大江健三郎、英国加内斯·威克雷、M.托马斯·英格教授等海外知名作家和学者对本书的推介语，可见当时莫言及其作品的海外传播情况与世界影响。2005年8月南海出版公司推出的"全本"基本沿用文集版内容，但该版首次删除文末声明"本书纯属虚构"的"作者附记"。2009年，上海文艺出版社策划"莫言长篇小说系列"时，又出版《天堂蒜薹之歌》"全新修订版"，新增莫言代序言"捍卫长篇小说的尊严"，还改换面貌将北岳文艺版的新序调整为"新版后记"。正文本则基本沿用文集版框架，除了少量语言修改和段落调整外，并无大的修改。作家荣获世界文学最高荣誉——诺贝尔文学奖后，2012年作家出版社和上海文艺出版社几乎同时以"中国首位诺贝尔文学奖得主莫言代表作"和"诺贝尔文学奖获得者莫言作品系列"名义推出新版，但均未做大的修改。

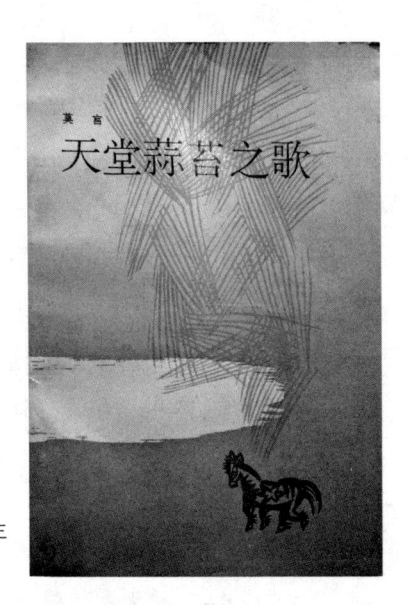

《天堂蒜薹之歌》1988年初版本封面

  《天堂蒜薹之歌》还先后被译为英、法、德、意及瑞典、荷兰和希伯来等外文版，其中有些翻译版对原作也有较大修改。如1995年在翻译英文版《天堂蒜薹之歌》时，著名翻译家葛浩文和当时的英文责编都觉得作品结尾（当时以初版本为底本）力量较弱，故建议作者对倒数第二章进行修订，并将最后一章进行重写。莫言也接纳了修改意见并进行了相应改写。文集版首次对各主要人物结局的交代和重写即缘于其英文版，这也是在考察《天堂蒜薹之歌》版本变迁过程中应关注的重要信息。《天堂蒜薹之歌》虽然版本众多，但其版本变迁过程中，最引人注目的还是初版本及文集版的修改。本章拟将初版本与初刊本、文集版与初版本对校，并兼及其他主要版本的异文信息，以窥其文本差异。

第一节 增删间的文本淬炼：初版本与初刊本对校记

  在《天堂蒜薹之歌》版本变迁过程中，从初刊本到初版本虽间隔时间不长，却是作者修改最多的。究其缘由，可能由于作者是在30多天短时间内一鼓作气完成，尽管创作时在文本结构和技巧上也用了心思，但难免因时间仓促留有疏漏。从初刊到初版过程中，有不少都是因标点符号及口语化字词使用不规范而做的修改。初版本标点和字词明显的变化显示出两个趋向：一是标准化，二是修辞性增强。前者体现出字词使用努力摆脱个人随意性和方言化的修改意图，后者使小说更有表现力和艺术魅力。还可发现作者对大量情节和局部细节做了增补，甚至有几处是整节重写和增加。此外，初版本修改还涉及前后章节调换和调整。据汇校统计，初版本共修改约506处，其中修改30处以上的有6章，最多的第二章修改约60处。各章具体改动数目见下表（表4-1）：

表4-1 《天堂蒜薹之歌》初版本各章改动数目表

第一章	第二章	第三章	第四章	第五章
32	60	28	28	17
第六章	第七章	第八章	第九章	第十章
15	40	36	12	10
第十一章	第十二章	第十三章	第十四章	第十五章
28	38	28	32	28
第十六章	第十七章	第十八章	第十九章	第二十章
27	6	17	18	4

初版本修改最明显的两种类型是删除和增写。《天堂蒜薹之歌》是一部逼近政治的文本，它以1978—1979年改革初期为总背景，探讨农村改革的成效，揭示出基层政府决策失误、官员腐化所造成的农村损失与农民的苦难及无奈。一方面，初版本把初刊题记署名"斯大林"修改为"名人语录"，没有确指对象就能弱化题记的政治意味；另一方面，初版本还将涉及政治的部分敏感内容悉数删减。初版本的修改和删减表明作者对文本所做的"趋向现实"的努力。初版本增写内容则更多，全书累计增加约29830字。就增写内容而言，涉及情节

深化、主要人物形象塑造和艺术完善等方面。

一、故事情节完善和补充

增写成了初版本修改的主要类型，全文增加近三万字篇幅，除细节和艺术完善方面的增写外，有的甚至是整节内容的增加。因增补内容过多，导致两个版本章节结构也不能一一对应，应引起读者注意。具体而言，两版章节结构差异及对应关系如下表（见表4-2，能够顺序对应的章节未列入）：

表4-2 《天堂蒜薹之歌》初版本与初刊本章节结构差异对照表

初版本	初刊本
第三章第三节	无此节
第四章第二节	无此节
第四章第三节	第四章第二节
第四章第四节	第四章第三节
第八章第二节	无此节
第八章第三节	第八章第二节
第八章第四节	第八章第三节
第九章第二节	无此节
第九章第三节	第九章第二节
第九章第四节	第九章第三节
第十六章第四节	无此节
第十七章第一节	无此节
第十七章第二节	第十八章第一节
第十八章第一节	无此节
第十八章第二节	第十七章第一节
第十八章第三节	第十七章第二节
第十九章第一节	第十八章第二节
第十九章第二节	第十八章第三节
第二十章	第十九章

如表4-2所示，初版本整节增补内容达七节之多，其中有些章节还含有大段内容增写。从异文汇校情况看，这些大幅增加的内容多是对故事情节的完善和补充。情节增补自然也隐含着作者的用意及其叙述功能，在某些方面能扩充或深化作品主题，使其不再局限于具体的具有批判倾向的"蒜薹事件"，而是上升到更为深远的高度。如第三章新增第三节：

> 他们被锁在树上时，树下还有些稀疏的阴凉。一会儿，阴凉转到了东边，西斜的太阳曝晒着他们的头皮。
> 　　高羊眼前一阵阵发黑，胳膊好像不存在了，只有火辣辣的感觉在肩上挂着。他听到右边那个马脸青年哇哇地呕吐着，但还是歪头去看。
> 　　……
> 　　马脸青年把长长的头靠在树干上，咻咻地喘气。他的脸突然间全部肿胀起来，变成了酱的颜色——高羊听到他肚里呼噜噜响着——脖子尽量抻出，颈上青筋暴跳，嘴巴欲闭还张，欲闭还张，突然大张开，一股污浊的水柱喷出来，女警察躲闪不迭，被污水喷湿了胸脯。
> 　　她嗷嗷地叫着，跳着。
> 　　马脸青年哇哇地呕吐着，顾不上看女警察的胸脯了。
> 　　老郑抬腕看看表，说：
> 　　"行喽小宋，快吃饭去，吃了饭赶回去交差。"
> 　　老朱提起水桶和舀子，跟在老郑和宋安妮身后。

此处新增2800余字篇幅，主要写警察把高羊、马脸青年、四婶几个犯人绑在树上喂他们喝水的情节。这一补充对作品人物塑造起着一定作用，既表现出对犯人的蛮横和虐待，也透露出马脸青年的倔强不屈、高羊的知趣屈服和四婶的软弱哭泣。

初版本第四章第一节开篇增写：

　　四叔把滚烫的铜烟袋锅子抡起来，打在金菊头上。她听到头盖骨响了一声，一阵刺痛，一阵愤怒，一阵委屈，使她做出了与年龄不相符的动作：她一屁股坐在地上，像撒娇的女孩子一样踢蹬着脚，把饭桌上的水碗都踢翻了。她哭叫着：

　　"噢——你们打我——你们打我——"

　　"该打！"四婶恶狠狠地说，"打死你这个不正经的东西！"

　　…………

　　大哥和二哥踩着倒地的篱笆，把高马架起来，拖拖拉拉地往门外走。高马身材高大，身体沉重，压得大哥弓腰圈腿，身体矮了一大截子。

　　金菊在地上打着滚，哭着，听着娘的教训：

　　"从小就惯你吃，惯你穿，把你像个宝贝疙瘩一样侍弄着，你说说，你还要怎么样……"

紧接着初版本第四章第二节又新增整节内容：

　　第二天晚上，方家院子里很热闹，大哥和二哥抬出去一张旧八仙桌子，又到小学校里借来了四条长板凳，摆在桌子周围。娘在灶上炒菜，锅里嗞啦嗞啦响着。

　　金菊躲在自己屋里——她住在套间，外间住着大哥和二哥——听着外边的动静。她一天没出屋，大哥白天也没下地，不时地走进来和她搭讪几句。她用被单子蒙着头，一声也不吭。

　　…………

　　"让孩子出来，俺跟她说几句话！"刘家庆高声说。他的舌头有点发硬。

　　"去叫她！"爹说，爹的舌头也有点发硬。

> 她赶紧从窗台上下来，躺下，扯过被单子，蒙住了头。
>
> 踢踢踏踏脚步声愈来愈近，她躲在黑暗里，浑身颤抖着。

第四章两处增补3400余字篇幅，主要写方家为换亲事件而导致的矛盾冲突，金菊和高马被打，同时又增补一整节写杨助理员和换亲三方在方家喝酒的场景。这些情节加入让各色人物粉墨登场，各自扮演着不同角色，凸现出金菊爹专制、大哥虚伪、二哥凶狠、高马为爱献身、杨助理员小人得志等。在社会主义新时期，农村还存在换亲这种落后的婚姻方式，可见经济发展的同时其精神陋习依然根深蒂固。

第八章第三节还增补约1000字篇幅，叙述高马和金菊逃跑过程中在车站看到的情景。这些增补还导致两个人物形象的增加，即斜眼青年军官和中年干部。这两个人物虽不是很重要，并不涉及作品主旨大义，但这部分增补使作品人物形象系列更加丰富，同时也囊括了更为广阔的社会生活面。

二、人物形象细节增补

初版本还通过局部细节增补使人物形象更完整、丰满，主要体现在对主要人物高羊、高马、金菊和相对次要人物警察、高羊女儿杏花的细节增补。其中前者以人物心理和感觉增补为主，后者则聚焦于人物外貌、动作增补。

对高羊的增补有四处。如第三章第四节高羊被抓后听到老朱在办公室打电话催饭店快送饺子来，顿时感到一阵恶心，之后增补：

> 他紧紧咬住牙关，生怕把好不容易喝下去的三啤酒瓶子水呕出来。

第五章第一节高羊等被警察抓后用车带走时，增补囚车开动时对高羊的心理描写：

车驶出乡政府大院时，高羊望着那株拴过自己的白杨树，心里竟生出一些古怪的留恋之情。这毕竟是家乡的树啊，什么时候还能见到你们哪。白杨树沐浴在下午的阳光里，树干呈咖啡色，本来是深绿的叶子，现在都宛若一枚枚古铜色的硬币。树下有一摊紫红色的血，那是马脸青年流的。运家具的卡车还停在那里，一群衣冠灿烂的人物围着司机站着，好像在开批斗会。

第七章第一节增补一小段高羊被关进县公安局牢房后的心理活动：

他还恍惚记得马脸青年被两个警察同志从囚车上拖下来，那件白警服自始至终包住他的头。后来好像来了一副担架什么的，把马脸青年抬走了。他用力想象着马脸青年的下场，越想越糊涂，便不去想他。

同一节，写三个犯人都端着钵子，惊讶地看着高羊，高羊满脸是汗，且感到汗水流到眉毛上时，增补了一句：他转念一想，我的脸一定没有人样啦！

对高马的增补有两处。第二章第一节增补一小段高马对金菊的幻想：

我仰面朝天躺在玉米地里，透过刀剑般的玉米叶，看着天上的云。没有云，云飘走了，阳光炽烈，滚烫的浮土烫着我的背，白色的药液凝成珠子，挂在玉米叶的绒毛上，欲滴不滴，像挂在她睫毛上的眼泪……

第二章第四节还大段增补高马被金菊两个哥哥打后，找民政助理员评理被拒且被打后的情状和心理：

他很想用拳头打碎那扇绿门，但没有了力气。他后来猜想：

乡政府大院里的五十多个人——当官的、打杂的、管水利的、管妇女的、管避孕的、管收税的、管通讯报道的、喝酒的、吃肉的、喝茶的、抽烟的——五十多个人，都悠闲地看着他晃晃荡荡的，像一根草，像一条被打伤的狗，走出了乡政府的大院。他扶着大门的水泥门垛喘息着，把满手的血抹在一块写着白底红字的大木牌子上。正当他抹着血的时候，看守大门的一个穿花格子衬衫的小青年，从背后踢了他一脚。他恍恍惚惚地听到花格子衬衫在骂：

…………

卖西瓜老人一声高叫，把他的心都叫痛了。这时，他最希望回家，回家躺在炕上，一动也不动，像死去一样……

这些内容增补大大丰富了人物形象，突出高马对金菊的幻想、喜爱、渴望与执着，为后来情节发展提供有力依据。同时高马被打后心理活动的增写，也给读者呈现一个勇敢、不屈服于权势的人物形象。不同于高羊，高马作为退伍复员军人，有着自己独立的意识和不断抗争的精神，这些心理活动的加入更加突出了他的抗争精神，也为这种精神提供了心理依据。

初版本还对金菊形象进行了增补修改。如第八章增补文字：

她跟着高马走上台阶，站在肮脏的水磨石地面上，松了一口气，小贩们不出声了，都在低头打盹。她想，也许是我多心，他们并没有看出什么破绽。这时，从大门内走出一个蓬头垢面的老女人，她竟然也抬起乌青的眼，恨恨地盯了金菊一眼，金菊被这老女人犀利目光一刺，心头又一阵发颤，发颤未止，却见那老女人走下台阶北侧，寻一个墙犄角，褪下裤子撒起尿来。

这是金菊与高马私奔后到汽车站时增补的一小段心理描写（类

似增补伴随情节的推进还有很多）。这些心理活动和感觉描写的加入，使金菊这一人物形象呈现出变化的过程。从一个服从家长包办婚姻的农家女，到与高马相恋、私奔直至最后被抓，其心理也呈现出从无知到反抗再到懊悔的不同情状，从而使人物形象更具流变性。此外，初版本还对部分次要人物，如警察、高羊的女儿杏花等增补了外貌和动作方面的描写。增补后虽然无碍故事情节整体走向，但通过文本细节使人物形象更加生动和逼真。

第二节　文本打磨的隐形转向：其他版本主要异文汇校

1993年12月莫言《天堂蒜薹之歌》更名为《愤怒的蒜薹》，收入谢冕先生主编的"新中国五星创作文库"，并在封面醒目标识为"莫言长篇最新修改本"。作者在"自序"中也说："现在这书是我隔了五年后重新修改过的。"[1] 就改动内容而言，这个"最新修改本"较之初版本而言，修改量其实并不大，但主要改动还是显而易见的。

一、副文本修改

首先是标题修改、序言增加及题记重写。小说原标题为《天堂蒜薹之歌》，题名略显含蓄。1993年出版时标题改为《愤怒的蒜薹》，从标题可见作者愤怒情绪的传达更为浓烈。丛书总序"永恒的追求"中说："这里集结的将是一批强有力的向着历史和前辈的挑战者，也将是一批丰富、充实并光大了中国文学传统的接力者。他们贡献于中国新文学的，是他们融汇了时代精神和个人智慧的既有异于前也有异于众的精品。"[2] 这显示了莫言及该作在中国新文学传统中起着承上启下的作用，并将逐步经典化。且莫言标题修改和序言增加，更透露出作

---

[1]　莫言：《愤怒的蒜薹》，北京师范大学出版社1993年版，"自序"。
[2]　莫言：《愤怒的蒜薹》，北京师范大学出版社1993年版，"自序"。

《天堂蒜薹之歌》1993年最新修改本封面

品的沉重感。虽然只用了30多天时间进行创作，但该作品在作者心中仍极具分量。正是因为作品对现实的揭露，其与政治的关系也更为胶着，为此作者在序言中也主动谈到作家、作品与政治的关系："我一贯认为小说还是应该离政治远些，但有时小说自己逼近了政治。"[①]可见，莫言还是认为，在当时的出版体制下，作家在保持自己情感、态度、立场倾向的同时，应该远离政治。为此，作家将原题记修改得更富乡土气息，更具主观情感表达意味：

> 高密东北乡
> 生我养我的地方
> 尽管你让我饱经苦难
> 我还是为你泣血歌唱

题记作者也由初刊本"斯大林"、初版本"名人语录"修改为

---

① 莫言:《愤怒的蒜薹》，北京师范大学出版社1993年版，"自序"。

"作者题记"，题记逐渐由有政治意味的语录变为个人化表达。从题记内容看，作家也不再纠缠于与政治的关系，而是扎根乡土，立足家园，站在应有的关切底层、情系大众的立场来倾力表达。

二、正文本调整

正文本内容的修改其实并不多，除了少许标点和字词进一步修正外，仍有几处能体现作者立场与情感态度的修改值得注意。

第一章第二节写到高羊被警察抓了之后，警察又带着他在村主任带领下去抓其他人。当高羊猜到要抓高马时，鄙夷地看着秃头的村主任高金角，恨不得冲上去咬他一口。接着"最新修改本"又增写了高羊的心理活动：

但转瞬间那怒气便消了，心里竟奇怪地盼望着警察多抓些人与自己做伴。如果全村男人都被抓走，老婆的心就会平和，他想。

此时高羊并不知道因何事被抓，虽然后文中在抓捕紧要关头是他大声报信，从而使高马得以暂时逃脱，但是在当时高羊头一个被抓且不知所为何事、心有不甘的情况下，"最新修改本"增加的对他的心理描写符合底层人民的从众心态，进一步延续了前版中高羊软弱、屈服的性格。

第二章第三节末尾，高马因与金菊的关系被方家兄弟打伤后，向民政助理员寻求政策帮助。结果民政助理员因与方家有亲戚关系便徇了私情，不仅唾沫星子喷了高马一脸，还一膀子就把他扛出了门口。"最新修改本"增补了一段关于高马受伤情况的叙述：

高马在水泥台阶上跳跃着，挥舞着胳膊，维持着身体平衡，没有跌倒。他扶着墙壁，头晕目眩，天旋地转，良久，眩晕稍缓。他抬头看着那扇绿门，像一团糨糊般错乱的脑袋里慢慢闪开了一条缝，他用力扩大着这缝隙，用力，用力……耳朵里嗡一声响，缝隙合拢，身外的一切都好像有形无体，一股温暖的液体从头盖里往下滑，滑，集中到两个鼻腔，滑，滑，他控制，控制不住，液体从鼻腔里喷出来，流到了嘴里，腥腥咸咸的，他一低头，红色的血就滴滴答答地落在了苍白的水泥台阶上。

从增补内容不仅可看出高马的伤情，以及作者的同情，背后也揭示出对民政助理员公权私用、欺压百姓的控诉。

同样的立场和态度，也体现在对瞎子张扣的唱词及警察对张扣态度的增补中。第十六章第二节，5月28日"蒜薹事件"即将爆发前，增补了瞎子张扣站在一辆破牛车上，拨弄着三弦子，沙哑着嗓子，满嘴白沫地高唱着的内容：

……可怜那忠厚老实的方老汉，就这样一命赴黄泉。一把把蒜薹被血染，一阵阵哭声惊破了天。天啊天，老天爷你为什么不睁眼，看一看这些横行霸道的阎罗官……

第十九章开篇叙述瞎子张扣的唱词"县长你手大捂不住天，书记你权重重不过山，天堂县丑事遮不住，人民群众都有眼……"之后，"最新修改本"增补了一段内容：

张扣唱到这里，一位虎背熊腰的警察忍无可忍地跳起来，骂道："瞎种，你是'天堂蒜薹案'的头号罪犯。老子不信制服不了你！"他跳起来，一脚踢中了张扣的嘴巴。张扣的歌声戛然而止。一股血水喷出来，几颗雪白的牙齿落在了审讯室的地板上。张扣摸索着坐起来，警察又是一脚，将他放平在地。他的嘴里依然呜噜着，那是一些虽然模糊不清但令警察们胆战心惊的话。警察抬脚还要踢时，被一位政府官员止住了。一个戴眼镜的警察蹲在张扣身边，用透明的胶纸牢牢地封住了他嘴巴……

关于瞎子张扣的两处增写，前者塑造了张扣勇士般的正义形象，唱词中把方老汉之死归结于蒜薹滞销，以及当时政府部门对民情的漠视。就是这段唱词引起广大蒜农共鸣，在"蒜薹事件"中起到很大鼓舞作用。后一段增补内容则不仅可看出基层民警漠视民情，而且还是"虎背熊腰"与"瞎子"之间的力量博弈，结果之悲催可想而知。重要的是，张扣被打之后，"嘴里依然呜噜着，那是一些虽然模糊不清但令警察们胆战心惊的话"。可见"最新修改本"愈加突出张扣具有反抗精神的底层"战士"形象。此外，第一章、第十九章、第二十章开头歌谣唱词都有修改，最大变化是张扣从一个旁观者、记录者变成事件参与者、组织者，甚至是为此牺牲的英雄人物形象。

"最新修改本"还有两处较为明显体现作者倾向底层大众立场的修改。与此不同的是，第十六章第二节蒜农们聚集在县政府大街，东来西往的车辆被拉着蒜薹的车辆堵住时，司机们都着急地按着喇叭。后有一处关于高羊的增写：

喇叭声凄厉，惊得高羊神魂不安。高羊认为，汽车上坐的都是有头有脸的上等人，都有十万火急的公事要办，挡他们的道就是犯罪。他想立即把驴车赶到路边去，但万头攒动，车车相连，如何动得了？环顾四周，谁也不理汽车。

紧接着瞎子张扣继续歌唱："……孩子哭了抱给亲娘，卖不了蒜薹去找县长。"后"最新修改本"又增补如下：

他的喉咙沙哑了。有人递给他一块冰棍，他用干裂的嘴喂喂冰棍，清清嗓子，又唱起来。一个衣冠灿灿的青年，举着一个小录音机，对着他的嘴巴。

第四章　《天堂蒜薹之歌》　119

前一处增补可看出高羊在整个"蒜薹事件"中其实只是凑热闹的旁观者，连到底是怎么回事都不清楚，而且想离开事件现场而不得，只能随着滚滚人流前进。后一处增补则可看出底层民众对"勇士"——瞎子张扣的关心和爱护，这与当时民警对他的态度截然两样。

2001年，作品恢复《天堂蒜薹之歌》之名，纳入作家李锐主编的"涨潮丛书"，由北岳文艺出版社出版。北岳文艺版在内容上并没有过多修改，不同之处主要在副文本变动上，除了标题（书名）恢复外，还收入李锐的代总序"相信自己"，以及作者为新版重新创作的一篇重要"自序"，解释初刊本引用斯大林语录的缘由，并交代创作的因由、时间等。

三、"文集版"改动

文本内容再次发生变动是2004年1月的"文集版"。当代世界出版社策划"莫言文集"时，将《天堂蒜薹之歌》单独收为一册。"文集版"最重要的修订是增加第二十章的内容，对各主要人物命运均做了交代，也使全书由20章变成了21章。新增第二十章的主要修改思路是继续深化张扣的英雄形象，描绘他遭到迫害之前坚持正义的刚强表现。如张扣受到警察的威胁："我是为你好，记住，唱什么都可以，就是不要唱天堂蒜薹之歌。是你的嘴硬还是电棍硬？"

张扣敷衍着警察，待他们走后，却是苦笑一声，用竹竿敲打着老树，突然像发了疯一般高声叫着：

> "你们这些人面兽心的畜生，想封了我的嘴?！我张扣活了六十六岁，早就活够了！"

> "俺张扣本是个瞎眼穷汉，一条命值不了五毛小钱，要想让俺不开口，除非把蒜薹大案彻底翻……"他嘶哑着嗓子唱着，沿着斜街前去。老板娘看着这瞎眼老人单薄的背影，不由得长长叹息一声。

最后张扣在一个秋雨之夜凄凉死去。整个天堂县60万人，唯一敢说真话的"勇士"，也凄凉地走到生命的尽头。

四婶则是被判刑五年后，在狱中上吊寻死不成，后在好心看守的帮助下保外就医。谁知回到家乡后，两个狠心贪财又败家的儿子，答应乡里杨助理员把死去的金菊的尸体卖给其外甥配阴亲，最后没死在服刑的狱中，而是被这恶毒的乡俗逼得上吊而亡。主人公高马的命运发生变化，"文集版"交代了审判后高马在狱中的表现，并描写了他逃狱被杀的悲惨结局。

"文集版"除增补第二十章文本内容外，副文本方面，还在文末附有"莫言创作年鉴""台湾出版书目"及"海外版作品翻译情况"。彼时莫言及其作品已在世界范围内产生影响，故封底还附有海外汉学家及作家的推介语。2005年8月南海出版公司推出的"全本"及2009年上海文艺出版社策划的"全新修订版"，除了极少数副文本调整外，正文并无大的变动，基本沿用"文集版"内容。2012年莫言获诺贝尔文学奖后，作家出版社和上海文艺出版社推出的新版本也未做大的修改。此时的新版，也可以看作20世纪90年代以来，当代文学版本愈来愈受市场经济和新媒体影响的一个样本。出版机构看中诺贝尔文学奖的重大影响力和首位中国籍作家获奖所带来的巨大市场潜力，新版其实也是艺术价值与商业利益合谋的产物。

第三节　趋向现实与小说造艺的完善

通过汇校《天堂蒜薹之歌》，并对诸版本间主要异文的分析，可知作品版本变迁主要向着两个维度延伸：一是趋向现实的修改；二是小说造艺的完善。

一、趋向现实的修改

趋向现实的修改是小说版本变迁的第一步，也折射出青年作家莫

《天堂蒜薹之歌》2009年全新修订版封面

言不断走向成熟与稳定的过程，以及对政治与文学关系的深层思考。莫言结合自己的创作实践，认为20世纪80年代中期后，一些同辈年轻作家觉得创作应该远离政治，虽然初衷是对以往尤其是新中国成立以来"文学为政治服务"观念的反拨，有其合理性，但身处任何国家，其实都摆脱不了意识形态的影响。作家不可能完全脱离社会和广义的政治，即使作家想逃避，现实和政治也会主动找上门来。不回避现实与政治题材，是莫言在创作之初就已然笃定的创作观念和认识。创作《天堂蒜薹之歌》时，莫言因《透明的红萝卜》和《红高粱家族》系列小说已在文坛崭露头角。《天堂蒜薹之歌》原本并不在作家的创作计划中，临时取材于当时一则牵动其敏感神经的社会与政治新闻。多年后，莫言在与日本知名作家大江健三郎对谈，回顾《天堂蒜薹之歌》创作意图和创作历程时曾有比较详细的说明：

> 有一个典型的例子，就是我的《天堂蒜薹之歌》，在我的创作计划中，根本就没有这部书，当时我想写的是《红高粱家族》

系列。《红高粱家族》主要写了爷爷奶奶他们那一代,接下来我想写父亲母亲这一代,然后写我这一代。可是到了1987年,在我的故乡山东省的一个县里突然发生了一个重要的事件:因为当地官员的腐败无能、思想保守加上官僚主义,农民生产的几百万斤蒜薹卖不出去,最后都烂在了家里。愤怒的农民们就拖着蒜薹,拉着蒜薹,扛着蒜薹,把县政府包围了。整个县政府周围都弥漫着腐烂蒜薹的臭气。接着他们放火焚烧了县政府大楼,还有一帮胆大的农民把县长办公室砸了,吓得县长躲起来不敢再露面,家里的围墙上还安装了铁丝网。这场农民的造反在中国影响很大。后来领头的农民都被抓起来了,县委书记也被撤职,调离当地。而当时的媒体却各打五十大板,一方面批评了县政府的无能和官僚主义,另一方面又指出农民不应该用非法的手段跟政府对抗,所以应该受到法律的制裁。这件事对我的触动很大,一下子就叫我把写《红高粱家族》系列的笔放下了。尽管我在城市里住了好多年,但是作为一个农民的儿子,农民的蒜薹卖得出去卖不出去对我的生活是有很大影响的。因为我是农民出身的作家,所以我有一颗农民的心,而这颗心在这样的事件面前,是不可能无动于衷的。不管农民采取了什么方式,我的观点都是跟他们一致的。我绝对站在农民一边。所以我当时就找了一个地方,只用了三十五天时间就完成了这部长篇小说。[①]

作家莫言放弃自己原有的较为成熟的创作计划,转而对现实社会进行直接干预,这既是作家所持不回避现实与政治题材的初衷,更是责任感和良知使然。短短35天时间的赶写过程,不平则鸣的灵感在创作中喷涌而出,可见《天堂蒜薹之歌》是青年作家莫言的一部"义愤

[①] [日]大江健三郎著,王中忱、庄焰等译:《我在暧昧的日本——大江健三郎随笔集》,南海出版公司2005年版,第26页。

填膺"之作。作品面世后虽然也引起反响,但很多人并不理解这种创作上的"突然转向"。更奇怪的是,几乎少有批评家对此做公开评论和发言,甚至"无声无息的,一篇评论文章也没有"。[①]这种尴尬局面的出现,很大程度上与其取材的敏感性有关。《十月》初刊本开篇题记中作者并不回避文本与政治的胶着关系:"小说家总是想远离政治,小说却自己逼近了政治。小说家总是想关心'人的命运',却忘了关心自己的命运。这就是他们的悲剧所在。"这则开篇题记对理解作家创作意图或文本主旨大有裨益,"扉页或题下题词、引语是中国现代文学文本常见的结构成分,往往是一些篇幅短小、语义深刻的句子。作者郑重地挑选这些短句题写于正文之前,具有特别用心或有对正文'一言以蔽之'之意"。[②]而且作者还为这段题记署名"斯大林"。后来也有人怀疑这段话的出处,作者坦陈其杜撰题记的心迹:"这段话是斯大林在我的梦中,用他的烟斗指点着我的额头,语重心长地单独对我说的,还没来得及往他的全集里收,因此你们查不到——这是狡辩,也是抵赖。但我相信,斯大林是能够说出这些话的,他没说是他还没来得及说。"[③]显然,题记内容是作者内心真实想法和观念的表达,但杜撰革命导师作为题记作者,很明显是想强化文本与现实之间的隐喻关系。在作品版本演变过程中,作者也有意识地通过对题记相关内容的修改,从整体氛围减弱或淡化文本的意识形态色彩。初版本中作者虽继续保留题记内容,却有意将题记作者由确指的"斯大林"改为泛指的"名人语录"。1993年在北京师范大学出版社最新修改本中,作者为彻底消隐题记的政治色彩,重新写了富有乡土气息的题记,并署名"作者题记"。这也显示作家趋向现实,不再过分纠缠于与政治的关系,而是扎根乡土,立足家园,更重视主观情感和观念的个人化表达。

  作品版本变迁过程中,小说标题的修改及回改过程,也体现出作

[①] 莫言、王尧:《莫言王尧对话录》,苏州大学出版社2003年版,第138页。
[②] 金宏宇:《中国现代文学的副文本》,《中国社会科学》2012年第6期。
[③] 莫言:《天堂蒜薹之歌》,北岳文艺出版社2001年版,"自序"第1页。

家对文学与现实关系的不断思考。初刊、初版本小说原标题为《天堂蒜薹之歌》，题名较含蓄，似有歌颂其实极具反讽意味；1993年北京师范大学出版社推出时标题改为《愤怒的蒜薹》，修改后的标题反映出作者愤怒情绪更为浓烈，情感倾向更明显，立场态度更鲜明。正如作者在"自序"开头所说："我并不认为《愤怒的蒜薹》是我最好的一本小说，但毫无疑问是我的最沉重的一本小说。……这本书里有我的良知，即便我为此付出点什么，也是值得的。"[1]时隔八年之后作品再版，作者又隐退了标题中浓烈的情感宣泄，将小说题名重新改回为含蓄且具有反讽意味的《天堂蒜薹之歌》，一直沿用至今，表明作者仍在思考着文学与现实的关系。2012年莫言获诺贝尔文学奖后，在演讲中提及此作品时，很恰当地透露了这种思考和关切，"我在写作《天堂蒜薹之歌》这类逼近社会现实的小说时，面对着的最大问题，其实不是我敢不敢对社会上的黑暗现象进行批评，而是这燃烧的激情和愤怒会让政治压倒文学，使这部小说变成一个社会事件的纪实报告。小说家是社会中人，他自然有自己的立场和观点，但小说家在写作时，必须站在人的立场上，把所有的人都当作人来写。只有这样，文学才能发端事件但超越事件，关心政治但大于政治。"[2]作家随着经验增长与观念成熟，越来越意识到文学创作固然离不开现实，但好的小说创作是可以大于乃至超越现实的。作家虽然有国籍，但文学应是无国界的。2005年8月"全本"中，作者首次删除前述各版中一直附于文后的一段"作者附记"：

  本书纯属虚构，假如不幸与现实生活中的某个事件有相似之处，则系偶然巧合，作者不为自动对号入座者的心情和健康负责。
             1987年8月10日至9月15日

---

[1] 莫言：《愤怒的蒜薹》，北京师范大学出版社1993年版，"自序"。
[2] 莫言：《讲故事的人——在诺贝尔文学奖颁奖典礼上的讲演》，《当代作家评论》2013年第1期。

这则附记的删除，也可看出作者心态及社会文化心理的变迁。虽然文本中天堂县"蒜薹事件"取材于现实，但作者所要表达的意图却并不是针对某一个具体社会事件。之前作者可能总是担心会有读者或社会事件当事人对号入座，也确实收到过类似警告，所以这则附记是为应对某些读者或某个特定社会事件而刻意为之。但随着时间推移，作者对文学与现实的关系在认知上发生了较大变化，不再关注某个具体社会事件，而是扎根乡土，立足家园，表达对普遍人类命运的关心和思考。加之读者阅读水平提升，整个社会文化心态趋向宽松和包容，所以这则作者附记也就没有刻意留下之必要，删除亦属情理之中。

二、小说造艺的完善

除了显在副文本层面，作家在正文本中还做了基于小说造艺完善的艺术修改。《天堂蒜薹之歌》版本变迁过程中，除去作家对字句和语言润色外，人物形象修改和重塑是版本变迁的主要差异。莫言在创作及修改作品时，对人物的塑造尤其是细节打磨非常重视。作者曾多次强调人物塑造的重要性，"我心中的好小说第一是语言好，第二是故事好，第三是写出来典型人物。其他的都不重要"。[①]在一次访谈中，莫言甚至进一步谈到小说要贴着人物的性格来写，"人物被认为是小说最重要的构成要素之一，莫言提到，小说'要盯着人来写，贴着人的性格来写'。他认为，作家在写作时要借助人物表现思想，自己跳出来在作品中议论是比较笨拙的。谈及小说如何反映现实，莫言表示，当下的现实生活丰富多彩，但无论多么尖锐的事件和现象，只有经过了文学化的处理才能够写到小说中。写小说最重要的就是写人物，那些复杂的社会现象都只是'写人的背景'，因此作家所描写的事件应该符合人物性格本身的发展逻辑"。[②]初版本中作家对很多主要

---

① 莫言、木叶：《文学的造反》，《上海文化》2013年第1期。
② 黄尚恩：《莫言：小说要贴着人物的性格来写》，《文艺报》2013年7月19日。

人物进行了细节上的增补，使人物性格更突出。初版本对高羊的心理和感觉诸多细节的增加，典型体现了作家贴着人物性格进行创作和修改的意图。高羊谐音"羔羊"，也是他性格的真实反映。初刊本中高羊的形象比较扁平化，而初版本有了明显改进，从中可以看出他作为一个普通农民的小农意识和被抓入狱后种种心理感受的变化。他已经习惯于被农村干部欺压，所以在狱中受到中年犯人欺侮时，最终也是顺从。与大多数农民一样，他已失去抗争勇气，作者对他的同情可见一斑。

对"核心事件"的增写和对"卫星事件"的删除，也是版本变迁过程中作者造艺上的努力。叙事学理论认为，事件其实就是所讲述的故事从一种状态向另一种状态的转化。从叙事学的角度来看，文本中有些事件对故事或情节的发展十分必要，可以称之为"核心事件"；而相对又有一些事件其意义性比较薄弱，在故事和情节的推进中所起的关联作用不大，可称之为"卫星事件"。[①] 而且"核心事件"的增写与"卫星事件"的删除，其实也隐含着某种作者修改的意图与期望达到的叙述功能。初版本第七章第二节连续两处两千余字对高羊喝尿"核心情节"的增补，不仅体现了作者对情节连贯性的考虑，更是寄托着作者对人性与社会深层问题的思考。通过增写，可以看出高羊第一次喝尿是贫下中农子弟逼迫，第二次是红卫兵逼迫，第三次在狱中是最强壮的中年犯人逼迫。前两次反映了当时政治权力话语下作为个体的人不被尊重的现实，第三次则反映了即使在监狱中同样作为囚犯仍要遵循弱肉强食的生存原则，体现了作者对主人公高羊辛酸经历的同情。这一增补完善了叙述的连贯性，使其构成一个完整的意义结构，作为主题的一个方面得到彰显。作为一个完整的结构，连接了三个时代，即土地革命时期、"文革"和当下。时代虽已变化，却同样存在着残酷、非人道和不公正现象。作家的这一修改，无疑是对现实

[①] 参见崔艳秋、洪化清：《译者与作者的共谋：政治、审美与〈天堂蒜薹之歌〉的改写》，《亚太跨学科翻译研究》2018年第1期。

的一种影射，寄寓着对社会历史与现实的深沉思考。

  《天堂蒜薹之歌》版本变迁过程，体现了作者趋向现实与小说造艺完善的努力。从初刊本到初版本，既有涉及现实内容的删除，亦有涉及情节深化、主要人物形象塑造以及艺术完善等的增写。从初版本到"最新修改本"，除了标题修改、序言增加及题记重写，表达作者对文学与现实关系的思考外，仍有体现作者倾向底层大众的立场与情感态度的艺术修改。"文集版"对各主要人物命运的增写和交代，从艺术角度说也使整个文本的结构更完整，且以后各版均保留"文集版"框架和结构。整体而言，随着版本演化的推进，其文本艺术不断趋向完善。从文学性角度而言，《天堂蒜薹之歌》的修改无疑也较为成功。

第五章

《活着》

初刊本　《收获》杂志
　　　　1992年第6期

初版本　长江文艺出版社
　　　　1993年11月

文集版　中国社会科学出版社
　　　　1995年3月

再版本　南海出版公司
　　　　1998年5月

重版本　上海文艺出版社
　　　　2004年1月

《活着》版（文）本谱系图

1992年《收获》第6期（总98期）"中篇小说"栏目中，刊出余华6万余字的新作《活着》。文末署明创作日期为"一九九二年九月十二日"，文章开头附亦小所作插图两幅，陈伟国为标题"活着"题字，并附有影印余华签名手迹。《活着》最早问世的初刊本就是这部中篇小说，它是与当下作为学术研究和大众阅读对象的余华长篇小说代表作《活着》有所不同的早期文本。《活着》初刊本正式发行前，导演张艺谋有意改编余华另一中篇《河边的错误》，在商谈未果的情况下无意间从作者手中读到《收获》版《活着》的清样（张艺谋因此成为作者、编者外《活着》初刊本的第一个读者），因而萌生了电影改编兴趣，并邀请余华亲自担任编剧。电影改编过程中，余华在初刊本原作基础上修改、增写了四五万字，使之成为一部独立的长篇小说。1993年11月由长江文艺出版社出版单行本，首印3000册，开篇另附《活着》前言，是为《活着》初版本。1995年，中国社会科学出版社策划"余华作品集"时收入《活着》，做了一些字词的修改以及误植的订正。《活着》初刊本、初版本得到专家、学者广泛认可，但销量却不佳，从1993年至1998年，初版本发行量还不到10000册，并没有进入广泛的大众读者视野。1998年，南海出版公司推出新版《活着》，可称为再版本。《活着》再版后销量大增，至1999年7月，大约一年时间就发行了近20万册。再版本与作为中篇小说的初刊本相比，自然改动较多；但与初版长篇小说对校，改动并不多，只有少数字词修改和误植订正以及序言的修改。所谓"新版"《活着》，或许是因版权到期而另外发行的缘故。此后，《活着》陆续被意大利、法国、

《活着》1993年初版本封面

德国、美国、荷兰、日本、韩国和中国台湾、香港等国家和地区的出版公司翻译出版，为余华赢得了广泛的世界性声誉。2004年，上海文艺出版社又再次重版。在《活着》的版本变迁过程中，涉及作者重要修改的其实就是从初刊本到初版本的改动，其他版本的小修改可能主要是编校行为所致。本章主要对校初刊本与初版本，以辨其版本差异。

第一节　文本扩容与意义增殖：初刊本与初版本对校记

从《活着》初刊本到初版本的修改过程中，笔者详细统计所汇校异文，发现长篇小说在中篇小说基础上修改了近400处，包括序言增加，标点符号修改，语句、段落异动调整，误植订正等。其中，重要修订都属于文字内容方面的删除、增写、改写和调换，最主要的又是增写。初版本通篇句以上的增写有52处（含序言），其中增写部分最长达16个页码。从内容上看，长篇小说（初版本）对中篇小说（初刊本）的修改主要涉及三个方面：一是对历史叙述内容的增加；二是对故事情节的改写和续写；三是对叙事节奏的调整。

一、历史叙述的增加

长篇小说（初版本）主要在初刊本基础上大幅增加了五处涉及历史叙述的内容，主要包括20世纪40年代至70年代日军投降后的国民党军队返城、人民公社化运动、"大跃进"等。初版本中叙述福贵年轻时不务正业、游手好闲、吊儿郎当的"公子哥"行为，第12—14页增加：

> 最风光的那次是小日本投降后，国军准备进城收复失地。那天可真是热闹，城里街道两旁站满了人，手里拿着小彩旗，商店都斜着插出来青天白日旗，我丈人米行前还挂了一幅两扇门板那么大的蒋介石像，米行的三个伙计都站在蒋介石右边的口袋下。
> ……………
> 那次我实实在在地把我丈人的脸丢尽了，我丈人当时傻站在那里，嘴唇一个劲地哆嗦，半晌才沙哑地说一声：
> "祖宗，你快走吧。"
> 那声音听上去都不像是他的了。

此处共新增三个页码近千字内容，不仅描绘了福贵年轻时的形象，而且在文中第一次交代了故事发生的历史背景，"最风光的那次是小日本投降后，国军准备进城收复失地"。《收获》初刊本对历史时代及其背景做了模糊处理，但初版单行本中，故事发生的历史与时代背景有了更清晰的所指。

增写最多的是关于人民公社化运动的叙述，初版本第94—119页：

> 到了五八年，人民公社成立了。我家那五亩地全划到了人民公社名下，只留下屋前一小块自留地。村长也不叫村长了，改叫成队长。队长每天早晨站在村口的榆树下吹口哨，村里男男女女都扛着家伙到村口去集合，就跟当兵一样，队长将一天的活派下

第五章 《活着》 133

来,大伙就分头去干。村里人都觉得新鲜,排着队下地干活,嘻嘻哈哈地看着别人的样子笑。我和家珍、凤霞排着队走去还算整齐,有些人家老的老小的小,中间有个老太太还扭着小脚,排出来的队伍难看死了,连队长看了都说:

"你们这一家啊,横看竖看还是不好看。"

············

"有庆,你也慢慢长大了,爹以后不会再揍你了,就是揍你也不会让别人看到。"

说完我低着头看看有庆,这孩子脑袋歪着,听了我的话,反倒不好意思了。

此处新增16个页码内容,除开两小部分由初刊本内容改写而来,其余近7000字内容均为新增。文字详细叙述了1958年人民公社成立后,福贵一家(及村人)是如何将土地、物资归入公社,又砸锅炼钢,以及家珍得软骨病,有庆与羊的故事等。修改增加后,让故事的叙述有了更为真切的历史背景,在详细叙述了福贵一家温情的苦难外,也对那段荒诞的岁月有所揭露。

内容大幅增加的还有关于饥荒岁月的叙述,初版本第122—136页新增共计15页内容:

那一年,稻子还没黄的时候,稻穗青青的刚长出来,就下起了没完没了的雨,下了差不多有一个来月,中间虽说天气晴朗过,没出两天又阴了,又下上了雨。我们是看着水在田里积起来,雨水往上长,稻子就往下垂,到头来一大片一大片的稻子全淹没到了水里。村里上了年纪的人都哭了,都说:

"往后的日子怎么过呀?"

············

队长让家珍把米放在他口袋里,然后双手攥住口袋嘿嘿笑着走了。队长一走,家珍眼泪马上就下来了,她是心疼那把米。看着家珍哭,我只能连连叹气。

这样的日子一直熬到收割稻子以后,虽说是歉收,可总算又有粮食了,日子一下子好过多了。

该处仍是大篇幅叙述饥荒年月里福贵一家(及广大劳苦百姓)在失去公社照应的情况下,如何在那段忍饥挨饿的岁月里煎熬,使故事的叙述有了更具体可感的历史背景,既呈现了那段荒诞岁月的生活,也揭示了荒诞年月里福贵一家活着的温情。

此外,初版本第177—182页还新增了部分关于"文化大革命"的叙述:

城里的"文化大革命"是越闹越凶,满街都是大字报,贴大字报的人都是些懒汉。新的贴上去时也不把旧的撕掉,越贴越厚。那墙上像是有很多口袋似的鼓了出来。连凤霞、二喜他们屋门上都贴了标语,屋里脸盆什么的也印上了毛主席他老人家的话,凤霞他们的枕巾上印着:千万不要忘记阶级斗争!床单上的字是:在大风大浪中前进。二喜和凤霞每天都睡在毛主席的话上面。

…………

队长眼皮抬了抬,看看大伙,什么话没说,一直走回自己家,呼呼地睡了两天。到了第三天,队长扛着把锄头下到田里,脸上的肿消了很多,大伙围上去问这问那,问他身上还疼不疼,他摇摇头说:

"疼倒没什么,不让我睡觉,他娘的比疼还难受。"

说着队长掉出眼泪,说:

"我算是看透了,平日里我像护着儿子一样护着你们,轮到我倒楣了,谁也不来救我。"

增加部分详细叙述了"文革"中村里队长被女红卫兵拉到城里批斗的场景。

二、故事情节的改写和续写

初版本中故事情节的改写主要是女主人公家珍"后死"的修改。初刊本作者将家珍之死安排在有庆死后"过了两天",而且对家珍死去情形叙述得极为简单,初刊本第31页的描述不足300字:

> 过了两天,家珍也死了。家珍死去的那个晚上,说要侧身躺着,要看着我。我把她身体侧过来,让她脸对着我,家珍叫我别熄灯。我女人那晚上把我看了又看,对我说:
> "福贵,你对我真是好。"
> 说完她笑了笑,闭上了眼睛。过了一会,家珍又睁开眼睛问我:
> "凤霞睡得好吗?"
> 我起身看看凤霞,对她说:
> "凤霞睡着了。"
> 家珍又闭上了眼睛,我捏着她的手,以为她睡着了。没过多久,家珍的手慢慢凉了,我赶紧去摸她的身体,身体也凉了。
> 家珍死后,我打了两桶井水烧热了给她洗身子,凤霞就坐在一旁,把脸贴在家珍身上哭。我几次把她扶开,她马上又过来了,我想就让她多贴一会吧,以后她再也见不着家珍了。家珍瘦得身上只剩下一张皮,她的模样比有庆还可怜。

家珍的死在初刊本中安排得过于突然,原因是:一是作为作品女主人公,人物的形象和肌理还未得到充分展开,其命运戛然而止似乎不妥;另外,家珍紧随有庆之后马上离世,福贵一家的苦难也过于频繁,读者阅读也过于沉重。所以到了初版本中,作者用了一句"我原以为有庆一死,家珍也活不长了",话锋一转,又让家珍重新复活。

通过延迟家珍的死，大大地丰满了文本内容和人物肌理。初版本第152—157页以6页有余的篇幅叙述了家珍"后死"的情形：

> 我原以为有庆一死，家珍也活不长了。有一阵子看上去她真是不行了，躺在床上喘气都是呼呼的，眼睛整天半闭着，也不想吃东西，每次都是我和凤霞把她扶起来，硬往她嘴里灌着粥汤。家珍身上一点肉都没有了，扶着她就跟扶着一捆柴火似的。
> ……………
> 我一病倒，凤霞可就苦了，床上躺着两个人，她又要服侍我们又要下地挣工分。过了几天，我看着凤霞实在是太累，就跟家珍说好多了，拖着个病身体下田去干活。村里人见了我都吃了一惊。

初刊本只是用了一句话"过了两天，家珍也死了"，对家珍之死的描述极为简单，且在初刊本后来的情节，尤其是春生到福贵家的情节中，均无家珍这个人物出现。初版本修改后，用了大量篇幅叙述家珍死前的情形，如队长请医生来诊断，以及家珍回光返照，精神焕发，更重要的是春生到福贵家后还与家珍发生了明显冲突。初版本为什么又让家珍多活了些时日？究其原因，可能作者也觉得家珍死后，福贵与凤霞日子太凄苦，苦难太沉重，把家珍之死放在后面，也是作者温情叙述的表现之一。初刊本中，因家珍之死，所以故事的叙述主要围绕着福贵展开；初版本修改后，因家珍的"后死"，故事讲述主要围绕福贵和家珍二人展开。如有庆死后，春生因内心有愧带着小孩前来看望，走的时候，初刊本第32页只用寥寥数语叙述了福贵送别春生的情景：

> 春生走的时候，我送他到村口，我对春生说：
> "你以后别来了，别带这孩子来，一见到他，我心里就难受，就想起了我的有庆。"

初刊本中因家珍已死,而福贵与春生又是共过生死的患难战友,因此,福贵尽管知道有庆是因救春生老婆而死,但也并没有失去理性迁怒于春生。但初版本修改后,因家珍还在世,丧子之痛使作为母亲的她并不能接受春生的道歉和心意,初版本第157—158页因此也做了大幅修改:

谁知道家珍一听是春生,眼泪马上掉了出来,她冲着春生喊:
"你出去。"
我一下子愣住了,队长急了,对家珍说:
"你怎么能这样对刘县长说话。"
家珍可不管那么多,她哭着喊道:
"你把有庆还给我。"
春生摇了摇头,对家珍说:"我的一点心意。"
春生把钱递给家珍,家珍看都不看,冲着他喊:
"你走,你出去。"
队长跑到家珍跟前,挡住春生,说:
"家珍,你真糊涂,有庆是事故死的,又不是刘县长害的。"
春生看家珍不肯收钱,就递给我:
"福贵,你拿着吧,求你了。"
看着家珍那样子,我哪敢收钱。春生就把钱塞到我手里。家珍的怒火立刻冲着我来了,她喊道:
"你儿子就值两百块?"
我赶紧把钱塞回到春生手里。春生那次被家珍赶走后,又来了两次,家珍死活不让他进门。女人都是一个心眼,她认准的事谁也不能让她变。我送春生到村口,对他说:
"春生,你以后别来了。"
春生点点头,走了。春生那次一走,就几年没再来⋯⋯

初版本修改后,用了不少篇幅叙述春生以县长身份到福贵家,此时初版本中家珍还在世，并与春生因有庆之死发生较大冲突，迁怒于春生一家害死了有庆。而后才是福贵送他到村口，叫他以后别来了。这样的修改也显得合情合理，并且通过家珍的丧子之痛而叙述出了活着的艰难与不易。故事后文叙述中，在福贵求队长帮忙为凤霞物色男人，二喜前来提亲，凤霞出嫁及出嫁后的回门，凤霞生孩子以及凤霞因难产而死，家珍为凤霞孩子取名"苦根"等一系列情节推进中，都有围绕着家珍设计的人物对话或情景描述，而这些在初刊本（中篇小说）中因家珍已死是没有的。初版本中，凤霞死后不到三个月，家珍离世。相较于初刊本而言，初版本（长篇小说）对于家珍之死也增写了大量篇幅，初版本第195—197页：

  凤霞死后不到三个月，家珍也死了。家珍死前的那些日子，常对我说：

  "福贵，有庆、凤霞是你送的葬，我想到你会亲手埋掉我，就安心了。"

  她是知道自己快要死了，反倒显得很安心。那时候她已经没力气坐起来了，闭着眼睛躺在床上，耳朵还很灵，我收工回家推开门，她就会睁开眼睛，嘴巴一动一动。我知道她是在对我说话，那几天她特别爱说话，我就坐到床上，把脸凑下去听她说，那声音轻得跟心跳似的。人啊，活着时受了再多的苦，到了快死的时候也会想个法子来宽慰自己，家珍到那时也想通了。她一遍一遍对我说：

  "这辈子也快过完了，你对我这么好，我也心满意足，我为你生了一双儿女，也算是报答你了，下辈子我们还要在一起过。"

  …………

  家珍是在中午死的，我收工回家，她眼睛睁了睁，我凑过去没听到她说话，就到灶间给她熬了碗粥。等我将粥端过去在床前坐下时，闭着眼睛的家珍突然捏住了我的手，我想不到她还会有这么大的力气，心里吃了一惊，悄悄抽了抽，抽不出来，我赶紧把粥放在一把凳子上，腾出手摸摸她的额头，还暖和着，我才有些放心。家珍像是睡着一样，脸看上去安安静静的，一点都看不出难受来。谁知没一会，家珍捏住我的手凉了，我去摸她的手臂，她的手臂是一截一截地凉下去，那时候她的两条腿也凉了，她全身都凉了，只有胸口还有一块地方暖和着，我的手贴在家珍胸口上，胸口的热气像是从我手指缝里一点一点漏了出来。她捏住我的手后来一松，就瘫在了我的胳膊上。

初版本中增写了家珍弥留之际与福贵的对话及死前的情景，相比初刊本一笔带过简单叙述，不仅更具有承受苦难的疼痛感，而且将家珍作为一家女主人的宽厚贤德描绘得更加形象和丰满。

初版本故事情节的续写主要集中在对福贵年轻时赌博细节和福贵爹死去情景的描绘。初刊本中也有大量篇幅叙述福贵年轻时游手好闲，喜欢到城里去赌博，但对福贵赌博为什么会输掉家产，怎么输掉家产的前因后果没有叙述。虽然这不影响故事情节的发展，但却会在细心的读者脑海里留下疑惑。赌博是改变青年福贵命运的根本因素，但两个版本对于赌博细节的描述却有着较大差异。初刊本里集中笔墨写了赌博的过程和最后结果，初版本里除了初刊本的内容外，还大篇幅增补了对福贵输掉家产的原因（被骗）的呈示。如初版本第16—18页增写近三页内容：

小日本投降那年，龙二来了，龙二说话时南腔北调，光听他的口音，就知道这人不简单，是闯荡过很多地方，见过大世面的人。龙二不穿长衫，一身白绸衣，和他同来的还有两个人，帮他提着两只很大的柳条箱。

那年沈先生和龙二的赌局，实在是精彩，青楼的赌厅里挤满了人，沈先生和他们三个人赌。龙二身后站着一个跑堂的，托着一盘干毛巾，龙二不时取过一块毛巾擦手。他不拿湿毛巾拿干毛巾擦手，我们看了都觉得稀奇。

....

　　沈先生一走，龙二成了这里的赌博师傅。龙二和沈先生不一样，沈先生是只赢不输，龙二是赌注小常输，赌注大就没见他输过了。我在青楼常和龙二他们赌，有输有赢，所以我总觉得自己没怎么输，其实我赢的都是小钱，输掉的倒是大钱，我还蒙在鼓里，以为自己马上就要光耀祖宗了。

　　初版本修改增加后，不仅交代了较为明确的时间所指，使叙述的历史感及代入感更强，而且将城里赌场沈先生和龙二的豪赌（出老千）场景叙述得更为详细，也为后文福贵与龙二赌博，为什么会输掉全部家产铺垫了因由。初版本第22页在叙述福贵与龙二赌博时，更是增写了一小部分内容，阐明了福贵遭人算计的过程：

　　我正要去抓骰子，龙二伸手挡了挡说：
　　"慢着。"
　　龙二向一个跑堂挥挥手说：
　　"给徐家少爷拿块热毛巾来。"
　　那时候旁边看赌的人全回去睡觉了，只剩下我们几个赌的，另两个人是龙二带来的。那跑堂将热毛巾递给我，我拿着擦脸时，龙二偷偷换了　付骰子，换上来的那付骰子龙二做了手脚。我一点都没察觉，擦完脸我把毛巾往盘子里一扔，拿起骰子拼命摇了三下……

　　增加的是福贵与龙二最后一赌的细节，初刊本未做交代，对福贵输掉家产的原因也叙述得不够充分。修改增加后，赌徒福贵遭人算计输掉家产的前因后果也就更加清晰明了。
　　另外的续写是初版本中对福贵爹在文本中的出场及临死情景的描

绘。初刊本第6页对福贵爹出场只有简单一句话带过："四十年前，我爹常在这里走来走去，那时候我们家境还没有败落……"初版本第7—8页用了一页多的篇幅将其修改为：

  四十多年前，我爹常在这里走来走去，他穿着一件黑颜色的绸衣，总是把双手背在身后，他出门时常对我娘说：
  "我到自己的地上去走走。"
  …………
  几十年来我爹一直这样拉屎，到了六十多岁还能在粪缸上一蹲就是半晌，那两条腿就和鸟爪一样有劲。我爹喜欢看着天色慢慢黑下来，罩住他的田地。我女儿凤霞到了三四岁，常跑到村口去看她爷爷拉屎。我爹毕竟年纪大了，蹲在粪缸上腿有些哆嗦，凤霞就问他：
  "爷爷，你为什么动呀？"
  我爹说："是风吹的。"
  那时候我们家境还没有败落……

  初版本中对福贵爹的出场及形象有具体翔实的叙述，他是地主，在城里都是很受人尊敬的先生，但骨子里却还保留着穷人般对土地的感情。初版本中福贵爹昔日的风光与后文因福贵家道败落的境况形成鲜明对比。福贵爹之死是《活着》中福贵亲人死亡的第一幕，但与福贵爹出场一样，初刊本第11页中也只是两三句话对此做了简单交代："……还没有跨出门槛就一头栽在地上。天黑之前，我爹死了。他是我们徐家最后一个死在这屋里的人。"《活着》其实讲的就是死亡的故事，更何况福贵爹的死是死亡叙述中的第一次，理应详尽着墨。初版本将初刊本中的三句话修改成了第33—36页的内容叙述：

  我爹像往常那样，双手背在身后慢悠悠地向村口的粪缸走去。那时候天正在黑下来，有几个佃户还在地里干着活，他们都知道我爹不是主人了，还是握着锄头叫了一声：

"老爷。"

我爹轻轻一笑，向他们摆摆手说：

"不要这样叫。"

　……………

没喊几声，家珍就在那里呜呜地哭上了。那时我就想着是爹出事了，我跑出屋看到家珍站在那里，一大盆衣服全掉在了地上。家珍看到我叫着：

"福贵，是爹……"

我脑袋嗡的一下，拼命往村口跑，跑到粪缸前时我爹已经断气了，我又推又喊，我爹就是不理我，我不知道该怎么办，站起来往回看，看到我娘扭着小脚又哭又喊地跑来，家珍抱着凤霞跟在后面。

初刊本叙述福贵爹之死过于简单、冷静、客观，看不见温情。初版本修改增加后，叙述福贵爹死前的细节，从老佃户对福贵爹的尊重也能感受到脉脉温情，福贵爹死之后全家人的悲痛反应都写出了苦难中的亲情。福贵爹死时也与出场的情况颇为相似，作者的叙述又回到了原点。

三、叙事节奏的调整

对叙事节奏的调整也是初版本修改中较为引人注目的现象。《活着》以福贵七个至亲相继死亡为中心结构故事，很容易给读者形成高度紧张、压抑的氛围。在叙述策略上，作者有意采取第一人称的"双重叙述"策略，引入了两个层面的叙述主体：一是"我"——一个城里来的游手好闲、下乡搜集民谣的年轻人；二还是"我"——一个老人福贵开始讲述自年轻以来的生命故事。让两个层面的"我"的叙述互相交织,即"福贵的叙述"和"城里年轻人的叙述"形成一种互文关系。但总体上还是通过第一个"我"——年轻的城里人的眼光去发现和组织故事,而讲述故事的层面则是福贵的叙述。这两个层面的叙述也营造着文本不同的气场和氛围。福贵的叙述直接涉及七个亲人的先后离去,在冷静的幽默中总让人感觉压抑;而"我"——城里年轻人的叙述则起到串联故事的作用,"我"不仅充当了文本中福贵的倾诉对象,而且更重要的是,能起到调整叙事节奏和调节沉重氛围的作用。初版本修改增写后,这种调整节奏和调节氛围的叙述多了起来,全文共有6处,其中有3处非常重要的叙述都是新增的。

第一处新增是在福贵输光了家产,岳父将家珍领走之时,初版本第40—42页:

> 福贵说到这里看着我嘿嘿笑了,这位四十年前的浪子,如今赤裸着胸膛坐在青草上,阳光从树叶的缝隙里照射下来,照在他眯缝的眼睛上。他腿上沾满了泥巴,刮光了的脑袋上稀稀疏疏地钻出来些许白发,胸前的皮肤皱成一条一条,汗水在那里起伏着流下来。此刻那头老牛蹲在池塘泛黄的水中,只露出脑袋和一条长长的脊梁,我看到池水犹如拍岸一样拍击着那条黝黑的脊梁。
>
> …………
>
> "一大把年纪全活到狗身上去了。"
>
> 福贵就完全不一样了。他喜欢回想过去,喜欢讲述自己,似乎这样一来,他就可以一次一次地重度此生了。他的讲述像鸟爪抓住树枝那样紧紧抓住我。

这里增写两页有余的篇幅,并不是情节增加,而是将第一层的叙述主体——采集民谣的"我"突显出来,通过"我"的视角来审视福贵的人生之于"我"的意义,也可以使故事情节的推进得到缓冲,双重叙述交叉推进。

初版本中有庆死时也出现了一处类似叙述，第151—152页有：

> 那天下午，我一直和这位老人呆在一起，当他和那头牛歇够了，下到地里耕田时，我丝毫没有离开的想法，我像个哨兵一样在那棵树下守着他。
>
> ……
>
> 后来，我们又一起坐在了树荫里，我请他继续讲述自己，他有些感激地看着我，仿佛是我正在为他做些什么，他因为自己的身世受到别人重视，显示出了喜悦之情。

经仔细汇校，发现此处近一页半的内容并非初版本新增，而是由初刊本第20—21页部分内容调整而来。这种修改恰好又将前文第二层次"我"——福贵的叙述转换为第一层次"我"——采风年轻人的叙述，可以缓冲一下读者对有庆之死的情感之哀，并表现出福贵那种对生活无奈又乐观的态度。

初版本中家珍死时也新增了类似叙述内容，第197—198页：

> "家珍死得很好。"福贵说。那个时候下年即将过去了，在田里干活的人开始三三两两走上田埂，太阳挂在西边的天空上，不再那么耀眼，变成了通红一轮，涂在一片红光闪闪的云层上。
>
> 福贵微笑地看着我，西落的阳光照在他脸上，显得格外精神。他说：
>
> "家珍死得很好，死得平平安安，干干净净，死后一点是非都没留下，不像村里有些女人，死了还有人说闲话。"
>
> ……
>
> 我心想趁他站起来之前，让他把一切都说完吧。我就问：
>
> "苦根现在有多大了？"
>
> 福贵的眼睛里流出了奇妙的神色，我分不清是悲凉，还是欣

慰。他的目光从我头发上飘过去，往远处看了看，然后说：
"要是按年头算，苦根今年该有十七岁了。"

女主人公家珍的死，本已让故事情节紧张，氛围凝重，通过增写又回到故事叙述层，一下子变得舒缓了。

此外，初版本中对部分人物形象的增写与刻画，也是较为重要的修改内容。如对福贵妻子——年轻时的家珍貌美的描述，初刊本第9页较为简单："我眼睛看得都不会动了，家珍那时长得可真漂亮，我一看到她就在心里想，我要她做我的女人。"初版本第21—22页修改为：

高跟鞋敲在石板路上，滴滴答答像在下雨，我眼睛都看得不会动了，家珍那时长得可真漂亮，头发齐齐的挂到耳根，走去时旗袍在腰上一皱一皱，我当时就在心里想，我要她做我的女人。

家珍她们嘻嘻说着话走过去后，我问一个坐在地上的鞋匠：
"那是谁家的女儿？"
鞋匠说："是陈记米行的千金。"

修改后，不仅将家珍的貌美刻画得更形象，而且还从鞋匠之口说出了家珍是大户人家之女，家珍跟了福贵后的命运，也更让人心生同情。

对童年的凤霞，作者在初版本中新增了两处内容。第一处是福贵赌博输光家产后，挑着抵押家产换得的铜钱打算进城还债时，凤霞采荷叶盖在担子上。初版本第20—30页有：

凤霞看到了也去采，她挑最大的采了两张，盖在担子上，我把担子挑起来准备走，凤霞不知道我是去还债，仰着脸问："爹，你是不是又要好几天不回家了？"我听了鼻子一酸，差点掉出眼泪来，挑着担子赶紧往城里走。

另一处是福贵爹从粪缸上掉下来死后，初版本第36页新增对话：

> 凤霞时常陪我坐在一起，她玩着我的手问我：
> "爷爷掉下来了？"
> 看到我点点头，她又问：
> "是风吹的吗？"

修改后，凤霞的童真、温情表现得更加突出。这种童真和温情亦能冲淡现实的残酷感，而且将孩童的天真无忌与成人的烦恼形成对比，更能增加叙述的效果。

对凤霞男人二喜的交代，初版本中也做了较为重要的改动。二喜前来提亲时，在福贵的茅草屋里细细看了一圈后一声不吭就走了。二喜第二天再来时初刊本第34页只有简单的一句话："万二喜带了五个人来，肉也买了，酒也备了，想得周到。"初版本第166—167页修改为：

> 二喜带了五个人来，肉也买了，酒也备了，想得周到。他们来到我们茅屋门口，放下板车，二喜像是进了自己家一样，一手提着猪头，一手提着小方桌，走了进去，他把猪头往桌上一放，小方桌放在家珍腿上，二喜说：
> "吃饭什么的都会方便一些。"
> 家珍当时眼睛就湿了，她是激动，她也没想到二喜会来，会带着人来给我家换茅草，还连夜给她做了个小方桌，家珍说：
> "二喜，你想得真周到。"
> 二喜他们把桌子和凳子什么的都搬到了屋外，在一棵树下面铺上了稻草，然后二喜走到床前要背家珍，家珍笑着摆摆手，叫我：
> "福贵，你还站着干什么？"
> 我赶紧过去让家珍上我背脊，我笑着对二喜说：
> "我女人我来背，你往后背凤霞吧。"

第五章 《活着》 147

家珍敲了我一下，二喜听后嘿嘿直笑。我把家珍背到树下，让她靠着树坐在稻草上。

修改后，叙述出了二喜的朴实与木讷，一声不吭的背后其实已将福贵家茅屋的翻新方案构想好，甚至心细到为方便家珍专门连夜赶做了一个小方桌，可见二喜之实诚。原来福贵夫妇担心凤霞找不到好男人，现在通过修改细节可看出，福贵二人将凤霞托付给二喜是由衷地放心与高兴。

最后，初版本中还新增了凤霞孩子——苦根的懂事与乖巧。苦根是最后一个陪着福贵的亲人，初刊本中讲述了苦根的懂事，却对苦根如何懂事及怎样乖巧没有生动描述。初版本第209—210页新增两处，做了补充叙述。当叙述五岁的苦根也成为福贵干活的好帮手时，新增内容有：

平日里带他进城，一走过二喜家那条胡同，这孩子呼地一下窜进去，找他的小伙伴去玩，我怎么叫他，他都不答应。那天说是给他打镰刀，他扯着我的衣服就没有放开过，和我一起在铁匠铺子前站了半晌，进来一个人，他就要指着镰刀对那人说：
"是苦根的镰刀。"
他的小伙伴找他去玩，他扭了扭头得意洋洋地说：
"我现在没工夫跟你们说话。"

当苦根拿着镰刀和福贵一起在田里干活累了，需要休息时，又新增叙述：

他在田埂上躺一会，又站起来神气活现地看我割稻子，不时叫道：
"福贵，别踩着稻穗啦。"

旁边田里的人见了都笑，连队长也笑了，队长也和我一样老了，他还在当队长，他家人多，分到了五亩地，紧挨着我的地，队长说：

"这小子真他娘的能说会道。"

我说："是凤霞不会说话欠的。"

修改后的初版本中的苦根，在本该懵懂的年纪却有着一颗成熟、懂事的心，既乖巧又让人不由得生出一种同情的心酸感。这样的修改效果也是与余华创作《活着》时"贴着人物写"的初衷相吻合的。

第二节　跨媒介叙事的互动与裂隙

1992年第6期《收获》杂志首次刊发余华《活着》，这是该作以中篇小说面目问世的最早文本，30多年来围绕该作展开的讨论和阐释从未中断，但至今《活着》被广泛阅读及传播接受的却是作为长篇小说的文本。从中篇到长篇的增写及改版历程，不少研究者都注意到是源于张艺谋电影改编需要，但对这一修改过程却语焉不详。由于作者未在公开场合叙述其小说修改细节，研究者往往因史料缺乏而疑惑不解。韩国学者全炯俊就曾当面向余华请教《活着》改编的问题："根据片头字幕，电影《活着》的两位编剧之一是小说的原作者余华，很想知道余华在这一改编过程中采取了何种态度，起到了哪些作用……笔者迄今为止见过余华两面，初次见面时曾向他问起这个问题，他笑而未答。"[①]

研究者的疑惑及作家"笑而未答"为我们留下了思考余地。《活着》电影改编与小说修改之间真实关系到底怎样？小说是怎样修改

[①] 全炯俊：《文学与电影的互文性：〈活着〉和〈红高粱〉的电影改编》，《中国现代文学研究丛刊》2011年第10期。

的？电影又为何改为这般？电影为何最终未以余华修改后的小说作为定稿剧本，而要另择专业编剧在修改本基础上进行剧本定稿？导演和作家、编剧之间，电影叙事与文学叙事之间到底是什么关系？电影改编对《活着》"经典化"历程有怎样的影响？等等。文学作品版本修改和跨媒介改编虽是分属不同学科领域的问题，且各有其特定研究边界及路径，但随着当代文学研究文献史料意识的加强，文学作品生成及传播过程中的版本与改编问题，理应进入当代文学研究视域。借此既可挖掘文本诞生与传衍过程中所沉淀的种种文学史信息，亦可剖析文本及其演化背后的作家心态，还可透视特定时代的文艺创作与传播机制。本节即试图重返《活着》电影改编、小说修改前后历史现场，透视文学生产、版本变迁及传播接受之间的复杂关系。

一、被遗忘的中篇：从《活着》版本接受误区说起

小说《活着》从创作发表到出版传播经历过由中篇向长篇的改版历程。1992年《收获》第6期（总98期）"中篇小说"栏目，刊出余华不到6万字新作《活着》，文末署明创作日期为"一九九二年九月十二日"。这是《活着》最早问世的中篇初刊本，是与当下被普遍接受的长篇小说有所不同的初始文本。但"大家在谈论《活着》、评论《活着》时，实际上都是在谈论、评论长篇小说《活着》，而把中篇小说《活着》遗忘了。即使是余华小说的研究者，也很少有人提到这部中篇版《活着》，一般的读者，根本就不知道在长篇小说《活着》之外，还有一部中篇小说《活着》，自然也就不知道长篇版《活着》来源于中篇版《活着》"。[1]这并非无关紧要的小问题，很多研究者由于没有厘清《活着》生产及改版历程等文献信息，在学术研究和大众传播层面均出现不同程度的错位与误读，甚至对余华创作转向的阐释也

---

[1] 王达敏：《〈活着〉的两个文本——三论〈活着〉》，《余华论》修订本，安徽文艺出版社2016年版，第37—38页。

失去合理的历史分析。

现有文学史论著大多未厘清《活着》中篇问世的历史背景，更忽略其以中篇发表及以长篇发行的版本转换历程。陈思和《中国当代文学史教程》谈及余华创作时说："作家余华在90年代连续发表长篇小说《活着》、《许三观卖血记》，完全改变了他80年代的创作风格。"①王庆生、王又平所著《中国当代文学史》也叙述为："进入90年代以来，余华的创作更倾向于新写实主义，发表了《在细雨中呼喊》《活着》和《许三观卖血记》等长篇小说。"②上述文学史著作的学术价值毋庸置疑，但具体到对《活着》生成历史信息的叙述却存有误区。《活着》发表时显然为中篇小说，是因电影改编修改后才演变为长篇出版。就笔者目力所及，只有洪子诚在《中国当代文学史》的"中国当代文学年表"之"1992年"条目中，记述了其作为中篇诞生的历史信息："同月，《收获》第6期发表格非的长篇小说《边缘》、余华的中篇小说《活着》、苏童的中篇小说《园艺》、孙甘露的中篇小说《忆秦娥》、韩东的短篇小说《母狗》。"③但也只是提及其作为中篇发表的历史信息，而忽略了其由中篇而及长篇的文体转换历程。

除了文学史叙述，关于余华的专业研究诸如传记、年谱和版本叙录等学术成果，对《活着》早期文本生成的文献信息亦存误区。笔者所见余华文学年谱将《活着》创作和发表信息记录为：

> 一九九二年，三十三岁。是年发表的作品有：《一个地主的死》（短篇，《钟山》第六期）、《活着》（长篇，《收获》第六期）。④

年谱中弄错初刊本《活着》作为中篇的文体信息，将《收获》所

---

① 陈思和：《中国当代文学史教程》，复旦大学出版社1999年版，第366页。
② 王庆生、王又平：《中国当代文学史》第二版，高等教育出版社2016年版，第200页。
③ 洪子诚：《中国当代文学史》，北京大学出版社1999年版，第425页。
④ 王侃：《余华文学年谱》，《东吴学术》2012年第4期。

刊《活着》误记为长篇，研究者显然并未注意到其早期文本文体与修改问题。《余华作品版本叙录》是新近出版关于余华作品版本研究的首部学术成果。该著注重资料搜集与整理，编者在"绪论：从头做起"中强调："对一个作家研究得是否透彻，首先要看资料工作做得怎么样，或者也可以说取决于资料工作做得怎么样。资料工作主要包括两方面：一是作品资料；二是作家生平资料。而研究与资料相关的评论、论文以及专著等，我倒觉得在其次。以此来看，对余华的研究可以说还很不成熟，当今学术界与余华研究相关的评论、论文有很多，专著也有十多本，主要是国内的，也有国外的，很是热闹。但基础性的工作却做得很不够，个人传记资料收集和发掘，作品收集和整理还非常欠缺。"[1]可见编者立意为余华作品做一次版本资料的系统搜集和整理，但在介绍《活着》这部重要作品时，仍叙述为"长篇小说《活着》：发表在《收获》1992年第6期"[2]，且文末所附"余华创作年谱简编"之"1992年"条目中，亦收录为"《活着》（长篇小说），《收获》1992年第6期"。[3]可见，作为余华创作版本资料搜集整理最为系统的学术成果，此书仍未厘清《活着》这部重要作品作为中篇问世及转换为长篇的早期文本生成信息。

再查阅《余华评传》，《活着》早期创作与出版信息记录为：

> 1992年9月12日，余华在《活着》的手稿上画上了最后一个句号。随后，这部近7万字的小说迅速发表在《收获》第六期的头条。
>
> 1993年，《活着》由长江文艺出版社出版了单行本。
>
> 1994年，电影导演张艺谋看中了《活着》，并邀请余华亲自将它改编成电影剧本。在改编过程中，余华对它进行了一些必要

---

[1] 高玉、王晓田：《余华作品版本叙录》，浙江工商大学出版社2017年版，第1页。
[2] 高玉、王晓田：《余华作品版本叙录》，浙江工商大学出版社2017年版，第45页。
[3] 高玉、王晓田：《余华作品版本叙录》，浙江工商大学出版社2017年版，第561页。

的情节补充，在原著的基础上又增加了近5万字，使之成为12万字的长篇小说，收入中国社会科学出版社出版的《余华作品集》，同时又由南海出版公司出版单行本……①

评传研究者虽未直接注明《收获》初刊本《活着》为中篇，但"这部近7万字的小说"②的描述显然隐含了作为"大中篇"的文体信息。《评传》中交代1993年《活着》由长江文艺出版社出版单行本，并未直接说明小说之文体信息，不过可推知研究者将其默认为是中篇单行本。因为1994年信息描述交代了余华作为编剧参与张艺谋电影《活着》改编，增加5万字后成为长篇小说，并收入中国社会科学出版社的《余华作品集》③。研究者显然误认为文集版《活着》才是修改后的长篇初版本。《评传》虽然注意到《活着》作为中篇生成的文献历史，但因对《活着》版本变迁及电影改编史料掌握不够，其由中篇而及长篇的版本修改与演变的关键节点信息仍未厘清与校正。

《活着》长篇初版本实为1993年11月长江文艺出版社的单行本，而非评传所述1995年文集版本。笔者搜集《活着》各版资料并做仔细汇校考证后发现，1993年长江文艺出版社推出的初版本《活着》并不同于《收获》版中篇小说，而是经作者修改后出版的单行本长篇小说。笔者也仔细对比汇校《收获》初刊本与长江文艺出版社初版本，发现长篇在中篇基础上修改近400处，包括序言增加，标点符号修改，语句、段落异动调整，误植订正等。从篇幅上看，长篇小说（初版本）较中篇小说（初刊本）修改增幅近5万字。1995年文集版所收之《活着》，只是在长篇初版本基础上做了字词修改及误植订正，后来各版也是以长篇初版本作为底本进行校正出版。《评传》作为一种具有

---

① 洪治纲：《余华评传》，郑州大学出版社2004年版，第111页。此外，该著于2017年由作家出版社进行修订重版，但重版对上述所引内容并未进行修正。
② 笔者根据《收获》初刊本查阅，实际字数应不足6万字，7万字之说应是包含标点在内的字符数。
③ 该集于1995年3月出版，全三册，内收长篇小说《活着》。

第五章 《活着》 153

权威特质的作家作品研究成果，其叙述和结论自然影响到后学研究，很多研究者均未厘清《活着》版本演变情况。①

目前《活着》不仅有多种海外译本，中文版本亦有不少。除上述《收获》中篇版（1992）、长篇初版本（1993）、文集版（1995）外，较重要的还有南海版（1998）②、上海文艺版（2004）以及定本（2017）③。在《活着》版本变迁过程中，涉及作者重要修改的其实就是《收获》中篇版到长篇初版本的改动。2017年定本封面标注"特别修订"字样，笔者与长篇初版本对比汇校发现，内容上并无大的改动，实为出版商之营销策略。2012年余华在访谈中说过，那时给张艺谋写本子，"多写了大概4万字，后来我觉得这4万字写得挺好的，就把它放进了书里。出书的时候就变成不到11万字，从一个大中篇变成一个长篇，就是今天的这个版本。二十年没有修改过"。④研究者之所以未能厘清《活着》从中篇到长篇版本转换的关键信息，主要原因之一是作为重要史料的长篇初版本难觅⑤，更为重要的因素则是未能厘清《活着》电

---

① 笔者所见涉及《活着》版本研究的学术文章，如《"增写"的价值：从〈收获〉版到单行本版的〈活着〉》（2010）、《文本变异中的审美嬗变——论小说〈活着〉的电影改编》（2012）等，以及学位论文（硕士）《余华〈活着〉的版本改编及受难——救赎主题研究》（2014）等，对小说《活着》的版本梳理均持有类似观点。这种认识显然并没有深入汇校并实证考察《收获》版与长江文艺出版社单行本之间的差异，从而得出与《余华评传》如出一辙的结论，所以不排除后来这些研究受到《评传》之影响。

② 南海出版公司1998年5月出版。自南海版后，《活着》开始在国内热销。1993年长篇初版本至南海版生成前的5年间，据统计《活着》累计销量不足2万册，但南海版后至1999年7月，一年有余的时间就发行了近20万册。

③ 2017年6月，《活着》问世25周年之际，由北京十月文艺出版社出版定本，封面赫然印有"25周年特别修订"字样。

④ 余华：《"活着"介入现实》，《南方周末》2012年9月13日。

⑤ 《活着》初版本首印仅3000册，后来尽管有同名电影拍摄，但当时并没有立刻掀起"洛阳纸贵"的阅读热潮。余华后来也回忆："那个时候刚好遇到中国的图书市场崩盘期，要是没有张艺谋的电影，长江文艺出版社是不会愿意给《活着》出书的。但是后来出版社也很后悔，电影被禁，书印了两万册，最后基本当废纸处理掉了。他们问我要不要书，我说要一点，就免费给我寄来好几麻袋。我手里第一版的《活着》最多，到处送人，送到现在大概还有两三百本，他们把最后的一万多册都销毁了。"（余华：《"活着"介入现实》，《南方周末》2012年9月13日）可见初版本在当时的销售并不理想，市场流通面也不广。正是因为初版本难以搜集，所以研究者大多拿文集版或南海版的本子与初刊本对校，得出的版本差异也就是文集版或南海版与初刊本的差异。

《活着》1998年再版本封面

影改编过程中剧本生产与小说修改之间的细节与历程。

二、剧本生产与小说修改

《活着》小说修改源于电影改编需要，余华曾称该作被导演张艺谋看中"是特别偶然的事件"[①]。1992年11月，张艺谋曾想将余华中篇小说《河边的错误》改编成侦探电影，但剧本讨论一度陷入僵局。后张艺谋无意中看到余华新作——即将刊登于1992年《收获》第6期的《活着》清样。作为除作者、编者之外的第一个社会读者，张艺谋对这部中篇爱不释手并深受感动，感叹道："看到最后，福贵牵着一头老牛在黄昏慢慢走远，我觉得，咦！有意思，经受了那么多人生的痛苦和灾难，最后他一个人很平静地走远，这样一种命运的承受力，会使人生出一种感慨。"[②]在《河边的错误》改编商讨未妥的情况下，张艺

[①] 姚霏：《那些啼惊世界的鸟》，云南人民出版社2013年版，第19页。
[②] 张久英：《翻拍张艺谋》，中国盲文出版社2001年版，第106页。

谋很快决定提前改拍《活着》[1]。余华即以编剧身份参与《活着》剧本写作，电影《活着》片头显示改编信息"根据余华小说《活着》改编（原载《收获》92年第6期），编剧：余华、芦苇"可为佐证。1992年11月11日张艺谋与王斌等人就已开始着手讨论小说《活着》的剧本改编，这意味着初刊本《活着》正式刊出前[2]，余华就应该接了张艺谋的"活儿"，开始了剧本生产工作。

  关于余华参与剧本生产的时间、细节及小说修改历程，王斌所著《活着·张艺谋》以电影亲历者身份记述了较为真实可信的回忆性史料。"作者客观冷静地旁观、深度地介入影片的诞生，让这部纪实性的文学作品不但具有强烈的可读性，也具备了真实可靠的史料价值。"[3]张艺谋做出改拍《活着》的决定时，余华几乎同时正式担任电影《活着》的编剧。经过一个多月时间修改，大约1992年底便按张艺谋的要求拿出修改后的第二稿；1993年3月3日至14日，《活着》剧组主创们又在导演的组织下对剧本进行讨论，余华作为第一编剧，芦苇作为第二编剧也参与其中；讨论会结束后，余华根据商讨结果，再一次进行修改并拉出第三稿，张艺谋很快再次召集剧组主创于1993年4月5日至9日开会讨论。[4]鉴于本次修改后仍有细节未达到预期要求，最后张艺谋终止了余华的改编工作，另择专业编剧在作家修改基础上进行剧本最终定稿。余华参与剧本生产过程中对《收获》版中篇小说进行过两次修改，他觉得修改部分效果不错，认为《活着》可以扩

---

[1] 当时导演张艺谋、文学策划王斌及作者余华三人讨论剧本，张艺谋很快就做出改拍《活着》的决定，那一天是1992年11月11日。见王斌：《活着·张艺谋》，人民文学出版社2011年版，第18页。

[2] 《收获》杂志为双月刊，据当期版权页所载信息"每逢单月25日出版"，可知1992年第6期《收获》印刷出版时间应为1992年11月25日，故可推定余华参与电影《活着》剧本生产的时间早于该期杂志正式出刊时间。

[3] 王斌：《活着·张艺谋》，人民文学出版社2011年版，扉页"内容简介"。

[4] 余华参与剧本生产的详细历程，王斌作为文学策划兼电影《活着》副导演几乎全程跟进，在余华与张艺谋之间经常做交流和沟通工作，对这一过程了解非常详细并对此做了回忆性叙述。参见王斌：《活着·张艺谋》，人民文学出版社2011年版，第18—39页。

展成一部长篇出单行本了"①，于是将修改后的内容加入中篇小说，最后由长江文艺出版社于1993年11月正式推出长篇修改本，篇幅亦由原刊约6万字变为11万字左右。上文所述《评传》及其他研究成果中认为《活着》是因"1994年张艺谋电影拍摄需要，才改编为长篇小说并收入1995年《余华作品集》"的判断显然有误②，研究者们并未厘清作者参与剧本生产的细节问题。余华参与《活着》剧本生产历程其实就是小说的修改过程，对应时间应为1992年11月底至1993年4月初，而非研究者笼统叙述的1994年。这也是《活着》版本变迁过程中唯一一次重大改动。

影响作家修改的直接因素则源于张艺谋和王斌都认为小说《活着》比较戏剧化，尤其是一系列人物在偶然与巧合中接连死亡，如果拍成电影会"弄巧成拙"。尽管余华对此持有保留意见，认为"福贵必须经受这些苦难，作品的意思才能真正显示出来"，但考虑到最终要服从导演意图，"余华还是放弃了他个人的意见"。③笔者仔细对比汇校《活着》从中篇初刊本到长篇初版本的差异，发现余华参与剧本生产过程所改内容几乎遵循着张艺谋及其主创团队对电影改编的要求。

其一，长篇小说较中篇而言增写了大量历史叙述内容。主要包括日军投降后国民党军队返城、人民公社化运动、关于灾荒之年的叙写以及"大跃进"和"文化大革命"等。这也是余华修改补充最多的内容之一，近3万字，几乎占到全部增写篇幅的三分之二。修改后作家把人物命运、灾难都放到这些大的社会背景中进行展现和呈现。不同于以往作家对社会运动的叙述，余华的修改旨在围绕人物而非运动本身进行，所以这些增写的有关社会运动的内容，更多是呈现出关于

---

① 马原：《论余华》，《马原散文》，浙江文艺出版社2001年版，第193页。
② 研究者们对于《活着》电影改编与小说修改之间关系的笼统叙述，不仅混淆了小说修改与再版信息，而且也未厘清《活着》电影的拍摄情况。其实际拍摄过程及时间历程应为：1992年11月11日决定改拍《活着》，1993年8月17日在山东周村开拍，1993年11月15日闭镜。1994年该电影已经获得第四十七届法国戛纳国际电影节评委会大奖等荣誉。
③ 王斌：《张艺谋这个人》，团结出版社1998年版，第51—52页。

人物命运和灾难的小故事，比如家珍的软骨病，有庆与羊的故事，凤霞与王四争地瓜的风波，等等，社会运动本身成了这些故事的历史背景。而这些大量铺叙的历史叙述，原本在《收获》中篇版中是隐于文本作为故事背景来处理的，但修改后长篇小说将所隐藏的历史内容拉回到前台。这成为长篇新版本的重要构成内容，也成了批评家眼中余华90年代后创作观念转型的评判依据之一。有研究者认为："对余华90年代初创作转型的分析，不应只专注于他对小说形式的探索上。只有对社会历史产生了新的认识视野的作家，才会想到应该在小说叙事形式上有一个真正的转变。余华的转变，不只是先锋文学的转变，也反映了当代文学与历史关系的转变。"[1]不排除余华修改小说时确如批评家所分析的获得了新的历史视野，但当考订《活着》剧本生产与小说修改历程后，发现张艺谋电影改编意图才是作家修改的直接诱因。"艺谋在谈及对《活着》的修改意见时，认为福贵经受的每一次灾难性打击，都应和当时的时代背景有一种暗合的关系。他强调不能太直接，直接了就变成了简单地对某一时代的'控诉'。他觉得那么一来，就有急功近利之嫌。他希望处理成看似偶然，但其中蕴含着一种必然的因素，使大多数中国人都能从中感同身受。他认为目前作品中的时代感还较欠缺，应当适当地增加这些因素。"[2]余华有关历史叙述内容的如上修改，显然符合张艺谋的剧本期待。[3]

其二，故事情节做了重要改动，长篇修改本家珍后死也是源于影像表现逻辑。《收获》中篇版家珍之死安排在有庆死后"过了两天"，

---

[1] 程光炜：《论余华的三部曲——〈在细雨中呼喊〉、〈活着〉、〈许三观卖血记〉》，《中国现代文学研究丛刊》2018年第7期。
[2] 王斌：《张艺谋这个人》，团结出版社1998年版，第52页。
[3] 张艺谋曾列举田壮壮导演1992年拍的新片《蓝风筝》为例，影片在涉及反右和"文革"素材时，只是一味地在控诉（最后也因处理不当影片被禁，尚未公演）。他认为自己在拍摄电影时，当不得不触及类似素材时，没必要也弄成控诉的东西。今天再看过去，也不应该仅只有这种眼光。那种直接写出来谁谁死于什么，谁谁毁于什么的东西，缺乏深厚的底蕴。参见王斌：《活着·张艺谋》，人民文学出版社2011年版，第22页。

且只有两三百字简单叙述。长篇修改本中,作者改写了家珍的命运,在有庆死时,用"我原以为有庆一死,家珍也活不长了",话锋一转,又让家珍重新复活。修改后家珍的描述篇幅更多,人物形象更丰富。正因为长篇版中家珍陪伴福贵经历了更多苦难与死亡,有批评家据此阐释出"苦难中的温情与温情地受难"[1]之母题演变。但返回《活着》剧本生产历史现场,余华之所以在长篇版中修改家珍命运,其实就是源于张艺谋的电影改编意图。

张艺谋提出的另一个问题是关于家珍的处理。他觉得在小说中,家珍进入到小说中段就基本上变得没什么戏了。他认为,作为小说描写无伤大雅,可作为电影,剧情就会显得单一,而且不好发展。他建议余华增加家珍的戏,尽可能让她跟着剧情走到最后。

"一部电影里,如果没有女人戏,也会显得不好看。"艺谋说,"有时候从商业角度考虑,也必须这么处理。"[2]

可见修改过程中家珍后死,主要是为了让她在电影中能跟着剧情走到最后,亦是电影商业效应的需要。而且,通过延迟家珍之死,长篇修改本更凸显了家庭文化对于福贵生命的重要意义。

其三,长篇修改本对叙事节奏进行了修改和调整。《活着》剧本生产过程中,余华就如何处理电影叙述角度问题与张艺谋有过沟通:

"关于电影的叙述角度,是否有必要像小说中那样仍然由老年的福贵向一个前来采风的作家讲述自己的经历?"余华问。

艺谋思索了一下:"不用,搞一个作家采风挺文人气的。我总觉得还是让福贵向一个老人说有意思。两个老人在一块说,会

---

[1] 夏中义、富华:《苦难中的温情与温情地受难——论余华小说的母题演化》,《南方文坛》2001年第4期。
[2] 王斌:《活着·张艺谋》,人民文学出版社2011年版,第19页。

有种沧桑感。"

"那个老人是干啥的呢？福贵怎么跟他谈起过去的？"余华又问。

"拍《秋菊》时，我见大街上有些老人排了一溜儿摊子修鞋，拍出来也会挺好看了。"艺谋似乎答非所问地说。

余华很快接上说："那行，我就让福贵跟一个修鞋匠说。"①

由此可见，对于小说文本叙述角度最初的修改策略，是按"两个老人"相互叙说的穿插技巧进行，余华最初打算迎合张艺谋的意图，抛弃原文本的"文人气"而寻求影视表现的"沧桑感"。但最终因张艺谋定调《活着》拍摄要摒弃技巧而跟着故事和人物走，所以电影《活着》最终并未采纳余华原作和修改本中双线叙述的技巧化策略，毅然拿掉老年福贵倒叙自己过去的结构方式，采取从20世纪40年代到70年代的顺时叙述角度，平实而沉稳地呈现故事及其人物和命运。余华最终尊重文学创作的艺术自觉，延续《收获》中篇版第一人称"双重叙述"策略，是因为《活着》以福贵一家七口相继死亡为中心结构故事，很容易给读者形成高度紧张、压抑的氛围。为进一步缓解这种紧张叙述，余华将中篇版三处非常重要的双重叙述增至六处，也使长篇修改本具有与中篇版和电影版不一样的叙述自信和节奏。先锋作家代表人物马原在看过《收获》中篇版《活着》后，印象并不深，对张艺谋的电影《活着》也并不满意，但修改后的长篇初版本却让他甚为惊讶，原因究竟何在？"因为长篇版《活着》有着中篇版、电影版所没有的节奏，充满信心，大步往前去；舒缓、平实，具有了可以让人触摸的质感，而这些都是余华先前作品中很难见到的。"②

厘清《活着》剧本生产与小说修改的细节，既是为了探究《活

---

① 王斌：《活着·张艺谋》，人民文学出版社2011年版，第19—20页。
② 徐林正：《先锋余华》，浙江文艺出版社2003年版，第82页。

着》由中篇而及长篇文体转换的历史背景与史实,也可廓清相关文学批评因史料文献不足而导致的过度阐释和分析。

三、小说与影像之别

余华按照电影叙事逻辑屡费心思对原作进行修改,其修改也最大限度遵循着文学影像化逻辑,张艺谋也有过赞誉:"余华很会写戏,那些新加进去的东西都很有神韵,尤其是1958年的戏,我对他写戏的能力很有信心。"① 按理余华长篇小说修改稿应成为电影《活着》定稿剧本,但在剧本讨论最后,张艺谋及其主创团队却决定"《活着》的第四次修改稿确定由芦苇来撰写"。② 这意味着作家的改写,最终还是不能完全符合电影叙事伦理和逻辑③。在张艺谋看来,电影《活着》是把作家余华和编剧芦苇"两人的精华结合起来"④。

主题表达上显示出从小说到电影的"轻构述"⑤趋向。让小说原著"轻"起来,既是从小说到电影跨媒介对话的有效方式,更是电影作为一门独立大众艺术的需求。无论是原作中篇,还是余华因剧本生产需要修改而成的长篇,小说《活着》都正如评论家所言,"在《活着》中,题目是'活',主题却是死亡"。⑥《活着》围绕主人公福贵,叙述一家老小因偶然因素戏剧性先后死去的异态故事。尽管余华遵从电影叙事逻辑对中篇原作进行诸多改动,但长篇修改本中仍保持着中篇原作人物陆续死亡的故事与节奏。小说旨在通过人物极致死亡的主题

---

① 王斌:《活着·张艺谋》,人民文学出版社2011年版,第22页。
② 王斌:《活着·张艺谋》,人民文学出版社2011年版,第39页。
③ 电影《活着》片头字幕除写明余华、芦苇作为共同编剧的信息外,还特意注明了芦苇作为定稿编剧的信息。由此可见,在导演张艺谋看来,《活着》的定稿剧本与余华作为编剧参与的本子还是差异较大。为了尊重二位编剧的劳动成果,所以既注明了参与编剧信息,也注明了定稿编剧信息。
④ 程惠哲:《电影对小说的跨越:张艺谋影片研究》,中国电影出版社2010年版,第64页。
⑤ 严前海:《电影对文学的"轻构述"——几部文学作品的2012影像历程》,《文学评论》2014年第1期。
⑥ 张闳:《〈许三观卖血记〉的叙事问题》,《当代作家评论》1997年第2期。

和叙事，呈现底层民众面对灾难和承受苦难的限度及无奈，是一部一悲到底的悲剧。导演张艺谋却有不同于小说的看法，他"不希望电影弄出来后，仍是一个让人倍感沉重的戏"[1]，认为《活着》中的生命感应该是"苟且"，这是底层民间小人物身上所蕴藏的一种很真实的生命状态，所以电影《活着》的主题，就是"活着的还活着，死去的死了，说得通俗点，就是'好死不如赖活着'"[2]。可见《活着》电影旨在突破小说接连死亡的沉重风格，而让小说原著变得"轻盈"起来。影像呈现最明显的变化，则是电影中人物死亡的减少及其"大团圆"结局。为营造良好观影体验及情绪，电影中还变换视角，适当穿插荒诞和幽默视点。这些改动显然都不是基于文学的想象叙事，而是为了实现更好的电影市场效应，"电影作品为了市场，为了风尚，则努力用'轻叙述'来赢得肯定"[3]。著名海外汉学家王德威在看过并仔细对比《活着》小说与电影不同版本后，也曾感叹："我们不难发现余华创作的初衷，要比张艺谋（及编剧芦苇）严峻深刻得多。"[4]

电影在人物及其形象塑造上较小说做了较大的差异化处理。电影主人公福贵的身份由小说中的农民变成了城镇市民。由农民到城镇市民的形象转变，编剧芦苇曾透露是张艺谋基于自身经验的想法，"一方面是因为他刚刚拍了两部农民电影——《菊豆》和《秋菊打官司》，想换换戏路子；另一方面，他自己就是城市居民，想利用自己的阅历表现一下这个阶层人的真实生活"。[5]长篇小说修改本中，余华本已根据改编需要对女主人公家珍做了"后死"修改，但最终影像呈现时，家珍"后死"进一步演变成"未死"，电影中女主人公最终"活着"构成对小说"死亡"主题的再一次重构和消解。除了家珍"未

---

[1] 王斌：《张艺谋这个人》，团结出版社1998年版，第57页。
[2] 王斌：《张艺谋这个人》，团结出版社1998年版，第64页。
[3] 严前海：《电影对文学的"轻构述"——几部文学作品的2012影像历程》，《文学评论》2014年第1期。
[4] 王德威：《当代小说二十家》，生活·读书·新知三联书店2006年版，第142页。
[5] 芦苇、王天兵：《电影编剧的秘密》，上海交通大学出版社2013年版，第81页。

死",张艺谋还在影片结尾处,让二喜、馒头(小说中凤霞的孩子苦根)"活着",还设计一家人看着馒头天真稚气地逗着小鸡,在一种日常生活的温馨情调中结尾。这些主要人物的影像改动及其呈现,明显也配合着电影主题的"轻构述"趋向。当然这些改动并非出自作家之手,是专业编剧根据导演意图所做的进一步改编。电影《活着》对人物命运的改变,很大程度上也解构了小说原本设定的深度文化模式。

电影呈现的空间场景及艺术表现元素也发生位移。主人公福贵身份改变,导致电影叙事中福贵的生活空间也发生变化。小说呈现的主体场景是极具隐喻色彩的城乡(镇村)对立空间:在小说中城镇是灾难和死亡的象征,如福贵在镇上赌博输掉全部家产,被抓了壮丁,在县城医院失去儿女,在工地失去女婿等;相反农村则成为生命和希望的隐喻,尽管也有死亡故事发生在农村,但家珍被医生宣判死期后之所以活得更久,未去县城医院而选择留在村里则成了一种隐喻。更重要的是福贵在家产荡尽之后由地主转为农民身份,靠务农一直活着并遇到小说叙述人,农村成就了福贵生命及小说整体所要表达的乐观与希望情绪。而电影呈现时做了大幅修改,没有小说中城乡对立的隐喻空间,福贵因一直住在城里而成为彻头彻尾的城镇市民。这固然与影像很难直接呈现小说所要表达的隐喻主题相关,更与导演张艺谋独特的生命体验及想要呈现的"轻构述"主题紧密相连,"较之基于神话性想象力的小说所表达的希望,基于政治性想象力的电影所表达的希望委实是浅薄的"。[①]电影中福贵新的生活空间也带来其由农民而及民间艺人的身份变化,这也直接影响到电影主要艺术表现元素的改变。编剧芦苇基于自身所长在定稿剧本中注入新的艺术意象——皮影和板胡,这种民俗文化元素的影像呈现,也是张艺谋电影改编一直沿用的策略。不论是市场化影像呈现,还是对深层次人性及传统文化的挖

[①] 全炯俊:《文学与电影的互文性:〈活着〉和〈红高粱〉的电影改编》,《中国现代文学研究丛刊》2011年第10期。

掘，《活着》改编及其影像呈现裂隙都彰显出电影与小说对话的流动变化关系，也隐含着改编者影视本位的主体地位及个性思考。

四、跨媒介叙事的裂隙及其表征

如果说余华基于影像逻辑对《活着》进行剧本修改，是电影改编对小说创作与修改的一次反哺互动；那么，《活着》长篇小说修改稿沦为电影《活着》的"潜在剧本"，从小说到电影的差异，则明显表征文学和电影这两种不同媒介的叙事裂隙。导演张艺谋为什么放弃作家余华的唯一编剧身份，而采用专业编剧进行剧本定稿？芦苇曾在访谈中透露出其中因由，认为余华"把他的原小说用剧本形式写出来，没有多大实质性改编。毕竟他是小说作者，让他大拆大卸，像杀他的孩子，是比较困难的"。[①]专业编剧和作家编剧间的不同改编态度，透露出电影和文学作为不同叙事媒介的本质差异。

小说与电影是两种不同的艺术类型，小说主要通过文字阅读及读者想象来完成艺术传达，而电影则通过画面及视听来感知。也即是说，作为小说的《活着》其阅读过程是读者与单一文本的邂逅，其文本内涵需要读者安静品读；电影《活着》则是公共场合集体参与的仪式性表演，声音与画面是电影叙事的主要手段。所以小说《活着》叙述可采取复杂的"双线叙述"结构，而电影则适合采取正常历史时序进行叙述；小说可用土地与水牛等安静意象进行呈现，而电影中皮影与板胡等意象更具画面感和艺术表现力。《活着》从小说到电影，其表现方式从一种媒介改换到另一种媒介，这种跨媒介呈现的差异必然使得电影不能复现小说的全部艺术元素及内涵，而只能追求作为视听及综合艺术范围内的意义。所以有编剧把从小说到电影的剧本生产及改编称为"脱胎换骨的再生"以及"再度创作"[②]。

---

① 芦苇、王天兵：《电影编剧的秘密》，上海交通大学出版社2013年版，第82—83页。
② 陈晓云：《电影学导论》第3版，北京联合出版公司2015年版，第58页。

《活着》从小说到电影的叙事裂隙，反映出新时期以来跨媒介改编的观念变迁。20世纪初至20世纪80年代中国前四代导演，改编文学作品时基本遵循"忠于原著"或"原著加我"之原则，恰如夏衍在《杂谈改编》中所说："改编者无论如何总得力求忠实于原著，即使是细节的增删、改作，也不该越出以至损伤原作的主题思想和他们的独特风格。"[1]但当意识到文学叙事和电影叙事在"阅读"程序上的差异后，"就会感到'忠实'、'尊重'等概念多么荒谬"。[2]新时期以来，一方面，以张艺谋为代表的第五代导演接受西方电影改编理论的影响——这也成为他们超越前辈电影人的理论武器；另一方面，同时代中国当代作家对作品如何改编大多持开放包容心态，当然其中也不乏想借助电影达到传播成名之心理。张艺谋及第五代导演在电影改编时不再拘泥于文学原著，而是在吃透原著精神和故事内核后，借助文学所触发的思想深度及所唤起的形象，循着影像表现逻辑进行再度创作。所以《活着》的改编过程中，无论是余华的小说修改，还是芦苇的剧本定稿，"编剧围绕导演转"的改编形象及思路都清晰可见。尽管张艺谋在文化与审美资源方面高度倚重当代中国文学，却并不意味着其认同文学支配影视的传统改编模式。恰恰相反，有独创个性的导演往往将文学作为获取创作灵感的重要资源，进行符合主体价值观念和审美趣味的改编和再造，体现出电影叙事对文学叙事的役使和规训。

　　《活着》剧本生产及其定稿，还折射出不同媒介创作主体观念的碰撞与交锋。作家虽然循着影像叙事逻辑参与剧本生产与改编，但对涉及文本主题及深层精神气质的修改却坚持己见。在改编过程中，对于几个人物最终是否"死亡"的命运，余华就曾对王斌进行过追问和质疑：

　　"二喜、苦根（即电影中的馒头）最后死了吗？"余华关切

---

[1] 会林、陈坚、绍武：《夏衍研究资料》，中国戏剧出版社1983年版，第251页。
[2] [法]弗朗西斯·瓦努瓦：《书面叙事·电影叙事》，王文融译，北京大学出版社2012年版，第15页。

地问。

我笑了。我说:"没死!我认为没死是对的,死的人太多会不真实。"

"不对!"余华很固执,"我感觉这样一弄,味道不对了,福贵这个人物就会缺少力量,张艺谋要的最后那种感觉会出不来。"

我说:"不会的,你放心。"

"很难说!"余华仍然很固执。

余华是一位喜欢走极端的人,而艺谋这一次恰恰要节制极端。余华期望制造一个命运中的特例,而艺谋则希望这个故事能落实到普遍意义上。其实,主创们在讨论中已谈到,有庆、凤霞之死,已经是很特殊了,可又无法避免这个难题,如果再安排死几个人,无疑最终会遭到观众的抵触。电影毕竟和小说不同。[①]

可见从文学叙事或书面叙事出发,作家余华是不赞成对人物结局进行脱离原著的改编的,但作家意图最终还是屈服于导演意图。余华虽然不反对张艺谋对小说《活着》的肆意改编,但至少对某些核心内容仍坚持己见,体现出作家对于文学叙事的尊重和坚守。长篇小说修改本中,作者仍坚持一系列人物的死亡故事和情节,以此凸显福贵所承受的人间苦难的沉重和力量。不仅令人压抑的人物死亡事件仍在继续,而且随着修改篇幅的增加,人物承受苦难的细节和情绪也在文本中蔓延更甚。这样修改后的长篇初版本无疑比中篇版及电影版具有更为沉重的阅读效果。

尽管《活着》小说与其最终影像呈现之间因媒介差异存在较大叙事裂隙,但电影改编无疑促成了小说的修改与再版。初刊本《活着》是中篇框架,叙述简单纯洁,但节奏有时过快。这是因为中篇框架却有着长篇的内容,矛盾自然也就不可避免。修改成长篇框架后,尤其

---

① 王斌:《活着·张艺谋》,人民文学出版社2011年版,第48—49页。

是叙事节奏加以控制后，中篇初刊本中曾经削足适履之处也可发展成情节，并丰富人物形象及文本的细节肌理。这些使修改后的长篇文本内容更丰富，情节更晓畅，人物细节及命运更动人，作家叙述总体风格也更趋温情。"有心"的电影改编带来"无意"的文体转换，长篇初版本较中篇《活着》而言成了更为精良的版本，这也是《活着》中篇被遗忘，作为长篇却能在当代中国乃至世界范围内广泛传播的重要内在艺术原因。

《活着》改版历程及其电影改编等周边细节的发掘考证，提示着我们从事当代文学历史化研究，具备必要文献史料及版本意识的重要意义。小说不同版本及其异文是深藏于文本不易被发掘的作品本体史料，而包括剧本生产的电影改编过程则是作品跨媒介阐释与改写活动的周边文献。二者作为不同媒介提供的阐释空间，共同呈现了经典文学作品生成与演化的历史细节。从文学与电影等跨媒介视域挖掘文献史料并开展相互参证研究，既有助于还原一个更加真实和鲜活的文学生成与传播历史现场，还可廓清既往文学批评或文学史撰述中，因文献史料意识阙如而导致的过度分析或强制阐释现象。

第六章

《白鹿原》

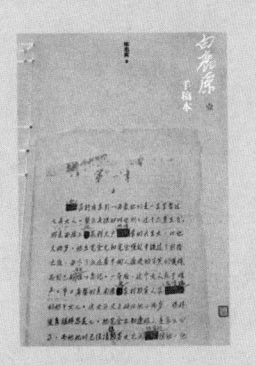

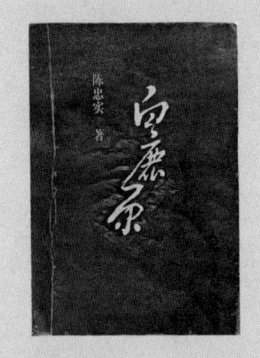

手稿本　　1989年4月至1992年3月完成
　　　　　2012年该著面世20周年之际，人民文学出版社
　　　　　正式出版《白鹿原》（手稿本）

初刊本　　《当代》杂志
　　　　　1992年第6期、1993年第1期

初版本　　人民文学出版社
　　　　　1993年6月

修订本　　人民文学出版社
　　　　　1997年12月

定（文集）本　广州出版社（文集第4卷）
　　　　　2004年5月

《白鹿原》版（文）本谱系图

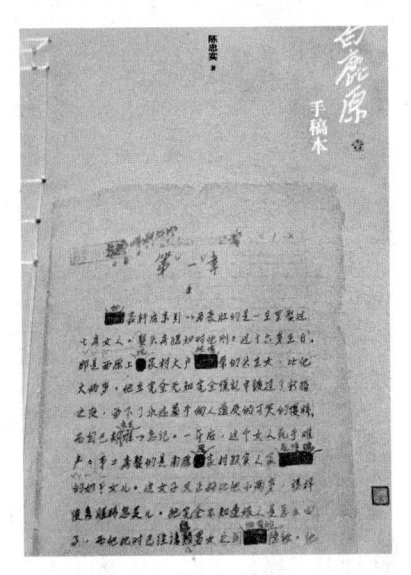

《白鹿原》2012年手稿影印本封面

1988年4月,陈忠实为创作《白鹿原》,用近8个月时间完成40余万字"草拟稿",搭建作品框架,规划人物命运,设计重要情节,积累大量素材,为创作《白鹿原》做了精心准备。1989年清明前后,陈忠实开始动笔写作《白鹿原》正式稿,1991年底完成。1992年春节后开始对手稿进行修改,是年3月定稿,并将手稿交给人民文学出版社组稿编辑。出版社内部审读时一致看好作品,也对其中语言及性描写和一些经不起推敲的地方提出修改意见,并决定先后在《当代》1992年第6期和1993年第1期连载刊发,是为作品初刊本。初刊本限于杂志篇幅及编辑意见做了许多删减,除大段性描写删除外,还对手稿中不太影响情节展开的内容进行整章压缩和删节。初刊本是为作品尽早面世，根据杂志版面要求和编辑意见而大幅删减的"不完全本"。尽管作者尊重杂志版面要求和编辑意见，但这并不完全是作者本意。随后作者又在初刊本基础上做了大量修改和恢复原貌工作，在"过了一遍手"的基础上，不仅对全篇进行"通文"处理，涉及大量字、词、句及标点符号修改，段落调整更是贯穿全篇，而且对初刊本中压缩、删减的章节及包括性描写在内的情节内容予以恢复，于1993年6月由人民文学出版社出版单行本，首印14850本。此为初版本，也是最能代表作者创作意图的文本。1997年12月，初版本《白鹿原》入围第四届茅盾文学奖评审。在给予一致好评的同时，专家评委也对文本中大量性描写及涉及革命、政治的内容提出修改意见，并征得作者同意修改后，揭晓了尚未出笼的《白鹿原》（修订本）获奖信息。作者原本也有借再版之机进行适当修订的意图，在遵从"茅奖"评审专家意见的基础上，迅速对初版本进行了内容不多但却是至关重要的修订。在对涉及性、革命、政治等相关内容修改2200余字后，《白鹿原》（修订本）于1997年12月底由人民文学出版社加急付印，此即为作品修订本。修订本也于1998年正式荣获第四届茅盾文学奖。此后，不仅人民文学出版社内部以不同名目出版了不同形式、不同版本的《白鹿原》，其他出版社也都积极策划、出版不同版本的《白鹿原》，无一例外都是以初版本或修订本为底本，作者再没有进行大的修改。各种版本的《白鹿原》不仅畅销至今，且还以秦腔现代戏、话剧、电影、电视等多种艺术途径进行改编传播。本章主要对《白鹿原》初刊本与初版本、初版本与修订本之间异同进行汇异校勘，以窥其版本变迁与文本演变。

第一节　版本修订的艺术提升：初刊本与初版本对校记

《白鹿原》的修改曾引起不少学者注意，但学界关注重心似乎都在因评奖（茅盾文学奖）而引发的修订本修改问题，其实就修改内容多寡而言，修订本的修改量远不及初版本对初刊本内容的修改量。笔者对初刊本与初版本异文进行仔细汇异校勘，发现初版本修改贯穿全文始终，首先是恢复初刊本中被删减的第十一、二十一、二十二章以及第九章结尾处黑娃上门寻找并提出要娶小娥的内容。此外，以"泛句"（即凡有标点符号即为一句）为单位统计，发现初版本通篇修改数达1900余处，其中改动较多的是第四章（127处）、第五章（126处）以及第六章（133处），改动最少的第十九章也有15处（见表6-1）。另外，初版本涉及段落调整的还有380余处，主要包括段落合并及拆分。以上统计不包括通篇标点符号修改，若计算在内，以上修改数据量则会更大甚至翻倍。

表6-1 初版本各章节改动数目一览表

第一章	第二章	第三章	第四章	第五章
80	97	106	127	126
第六章	第七章	第八章	第九章	第十章
133	80	76	50	58
第十二章	第十三章	第十四章	第十五章	第十六章
62	73	85	56	22
第十七章	第十八章	第十九章	第二十章	第二十三章
36	18	15	22	50
第二十四章	第二十五章	第二十六章	第二十七章	第二十八章
64	40	23	53	67
第二十九章	第三十章	第三十一章	第三十二章	第三十三章
48	79	47	39	30

注：其中恢复的三个章节因为量大未纳入统计。

一、已删内容恢复与回改

初版本主要改动包括以下内容：一是对初刊本修改删减及压缩内容的增写恢复。其中变化最大的是初版本第十一章，对白腿乌鸦兵流窜到白鹿原后，在原上实施一系列扰民活动，及镇压与反镇压斗争内容的恢复（初刊本第59页仅用200余字进行概括）；第二十一章对黑娃投靠土匪，与大拇指郑芒同病相怜并结为莫逆之交内容的恢复；第二十二章对国共合作破裂后，鹿兆鹏投奔三十六军并被叛徒诱骗全军覆没，后只身逃回白鹿原与岳维山、白孝文狭路相逢并使计逃脱内容的恢复（初刊本第80页对第二十一、二十二章分别只用100余字进行概括）；以及第九章结尾处对黑娃讨娶小娥经过内容的恢复（初刊本第53页仅用90余字进行概括）。而初版本以上增写、恢复的内容涉及篇幅总计在33000字以上。这些内容原在作家手稿创作中就有，初刊本删减可能主要是因手稿《白鹿原》篇幅过长，尽管分为上、下两部分，分别在《当代》杂志两期连载，但刊物有效版面仍难以容纳原作"巨量"的完整内容，为了节省版面，故将部分内容删减。尽管整章内容删减也并不影响作品整体框架及情节发展，但从文本内在肌理来看，还是削弱了作品整体的表达效果、情节的紧凑及部分人物来龙去脉的衔接和交代，破坏了作品完整性。比如第十一章乌鸦兵流窜进驻至白鹿原后，强行征粮征税的扰民行为，不但打破白鹿原上千年以来"纳皇粮"的老规则，更是前所未有地激起了国民党军队与百姓之间的矛盾；白鹿镇初级小学校长鹿兆鹏发动组织黑娃和韩裁缝纵火烧粮台的激烈反抗，实质上既为后文鹿兆鹏有计划地将黑娃扶持培养为农协负责人做铺垫，也是白鹿原上头一次国共两党的隐秘斗争。第九章结尾处黑娃上门讨娶小娥的经过，初刊本删减后情节就变为黑娃与小娥有染，遭郭举人算计离开，之后黑娃直接带小娥回了白鹿原。情节上的合理性欠妥，仿佛黑娃与小娥间是因为诱骗关系才回到白鹿原老家。初版本对情节内容予以恢复后，就理顺了情节发展：是黑娃遭郭举人算计离开并侥幸活下来后，仍对遭郭举人休弃的小娥思念心切，便辗转打听到小娥娘家，为小娥父亲田秀才家扛长活的同时，答应田秀才的要求，带小娥回家成亲过日子。这样可以看出黑娃带小娥回家及小娥愿意跟黑娃回家，不仅仅是因为见不得人的性关系，还是二人内心深处爱的体现。

二是恢复因编辑意见做出删除处理的部分内容。主要涉及性描写和性心理内容七处，涉及文本中多个主要人物。小娥与黑娃间有两处，一是在郭举人家扛长活时，小娥引诱黑娃后，两人第一次偷情内容的描述。初刊本（上）第51页叙述比较简洁、含蓄、隐晦，"点到即止"，用"……"略去黑娃与小娥第一次性描写全部细节。而初版本第136—138页将省略掉的细节全部恢复，篇幅多达两页计1000余字。二是黑娃与小娥的第二次接触，初刊本（上）第52页只是两句话简洁带过，而初版本第139页则略有增改描述。小娥与鹿子霖之间第二次发生关系初刊本（上）第87页删除三小段性描写的细节和过程，初版本第258页均予以恢复。从初版本恢复的性描写内容中可明显看出，同样是性描写，但小娥在与黑娃间的关系中占据着主动，甚至扮演着引导者角色。这是因为小娥既是本着原始生命的欲求，又是本着内心对黑娃的认同及情爱，所以在双方关系中热烈主动。在与鹿子霖的关系中则明显处于被动甚至应付状态，是因为在黑娃离去小娥陷入孤立无援时，鹿子霖借着小娥有求于自己便趁机引诱了她，所以在心理乃至情感上，小娥并不愿主动委身于鹿子霖。而初刊本（上）将这些细节描绘删除后，文本中所呈现的小娥形象及给读者的印象便是：小娥是一个寻求生理欲求的荡妇角色。这其实与初版本中作者所要呈现的小娥形象并不相符。

《白鹿原》是一部反映渭河平原50年变迁的雄奇史诗，巧取风水地、恶施美人计、孝子为匪、亲翁杀媳、兄弟相煎、情人反目、大革命、日寇入侵、三年内战、家仇国恨等固然是影响文本走向的主要情节，但同时《白鹿原》也是一部具有浓郁关中地域色彩和风土人情的地域作品。因无碍情节发展，初刊本为节省篇幅，还在原稿基础上删去不少地方民俗和历史地理风物的描述。待初版本修改时，作者均予以恢复改回。初版本第十六章第267—268页增写一小段地方戏《走南阳》里被王莽追赶的刘秀与村姑之间调情的细节描绘［对应初刊本（上）第十六章第90页］，不仅可以增强文本地域文化氛围，且在情节上也为后文白孝文被小娥勾引埋下伏笔，做好铺垫。初版本第二十三章第411—412页还借白灵之眼恢复增写一段对白鹿原整体"残破丑陋"景象的描绘：

> 从原顶到坡根的河川，整个原坡自上而下从东到西摆列着一条条沟壑和一座座峁梁，每条又大又深的沟壑统进几条十几条小沟，大沟和小沟之间被分割出一座或十几座峁梁，看去如同一具剥撕了皮肉的人体骨骼，血液当然早已流尽枯竭了。一座座峁梁千姿百态奇形怪状，有的像展翅翱翔的苍鹰，有的像平滑的鸽子；有的像昂首疾驰的野马，有的像静卧倒嚼的老牛；有的酷似巍巍独立的雄狮，有的恰如一只匍匐着的疥蛙……没有谁说得清坡沟里居民们的始祖，何朝何代开始踏入人类的社会，是本地土著还是从草原戈壁迁徙而来的杂胡？抑或是土著与杂胡互相融化的结果……[对应初刊本（下）第二十三章第83页]

作为人事纠葛与革命风云演绎之地的白鹿原，随着情节推进读者的印象会越来越深，然而白鹿原的地理风貌到底如何？初刊本中作者并没有直接描绘，通过初版本恢复，读者从中可知白鹿原并非关中富裕之地，甚至当地居民的先祖是何时踏入该地也不能确切可考。白鹿原是渭河平原大地上千百个普通村落之一，而且原上整体的荒芜与沧桑感更令读者感慨。

初版本第二十四章还通过白灵的回忆，新增两页白鹿原清明时节碾子场上荡秋千场景的描绘：

> 白灵对原上家乡最显明最美好的记忆是清明节。家家户户提前吃了晌午饭便去上坟烧纸，然后集中到祠堂里聚族祭奠老辈子祖宗，随后就不拘一格地簇拥到碾子场上。
>
> …………
>
> 白灵睡不着，奇怪自己怎么会想起秋千的往事来，忍不住

说："兆鹏哥，还记得你那回打秋千的危险吗？"鹿兆鹏也没有睡着，笑着说："真想回原上再打一次秋千！"［对应初刊本（下）第90页］

初版本中类似恢复修改还有很多，涉及兆鹏逃婚、对战乱的描述、黑娃出逃农协时的纠结心理等，因为改动幅度不大，在此不一一列举。

二、语言文字的规范与润色

除了已删内容回改外，作者借初版之机还进行了必要的疏通文字的工作。涉及大量标点符号修改，段落重新调整，而更重要的则是体现在语言及字词修改上。尽管作者曾在《白鹿原》手稿中对语言做过初步订正，"我的主要工作是文字审阅，把写作过程中的疏漏弥补起来，错字别字和掉字自不必说，尤其是通篇使用的叙述语言，比较长的句子容易发生毛病，需得用心审阅"。[1]《白鹿原》手稿中繁简夹杂，语言杂糅，有着很强烈的方言色彩，此外还有很多不规范之处。所以当出版社拿到陈忠实"过了一遍手"的作品后，在《白鹿原》的终审意见中，曾直言不讳、一针见血地指出："陈忠实迄今最重要、最成功的小说就是这一部。但其文字则颇多错讹与破绽。作为文学语言来要求，是不理想的。"[2]可能由于时间仓促或编辑疏忽，最后在初刊本发稿时没能将这些错讹一一订正。经仔细汇校发现，初刊本中仍留下不少粗陋之处，初版本则对这些进行了较为细致的修改订正。

首先是将其中便于读者理解和接受的方言，或是带有文言色彩的词语改成较为规范和通俗的普通话（从初刊本→初版本）：

---

[1] 陈忠实：《寻找属于自己的句子——〈白鹿原〉写作手记》（连载十一），《小说评论》2009年第3期。
[2] 何启治：《文学编辑四十年》，人民文学出版社2011年版，第440页。

两料→两季　圪梁→垄梁　执县→知县　哐饱→吃饱
斫掉→砍掉　擩草→入草　削标→梭镖　合尺→合适
揭监→劫监　抖嗦→哆嗦　观照→关照　线桯→线穗
悠忽→倏忽　目下→眼下　捉揖→作揖　耽迷→沉迷
沉着→盛着　不啻→不仅　驰马→骑马　拘了他→挡了他
纠葛→交割　煞气→傲气　訇然→轰然　拾面子→饰面子
嫩抉→嫩撅　驾式→架势　参接→衔接　不得开绞→不得开交
辗压→碾压　年青→年轻　浑沌→混沌　码下→抹下
粘糊→迷糊　扑踏→扑通　交掺→交叉　裱灰→纸灰
额颅→额头　浑全→完好　折迭→折叠　黄裱→黄表纸
是年→这年　剋扣→克扣　领先→领首　三弟房屋→三进房屋
通全→通转　坐坐点子→出出点子　咯咯嚷嚷→罗罗嗦嗦

初版本对初刊本中误字（词）进行订正的有：

沉着→盛着　一期→一七　俩月→两月　冒冒然→贸贸然
侍候→伺候　提笔→捉笔　修寺→修祠　臭哄哄→臭烘烘
门槛→门坎　想往→向往　激奋→激愤　戳一刀→戳一刀
卑人→鄙人　颇然→突然　躬听→恭听　闷头发→焖头发
禁斥→训斥　爬匐→趴伏　斤斗→筋斗　扣字眼→抠字眼
明冤→鸣冤　昏蛋→混蛋　悲凄→悲戚　羊毛精→羊毛疔
抚塞→擩塞　畅开→敞开　裤叉→裤衩　走南洋→走南阳
疤痫→瘌痢　感沛→钦佩　插腰→叉腰　往肉里扣→往肉里抠
协迫→胁迫　漫坡→慢坡　萤萤→荧荧　几十副中药→几十服中药　烟沫→烟末　需得→须得　漫道→慢道　一丝不漏→一丝不露
漫延→蔓延　扇火→煽火　兰光→蓝光　颤切切→颤怯怯

> 编撰→编纂　兴帮→兴邦　渲泄→宣泄　汗夹儿→汗袂儿
> 迟顿→迟钝　合衣→和衣　在坐→在座　仓皇失措→张皇失措
> 门栓→门闩　攸忽→倏忽　竟自→径自　吱吱唔唔→支支吾吾
> 轰然→倏然　劝谕→劝慰　迭了被子→叠了被子　楞→愣
> 轰堂大笑→哄堂大笑　兴灾乐祸→幸灾乐祸　心如灰冷→心灰意冷　剔明透亮→莹亮剔透　不至一回→不止一回

初版本对少许繁体字还进行了简化，如"县誌"改为"县志"等。

初版本对初刊本较为敏感或带歧视意味的词语也进行了修改。如初刊本中多处"身俸"在初版本中均改为较中性的"薪俸"。因为"身俸"一词带有封建社会里的奴役色彩和依附意味，而"薪俸"则体现了一种现代社会里的平等意识。此外，初版本还将初刊本中多处具有肢体歧视意味的"白连指儿"的称呼统一改为"白兴儿"，也体现了一种平等观念。

除了字词修改订正，初版本还对初刊本中语言文字进行润色加工。初刊本中文字有些粗糙，有很多文字与情节不太相关或是造成了语义重复，同时，也有多处文字缺乏必要的交代而使得行文有些突兀。有些词句不合语法，不合逻辑，此外还有一些地方存在用词不当现象。初版本则在这些地方下了比较细致的功夫，或删或增或换，或是调整顺序，对初刊本中的文字进行润色。如初刊本第27页直接叙述"白嘉轩的两个儿子白孝文和白孝武自然坐在里面"，而前文中一直没有提到白嘉轩的两个儿子起学名的事，一直是用"马驹""骡驹"称呼他们，此处显得很突兀。在初版本中则交代了一下，改为"白嘉轩的两个儿子也都起了学名，马驹叫白孝文，骡驹叫白孝武，他们自然坐在里面"。这样修改后就更能使读者明白。再如初刊本（下）第102页叙述，白嘉轩"不无自豪地说：'连孝武这混账东西也吵吵着要给那婊子修庙。'"。而在初版本中则将此处的"不无自豪"改为了"不

第六章　《白鹿原》　179

《白鹿原》1993年初版本封面

无怨恨",使得上下文衔接更紧密。总之,通过这些细节修改,初版本的文字比初刊本显得更加简练、严谨、晓畅、精当,内容上衔接得更加自然、紧密,同时也强化了文本的表现效果。

　　由此可见,初版本通过对初刊本中压缩、删节内容的恢复,对语言文字的规范及润色,对故事情节相互矛盾之处及故事细节的修改,保证和维护了《白鹿原》艺术的完整性,修正了由于编校仓促导致的错讹和粗糙,减轻了由于这些细节问题而造成对《白鹿原》艺术性的损害。总的来说,这次修改对《白鹿原》是一次艺术的完善和提升,初版本是比初刊本艺术上更为精良的一个版本,值得肯定。

第二节　评奖导向下的文本调适:初版本与获奖修订本对校记

　　1997年12月19日第四届茅盾文学奖揭晓,获奖作品中《白鹿原》(修订本)在列。当时参加第四届"茅奖"评比的是《白鹿原》初版本,修订本尚未面世。《白鹿原》初版本得到评审专家组一致好评,审读小组的专家们都承认《白鹿原》(初版本)是近年来不可多见的厚重之作，尤其是受到个别年老评论家的力推，从专业角度肯定《白鹿原》（初版本）不存在意识形态问题。但也出现一些争议，影响着《白鹿原》是否能最终得奖。评审会现场很多评委都在主动为作者想策略，如何避免因小的争议及瑕疵而错失"茅奖"。不少评委认为，征求作者意见对《白鹿原》（初版本）进行适当修正，是最为妥当的办法。随后评委会立即给作者传达了修订意见："作品中儒家文化的体现者朱先生这个人物关于政治斗争'翻鏊子'的评说，以及与此有关的若干描写可能引出误解，应以适当的方式予以廓清。另外，一些与表现思想主题无关的较直露的性描写应加以删改。"[①]这也就意味着：作者若同意"茅奖"评委传达的修订意见，以积极态度主动配合，并按要求对作品——《白鹿原》（初版本）进行修改的话，那么修改后的作品定能得奖；反之，若作者坚持己见不同意修改，则《白鹿原》（初版本）会按照评奖一般程序继续走下去，可能会得奖，但因评委会形成的争议比较一致，也存在错失"茅奖"的可能性。不管是作者出于对评委会的妥协，还是确实早已有了修订打算，最终听到修订意见后，陈忠实表示，"他本来就准备对《白鹿原》做适当修订，本来就已意识到这些需要修改的地方"。[②]关于修订意见"茅奖"评委与作者达成一致，所以当"茅奖"揭晓《白鹿原》（修订本）获奖时，陈忠实正在按照评委会意见积极对初版本进行修改。随后由人民文学出版社加急付印，同月（1997年12月）顺利出版经作者修改的《白鹿原》（修订本），次年（1998年）正式获得第四届茅盾文学奖。《白鹿原》新版本——"获奖修订本"就此诞生。

修订本在初版本基础上的修改量并不多，较初版本而言，修订本删改2000余字（这也是比初版本少的字数）、230余个标点符号。修改删减的内容主要是"茅奖"评委会产生争议的地方，即涉及革命、政

[①] 《文艺报》1997年12月25日。
[②] 何启治：《文学编辑四十年》，人民文学出版社2001年版，第86页。

治与性的内容及少许作者认为不妥之处。

一、关于"鏊子说"的删减

初版本中三次提到"鏊子说"。第一次在第十四章农协倒台后，田福贤回到白鹿原，准备向白嘉轩借白鹿村戏楼进行报复行动时，白嘉轩站在祠堂院子里大声说："白鹿村的戏楼这下变成烙锅盔的鏊子了！"在场众人面面相觑，不知烙锅盔的鏊子与戏楼有什么关系。当田福贤用完戏楼用戏谑的口吻对白嘉轩说："你的戏楼用完了，完璧归赵啊！"白嘉轩仍以一种超然口吻感叹："我的戏楼真成了鏊子了！"这是文本中第一次出现关于"鏊子"的说法。这一次"鏊子说"并没有被删弃，修订本中仍得到保留。"鏊子说"第二次出现是田福贤在黑娃三十六弟兄家属会上训话，并在单独对小娥讲话时，修订本中删除了一句关于鏊子的说法。初版本第251页原文为：

"黑娃屋里的，你听我说，黑娃是县上缉捕的大犯。其他人我敢放手处理，对黑娃我没权处理，但我准备向县上解说，只要黑娃回来，我就出面去作保。冤仇宜解不宜结，化干戈为玉帛，<u>甭把咱这白鹿原真个弄成个烙人肉的鏊子！我佩服朱先生</u>……"

修订本第250页删除上述引文中下划线处的文字。

"鏊子"说第三次出现是在第十六章，初版本第275页叙述白家遭遇土匪洗劫，白嘉轩腰杆也挨了致命一击后，躺在炕上向朱先生叙说土匪白狼就是黑娃后，初刊本原文为：

"噢！这下是三家子争着一个鏊子啦！"朱先生超然地说，"原先两家子争一个鏊子，已经煎得满原都是人肉味儿；而今再添一家子来煎，这鏊子成了抢手货忙不过来了。"

<u>白嘉轩听着姐夫的话，又想起朱先生说的"白鹿原这下变成</u>

鳌子啦"的话。那是在黑娃的农协倒台以后，田福贤回到原上开始报复行动不久，白嘉轩去看望姐夫企图听一听朱先生对乡村局势的判断。朱先生在农协潮起和潮落的整个过程中保持缄默，在岳维山回滋水田福贤回白鹿原以后仍然保持不介入不评说的超然态度，在被妻弟追问再三的情况下就撂出来那句"白鹿原这下成了鏊子啦"的话。白嘉轩后来对田福贤说这话时演绎成"白鹿村的戏楼变成鏊子啦"。白嘉轩侧身倚在被子上瞧着姐夫，琢磨着他的隐隐晦晦的妙语，两家子自然是指这家子国民党和那家子共产党，三家子不用说是指添上了黑娃土匪一家子。白嘉轩说："黑娃当了土匪，我开头料想不到，其实这是自自然然的事。"

修订本第273页直接整段删除上述引文下划线部分。

前两处"鏊子说"讲的是以农协为代表的共产党和以田福贤为代表的国民党，两种势力在白鹿原轮番登场，同时又牵扯不少并没有政治立场，也没有革命信仰，却只知跟着形势转的百姓无辜受罪。用"鏊子"形容有其恰当之处，也显示出朱先生作为关学大儒站在斗争之外的超然态度。对于身处当时历史现场的普通百姓而言，尤其是国民党投敌卖国"剿共"本质未充分暴露之前，国共两党互相斗争折射到白鹿原就像鏊子烙馍烙饼一样，翻过来倒过去，并没有是非正误之分。而第三处则将黑娃代表的土匪势力与国共两党对立，"虽然只是从一个人物之口说出，但采取客观角度表现之，可能引起读者误解"。[1] 而修订本无疑要明确其意识形态属性，通过"鏊子说"表现出来的没有是非正误的看法显然不妥，故"鏊子说"第三处出现时便删去一大段。

二、朱先生有关见解的修改

修订本还删减了朱先生"国共之争无是非"的有关见解。初版本

---

[1] 胡平：《我所经历的第四届茅盾文学奖评奖》，《小说评论》1998年第1期。

《白鹿原》1997年修订本封面

第329页叙述被冷先生和鹿子霖联手合救的鹿兆鹏，在师母朱白氏精心调养下身体逐步恢复。鹿兆鹏临走道别时与朱先生的对话，初版本原为：

> 兆鹏做出一副轻松玩笑的样子问："先生，请你算一卦，预卜一下国共两党将来的结局如何？"朱先生莞尔一笑："卖荞面的和卖饸饹的谁能赢了谁呢？二者源出一物喀！"兆鹏想申述一下，朱先生却竟自说下去："我观'三民主义'和'共产主义'大同小异，一家主张'天下为公'，一家倡扬'天下为共'，既然两家都以救国扶民为宗旨，合起来不就是'天下为公共'吗？为啥合不到一块反倒弄得自相戕杀？公字和共字之争不过是想独立字典，卖荞面和卖饸饹的争斗也无非是为独占集市！既如此，我就不大注重'结局'了……"鹿兆鹏忍不住痛心疾首："是他们破坏国共合作……"朱先生说："不过是'公婆之争'。"鹿兆鹏便改换话题，说出一直窝在心里的疑问（略）。

修订本删去了上述初版本中下划线处的文字。除了删去这些内容，修订本第327页还做了部分增写。增写后的修订本内容为：

兆鹏做出一副轻松玩笑的样子问："先生，请你算一卦，预卜一下国共两党将来的结局如何？"朱先生莞尔一笑："<u>算什么卦嘛</u>。"便竟自说下去："我观'三民主义'和'共产主义'大同小异，一家主张'天下为公'，一家倡扬'天下为共'，合起来不就是'天下为公共'吗？为啥合不到一块反倒弄得自相戕杀？"鹿兆鹏忍不住痛心疾首："是他们破坏国共合作……"朱先生说："不过是'公婆之争'。"<u>鹿兆鹏节制一下自己的情绪，做出平静的口吻，说："先生，'天下为公'是孙先生的革命主张。眼前的这个民国政府，早已从里到外都变味变质了。蒋某人也撕破了伪装，露出独裁独夫的真相咧。"朱先生没有说话。他向来不与人争辩。鹿兆鹏仍然觉得言犹未尽，说："你没看见但肯定听说过田福贤还乡回来在原上怎样整治穷人的事了。先生你可说那是……翻鏊子。"</u>朱先生不觉一愣，自嘲地说："看来我倒成了是非不分的粘糊糊了。"兆鹏连忙解释："谁敢这样说哩！日子长着哩，先生看着点就是了。"朱先生再不说话。<u>鹿兆鹏便改换话题，说出一直窝在心里的疑问（略）</u>。

上述下划线部分即为修订本在初版本基础上所增写的内容。

上文中"翻鏊子"的说法意在表现朱先生站在传统儒家文化立场，对双方政治斗争持一种超然世外的圣人立场，但容易引起读者误解。于是修订本先是删去初版本中部分朱先生的见解，继而为进一步强调修订本的意识形态属性，添加鹿兆鹏间接批评甚至批驳朱先生，揭露国民党投敌卖国独裁的丑陋面目的内容，这样就能有效防止读者产生误解，维护修订本参评"茅奖"的正确属性。但美中不足的是，原文朱先生的见解是一种民间类比，是白鹿原上乡党间（或师生间）一次茶余饭后的闲谈，而修改增写后兆鹏的观念和语气显得有些生硬,仿佛两个不同政见的人辩论。这不仅破坏了文本的整体氛围,且与情理也不是很吻合,这样的改动并不算成功。

修订本还删去了初版本中朱先生未卜先知的内容。"文革"时一群中学生在朱先生墓中找到一块刻有"天作孽,犹可违;人作孽,不可活"字样的砖头,遂在墓地现场开起批斗会。初版本第164—165页叙述为:

> 一个男学生用语言批判尚觉不大解恨,愤怒中捞起那块砖头往地上一摔,那砖头没有折断却分开为两层,原来这是两块磨薄了的砖头贴合在一起的,中间有一对公卯和母卯嵌接在一起,里面同样刻着一行字:
>
> 折腾到何日为止
>
> 学生和围观的村民全都惊呼起来……

修订本第637页将此内容完全删除。初版本这段表现出朱先生的神机妙算,无疑让朱先生的形象也更具神秘色彩。但却因具有预言色彩而不符合革命现实,也容易引起问题和争议,修订版因之删除。

三、性描写删改

修订本根据"茅奖"评委会意见,对初版本中"与表现思想主题无关的较直露的性描写"删改最多。虽然作者自己认为小说中的性描写坚持了"不回避,撕开写,不是诱饵"[①]这几条准则,但还是由于初版本中性描写较为突出,引起不少批评。有些评论家认为:"《白鹿原》在性描写这一方面似乎投入了过分的热忱,赋予了过多的篇幅。"[②]因此

---

① 陈忠实:《关于〈白鹿原〉与李星的对话1987—1995》,《陈忠实文集》(伍),广州出版社2004年版,第397页。
② 傅迪:《〈试析白鹿原〉及其评论》,《文艺理论与批评》1993年第6期。

关于性描写的删改成了修订本重要的修改内容。修订本第133、136页都对初版本中黑娃与小娥间的过度性描写进行了大幅删改,几乎全部删去直接的性细节描写,代之以简单的较为含混的叙述。不可否认,对20世纪90年代初中国读者而言,《白鹿原》初版本中大量性叙述和性描写无疑有些大胆和超前,尽管从艺术角度而言这种描述是人物形象刻画和情节推进所需,但他者意见对此持"不赞同"态度。且从文学教育角度而言,这种大胆描述的接受和传播会对青少年起到负面作用。基于此,作者在修订本中进行大段删除,使性描写显得更加含蓄,利于各方接受,减少负面影响。当然,这样的修改也会使文学作品反映某一生活领域的广度与深度受到限制。

修订本对鹿子霖诱骗田小娥发生性关系的内容进行了部分删改。田福贤试图哄骗田小娥把黑娃叫回来,田小娥存有幻想,求鹿子霖通融活动,鹿子霖趁机诱骗她与她发生性关系。修订本第257页删除了表现鹿子霖性主动的描写内容,也是叙述中较为直露的文字。虽然删除后文本得到驯化,但此处被删内容对于表现鹿子霖在乱伦关系中的人面兽心和淫乱本性有着很直观的作用,删改后这种表现力度有所弱化。

总体而言,修订本修改内容虽不多,但却是影响着能否最终获评"茅奖"的重要修改。这些修改虽然对作品整体意义和内涵影响不大,但对其中涉及的人物形象塑造及其表现力度无疑有着不可小觑的作用。而且由于媒体和学者参与修改讨论,无形中也扩大了修订本的影响,拔高了其意义。总之,这种修改未必完全代表作家的创作和修改意图,而是媒介、学者、评奖等多方外因综合介入的结果。随着社会和时代进一步发展,学者、读者及整体思想观念解放程度的变化,出版商和市场对于这些修改和版本又有了新的认知和看法。从笔者对近几年出版情况的了解来看,有些版本虽然标明第2版,但内容却是与初版本一致。① 这种现象也体现了社会观念和大众审美心理的变迁。

---

① 如2002年出版的教育部全国高等学校中文教学指导委员会指定阅读《白鹿原》,虽标明1997年第2版,但与1993年第1版除封面和版权页外,内容上并无二致。

第三节　当代隐形文化权力下作家意图文本的微调

2012年9月《白鹿原》问世20周年之际，人民文学出版社首次全文影印出版四卷本《白鹿原》（手稿本）（以下简称手稿本）。手稿本带有20年前编辑的原始编校痕迹，不仅只限量发行3000册，且表示此后不再加印。手稿本影印出版，是对20年来《白鹿原》经典化历程的肯定，体现出这部当代经典作品手稿的文献与收藏价值；更重要的是，"这个手稿是《白》书唯一的正式稿"。[①]作家本人也格外重视这份正式稿的写作，"在动笔写作正式稿之前，便确定必须一遍成稿，不能再写第二遍"。[②]原因则是因篇幅较长，再写一遍费时费力。作者想保持创作时对人物的新鲜感，面对所设计的情节和人物命运，尽可能保持冷静叙述，以达到创作的最佳状态和效果。这是作者在正式创作第一部长篇小说《白鹿原》时立下的一条硬杠子，集中精力、全力以赴，争取一遍过手，一次成稿。在这样的心态下，作者正式稿写作比较顺畅，"经过两年多的时间写完全稿，且不说这部小说的命运如何，单就字迹而言，基本保持着清晰工整的字样，不必再过一遍手抄写了"。[③]作者曾自述把一大包沉甸甸的手稿交到看稿编辑手中时的感受："我竟然连一句话也说不出来，那时突然涌到嘴边一句话，我连生命都交给你们了，最后关头还是压到喉咙以下而没有说出，却憋得几乎涌出泪来。"这部精心酝酿并二度创作完成的正式稿，基本达成作者心理预期和创作意图。但这种能代表作家意图的"出版前文本"在进入传播与流通领域后，因文学期刊市场化及国家主流文学评奖等当代隐形文

[①] 陈忠实：《有关〈白鹿原〉手稿的话》，《江南》2012年第4期。据文中作者交代，他写的这部作品共有两稿：草拟稿和正式稿。草拟稿拉出一个大架子，设计并写出了作品的主要情节走向及人物设置；正式稿是细致地写，是完成稿，对人物和情节进行了精心创作，语言上也做了仔细推敲。这个正式稿就是作者最后送交出版社的手稿，而2012年影印《白鹿原》（手稿本）的底本，则是当时人民文学出版社在收到作者手稿后，经初审和复审编辑修改后并保有两位编辑原始修改痕迹的手稿。

[②] 陈忠实：《有关〈白鹿原〉手稿的话》，《江南》2012年第4期。

[③] 陈忠实：《有关〈白鹿原〉手稿的话》，《江南》2012年第4期。

化权力的介入，不得不做出适当调整。

一、面向市场预期的初刊"检验本"

《当代》杂志初刊本较作家创作手稿而言，是做了诸多删节的不完整形态，是编者出于对形势的担忧而面向市场预期推出的"检验本"。从新见材料来看，这次删减并非作家本意。评论家白烨当年曾受陈忠实之托，帮忙了解《白鹿原》在《当代》杂志的连载及刊出情况。得知《白鹿原》连载发表主要是酌删有关性描写的文字后，陈忠实在信中说："因为主要是删节，可以决定我不去北京，由他们捉刀下手，肯定比我更利索些。"①如信所言，《白鹿原》在《当代》杂志的初刊删节乃编者及出版方所为，作家本人并没有参与。这一论断是否真实可信？笔者从《当代》杂志编辑部有关《白鹿原》审稿及签发意见中发现的相关材料也可印证。

《白鹿原》的连载刊发，曾历经《当代》杂志编辑部洪清波初审，常振家复审，何启治终审，及时任人民文学出版社副总编辑、《当代》杂志实际工作主持者朱盛昌的审读签发。他们在一致认可《白鹿原》创作成就的同时，也对作品中的不足提出了审读意见。洪清波认为，"个别地方有枝蔓和不合理的问题"。②常振家觉得"笔墨过于均匀，变化较少，'浓淡相宜'注意不够。有些性的描写应虚一些"。③何启治更是写了长篇审读意见，除对《白鹿原》表示出欣喜和赞赏之情外，还格外指出："作品还有一些比较弱的或经不起推敲的部分……应在编辑时或删或作适当改动处理。陈忠实迄今最重要、最成功的小说就是这一部……赞成适当删节后采用，刊《当代》今年第6期和明年第1期。请发稿编辑把文字加工做细一些（大约可删去五万字左右）。"④

---

① 白烨：《文坛新观察》，作家出版社2017年版，第220页。
② 叶咏梅：《中国长篇连播历史档案》上卷，中国广播电视出版社2010年版，第79页。
③ 叶咏梅：《中国长篇连播历史档案》上卷，中国广播电视出版社2010年版，第80页。
④ 叶咏梅：《中国长篇连播历史档案》上卷，中国广播电视出版社2010年版，第81页。

最后负责签发的朱盛昌则同意"按何启治同志的意见处理",并表示"不要因小失大"。①从稿件审读和签发意见来看,尽管组稿编辑、责任编辑及杂志社领导都对《白鹿原》给予了很高评价,但也明显指出了创作中的不足,尤其是何启治的终审意见,在《白鹿原》的刊发问世中起到了重要作用。②朱盛昌虽同意按何启治的意见处理,但也对杂志刊载《白鹿原》抱有潜在担忧心理。总之,《白鹿原》初刊本较作家创作手稿而言,是做了诸多删节的"不完全本"。当然,这并非作家本意,乃出版方顾虑所致,是编者出于对形势的担忧而面向市场预期推出的"检验本"。深究其因主要有二:

一是出版社、杂志社所担负的意识形态责任使然。尽管编辑和相关审稿领导都对《白鹿原》予以高度评价,但在审读书稿过程中,内部还是注意到作品可能引起争议的问题。何启治在相关回忆性文字中,记录了当时可能引起争议的问题主要有三个:一是对小说情节涉及的中国现代革命史上几次重大事件的评价和提法;二是白嘉轩与鹿三这种地主与长工的和谐,甚至亲如家人的关系描写;三是如何掌握小说创作中两性关系描写的尺度和分寸感问题。③结合初刊"检验本"

---

① 叶咏梅:《中国长篇连播历史档案》上卷,中国广播电视出版社2010年版,第81页。
② 何启治在《白鹿原》的孕育和诞生中承担着重要的"助产婆"和"把关人"角色。早在1973年,何启治读过陈忠实在《陕西文艺》发表的短篇小说《接班以后》,就认为这部小说具备了长篇小说的架构和基础,便鼓励当时并不知名的青年作家陈忠实从事长篇小说创作。20世纪80年代初,何启治再一次到西安组稿,在与陈忠实的见面中又问及作家有没有长篇小说创作的考虑。在何启治的关心和催促下,陈忠实自此便有了《白鹿原》创作的朦胧想法,并将这一想法告知了对方。用作家自己的话说"还是有压力产生",因为已经将想法透露给了何启治,觉得自己最终要是写不成,会愧对这个期待已久的老朋友。在后来的几年里,何启治或自己慰问,或叮嘱前往西安组稿的其他编辑同人带去对陈忠实的关心和问候,尽管没有催稿的意思,但无形中对作家陈忠实坚定《白鹿原》的创作还是起到了鼓舞和催化作用。《白鹿原》初稿完成前后,虽然先后有其他两家大出版社向陈忠实邀约长篇小说稿,但作家鉴于何启治长达20年的关心和支持,觉得与何启治有约在先需守331道而辞谢了其他出版机构。在《白鹿原》手稿完成之际,何启治当时已是《当代》杂志的常务副主编,他不仅派了高贤均、洪清波两位同志亲自去拿稿子,而且为《白鹿原》的刊发连载签署了重要的终审(保护)意见。1992年9月,何启治由《当代》杂志常务副主编调任人民文学出版社副总编辑后,又为《白鹿原》的初版面世签署了终审意见。由此,也造就了何启治编辑生涯中的"唯一"现象:他既是《白鹿原》的组稿人、终审人,还是它的责任编辑。
③ 何启治:《文学编辑四十年》,人民文学出版社2001年版,第42—43页。

实际刊发情况可以发现，主要是删除了原稿中涉及性描写和性心理叙述的七处内容。当时编者基本赞同小说中的性描写是对传统文学所压抑的生命力的张扬和展示，是人物性格刻画和命运描写所需。虽然爱情与性的叙述在20世纪90年代初期的文坛不再成为文学表现禁区，但基于国情和读者等复杂因素考虑，对文本中过度性描写掌握一定分寸仍有必要。编者在初刊本中对原稿部分性描写进行删除处理，既体现了作为纯文学刊物立场的严肃性，同时也体现作为国家大型刊物，在意识形态及大众教育引导功能方面的导向作用。何启治在终审意见里指出要拿掉其中两章，四五万字，具体到初刊本，则是拿掉了整整三章内容，即第十一章、第二十一章、第二十二章。这三章内容在初刊本中均被删去，仅以两百字内容概要作为替代。拿掉的部分有些是与情节发展关联不太密切的内容，也有些涉及对中国现代历史上重大事件的评价和提法。副总编朱盛昌对此的意见是"不要因小失大"，其实就是顾虑可能潜存的意识形态问题，故初刊"检验本"中将上述潜在"小"问题悉数删减。

二是文学期刊市场化转轨行为驱使。中国当代文学期刊总体格局及体制特性对当代文学的生产具有深刻影响，对于其重要性，有学者甚至认为"当代文学期刊在某种意义上是当代文学史的草稿"。[①]新中国成立后诞生的一大批国家及地方文学期刊，是当代文学一体化的产物，随着国家及地方文联、作协等文艺、文学领导和组织机构的建立而产生，有的本身还是其机关刊物。"十七年"至"新时期"初，其办刊经费主要是国家资助，职责和功能是通过各级文艺机构和组织管理文学事业，是国家意识形态在文学领域的反映。1984年12月29日，国务院发布了《关于对期刊出版实行自负盈亏的通知》，在弱化图书杂志意识形态功能的同时，对其生存、市场适应和生存能力也提出了更高要求。20世纪90年代经济体制市场化变革后，文学期刊更是遭遇

---

① 黄发有：《文学期刊与当代文学环境》，《社会科学》2014年第5期。

着"生存还是毁灭"的艰难抉择。一般期刊多以发表中短篇小说、散文等为主,意在以有限版面展现更多作品,长篇小说因篇幅大,刊物版面很难满足其需求,所以很多刊物以"增刊"或"长篇专号"形式另刊。陈忠实在创作《白鹿原》时也面临同样境况,作家曾在"我与《白鹿原》"为题的演讲中有过回忆:

> 还有一个严峻的问题是,当我快写完《白鹿原》时,新时期的文学第一次面临低谷状态,从热到冷的过程。像我们陕西的文学杂志《延河》,改革开放初期文学热的时候,发行量是八十万,此时掉到只有几千册。已经出现出书难,作家写的书没人出的情况。那时,计划经济刚刚转入市场经济,作家的压力、出版社的压力都很大……①

陈忠实的回忆复现了当时出版市场的萧条,《当代》作为一本大型纯文学期刊,能在头条登载《白鹿原》(正式稿大约有50万字,相当于普通长篇小说篇幅的三四倍),也是兑现杂志社和出版社答应要给《白鹿原》最高礼遇的承诺。但为了有效利用刊物版面,杂志在1992年第6期和1993年第1期跨年度连载刊登的同时,还额外对原作进行了诸多所谓"不重要内容"的删减。而编者及作者均未在公开场合提及这些删减内容,至今仍深藏在原文本之中。这些在编者看来的"不重要内容",主要涉及对白鹿原的地理地貌刻画、民风民俗描绘、旱灾细节叙述,兆鹏逃婚,以及对战乱的描述、黑娃出逃农协的纠结心理等。

分析删减内容后可知:一是因为这些地理、风景和事件叙述占用大量篇幅,删减后可节省版面,这也是编者为提升刊物容量,适应市场竞争的顺势行为及表现;二是因为这些内容在编者看来,与作品整体情节推进关联不紧密,甚至有些过于冗长的叙述还会影响情节的紧

---

① 陈忠实:《我与〈白鹿原〉》,天津人民出版社2017年版,第10页。

凑感,故加以删除。由此可见,《白鹿原》初刊本主要是编者基于出版机制及为适应市场竞争,对原作进行删减后的"不完全本",也是一个不能完全体现作家创作意图的删节本,更是编者基于维护作家、保护作品的心理,面向社会和市场预期推出的"检验本"。初刊"检验本"中诸多出于意识形态顾虑及节省版面要求所做的删改,实质上对文本阐释也产生了一定影响。这些删减的所谓"不重要内容",恰恰在细节上对文本的阐释和意义发现具有重要作用。所以有学者认为:"《当代》出于版面及其他考虑所做的字数压缩,一定程度上削减了小说的艺术完整性。"[1]

在作品内容删减上之所以遵从编者和出版机构的意愿,乃是源于作家对作品命运仍抱有担忧心理。陈忠实曾说:"作品写完以后,我有两种估计,一个是这个作品可能被彻底否定,根本不能面世。另一种估计就是得到肯定,而一旦得到面世的机会,我估计它会引起一些反响,甚至争论,不会是悄无声息的,因为作家自己最清楚他弄下一部什么样的作品。"[2]可见,作品能否顺利面世是作者最为关心和担忧的问题。在这样的心态下,作家已然是将创作完成后的作品的命运完全交付给了编者。也难怪陈忠实将创作文稿交给取稿编辑时,会忍不住想说"这是将我的生命交付了出来"。[3]而实际结果亦验证了编者的"检验"心理,《白鹿原》在《当代》初刊连载结束后,在学界和民间迅速产生了强烈反响。

二、作者、编者复原的初版"意图本"

《白鹿原》连载刊出后,编者、作者等又合作进行了复原性修改,使《白鹿原》初版单行本成为最能体现作家创作初衷的"意图本"。《白鹿原》修改曾引起不少学者注意,但关注重心都偏向修订本修改

---

[1] 王鹏程:《马尔克斯的忧伤——小说精神与中国气象》,生活·读书·新知三联书店2018年版,第282页。
[2] 陈忠实:《关于〈白鹿原〉的答问》,《小说评论》1993年第3期。
[3] 白烨:《共和国文学记忆》,湖南电子音像出版社2019年版,第104页。

问题。关于初刊本内容大量删减和初版本的复原性修改，以及背后隐藏的当代出版机制的意识形态顾虑和市场考量心理，编者、作家的艺术心态等问题却一直被人忽视。

这次复原性修改对《白鹿原》是一次艺术上的完善和提升，初版本是比初刊本艺术上更为精良的一个版本，也是最能代表作家创作初衷和主旨的"意图文本"。人民文学出版社编审汪兆骞在《独自掩卷默无声——陈忠实违心修改又再度复原〈白鹿原〉》的回忆性文章中也曾评价："我看过《白鹿原》的原稿，《当代》编辑部以'应有节制，或把过于直露的性描写化为虚写、淡化'的'审稿意见'，让陈忠实忍痛割爱，删去了不少揭示人性的性描写。我以为这是不尊重文学规律、不尊重作家的行为，对《白鹿原》造成了伤害。"[①]作家本人虽没有直接就发表作品的删改效果表态，但他在给何启治去信时表示"希望他能派文学观念比较新的编辑来取稿看稿"[②]，可见作家本人对作品所持有的护佑心态，也希望自己集十年之力精心创作的作品能够得到最大限度的包容。当时，尽管作家完成了《白鹿原》手稿，但并不能确定是否该把这部书稿投出去，对能否顺利出版并没有信心，"如果不是作品的艺术缺陷而是触及的某些方面（社会）不能承受，我便决定把它封存起来，待社会对文学的承受力增强到可以接受这个作品时，再投出书稿也不迟……如果仅仅只是因为艺术能力所造成的缺陷而不能出版，我毫不犹豫地对夫人说，我就去养鸡"[③]。由此，我们也可看到作家创作与作品发表、出版时犹疑不定的心态。

《白鹿原》的成功除了作家本身的艺术积淀及生活体验外，改革开放以来社会时代的进步及文艺政策的调整，尤其是邓小平在第四次全国作代会上的《祝词》所带来的编辑及作家的思想解放，都为《白鹿原》的诞生提供了适宜的气候、土壤和环境。陈忠实曾坦言："1992年初，

---

① 汪兆骞：《往事流光：见证文学的光荣年代》，重庆出版社2015年版，第78页。
② 周明、王宗仁：《2012年中国散文排行榜》，百花洲文艺出版社2013年版，第324页。
③ 陈忠实：《凭什么活着》，时代文艺出版社2007年版，第53页。

我在清晨的广播新闻中听到了邓小平南巡讲话的摘录。思想要再解放一点，胆子要再大一点，等等等等。我在怦然心动的同时，就决定这个长篇小说稿子一旦完成，便立即投出去，一天也没有必要延误和搁置。道理太简单了，社会具体到对一部小说的承受力必然会随着两个'一点'迅速强大起来。关键只是自己这部小说的艺术能力的问题了，这是需要检验的，首先是编辑。"[1]由此可理解，作家之所以对《白鹿原》初刊本大刀阔斧的删减没有劝阻，是希冀作品顺利面世；而对编者而言，之所以删减，则是基于对作品和作家的双重保护，以验证当时社会和读者的接受力与包容度。而当《白鹿原》在《当代》杂志1992年第6期仅刊出上半部时，作品就引起了海内外读者的争相追捧。[2]基于读者和社会的良好反响，1993年6月发行出版的初版单行本，初刊本中被删改的内容基本给予了恢复。作者在与评论家李星的对话中，问者也曾提出"《白鹿原》在性描写方面如此大胆（杂志发表时删了一些，据说出书时将恢复），甚至没有回避最肮脏最丑恶的性生活"。[3]某种程度上，编者对初版本的复原性回改以及作者借初版之机进行的通文工作，都说明了这才是符合作者创作初衷和主旨的"意图本"。《白鹿原》从初刊"检验本"到初版"意图本"的回改动因，截至目前一直未有研究者进行反思探讨，学界因已习惯于当代长篇小说的"先刊后出"现象，无意中就忽视了这种修改及其背后承载的复杂意义。

三、综合各方力量参与的修订"微调本"

从初版本到修订本虽只微调，修改量并不大，但因与茅盾文学奖

---

[1] 陈忠实：《何谓益友》，《作家》2001年第9期。
[2] 据何启治回忆，人民文学出版社前总编屠岸在《白鹿原》的前半部分刊发于《当代》1992年第6期后，便应音乐家瞿希贤之请为他寻找《白鹿原》的下半部。原来，瞿的女儿在法国学美术，一批海外学子在《当代》杂志上看到《白鹿原》的上半部分后，便迫不及待地寻找它的下半部。见叶咏梅：《中国长篇连播历史档案》上卷，中国广播电视出版社2010年版，第83页。
[3] 陈忠实：《关于〈白鹿原〉的答问》，《小说评论》1993年第3期。

相关联，修订本对涉及革命、政治与性的内容及少许作者认为不妥之处的改动反而更引人注目。从何启治最新披露的书信来看，陈忠实也确实针对这些方面进行了必要改动，"总的是删了不少，有的是重复，有的是罗索（啰唆），有的是多余的'性'，对已经产生误读的某些细节，有的做了删节，有的做了弥补"。①

修订本是评奖作为一种隐形文化权力干预和催生的新版本。问题是，《白鹿原》自初刊"检验本"、初版"意图本"问世并热销后，到底有没有因编者及作者所忧虑的可能引发争议的问题而受到直接干预？何启治曾谈及《白鹿原》早期的吊诡命运："我是人民文学出版社副总编辑，《白鹿原》的终审人和责编之一，我可以负责地告诉你，迄今为止，我没有见到上级关于《白鹿原》的任何结论性指示，书面的固然没有，连电话通知也没有，书照样重印着，照样受到读者欢迎，却就是不让宣传……《白鹿原》成了一个敏感的、可能招祸的东西，都不敢碰了。毋庸讳言，这种极不正常的氛围，影响到了我们的全面工作。我们所能做的，便是凭着良心和良知，一致把'人民文学奖'授予《白鹿原》。"②可见，《白鹿原》出版后虽受读者追捧，市场欢迎，但也确如编者和作者所担忧的，引起了相关批评，这也影响了《白鹿原》进一步可能的衍生传播方式。同时也说明，20世纪90年代意识形态的介入不再像"十七年""文革"时期那样直接。意识形态干预与《白鹿原》的民间热销及业内"授奖"（人民文学奖）三者能共存，表明90年代以来文学与政治关系趋向回暖。政治对文学的意识形态要求正在由新中国成立以来的刚性管控逐渐转化为隐形文化权力的渗透，这一点非常明显地表现在初版本《白鹿原》参评第四届茅盾文学奖及修订本《白鹿原》终获大奖的曲折过程中。

1995年，中国作家协会启动第四届茅盾文学奖评选工作，评选年

---

① 何启治：《陈忠实致编辑的十五封信》，《新文学史料》2017年第4期。
② 何启治：《文学编辑四十年》，人民文学出版社2001年版，第61页。

度因特殊原因延伸为1989—1994年，跨度达六年。这是历届评奖中用时最长、波折最多、最富戏剧性的一次，甚至"第四届茅盾文学奖困难的症结在于《白鹿原》"。①对于《白鹿原》参评"茅奖"的曲折过程，学者樊星曾记述：

> 记得当年陈忠实的长篇小说《白鹿原》一出版就蜚声文坛，参评"茅盾文学奖"的呼声也一直很高，可奇怪的是，那一届"茅奖"迟迟不见揭晓。有一次我去北京开会，遇到前辈蔡葵先生，就问"茅奖"为什么"难产"。先生答曰："僵住了！"又问："为什么僵住了？"曰："专家们极力主张《白鹿原》上，但有'领导'不同意，说《白鹿原》有政治问题。专家们坚持自己的意见，认为《白鹿原》不能上，就都不上好了——就这么僵住了。"我至今还记得蔡先生谈及此事时的愤怒与无奈的表情。后来，那僵局终于被打破，《白鹿原》还是获奖了，只是在获奖公告上，《白鹿原》的后面有"（修订本）"三个字，提示着耐人寻味的妥协。②

可见，初版"意图本"《白鹿原》参评第四届茅盾文学奖既是众望所归，又遭遇着"难产"的尴尬，其症结就在于对初版本政治问题的判断与甄别。专家们的意见其实倾向于肯定《白鹿原》，"讨论中人们发现大家的观点其实颇有接近之处，起码表现在两个方面：第一，都承认《白鹿原》是近年来少有的厚重之作；第二，都同意《白鹿原》不存在政治倾向性的问题。值得一提的是，一些享有威望的老评论家、老作家的意见是很公允的，为创造实事求是的学术氛围起到了重要作用"。③专家们坚持审美与艺术立场，自然其中也有争议，比如

---

① 胡平：《我所经历的第四届茅盾文学奖评奖》，《小说评论》1998年第1期。
② 樊星：《主持人语》，《新文学评论》2012年第4期。
③ 胡平：《我所经历的第四届茅盾文学奖评奖》，《小说评论》1998年第1期。

关于朱先生的一些观点及文中过度的性描写，但同时也非常明确，从文本所描绘的客观生活来看，其呈现的历史发展趋势并不存在政治倾向问题。正是这种"小"的争议，却成了令人担忧之处。双方意见的僵持也并不是想要挑战意识形态权威，僵持其实就是寻求最佳解决方案的过程。最后达成的统一意见就是想办法避免《白鹿原》这样厚重的作品因"小"争议而落选，修改便成了最佳折中方案。"后来多数评委以为对作品适当加以修订是一个可以考虑的方案，前提是作者本人也持相同看法。若作者表示反对，评委会自然会尊重作者意见继续完成一般的程序。"①雷达也回忆了评委会征求作家意见的细节，"当时就由评委会副主任陈昌本在另一屋子里现场亲自打电话征求陈忠实本人的意见，陈忠实在电话那头表示愿意接受个别词句的小的修改，这才决定授予其茅盾文学奖"。②评委会给作者传达的具体修订意见则是，"作品中儒家文化的体现者朱先生这个人物关于政治斗争'翻鏊子'的评说，以及与此有关的若干描写可能引出误解，应以适当的方式予以廓清。另外，一些与表现思想主题无关的较直露的性描写应加以删改"。③虽然作者最终还是按照评委会意见进行了完整修改，将小说中涉及政治倾向及宿命性的语言，以及过度性描写悉数删去，以消除可能的误读和意识形态上的潜在风险。《白鹿原》也成为第二部以修订版获得茅盾文学奖的少数个案，④但却是第一部也是迄今为止唯一一部修订版还未出笼就获奖的作品。

从市场发行和大众接受实际范围来看，修订后的《白鹿原》"微调本"其实也并没有占有全部市场份额，而是出现了修订本与初版本并行传播和接受的状况。人民文学出版社冠以"茅盾文学奖获奖作品"出版发行的《白鹿原》自然皆为修订本，但该社除此之外的发行

---

① 胡平：《我所经历的第四届茅盾文学奖评奖》，《小说评论》1998年第1期。
② 雷达：《我所知道的茅盾文学奖》，《北京文学·精彩阅读》2009年第1期。
③ 《文艺报》1997年12月25日第152期。
④ 第一部是第二届茅盾文学奖获奖作品《沉重的翅膀》的修订本。

版本，以及其他出版社以各种名目（如作品集、小说自选集等）发行的《白鹿原》，大多是以初版"意图本"为底本。[①]可见，修订"微调本"算是为茅盾文学奖而做的一个新版本，而初版"意图本"的市场接受及作家主观认可程度其实并不亚于修订本。

综上，初刊本作为编者出于对形势的担忧而面向市场预期推出的"检验本"，较手稿而言历经大量删减，是当代文学出版机制对文本生产介入的体现；作者、编者等合作参与进行的复原性修改，又使初版本成为最能体现作家创作初衷的"意图本"；修订本则是评奖作为当代隐形文化权力介入后，由媒介、学者、评奖专家等力量综合参与改动形成的"微调本"。"检验本"—"意图本"—"微调本"呈现的不仅是作品物质形态的版本变迁，也是《白鹿原》修改变化过程中文本序列的流动呈现。《白鹿原》在繁复修改导致的文本演化过程中，固然体现了作者、编者的思想情感与艺术心态变化，但文本流动过程中带来的文本变异及阐释差异等问题，也是应引起研究者关注的学术话题。

---

① 如2008年由北京十月文艺出版社发行的《白鹿原》，在封面上就赫然印有"权威未删节版"。这里所说的未删节版其实指向的就是初版本。

第 七 章

《一个人的战争》

初刊本	《花城》杂志	1994年第2期
初版本	甘肃人民出版社	1994年7月
再版本（删节本）	内蒙古人民出版社	1996年10月
文集版	江苏文艺出版社	1997年5月
长江文艺版	长江文艺出版社	1999年10月
图文本	北京十月文艺出版社（"新视像读本"）	2004年4月
定　本	春风文艺出版社	2006年1月

《一个人的战争》版（文）本谱系图

《一个人的战争》1994年初刊本封面

　　《一个人的战争》是林白第一部长篇小说，创作于1993年4月至9月，历时约半年。这是作者较为满意的作品，手稿一气呵成，干净整洁，只有少许章节前后顺序调整，少有语言修改。但作品刊发、出版后的命运却曲折坎坷。该作首发于1994年第2期大型文艺期刊《花城》，是为初刊本。初刊本因编排错误，导致文本第四章标题"傻瓜爱情"排在前一章三分之二处，且一直未得到更正，作者不甚满意。1994年7月由甘肃人民出版社出版单行本，是为作品初版本。初版本不仅修改了初刊本中的编校错误，文末作者还交代了"1993年9月30日一稿；1994年3月5日加进一章为二稿"。这加进的一章即为初版本第五章"汁液"，这是初刊本所没有的内容。故初版本封面除了标明书名"一个人的战争"外，还用更大更醒目的字体标明"汁液"二字，但这在吸引读者眼球的同时也混淆了视听。让作者耿耿于怀的是，初版本封面用的是一幅类似春宫图的极具诱惑力的摄影图片，较容易使人产生色情联想。且加入的第五章本是作者另一个独立中篇《致命的飞翔》，或因急于出版面市，或因出版方为迎合市场，将其改名为"汁液"作为文本第五章内容。且封面和内容均未得到作者修改首肯就付印出版，全文校对疏漏之处极多，较严重的一页差错竟达15处。这是流传甚广却最为作者不满的一个版本。1996年10月，内蒙古人民出版社策划"林白作品集"，收入《一个人的战争》（同集还收入另三个中篇及附录两则），是为作品再版本。再版本删去初版本第五章（即"汁液"），同时还主动妥协，对题记和内文做了删改。1997年5月江苏文艺出版社策划"林白文集"，其中第2卷收入《一个人的战争》（同卷还收入两个中篇及后记），作者自称该版是"为文集所修订的一个完整的版本"，不仅将首刊题记全部恢复，并且放到全书结尾处，因此更具力度。文本第一章标题也由"一个人的战争"改为"镜中的光"，还在开头和结尾各删去两段自认为不顺眼的文字。整体而言，该版恢复至原稿模样，是作者感到满意的一个版本。文末作者也注明"1997年1月14日为收进文集再次修改为定本"。作者当时认为这是定本，因后来又做修改，故笔者在此把这一版称为"文集版"。至此，自作品问世以来，一直未有满意的单行本，这也成了作者心中一桩憾事。1999年10月，长江文艺出版社出版单行本，与文集版不同的是，作者此次又做了两处重要改动，并在后记中专门做了交代。这次改动与其说是修订，不如说是复原（至原稿模样），可称长江文艺版。2004年，作者为配合北京十月文艺出版社图文版"新视像读本"出版，第四次做了修订。2006年，纳入春风文艺出版社"新经典文库"出版时，第五次修订为定本。此后，2009年作家出版社、2011年中国青年出版社、2015年花城出版社（20年纪念珍藏版）都是在2006年定本基础上再版。此外，作品还有香港、台湾及海外出版的各种版本。本章拟对作者改动较大的再版本、图文本（新视像读本）与初刊本之间进行汇异校勘，并兼及其他主要版本差异，以窥其版本变迁与文本演化秘密。

第一节　复原性修改：初刊本与再版本、图文本对校记

2015年为纪念《一个人的战争》诞生20周年，花城出版社出版了作品最新版本——"20年纪念珍藏版"。其扉页刊登了四页之前作品不同版本书影信息，依次为：1994年《花城》第2期头条登载《一个人的战争》，1996年内蒙古人民出版社再版本，1997年江苏文艺出版社"林白文集"中的该作，1998年天地图书有限公司推出的香港繁体版，1998年麦田出版股份有限公司推出的台湾繁体版，1998年韩国文学村出版社推出的韩文版，1999年长江文艺出版社推出的单行本，2004年北京十月文艺出版社推出的图文本"新视像读本"，2006年春风文艺出版社"新经典文库"推出的单行本，2009年作家出版社推出的精装版和平装版，2011年中国青年出版社推出的单行本，2012年勉诚出版社推出的日文版以及德国学者贝蒂娜·雷登（Bettina Reden）研究林白的论著《个体的战争》（Der Krieg der Einzelnen）（由Tedfum出版）。除了德国学者的研究论著外，几乎涵盖20年间作品主要版本，唯一遗漏的是1994年甘肃人民出版社初版本。与其说是遗漏，不如说是作者有意为之，因为甘肃人民出版社初版本作者最为不满意。加上这个版本，除掉外文版及港台繁体版，《一个人的战争》仅大陆就有10个中文版本。这10个版本中，除少数为定本再版，未做过多修改外，其他版本多多少少都有改动。用作家自己的话说，就是"一次次的修订，一次次的复原，这本书变得越来越完整"。[①]作品前几个版本因为各种原因和讹误，作者并不满意，直到后来不断修订，作品才渐臻完善。作者多次将自己的修改称为复原，即恢复至原稿模样，可见作者对原稿颇为心仪。初刊本虽因编校失误，导致作者不满意，但排

[①] 林白：《一个人的战争》，北京十月文艺出版社2004年版，"写在前面的话"。

除这些非主观因素造成的文本讹误外，初刊本仍是能代表作者意图的文本。本节除呈现不同版本主要差异外，重点对变化较大的再版本、图文本与意图文本（初刊本）之间的主要异文进行汇校并呈现。

一、从初刊本到初版本

林白在后来的回忆中，也谈及对原稿创作的心仪与满足，"在一九九三年四月的一天，我觉得自己很想写一部长一些的作品，于是我提起笔，写下了这样一句话：女孩多米犹如一只青涩坚硬的番石榴，结缀在B镇岁月的枝头上，穿过我的记忆闪闪发光。这是当时的开头。这个开头使我感到小说将会十分顺利地一气呵成。后来确是如此，手稿干净整洁，除了章节的前后顺序作了一点调整，所有的语句几乎很少改动。我当时觉得它们就像是天上掉下来的水滴，圆润而天然"。[1]难怪作者将后来的不断修改都认作复原性修订，可见作者对自己原稿创作甚为满意。首发杂志《花城》也比较重视这一作品，并于1994年第2期头条初刊。本来一件作者、编者都甚为满意的事，不久却又遭遇"蹊跷的错误"。与原稿相比，《花城》初刊本付印问世时，却将第四章"傻瓜爱情"标题错接在第三章"随意挑选的风景"后半部分，整个文本结构因此被破坏，不知情的读者自然就会误读第三章与第四章的内容。作者认为"第四章的开头也变成没娘的孩子，不说没头没脑，却像扣错了扣子衣着失仪。这样一副尊容令我抓狂。编辑很无辜，她校得好好的，没有任何错啊，都跟原稿核过了。不知怎么就变成了这样子。"[2]应该说初刊本较原稿而言，并没有文本内容缺失，但结构上出现的"蹊跷的错误"使作家耿耿于怀。作者曾希望杂志社能登一个更正，当时也并未如愿，《花城》初刊本因此留下遗憾。

---

[1] 林白：《一个人的战争》，江苏文艺出版社1997年版，"后记"。
[2] 林白：《蹊跷的错误》，《新民晚报》2014年11月26日。

初刊本的遗憾应归咎于编排方无心之过,并非作者或编者主动介入的文本修改,后来作者也与初刊责编林宋瑜就此事达成谅解。这一遗憾作者借同年7月甘肃人民出版社推出初版本之机进行弥补,恢复第三章、第四章之间结构的失误。但初版本却一味迎合市场,出版方人为造成很多意想不到的恶劣后果,甚至将作品命运引向歧途。首先是该版封面设计过于媚俗,紫色压膜封面上,一具赤裸女性身体跪伏在冷色调地面,身后还有另一个靠近的、似乎是男性的半裸身躯,整体类似一幅下流春宫图。标题《一个人的战争》在封面上也体现为《汁液——一个人的战争》(版权页如是标示),且"汁液"二字字体非常醒目,反而"一个人的战争"字体稍小,竖排"蜷缩"在右侧。(据说当时新书发布的海报上,也是一个半裸外国女人媚笑着搔首弄姿,旁边甚至配着一行大字:女人需要汁液。)封底上也标明该书,"是一部超道德的小说,融自虐式的剖析和高度的自我欣赏为一体,女性话语极端流露,女性神话的一次辉煌"。而且书名"汁液"即来源于新增的第五章标题"汁液"(也是原稿和初刊本中没有的内容)。这一章本是作者另一个独立中篇《致命的飞翔》,人物、写法、情节都相对独立,却没有经过作者修改就插入书中,显得不伦不类。初版本新增"汁液"一章不仅与原稿和初刊本中多米的故事没有太多关联,且是一个相对独立于多米故事之外的另一个故事。后作者将这个中篇以《致命的飞翔》为题于1995年发表于《花城》。1996年内蒙古人民出版社出版林白作品集《一个人的战争》时,曾在长篇小说《一个人的战争》之外,又收入三个中篇,其中第一个中篇就是《致命的飞翔》,可见作者对甘肃版擅自插入这一章的行为的不满。且新增"汁液"一章的叙述视角也与前四章不同。如此吃力不讨好,出版方又为何偏偏看重这一章,且将该章标题改为"汁液",甚至将"汁液"二字上升为全书总标题,以求博人眼球?阅读该章后可发现,本章内容的确很多都与性有关,甚至比前面章节中的性描写内容更多,恰与低俗的封面和庸俗的封底推广语用意吻合。难怪如作者所说,对《一个人的战争》的批判和诋毁大多来自这一版本，甚至有文章直接批判其为"准黄书""坏书"[1]。这种不负责任的出版包装和批评界的声音，直接导致很多出版社都不愿意再继续出版该书。

二、再版本修改

从初刊本到初版本，作者均未介入文本内容实质性修改，甚至初版本重大改动还没有得到机会修改就已付印出版。作者第一次主动修订作品是为1996年10月内蒙古人民出版社推出再版本做准备。再版本两次修改到底改动了哪些具体内容？笔者仔细与初刊本（排除结构编校失误因素，以下涉及与初刊本的汇校均如此）汇校后，发现除去应对外界批评而主动对作品题记三段内容删改外，再版本修改达180余处，主要是对文本进行段落删改和调整，以及包括标点符号在内的细节订正。可以确定，这部分修改是初刊之后林白为艺术完善而进行的改动。

初刊本在作品第一章最开头附有三段题记，原文为：

一个人的战争意味着一个巴掌自己拍自己，一面墙自己挡住自己，一朵花自己毁灭自己。一个人的战争意味着一个女人自己嫁给自己。

这个女人经常把门窗关上，然后站在镜子前，把衣服一件件脱去。她的身体一起一伏，柔软的内衣在椅子上充满动感，就像有看不见的生命藏在其中。她在镜子里看自己，既充满自恋的爱意，又怀有隐隐的自虐之心。任何一个自己嫁给自己的女人都十足地拥有不可调和的两面性，就像一匹双头的怪兽。

她的床单被子像一朵被摘下来随便放置的大百合花，她全身赤裸在被子上随意翻滚，冰凉的绸缎触摸着灼热的皮肤，敏感而深刻，就像一个不可名状的硕大器官在她的全身往返。她觉得自

---

[1] 丁来先:《女性文学及其他》,《中华读书报》1995年12月20日。

《一个人的战争》1996年再版本封面

<u>己在水里游动，她的手在波浪形的身体上起伏，她觉得自己湿漉漉的，体内深处的泉水源源不断地奔流，乳白色的液体渗透了她自己。她拼命挣扎，嘴唇半开着，发出致命的呻吟声。她的手寻找着，犹豫着固执地推进，终于到达那湿漉漉蓬乱的地方，她的中指触着了这杂乱中心的潮湿柔软的进口，她触电般地惊叫了一声，她自己把自己吞没了。她觉得自己变成了水，她的手变成了鱼。</u>

——林白：《同心爱者不能分手》

再版本将上文题记内容中下划线部分悉数删去。很明显，删去的都是较直露的女性对自我的凝视和性幻想，这也是作者为争取出版而做的主动妥协之举。这段题记可说是作者最喜欢的文字之一，后在多个版本中都不同程度地将其修复。

此外，为使情节更紧凑，行文更自然，再版本还删除初刊本有拖沓啰唆之嫌的段落。如第二章"飞翔与下坠"中，讲到"我"参加全校朗诵比赛的经历。原本自信满满的"我"笃定非第一名莫属，上台后看到台下观众却突然生出慌乱之感，只有勉强调整，但结果朗诵还是砸了。对于"我"上台朗诵初刊本第30页有一段详细描述：

黑压压的十八个班级的人头在台下屏住了声息，他们抬头张望，那个驰名于校的女生就要上台了（我现在仍能看见中学时代的多米是多么英姿勃发，才气逼人）。我站到了台上，并不急着开始，而是稳稳地朝台下看了一眼，静场，我吸了一口气，之后正要朗诵，却不知道为什么我又看了一眼台下，这样我的阵脚就乱了，我硬着头皮开始了我的朗诵，一开口声音就无缘无故地高了八度，完全不像是我自己的声音。

再版本第65页删去上述内容，直接过渡到"朗诵还是砸了"，从而使小说行文更紧凑，情节也更具戏剧效果。这些删改在此后版本中都得到保留和延续。

为使文本整体艺术上更完善，再版本还对很多细节做了订正，尤其是标点符号的规范化使用。据汇校统计，初版本单就逗号改为句号的修改就有近40处。初刊本很多段落几乎一逗到底，也从侧面可看出作者林白创作时酣畅淋漓、一气呵成的感觉。

经过初次打磨后的再版本，获得出版主动权的初步胜利，也是作者为保全作品的权宜之计。除有些为艺术完善而做的修改外（如段落、标点等细节修改及误字订正等），其他为通过出版审查而做的删改则并不完全符合作者本意。为此，作者仍在继续等待修订出版的时机。1997年江苏文艺出版社策划出版"林白文集"，在第2卷中又收入《一个人的战争》及中篇小说两部——《黑裙》与《子弹穿过苹果》，并附"后记"一则。在《一个人的战争》文末增附新的修订信息："1997年1月14日为收进文集再次修改为定本。"这里"再次修改"是相对于再版本（内蒙古人民出版社）初次修订而言。这次具体修订内容，作者在后记中做了详细交代："这是我为文集所修订的一个完整的版本，在这个版本中我将首刊时的题记全部恢复，并把这段话放到了全书的最后，作为结尾。我觉得这样更有力度，更具震撼力。题记的第一段仍保留，并放到全书的最前面（而不是像首刊时放在第一章的前面），第一章的标题也由原来的'一个人的战争'改为了'镜中的光'。我还删去了少量自己看起来不那么顺眼的文字，主要是开头和结尾各删了两段。从整体来看，基本上是一稿时的样子。这是我感到满意的一个版本，在此我郑重地向所有想要读一读《一个人的战争》的人推荐这个版本。"[1]可见作者当时对这个版本的修订比较满意，甚至有将其视为定本的意图。

三、文集版修订

文集版修订信息很明显。一是非常重视上文所述题记内容，不仅恢复再版时因出版审查原因删掉的题记内容，且结构形式还做了改动，将题记第一段内容——"一个人的战争意味着一个巴掌自己拍自己，一面墙自己挡住自己，一朵花自己毁灭自己。一个人的战争意味着一个女人自己嫁给自己。"——由原稿中作为第一章的题记移至全文开篇，上升为整个作品的题记。由此可见作者对这段文字的重视程度。又将恢复后的完整题记内容作为结尾放至篇末，从而增强作品震撼力。这也印证了上述再版本作者删题记内容确属权宜之计，前后时间虽然不过一年，也映射出意识形态的包容及大众审美心理的转变与进步。二是标题的修改，将第一章标题"一个人的战争"改为"镜中的光"，既是为避免与全书总名重复，从内容上看，第一章主要写作者出于好奇初识身体的欲望，"镜中的光"与所表现的内容也更契合，更形象。至于作者所说还删去少量自己看起来不那么顺眼的文字，其实也并非如作者所说只有开头和结尾各删两段。经汇校发现，所删除的包括第一章开头三段关于幼儿园里与陈阿姨、黄阿姨有关的近600字内容：

她们是轮流值班的两个人，陈阿姨长辫子十分厉害，不上

---

[1] 林白：《一个人的战争》，江苏文艺出版社1997年版，"后记"。

《一个人的战争》1997年文集版封面

课，专门给小朋友洗澡，在洗澡间里光着脚，十分滑腻，陈阿姨使劲一拽谁的胳臂，就会听见叭的一声，有谁摔倒了，屁股打在地上，溅起水，屁股冰凉……黄老师穿裙子，会跳新疆舞，但是没结婚，她长得像老鼠，眼睛小，尖下巴，很不亲切。她从来不笑，牙齿很白，只有唱歌的时候才露出来。

结尾处则不仅有删除，还有部分修改内容。删去的内容有再版本"尾声"部分第189—190页两段：

多米知道，京城可不是一个容易去的地方，她须得拼了命，拼了一切。如果拼了一切她还去不成，她就要在那里流浪，像多米这样的女子都喜欢流浪这个词，她们毫不觉得这有什么矫情之处。多米想反正她是不回N城的了，宁死不回！她给自己制订了三个办法：第一去上学，然后赖在那里；第二找一个不需要户口就能借调的事情；第三干脆眼一闭把自己嫁过去，这是最简便有效的办法了。多米在一个月里给所有的熟人发了信，她在心里发了一个愿，谁收留她她就嫁给谁。

多米在她的新家接待了一个来自N城的女友，女友说她看了台湾电影《滚滚红尘》的录像，她说我看了三遍，一看我就想到你，多米，你真像那个女主角啊！我们旧时的朋友全都说你很可惜，不值得。多米便去看那《滚滚红尘》，原来那女主角爱上了一个汉奸。多米想她现在众叛亲离，可不恰恰像了那个女主角。

修改内容在"尾声"部分也有两处，再版本原文为：

老人就像一堵墙，挡住了她所有的新朋旧友，使她孤立得只剩下自己的一个影子了。别人说多米为了达到自己的目的，嫁给了一个坏人，而且这个坏人是个老头，多米出卖自己的爱情，这是多么可耻啊！多米却想，我一不偷二不抢，三不陷害人，没做过一点亏心事，要出卖也是卖了自己，并没有卖了别人，别人凭着什么要横加指责，简直就是封建时代。多米就对这个社会上纯洁的人们抱了失望的态度。我曾经在一篇小说里写了这个想法，结果有一个女孩来对号入座，说那里面写的就是她，我在此郑重声明，我写的不是她，我写的其实是我自己。

文集版则删改为：

老人就像一堵墙，挡住了她所有的新朋旧友，使她孤立得只剩下自己的一个影子了。别人说多米为了达到自己的目的，嫁给了一个老头，出卖自己的爱情，这是多么可耻啊！多米就对这个社会上纯洁的人们抱了失望的态度。

再版本"尾声"最后为：

多米想：我跟她一样。

多米19岁时因为剽窃，30岁时因为嫁人，她也曾两次遭到社会的拒绝。

文集版则改为：

多米想：我跟她一样，也是一个被社会不容的人。

除了作者交代所删信息外，汇校中发现作者还删除了再版本第二章第96页多米中学时代关于老师穿"的确凉"衣服的描述：

班里有这么一个优秀的学生是多么令那些资历过浅、缺乏自信的老师感到压抑，甚至影响到她的穿着。那时候最时髦的是的确凉衣服，B镇流行的是浅灰（灰中透着明亮的淡蓝）的那种，当时镇上凡是领着国家工资的年轻人都置了一件，一式的长袖，在最炎热的夏天穿，学生们觉得，这是最凉快的衣服，"的确凉"。女数学教师很晚才有这件时髦的衣服，她走进了教室，大家眼睛一亮，前排的学生说：嗬！的确凉！老师敏感地生了气，她朝后排的多米狠狠地瞪了一眼，说：这有什么可惊奇的！

仔细对比阅读这些异文信息可发现，这些删除或修改的内容有共同点，即它们虽然也是与主题有关的一些私人化记忆与叙述，但与小说内容及情节的关联并不紧密，用作者自己的话说是"看起来不那么顺眼"，所做修改实则也是为了全篇行文流畅及艺术的完善。

甘肃人民出版社推出的单行本因书名、封面庸俗及内文粗疏，作者至此都不愿意承认这一版本的存在。而后出版的再版本及文集版又都镶嵌在"作品集"或"文集"里，使一些愿意单独购买此书的读者感到多有不便，1999年长江文艺出版社推出《一个人的战争》单行本

（并附有"后记"及"附录"两则）正合作者心意。长江文艺版文末作者又一次标明修订的时间信息："1998年8月2日第三次修订"。相较于前两次修改，作者这一次为单行本所做修订其实并不多，"后记"中作者做了如下说明：

> 本版本有两处重要的改动。一是在第一章"镜中的光"之首，恢复了在《花城》首刊时的三段文字，这样在全书的叙述上才更完整。二是结尾处，江苏版中我删去了原来的一行，把两行合为了一行，直接变成了"多米想，我跟她一样，也是一个社会不容的人"。现在看来，删改后显得突兀，不如原文节奏好，故仍恢复。
>
> 这是与江苏版不同的地方，说是修订，其实是复原。[①]

连续三个不同版本修改，都围绕题记内容做文章，首刊题记的三段文字在江苏文艺版开头和结尾都反复出现，可见作者对这三段文字的重视。

四、图文本改动

2004年4月《一个人的战争》诞生整整十周年之际，诗人叶匡政设计，李津作画，由北京十月文艺出版社推出"新视像读本"（即图文本）。封面是双层，烫银，且内文每一页都做了设计。作者自己也评价："这肯定是一本最独特的《一个人的战争》，最精美，最完整，最让我感叹。"[②] 文末作者标明"2003年8月第四次修订"的修改信息。从文集版到长江文艺出版社单行本，作者都有过精心复原性修改，在十周年之际，作者仍不忘对作品精心打磨。图文本推出后，在一场由作者林白，

[①] 林白：《一个人的战争》，长江文艺出版社1999年版，"后记"。
[②] 林白：《一个人的战争》，北京十月文艺出版社2004年版，"写在前面的话"。

《一个人的战争》2004年图文本封面

画家李津，文学评论家李敬泽、贺绍俊，出版社副总编韩敬群及图书策划人叶匡政参加的对谈活动中，主持人问作者，新版本和十年前比有些什么改动？比如性描写？作者回答："每页我都做了修改，但不是改得面目全非。这个版本里有些东西恢复了，基本上比较完整了，和以前的有点不一样。"①这个信息透露出，作者也非常重视对图文本的修改，基本上融合之前各版重要修改信息，同时也从头至尾对全文做了一次"通文"，没有"改得面目全非"即可说明这一点。因为是"和以前的有点不一样"，所以对于新视像图文本的汇校以初刊本（最接近原稿）为底本较为科学。同时考虑到图文本修改也是融合之前各版的重要修改，故对于与前版修改重复的重要异文在此只提及而不再一一呈现。

相较于初刊本，图文本也有较多改动，全书删掉逾150处，修改近190处。删掉内容主要体现在以下几方面：

一是涉及性、欲望的语句及段落。最显要的不同就是图文本对题记又做了新的修改，主要表现就是删掉初刊本第4页如下涉性及欲望的语句：

---

① 子水：《林白〈一个人的战争〉：对性的隐秘经验曾引争议》，《北京青年周刊》2004年4月16日。

她的床单被子像一朵被摘下来随便放置的大百合花，她全身赤裸在被子上随意翻滚，冰凉的绸缎触摸着灼热的皮肤，敏感而深刻，就像一个不可名状的硕大器官在她的全身往返。

此处涉性话语为图文本中新的删除内容，题记及文中其他涉性话语删除在前述各版修改中都有所体现。

二是删改相对游离小说主题的内容。这些多半是作者写作时的自由联想，其删除内容在前述各版修改中也有体现，如小说第一章开头写多米在幼儿园午休时克制对自己抚摸的欲望，是由于有巡床的阿姨。初刊本中用了600多字详细地描写巡床的陈阿姨和黄阿姨的外貌、衣着及细微的生活习惯。在图文本中把这些统统删掉，直接进入午睡的气息和多米在午睡时间对自己的抚摸，用简笔画方法突出多米特立独行的形象。此外，初刊本中作者经常特意用括号标出自己浮动思想所带来的内容。作者写多米心血来潮，写了一篇社论兴冲冲送到广播站。广播站负责人费尽口舌才使她明白社论不应该由她来写，可是多米仍反复问为何她就不能写社论。紧接着，初刊本第30页写有：

这使我想起不久前的一次聚会，一个十分漂亮的女孩揪着我使劲问：为什么王朔不来呢？我说：为什么他要来呢？她十分不明白地追问道：为什么他不来呢？为什么？为什么？

我无法回答这样的问题。

这些飘荡的元素给小说带来自由、灵动的气息，同时也使小说过于碎片化，使读者在作者叙述中不由自主地把自传体小说当成作者自传，把小说中的林多米当成作家林白。图文本删掉30多处作者意识流动的因子，使小说节奏更明快，更紧凑，整体感更强，更具有虚构意味。图文本还删除了小说中描写自己心绪时引用的语段，这在小说中只有初刊本第50页一处，但有200多字。图文本删掉了这些内容：

第七章 《一个人的战争》 217

这些细节我已经给过我小说中的人物了，这时我想起纳博科夫的一段话："我经常注意到，在我把我过去的某件珍贵的东西赋予我小说中的人物之后，它在我如此唐突地安置了它的人工世界里会消瘦下去……她的肖像在迅速枯萎，既然它已陷到对一段完全与我自己的童年无关的童年的描述。"（《说吧，记忆》花城版，杨青译）现在，我努力挽救这些消瘦了的细节，把它们拉回我的体内。

此处删改一方面比较明智地回避写作"雷区"——抄袭现象，减少读者对作品不公正的非议。《一个人的战争》带有一定自传色彩，读者很容易把多米和作家等同起来，当看到这些大段外国作家的文字时，更会担忧作家写作资源不足和飞扬文字的能力。图文本删掉后，就能有效地回避这些潜在争议。另一方面，也使小说连贯通畅，加强小说情节的逻辑性。

除了删除，图文本也有改动的内容。首先，和初刊本相较而言，图文本对性体验描写简化较为明显。这些淡化性描写的修改在前述各版修改中亦有体现，如对多米初夜的描绘，初刊本中较为直接，图文本把多米记忆中具体而细微的性爱过程隐去。其次是关于词语的修改。细微的词语修改使语言更优美，表达更贴切。如第一章描述女人的魅力，初刊本第15页为"像寂静的雪野上开放的玫瑰，洁净、高级、无可挽回"。这里"美"和"高级"相连显得有些突兀，随后"无可挽回"更让女人之美陷入彻底虚无。图文本第40页则把女人的美改成"高洁、不可触摸"，凸显出女性气质高贵雅洁，女人的美如诗如梦，让人魂牵梦绕。类似词语修改同样出现在对南丹的描写中。这种艺术化修改全书达20多处，精细的词语传达出精细的情感，使小说在艺术上更成熟。此外，还有对错误的订正，如把"汽球""拔脱""漂逝"分别改成了"气球""摆脱""飘逝"，以及把"营营作响"改成"嘤嘤作响"等。这些错误的出现可能是作者粗心或笔误，

《一个人的战争》2006年定本封面

也可能是编校者的疏漏，但庆幸的是图文本都得以校正，从而为文本艺术提升做了最细致的修订工作。

《一个人的战争》还被纳入2006年春风文艺出版社"新经典文库"和2009年作家出版社"共和国作家文库（1949—2009）"，这两个版本在正文本上几乎与2004年版本相同。此后比较重要的调整，就是2011年中国青年出版社的版本将第二章题目由"飞翔与下坠"改为"东风吹"，第三章题目由"随意挑选的风景"改为"漫游"。这两处修改在2015年花城出版社出版的"20年纪念珍藏版"中得到保留，并且这个版本将第四章标题由"傻瓜爱情"改为"爱比死残酷"。不同题目也反映了作者对往事的不同态度。

第二节　传播接受中文学史形象的生长

《一个人的战争》不同版本的形成，笔者以为主要由来自三个层面的动因促成：一是20世纪90年代以来基于商业、市场因素的传媒干预；二是作家艺术上审美的自觉；三是读者、评论家的经典化推动。具体而言，初版本改动与再版本修订事关传媒权力干预及作者妥协；文集版与长江文艺版复原性修改体现作家自觉的艺术追求及对创作初始意图的坚持；"新视像"图文本及定本则是文本相对稳定后读者、评论家基于经典化推动促成的新版本。作品的多版本变迁，体现了作家在传媒干预与艺术追求之间寻求妥协及平衡的努力，也折射出作品经典化嬗变中的形象差异及生长过程。

一、传媒权力干预及作者艺术妥协

作家林白创作《一个人的战争》之初衷，乃是源于表达其自身作为女性特殊的个体生命体验的冲动，起初并没有考虑使作品成为女性主义或女性文化的范本，甚至创作完成后因为题材的特殊性，一度对作品发表与出版没有抱太大期望。"当时我对《一个人的战争》是否能发出来并没有绝对的信心，9月份我曾打算把它拿到深圳去搞文稿拍卖，已经寄出去了第一章及内容梗概，后来还按要求寄了照片。但对方说能否卖得出去还说不定，而且一旦参加拍卖就不能再拿来发表了。"[①]作者后来感觉此稿对自己的创作很重要，还是决定要争取发表，才在文稿拍卖会截止前最后一天无条件将稿子撤回。初刊的南方大型纯文学杂志《花城》也很重视，1993年12月作者将稿子寄送至刊物编辑林宋瑜女士之手，1994年第2期就在头条予以刊发。尽管也有敏锐的学者一开始就意识到这部作品的特殊意义并给予好评，认为"在九四年已经发表的长篇小说中，林白的长篇处女作《一个人的战争》（载《花城》2期）乃是一部极为引人注目的有自己鲜明个性特色的作品，值得认真探究一番"，[②]但初刊本毕竟是借助专业媒体的传播渠道，其接受范围还仅限于文学评论与研究的圈子。随着大众传媒基于市场和商业逻辑介入作品出版和传播后，《一个人的战争》之命运出现波

---

① 陈思和、虞静：《艺海双桨：名作家与名编辑》，山东画报出版社1999年版，第387页。
② 王春林：《自我指涉的欲望世界——评长篇小说〈一个人的战争〉》，《当代文坛》1994年第6期。

折，甚至围绕作品引发了一场广泛的争论。

从1994年第2期《花城》初刊本到同年7月甘肃人民出版社初版本的改版变化，是90年代后伴随商业化经济浪潮，大众传媒进行商业和市场化运作的结果。"大众传媒的迅速发展，除了现代科技的技术推动外，更是以价值规律为基本法则的商业运作的结果。这一商业法则，以现代营销方式为其手段，其控制范围包括从选题内容、表现方式、外观形式直至宣传口径、出版时机与上市节奏到卖场管理等一切流程。"[①]初版本在修正初刊本"蹊跷的错误"的过程中，也被出版商基于市场和商业逻辑予以过度包装。一个表现女性作家生命体验的个人化文本，被出版商肆意"色情化"处理以迎合大众窥视欲。初版本较初刊本新增第五章"汁液"，本不属于作家初始创作意图，所以无论在人物还是情节上都与前四章脱节，且叙述视角和写法上也有明显差异。这相对独立的一章被纳入初版文本结构中，一方面是出版方出于市场效益考虑，认为初刊本十四五万字的篇幅作为长篇单行本推出有所局限；更重要的则是新增文本较前四章而言，涉及女性身体私密的叙述内容更多，更符合出版社在副文本层面对初版本进行过度包装和设计的意图。新增第五章极富魅惑意味的标题"汁液"被出版商升级成全书总标题，也就意味着初刊本《一个人的战争》变成了初版本《汁液：一个人的战争》，且就封面字体设计及醒目程度而言，初版本在标题上更强调"汁液"二字。当时新书发布海报的宣传策略也是如此，与之相衬的是初版本封面设计的低俗。从另一处副文本——封面衬页"内容简介"来看，出版商把初版本定位成一本"欲望之书"进行推广和打造，"她以女性独特的敏锐眼光、细腻的触角和柔婉的笔调，塑造了一个才华横溢、风姿绰约，而又离群索居、孤芳自赏的都市少女形象——多米，讲述她迷人的故事：欲望与追求、挫折与成功……毫不掩饰地揭示了现代都市女性深沉的欲望、心理感受及

[①] 杨春风：《大众传媒时代的"女性写作"》，《传媒观察》2009年第4期。

内心的秘密"。整个初版本不仅设计与包装趣味低俗，内容推广也没有作者预期的纯文学的高雅姿态。林白自己也曾说："这是一个十分糟糕但又流传甚广的版本，某些人身攻击和恶意诋毁以及误解大概就来自这个版本。这个版本的封面用了一幅看起来使人产生色情联想的类似春宫图的摄影做封面。关于春宫图一说，并不是我一己的夸大和偏见，而是报刊上评论家和读者的原话。"①90年代中期的中国社会不如现在开放，因而作品很快招来许多谩骂，被认为是一本坏书、准黄色小说。"这还不算，这本书内文校对粗疏，最严重的一页差错竟达十五处。"②以致作者至今也不愿意承认这一版本的存在。

初版本通过出版商的低俗包装和推广，的确迎合了大众的阅读趣味和窥视心理，发行和传播的速度也很快，很多市民在地摊上争相购读。据艾晓明当年回忆："后来我就决心找到这本'坏书'，还真不容易，原来甘肃人民出版社出过单行本，市面上已很难找到。"③随着传播与接受的范围越来越广，初版本很快成了一个备受关注的"争议文本"，甚至在当时还引起一场有关女性文学创作的争论。这场围绕《一个人的战争》的争论源于1995年12月20日《中华读书报》率先刊发署名"丁来先"的文章《女性文学及其他》。文章通过作者就《一个人的战争》是否适合年满18岁女孩阅读，在讲座现场向北大教授戴锦华提问，将这本流传甚广又极富争议的小说定义为"准黄色小说"。作为对丁先生观点的回应，随后《中华读书报》1996年1月10日、1月24日又分别发表《因为沉默太久》（徐坤）和《艰难的面对》（署名"一点"，作者不详）两篇文章，通过批判丁先生文章中的男性中心观对《一个人的战争》予以声援。面对声讨，1996年2月7日丁来先在《中华读书报》再次撰文《我相信简单纯朴之理》，坚持自己的观点和意见。同月28日著名作家王小波也撰文《艺术与关怀弱势群体》，对

---

① 林白：《一个人的战争》，江苏文艺出版社1997年版，第294页，"后记"。
② 林白：《一个人的战争》，江苏文艺出版社1997年版，第294页，"后记"。
③ 艾晓明：《关于〈一个人的战争〉及其争论》，《中国青年研究》1996年第5期。

林白及其作品又一次声援，并表明自己能容得下这部作品的基本态度。从这场两度往来的争论中可以看出，"即使已经出版一年多，虽然有文化界专业人士声援，并且单行本《汁液：一个人的战争》在市面上已经很难找见，大众意识形态的误读对林白声誉所造成的杀伤力依然"。[①] 虽然作家林白一直不承认初版"争议文本"的存在，但这一版本传播与接受范围较初刊本更广。"争议文本"对于当时女性文学创作讨论氛围的营造，及中国当代女性文学创作思潮的形成起到了客观推动效应。

初版本的争议和遭遇也直接影响作品再版。作家林白甚至不惜牺牲作品的艺术追求来换取作品再次出版的可能，试图为扭转初版本所产生的不良后果而努力。尽管如此，作品再版命运仍一波三折："我收回版权后于同年十二月与河北的一家出版社签订了合同，但就在这个月，一家有影响的报纸发表了一篇很不负责的批评文章，称《一个人的战争》为'准黄色'，是'坏书'。重新签约的责编打来电话，说领导看到了这篇文章，对是否出版该书拿不准，说最好能在同样的版面发一篇正面的文章，但没过多久我就收到了他们退回的书稿，并让我尽快将合同寄去，以便按合同付我退稿费，但我至今没有收到退稿费。一九九六年四月我又与世文图书公司签约，授权该公司出版此书。由于某些不负责的批评，公司联系了七家出版社均被拒绝了，最后才由边远的内蒙古人民出版社接受下来。"[②] 最后内蒙古人民出版社以推出"林白作品集"的形式收入该作予以再版。再版本《一个人的战争》文末还注明作者修改时间：1995年3月21日再版修订。这也是作者首次对文本进行修订的时间标识。作者本次修改虽属主动，但也是外部力量干预后的妥协之举。作者在回忆中也谈到本次修订的内容和动因："这个版本在题记和内文都作了一些删改，这是我所作的主

[①] 初清华：《林白文学年谱》，《东吴学术》2016年第1期。
[②] 林白：《一个人的战争》，江苏文艺出版社1997年版，第294—295页，"后记"。

动的妥协。因为据世文图书公司的人说，有家出版社在请专家审定此书时，专家说要把第一章全部删去，而且其余各章都要进行大的改动才能出版。我想不如我自己主动作出让步，以免有人看了不舒服。"①这说明作者此次删改看似主动，实则"被迫"，因为专家建议修改，否则无法出版，为保全作品生命，倒不如化被动为主动。此外，这里所提到的对于"题记和内文的修改"时间肯定也不是上述1995年，因为作者是1996年4月才签约并授权世文图书公司出版，而该公司提到的专家修改建议自然也是在这个时间之后。故再版本修订可能有两次：第一次是1995年3月作者主动为艺术完善而做的修改；第二次1996年4月后因专家建议删改后才能出版，故作者为通过出版审查机制而主动妥协对题记和部分内文做了修改。更重要的是，删除初版中出版方擅自添加的第五章"汁液"的内容，恢复到原稿和初刊本四章加尾声的内容结构。

就具体删改内容而言，再版本对性描写较为直接的内容进行多处删除，或进行必要的含蓄化处理。总之，再版本是作家面对媒体霸权，不得已妥协后主动洁化的"删节本"。这些必要情节的删改使原本作为女性生命体验的个体表达失去应有的张力和锋芒，作者认为，再版后的删节本其实也"是一个残缺的版本"②，在作者心中仍留有遗憾。

二、自觉的艺术追求

从所汇校异文分析来看，1997年江苏文艺出版社文集版和1999年长江文艺出版社单行本主要以作家复原性修改为主，尤其是文集版基本恢复到作家最初创作样貌，也是与作家初始创作意图最为符合的版本。对此作家也有过说明："第四个版本就是这次江苏文艺出

---

① 林白：《一个人的战争》，江苏文艺出版社1997年版，第295页，"后记"。
② 林白：《一个人的战争》，长江文艺出版社1999年版，第239页，"后记"。

版社出版的文集中所收的版本,这是我为文集所修订的一个完整的版本。……这是我感到满意的一个版本,在此我郑重地向所有想要读一读《一个人的战争》的人推荐这个版本。"①两年后,长江文艺出版社为作品策划出版单行本时,作家借机进行适当修改,也主要是局部的恢复性修改。总体来看,这两个版本改动不多,都是作家主动修改。更为重要的是,作家修改心态较为从容,没有外界力量干预后的妥协及无奈,更彰显了一种艺术上的审美自觉,回归创作的初始意图成了作家修改中不自觉的自觉行为。从饱受争议的初版本到90年代后期回归创作初心,缘何短时间内作家就能达成从容修改的心态?初版本的遭遇固然源于庸俗包装和低劣出版,但显然这只能算部分原因。90年代中期后,更多女性主义作品诞生,以更率真大胆的姿态出现后,不仅当代文学具有越来越大的包容度,整个社会文化价值观和大众文学阅读观也变得更加开放和多元,这无疑为《一个人的战争》作为女性文本的被认可和得到阐发起到推波助澜的作用。

  《一个人的战争》问世之初,作家就意识到这是一部对自己创作生涯非常重要的作品,所以才会在文稿拍卖会前夕最终撤稿。但因编校和90年代商业化浪潮中现代大众传媒过度的市场化包装与推广,一度引起社会和大众对作品的误读。在激烈争议中和为作品出版生存而努力的过程中,作家的修改体现了从妥协到艺术坚守的过程,也见证了社会阅读文明和风尚的进步与嬗变。在作品出版十周年之际,作者曾说:"《一个人的战争》于1994年在《花城》首刊,到现在,已经整整十年了。当年的指责、争议乃至谩骂,如今早已烟消云散。在过去的九年间,一共有七个版本问世,一次次的修订,一次次的复原,这本书变得越来越完整。时间的狂风吹过,看到自己的旧作露出原来的面容,心里唯有感恩。"②可见,经过多次复原性修改,作家对自己意

---

① 林白:《一个人的战争》,江苏文艺出版社1997年版,第295页,"后记"。
② 林白:《一个人的战争》,北京十月文艺出版社2004年版,"写在前面的话"。

图文本的实现持有满意和欣慰之态。

三、经典化推动

林白《一个人的战争》是具有先锋实验性质的探索与创作，在女性主义思潮和创作的推动与裹挟下，越来越成为具有经典性质的作品。2004年的"新视像"图文本和2006年定本就体现了读者和评论家的经典化推动过程。"新视像"图文本是诗人叶匡政策划的，基于新世纪后读者阅读水平提升，可以用客观眼光来审视这些作品和文本而推出，以图配文等新的形式包装出版这些书是考虑到年青一代读者对图书审美功能的需求。作者为配合图文本的策划与生产，仍在复原性修改之后做了大量修订工作。除对一些游离于小说主题之外的内容进行修改外，还进一步删除涉及性和欲望的语句及段落。如果说早期版本删除涉性话语是为保存作品生命（谋求出版）而做出妥协让步，那么经过十余年争论与检验，《一个人的战争》已逐渐获得大众及专家认可，正在向当代文学经典行列迈进，此时对文本做进一步洁化处理则可能是基于大众传播与教育的考虑。彼时林白不仅被评论界认为是"个人化写作"和"女性写作"代表人物（扉页作者介绍语），且图文本封底广告语除有"中国女性主义文学代表作"外，还有"一部女性成长的必读书"。可见该作已被视为当代文学代表作和经典作品，其接受对象以女性居多，尤以成长中青少年女性为主。显然在凸显文本个性特征的同时，其文学教育价值也不能忽视，删除大量涉性话语，对文本进行进一步洁化处理成了其接受与传播过程中经典化的应有之义。图文本封底还刊出当代著名评论家陈晓明及多种权威当代文学史对作品的评价之语。如陈思和主编《中国当代文学史教程》认为："林白的《一个人的战争》直接写出了女性感官的爱，刻画出女性对肉体的感受和迷恋，营造出了至为热烈而坦荡的个人经验世界。"经过十余年的检验和评判，《一个人的战争》从争议走向平和，再到得到文学史评价与首肯，其特有的艺术价值和文学贡献正支撑其向着当代文学经典行列迈进。作者对图文本的认可度也极高："这肯定是一本最独特的《一个人的战争》，最精美，最完整，最让我感叹。愿一切与此书有缘分的人与它相遇。"①2006年春风文艺出版社推出新版本，作者在文末注明修改时间：2005年3月19日第五次修订为定本。定本被批评家林建法与王尧纳入包括莫言、贾平凹、阎连科等当代知名作家的作品在内的"新经典文库"。该版从内容而言，并没有太多修改，而其重要意义在于批评界和文学史对林白及其《一个人的战争》的"经典化"认定。正如文库序言所说："'新经典文库'的出版，便试图改变我们所批评的那些现象。一个常识的判断是，'现代文学'从来没有也不可能终结现代（当代）汉语写作的新可能。因此，我们把近二十年来多少给汉语写作提供了新可能和新素质的创作称为'新经典'。我们想做的当然不仅是寻找'大师'，我们还在寻找叙述文学史的另外一种方式。"②值得注意的是，春风文艺出版社2006年这个"新经典文库"系列版本，在小说之后附上评论家陈晓明题为《不说，写作和飞翔——论林白的写作经验及意味》的评论文章，以及林白作品评论篇目索引，列出1994年直至2005年比较重要的评论文章篇目。正如主编林建法和王尧在"新经典文库"序中所说，"它不是一般的版本，而是由研究、文献和经典文本合成的综合性著作"，是在试图形成"多边互动的叙述文学史的形式"的思想指导下，对当代文学具有新可能和新素质的文学作品的全面展现。

总之，《一个人的战争》初刊本因为编校上"蹊跷的错误"成为作者心中的"遗憾文本"。初版本虽然进行修改恢复，但在遭遇大众传媒的商业和市场化运作后，低俗化推广和出版定位使其一度成为引人注目的"争议文本"。这一版本传播与接受的范围扩大，对于90年代初中期女性文学创作讨论氛围的营造客观上起到推动作用。再版本

---

① 林白：《一个人的战争》，北京十月文艺出版社2004年版，"写在前面的话"。
② 林白：《一个人的战争》，春风文艺出版社2006年版，"'新经典文库'序"。

中作者主动对涉性内容进行删除和含蓄化处理，是为保全作品（出版）命运的主动妥协，形成洁化后的"残缺文本"。虽然通过权宜之计换来作品再版，但也使原本作为女性生命体验的个体表达失去应有的张力和锋芒。文集版和长江文艺版的复原性修改，是作家在追求艺术完善过程中对意图文本的呈现与追求，也是作者在摆脱外界干扰不断回归创作初心后的艺术表现。而图文本和定本的修改则体现作者在作品经典化过程中所做的艺术修改与努力。《一个人的战争》版本变迁既体现了作家创作与修改过程中，与大众传媒和体制之间由妥协趋于艺术自律的过程，也折射出世纪之交大众阅读风尚与社会文明的进步过程，已然成为当代文学版本研究的典型案例。

第八章

《暗算》

初刊本	《钟山》杂志	
	2003年秋冬卷（增刊）	
初版本	世界知识出版社	
	2003年7月	
再版本	人民文学出版社	
	2006年7月	
修订（增补）版	作家出版社	
	2009年1月	
文集版	浙江文艺出版社	
	2009年6月	
重修版	北京十月文艺出版社	
	2014年11月	

《暗算》版（文）本谱系图

《暗算》2003年初刊本封面

　　2003年5月《暗算》完稿，7月份正式由世界知识出版社出版面世，是为《暗算》初版本。就出版物正式面世时间而言，这应是作品最早版本。但初版本之前，作者曾将《暗算》取名《暗器》，并先后投给南方三家杂志、北方四家杂志，因种种原因均被退稿，最后投给《钟山》杂志才被录用，但正式刊出却是在2003年10月的《钟山》秋冬卷（增刊）"新生代长篇小说特大号"上。相对晚出的《暗器》即为作品初刊本。当时《钟山》增刊分为春夏和秋冬两卷，分别在是年3月和10月出版，周期较长。可说初刊本比初版本晚了3个月（版本史上少见的现象），亦可说作品在初刊过程中作者就着手准备初版本的出版了。初刊本《暗器》与初版本差异处不仅是标题改动，就正文本内容而言，虽都有序曲和"三部"，但初刊本只有四章，初版本却有五章，初版本比初刊本多了第二部"看风者"中"陈二湖的影子"一节内容。2006年7月人民文学出版社再版《暗算》，再版本内容沿用了初版本，并无大的改动。此时因同名电视剧《暗算》热播引起作品大卖，盗版风起。2007年11月，作者历时一年多，完成一次大修改，将原稿中关于黄依依的故事一章"有问题的天使"，保留不到两万字，而新增近十万字，并将这个可单立长篇门户的内容取名"看风者"，在林建法主编的《西部文学》发表（《看风者》只在杂志发表，并未正式以单行本形式出版）。这一重新修订十余万字的黄依依的故事，因再版本热销及2008年《暗算》荣获第七届茅盾文学奖，为避免市场混乱而未能在再版中及时修订。后作家出版社主动与作者商洽，最终取得《暗算》修订版版权，并于2009年1月推出《暗算》修订（增补）版（版权页标注为《暗算》增补本），字数28万，并附后记三则："失去也是得到——创作谈""形式也是内容——再版跋"以及"得奖也是中彩——答谢辞"。这是作者改动较大的版本。同年6月，作者麦家"回家"（由成都回家乡杭州工作），由浙江文艺出版社推出"麦家文集"（5本），其中收入《暗算》时又经过作者本人重新修订，主要是恢复以前版本中因涉及敏感问题而被删除的内容（如恢复破译密码的过程，国共之间的对抗恢复成中苏之间的对抗等），可称为《暗算》文集版。作者这次只是做恢复性修改，追求局部的完美，整体上对文本并没有大的影响和改变。2012年，英国企鹅出版集团买走《暗算》英文版权并列入"企鹅经典"文库，组织人力翻译出版（麦家因此成为中国文学史上继鲁迅、钱锺书之后，纳入该文库当代作家第一人）。编辑选定修订版作为底本进行翻译，并最终在征求作者同意后删除最后一章"刀尖上的步履"。全书由五个章节缩减为四个章节，于2014年出版。2014年11月，北京十月文艺出版社沿用企鹅出版集团编辑删章改动，推出四个章节中文版本，字数20万，此为重修版。考虑到修订版在篇幅及内容上最为完善，相比初版本，修订版在"有问题的天使"一章中大幅增加与改写有关情节，比起重修本又保留第五章，校

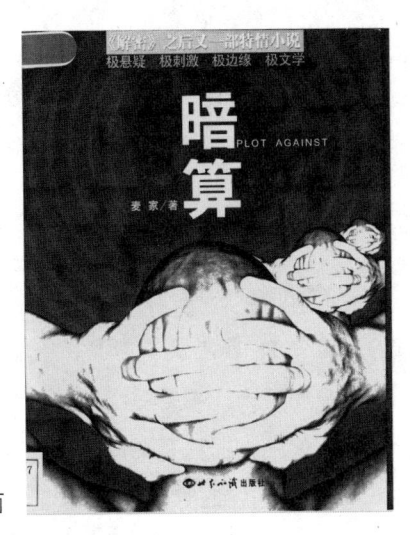

《暗算》2003年初版本封面

对更为准确，本书拟在初版本、修订版与重修本之间进行汇校（兼及其他版本重要改动内容），以此考察《暗算》版本变迁。

第一节　人物重塑与历史叙述的增补：初版本与修订版对校记

笔者汇校发现，修订版在初版本基础上，对第二章"有问题的天使"修改最多，净增6万余字。其余部分共修改790余处，包括序曲77处，第一章217处，第三章186处，第四章47处，第五章263处。内容修改最多的类型包括：一是第二章人物和情节大幅增加与改写；二是全篇通文处理，包括对很多错字、错句和不常用词语做增删修改，使修订版语言更准确，表述更流畅；三是故事人物变动及机构名称的修订等。

一、黄依依故事的增改

修订版对第二章关于黄依依的故事进行大幅增改，由初版本37000余字变为接近10万字篇幅。修订版版权页也标明为"增补本"，字数为约28万（初版本版权页字数为约20万），增补内容主要是第二章所增六七万字篇幅及所附后记三篇内容。修订版文末也注明"2007年11月重新修订"。作者在"代跋:《暗算》的版本说明"一文中,也对这一章修订原因及过程做了详细交代:

  话说回来,在编写《暗算》电视剧本时,我其实只用了小说前面两章,即《听风者:瞎子阿炳》和《看风者之一:有问题的天使》。前者故事完整,人物饱满,情节曲折,职业性强,改编难度不大,多是一个"注水"工作。但后者似乎只有人物,情节缺乏张力;更要命的是,作为一个破译家,主人公黄依依只有对密码的认知,缺少破译的过程。用个别评论家的话说,这个人物只有"心跳声",没有"脚步声"。

  这对改剧是一大软肋。

  我不得不重新搜罗资料。

  搜集的资料比预想的多,可由于电视剧错综复杂的审查机制,能用的材料又比想象的少之又少。大量金属般发亮的素材,只能当废铜烂铁束之高阁,灰尘越积越厚,成了我心里老被蚊叮鼠啃的一个挂念。

  在一定的时间里,所有悬挂的东西都将落地。

  二○○六年底一天,有人替我摘下这个挂念。他是一位真正的破译家,也是《暗算》电视剧的忠实拥趸。别指望我介绍他,对他我只能说:他是个慷慨的人。正是在他不遗余力的帮助下,指教下,我把用在电视剧里的一些素材拎出来,又把一堆束之高阁、蒙尘已久的资料翻出来,开始重写"黄依依的故事"。[1]

麦家从2006年底到2007年11月,历时近一年,对小说《暗算》第二章关于黄依依的故事进行回炉重写。作者非常珍惜这次重写的成

---

[1] 麦家:《暗算》,北京十月文艺出版社2014年版,第297—298页。

果,乃至把它当成一个全新的并可单立门户的小长篇,取名为《看风者》,发表在林建法主编的《西部文学》杂志上,由此可见作者对本次增改成果的钟爱。由于当时《暗算》初版本版权刚由世界知识出版社转至人民文学出版社,且人文社再版本在电视剧《暗算》助力下正在热销,为避免制造市场混乱,故没有将修改的一章重新出版。后作者本打算在人文社再版本中,"把原书中'黄依依'一章抽调,换成重写的,推出《暗算》修订本"。[①]巧合的是,人文社还没来得及出修订本,《暗算》就荣获第七届茅盾文学奖。若在此重要关头出修订本,无疑更会给这一贴了金字招牌的作品制造混乱,无奈之下只好作罢。但出修订版的心声作者一直念念不忘,最后作家出版社动员把《暗算》修订版签给他们。经两社及作者协商,作家出版社于2009年1月以增补本形式推出《暗算》修订版。《暗算》获得"茅奖"后,作者仍热衷出版修订版,充分说明其对修订内容的偏爱。结合所汇校异文,可发现修订版改动内容主要集中在以下三个方面:一是新增主要故事人物;二是通过情节(细节)补充去除人物形象的符号化,使主要人物形象更圆融丰满;三是增加历史叙述的内容。

"有问题的天使"一章主人公为黄依依,初版本和修订版故事主干大致相同,均包括黄依依进701的经过,与"我"(初版本为钱之江,修订版为安在天)、王主任和张国庆的感情纠葛,艰难破译密码及意外死亡的故事。但修订版在初版本基础上增加了一个贯穿故事讲述及情节发展始终的,十分重要但未正面出场的人物:小雨。在修订版中,小雨为故事讲述者"我"(安在天)的妻子。修订版第二章第1节人物出场时有介绍:

> 1957年,组织上把我和妻子小雨都派去莫斯科,我妻子小雨在外交部驻苏联大使馆工作,我则在莫斯科大学数学系编码研究

[①] 麦家:《暗算》,北京十月文艺出版社2014年版,第298页。

中心学习破译技术。

701为什么会选择安在天作为破译"天字一号"（初版本叫"乌字一号"）密码主要负责人？这与安在天在莫斯科学习过破译技术及小雨在其中帮忙传递情报密切相关。在那个特殊年代，小雨除了作为安在天妻子的身份外，其真实身份并非普通外交部工作人员。修订版第二章第2节通过领导铁部长之口讲述了小雨的真实身份：

铁部长告诉我，明天外交部要举行小雨的追悼会，他将要以小雨老师身份去参加追悼会。
我问他："这是什么意思？"
他反问我："难道你不觉得小雨是你的得力助手？你在安德罗身边收集的那些情报没有小雨协助，你能那么顺利地传给飞机同志吗？"
当然不能，我一个在校学生不可能老是去社会上抛头露面，跟一个比我大好多岁的女人去接触。事实上，我的情报大多是通过小雨传给飞机同志的。她在大使馆做文秘工作，飞机同志是她部门领导的家属，两人关系不错，经常见面，传递个东西很方便。可是，我一直以为小雨是不知道我的真实身份的，更不知道我和飞机同志的秘密关系。原来——啊，天大的秘密啊！铁部长告诉我，其实小雨都知道，她早就是我们的同志，只是为了减轻我的压力和工作需要才对我隐瞒。从某种意义上说，小雨秘密的级别比我还高！正因此，他将代表本部领导去秘密出席小雨的追悼会，因为她是我们部的同志，外交部不过是她的名头而已，是面具，是假的。

《暗算》的成功，主要以故事情节曲折和人物命运诡异取胜。小雨作为安在天的妻子，其身份、面目多变而特殊（连身为丈夫的安在天也不知其真实身份），更为故事讲述增加一层神秘和诡异色彩。仅仅只是身份神秘还不足以说明小雨作为一个新增角色的不可替代性。就在"我"把一切离校手续办完，准备落实回国火车票的前一天，突然接到妻子小雨因车祸身亡的噩耗，更离奇的是连妻子最后一面都没见着（离奇情节也是为后文做铺垫）。原因据说是车子坠崖着火，车上的人都烧得面目全非，最后只能通过医院化验确认死者身份，而"我"最后看到并带回国的只是妻子小雨的骨灰盒。因为小雨为情报工作做出的特殊贡献（不能公开其谍报工作者真实身份），回国后还由外交部出面举行了隆重的追悼仪式，并大肆宣传其外出办事途中因公殉职的"事实"，还先"我"到701报到赴任时，就在"我"屋里设置了一个像模像样的灵台。小雨的死，也为后文安在天引进黄依依进701后，黄依依对"单身汉"安在天的疯狂追求埋下伏笔。这样一来，黄依依对安在天的情感诉求也就合情合理。如果小雨仅这样死去，那么小雨的角色也会显得单薄，情节也就过于平淡，且对貌美智慧的黄依依追求安在天而不得的结局也不能很好解释。小说中，就在"我"为与黄依依之间的情感纠葛而苦恼，并对她生出朦胧好感和爱意之时，修订版第二章第20节又揭开小雨的另一个"秘密"：

我甚至可以这么说，只要她破译了光密，哪怕她没有那些优点，同时又有作风问题，我照样愿意娶她，正如林小芳一样，就权当是为英雄献身！

可是我……不行啊！

为什么？

因为小雨其实没有死！

你不知道，这是个骗局，是总部精心策划并制造的一个大骗局，目的是为了我走后让小雨以一种绝对隐秘的身份从事谍报工作。她"死后"，改名换姓，从莫斯科到了彼得堡，从公开的使馆工作人员变成了黑道上的军火商，与"飞机"同志一起出生入死,沉浮谍海。当时除了总部的个别领导外,没有人知道这个秘密,包括罗院长,包括我开始也不知道。我是怎么知道的?是铁部长告诉我的。铁部长可能在北京听到一些关于黄依依追求我的风声,专门给我送来密件郑重告诉我事实真相。就是那天罗院长转交给我的那个密件!那一天,我震惊极了,同时我也明白了,当初组织上为什么要让我那么招摇地捧着小雨的"骨灰"回国,外交部为什么要开那么隆重的追悼会(并发简报),然后又让我在家里专设灵堂,等等,一切都是为了扩大、传播她的"死讯"。我们需要让更多的人知道我丧了妻,某种意义上说这是小雨能够安生的"条件"。相反,多一个人知道真相对小雨的生命安全就多一份威胁。

正是因为小雨没死,所以也牵扯到黄依依的命运。黄依依在进701之前,本与铁部长达成口头协议,只要破了"天字一号"密码,就可随时离开,还可以附加带走一个自己任意想带走的人(就是安在天)。可就在她与安在天产生情感纠葛的过程中,得知了小雨未死之"天机"。这也是黄依依本不该知道的701的秘密,她为此付出的代价就是不得不留在701继续效力,按照保密规定,必须要等有关小雨的秘密失效后,才能离开这个系统。也正因被迫继续留在701,在对安在天情感绝望之后,黄依依因为与张国庆之间的事情,最后被他老婆故意陷害,还没等小雨事情解密,就意外惨死在701。与一代奇才黄依依命运同样诡异的是小雨最终的命运。修订版第二章最后一节(第30节)为新增人物小雨的结局画上了一个句号:

似乎一切都是命中注定的,就在黄依依意外死亡后不久,铁部长突然电令我立刻去北京见他。干什么?铁部长没在电话里说,我也没问。这是我们的纪律和习惯,上级没说,你最好别问。赶到总部后,摆在我面前的是一个木质的黑色匣子!是什么?你猜对了,是一个骨灰盒。

可你绝对想不到的是,它竟然是小雨的骨灰盒!

这次是真的,不再是掩人耳目的"阴谋"。荒唐的是,小雨竟然真的是死于车祸!车祸的原因至今也没有搞清楚,有说是天气转暖,路面上到处是融化的雪水,很滑,小雨自己驾车不小心出了事。但更多的说法是,克格勃已经知道了她的真实身份,是他们一手炮制了她的车祸。其实,怎么死是次要的,关键是当时小雨的身份还没有解密。这就是说,即使她是自然死亡,也不能公布她的死讯,因为她已经早"死"了。

正是从头至尾都并未真正现身的人物小雨,贯穿着701与黄依依的故事,不仅在情节推进上进行串联和衔接,更对人物形象塑造起着关键作用。

二、人物形象的改塑

修订版第二个大的修改,即通过情节(细节)的补充去除人物形象的符号化,使主要人物形象更圆融、丰满,主要体现在黄依依与安在天之间的情感及二人的形象塑造上。《暗算》多是讲述奇才(天才)的辉煌与毁灭的故事,对人物间情感的细腻描绘并不多,但文本中黄依依与安在天的爱情,却给读者留下深刻印象,这也是支持《暗算》获得茅盾文学奖的艺术成就之一。初版本对黄依依与钱院长(修订版改为安在天)爱情故事的叙述仍非常粗糙,与王主任、张国庆关系的暧昧也并没有逻辑支撑。黄依依仿佛只是一个欲望化的符号,可随心所欲和中意之人保持暧昧关系,并不是一个有血有肉为爱付出的女性。修订版则在黄依依对安在天的追求中增加大量细节,并增写二人之间,尤其是安在天出于家庭与国家利益而产生情感纠葛的大量篇幅。初版本中,黄依依只是在回701的火车上向钱院长吐露爱情心声,下文对此没有过多描述。修订版中,黄依依不仅在进701之前就表达了对安在天的好感，甚至在刚到701时就与一号首长达成协议，作为交换条件将来破译密码后可以带走安在天。进入701工作后，尽管破译密码的任务非常艰巨，但在得知安在天妻子小雨"去世"的消息后，黄依依仍以自己的方式表达对安在天的爱意。修订版第二章第15节增写有：

> 这天，我去她宿舍找她，准备跟她好好聊一聊。一进门，我愣了，你猜她在做什么？她在用扑克牌给自己算命，好像算的是"爱情运"，算得一个人在屋里哈哈大笑。我沉着脸问她在干什么，她竟满脸认真地问我："哎，我听说你妻子去世了，是真的吗？"
> 我没好气地说："这跟你有什么关系。"
> 她理直气壮地说："当然有关哦，你看我在干什么，我在算命，我要算一算，我和你到底有没有爱情运。"
> 我对她吼："我和你之间只有密码！"
> 她对我笑："所有的爱情都是一部密码，需要我们破译。我已破译了你的爱情密码，那就是我。"

在与安在天的感情纠葛中，黄依依始终热情主动，甚至是单向表达爱意。她来701与其说是为破译密码，不如说是为接近安在天，从中可见黄依依对于情感表达的主动性。修订版延续了初版本黄依依一贯主动、大胆的性格。初版本钱院长始终没有介入与黄依依的情感纠葛，更谈不上对黄依依动情。修订版安在天则不同于初版本"高大全"的钱院长形象，作者将其从人性角度还原为有血有肉的普通人。修订版第二章第17节：

> 那天我第一次有种冲动，想把她揽在怀里抱抱她，安慰她。当然，我马上又意识到这是荒唐的，我的理智比钢铁还要坚硬，那是长期的间谍工作和对小雨的爱锻造出来的，不论在何时何地，我的理智总是坚定地守护着我。我知道，人世间没有完美的

事情，我们要甘于忍痛和接受煎熬。

尽管最后安在天以强大理性克制住冲动，但仍有对于黄依依的情感诉求。这种心理纠结，个人情感与国家工作之间的矛盾冲突，及冲突之中做出甘于忍痛的选择，都是一种丰富饱满的人类情感活动。从初版本钱院长到修订版安在天的形象变化，是《暗算》不同版本人性深度探索的转变。初版本中黄依依与王主任、张国庆关系的暧昧也并没有逻辑支撑，尤其私下与王主任的不轨关系更显突兀，好像黄依依就是一个行为不检的风尘女子。黄依依因此在初版本中成了一个欲望化符号。而修订版中黄依依对于安在天的情感主动热烈，甚至由持续不断的追求不得而导致因爱生恨。修订版第二章第18节，当黄依依第一次光密破译猜想失败后，文中增写黄依依对安在天歇斯底里的情感叙述：

她极力紧握我的手不放，"那我们就相爱吧，在天，我需要你的帮助，老天都知道我爱你……老天看你都不爱我怎么会爱我？真的，在天，这次……失败……在天，帮帮我，你爱我就是对我最大的帮助……"

我说："依依，你怎么……又说这个了……"

她说："这关系到我们能不能破译光密……"

我打断她，"没有这个说法！"我奋力抽出手，退开去，完全像个逃兵，一边讨饶，"依依，你别为难我了。"

她追上来，又抓住我，"你为什么不爱我？在天，我爱你，真的爱你……我知道你也是爱我的……"

我气恼不已，看看灵台上小雨的骨灰盒，禁不住把她拉到门前，指着门说："你走，快走！"

她茫然无措起来："在天，我真不知该说什么……"

我说："你什么都不要说了，快走吧。"

她说："我不走。"说着全身朝我身上倒，"在天，你爱我吧，抱抱我吧……"

我猛然推开她,往后退去:"你别过来……快走……"

………

那天晚上,黄依依足足在我屋里待了一个多小时后,才步态迟疑、缓慢地走了出来。她没有东张西望,而是一直向前,梦游似的往外走着。直到看着她消失在楼道里,我才悄悄摸回了家。

屋里的茶几上留着一张纸条,上面只写了一句话:安在天,我恨你!

修订版增写内容是黄依依对安在天情感诉求的总爆发,黄依依是爱而不得,最后因爱生恨。初版本中黄依依对王主任、张国庆的暧昧不轨行为并没有任何征兆,由此黄依依与此二人暧昧也并非出于爱情需要。修订版虽然也并没有对黄依依与王、张二人关系做过多铺垫,但从上文增写部分可以看出,黄依依是因对安在天爱情失望乃至绝望之后,做出的一种心理扭曲的报复行为。初版本在这一点上并没有体现,但修订版在黄依依与王主任间关系曝光后,王主任因此受到701处分,被押送到后山农场时道出了其中的因由。修订版第二章第22节:

黄依依刚走,小费拿着一封信走了进来,说是王主任被押送到后山农场时,交给保卫处袁处长的,要袁处长转交给我。我一听是他的信,心里不由一阵刺痛,赶紧挥挥手让小费出去,拆开信看了起来。你猜这杂种在信里说什么来着?他这样写道:

安在天,我知道你恨我,因为我碰了你的女人。但是你知道吗?我更恨你,因为我只是那女人替代你的一个玩物。我因为爱了一个不该爱的女人付出了代价,而你,我相信最终将因为没有爱一个你应该爱的女人而付出代价!……

可见，修订版所塑造的黄依依形象显得更饱满，她不是初版本中欲望符号的化身，而是对安在天充满着炽热的爱，甚至与王主任等形成不轨关系也是因对安在天爱而不得的一种报复行为。此外，初版本中黄依依破译"乌字一号"密码过程虽很艰辛，但对其破译过程及难度却没有过多描绘，突出的是黄依依的"奇才"特征（瞎子阿炳也是一样）。修订版则加大对破译"天字一号"光密过程及难度的叙述。黄依依在701第一次正式领头破译就遭遇失败，甚至是"哭着冲出了演算室"。修订版第二章第17节增写有：

  这天晚上，我第二次去了黄依依的宿舍。我是想去安慰她的，没想到她似乎已经自我安慰了，情绪比较稳定，正倚躺在沙发上看一本国外的休闲杂志。见我进来，她坐起身歉疚地说："对不起，我……太没有理智了。"

  我说："没事，可以理解。你要不砸算盘，说不定就是我砸了。"

  她见我这样说，一下变得喜悦起来，"是吗？我担心你生我气呢，让你难堪了。"

  我说："给我们难堪的是斯金斯。"

  她咬着牙，骂："这个魔鬼！我以为……这次我把她逮住了，没想到，扑空了。"

  我说："我也没想到。我也以为你这次胜算蛮大的。"

  她说："所以才下了这么大决心，兴师动众地支持我？结果却让人笑话了。"

可见，黄依依在701的破译行动并非一帆风顺，而初版本过于强调奇才人物的超凡能力了。修订版中黄依依不仅几次三番遭遇挫折，甚至在破译最后关头连续数周闭门谢客，专注于密码破译。701的领导和同人都为这种敢于付出的精神而感动。以上类似修改，都使修订版中黄依依的形象更加立体和饱满。

三、历史叙述增加

修订版还增加不少历史叙述内容。《暗算》缺少历史叙述也曾是饱受争议的地方，尤其是茅盾文学奖一向青睐长篇历史小说，受此影响，初版本重故事讲述、轻历史叙述的弊端因此凸显。更重要的是，历史氛围的薄弱也影响着故事与人物的真实感。对此，修订版通过强化对历史的描述，以弥补这一创作缺陷。比如对中苏关系的描写，修订版第二章第1节以"我的故事要从莫斯科开始讲起"作为开篇，作为故事叙述者和黄依依引导人的安在天，在莫斯科学的是无线电业务，做过情报搜集、整编工作，甚至其导师安德罗本人就是苏联最顶尖的破译专家。这些背景叙述都增强了安在天担任701副院长及密码破译小组组长，承担历史重任的必然性。也通过增写"我"和导师之间的对话叙述了中苏之间关系的紧张。修订版第二章第1节：

> 当时中苏关系已经非常微妙，我的行李在火车站也受到严格检查，我的导师安德罗见此再一次劝我别回国。那几天，他一直在劝我留下来，就在头天夜里，我们曾有过一次长谈，他给我分析了中苏关系的前景和我个人可能有的前途，认为回国对我来说是一个最差的选择。他似乎已经预感到中苏关系必将交恶，怀疑我回国后可能会去破译他们苏联的密码，把我们俩深厚的友情玷污了。他希望我留下来，读完本科读硕士，甚至读博士，今后专心做学问，不要卷入到破译领域去。导师说：这是意识形态的事情，说到底跟学问是没关的，我自己的经历应该成为你的教训。我已经不可能走回头路，但你完全可能不步我后尘，做一个单纯的学人。可我知道，这是不可能的，可以说，我生来就是个"意识形态的人"。我说过，我是个革命孤儿，是党把我培养成人，在党和国家需要我时，我不可能有自己的愿望和选择。

中苏关系在修订版中成为故事讲述的历史大背景，也是许多故事情节和人物细节展开的必要条件。类似对自然灾害及海峡两岸紧张关系等细节和场面的描写在修订版中也不时补入与增写。

四、语言润色修改

修订版还进行了全篇通文处理，包括对词语（及歧义语句）的润色修改，使修订版语言更准确，表述更流畅。词语的修改包括：

无需→无须	启用→起用	依山傍水→依山傍山
侦听→窃听	里弄→胡同	艺高胆大→位高胆大
柴禾→柴火	惟独→唯独	根底朝天→知根知底
惟一→唯一	当作→当做	福尔斯电码→莫尔斯电码
以至→以致	可寻→可循	尽善尽美→至善至美
测评→考测	责疑→质疑	无果而终→不终而散
鲜物→水鲜	贤慧→贤惠	卫兵队→警卫排
决非→绝非	呆在→待在	决没有→绝没有
企盼→盼望	啰嗦→啰唆	戒心尖深→戒心艰深
斯特劳斯→施特劳斯		知名人士→爱国人士

这些词语修改中，有些是对错误词语的改正，如"以至"改为"以致"，"可寻"改为"可循"，"惟一"改为"唯一"等；有些是相近意思词语的修正，如"企盼"改为"盼望"等；有些是地方语言改为规范词语，如"里弄"改为"胡同"；还有一些词语本身并没有错误，而是根据上下文语境进行意义修正，如"依山傍水"改为"依山傍山"，"根底朝天"改为"知根知底"，"测评"改为"考测"，"知名人士"改为"爱国人士"等。这些误词（字）、不常用词语及语境有变动时词语的及时修正，透露出作者在修订版中更注重艺术的完善。

除了字词修正外，修订版还对部分容易引起歧义的语句进行修订。

《暗算》2009年修订版封面

如在对瞎子阿炳死后留下一盘录音带的细节的处理上，第一章第20节中初版本为"我没有及时把录音带交给组织"。701是一个等级森严、纪律高于一切的组织，这句看似不经意的叙述也可能会暗含着"我"因此而隐瞒了组织，没有及时将录音带上交的后果可能非常严重，尤其是对头号重要任务承担者阿炳死因的隐瞒。修订版改为"我没有及时把阿炳留给我的那盘录音带交给组织"，这一修改就显得更为合理。阿炳临死前是把录音带留给"我"的，也就是只有"我"一个人知道阿炳的真实死因，我也有权选择上报或继续隐瞒下去。当最后"我"左思右想，觉得事情应该让组织知道时，"按组织程序，我把录音带交给了吴局长"（此句初版无）。所以，当为免于追责时，"我"编谎说是"刚刚才发现这盘录音带的"。正因录音带如修订版中所述是留给"我"一个人的，阿炳死后再无他人知晓，所以才能圆了谎。初版本没有交代录音带是留给"我"的，细心的读者在阅读过程中难免会产生歧义，甚至前后文叙述有抵牾之处，这样读者也会对故事真实性及情节的细节产生质疑。

最后还出现机构名称的修订及故事人物的变动等。机构名称变化主要是将初版本"监听局"改为修订版"侦听局"。此外，在初版本中与"我"在飞机上认识的人是701安在天院长，安院长是《听风者》中阿炳故事的讲述者和经历者。而在阿炳故事中，安在天彼时还是一个处长，领导他的是钱院长。《看风者》中向"我"讲述黄依依的故事、与黄依依有过感情纠葛的是钱之江院长。在修订版中，与"我"在飞机上认识的人由安在天变成钱之江，阿炳故事中领导他的是铁院长，《看风者》中与黄依依有感情纠葛的变成了安在天。《暗算》不同版次人物名字有变化，以钱之江、安在天和铁院长三个角色为主，这些变更极易引起读者的混淆，某些版次甚至出现错位，这在不同版本阅读过程中须引起注意。

第二节　编辑介入与文本润色：修订版与重修版对校记

重修版在修订版基础上，修改最明显的无疑是删除第五章"刀尖上的步履"，将文本整体内容由三部五章变为三部四章。其余部分共修改831处，其中第二章"有问题的天使"修改最多，达434处，其他包括序曲37处，第一章61处，第三章274处，第四章25处。

一、整章删除

整章删除第五章"刀尖上的步履"是重修版成为《暗算》新版本最重要的改动内容之一。不同于修订版对黄依依故事的修改，删除"刀尖上的步履"一章并非作者主动捉笔完成，而是因编辑意见介入并经作者同意后完成的。2012年《暗算》（与《解密》一道）被英国企鹅出版集团买走英语版权后，列入"企鹅经典"文库并组织翻译出版。译者米欧敏女士选择修订版作为底本翻译，译文完稿交付编辑后，反复细致研读文本后的编辑最后致信作者，要求删掉最后一章："刀尖上的步履"。理由是"前面四章，从题材类型上说是一致的，都是一群天赋异禀的奇人异事，做的也都是事关国家安危的谍报工作，却独独最后一章，岔开去，讲一个国家的内部斗争，两党之争，扭着的，不协调"。且"从结构上讲，删掉最后一章，全书分三部、四章，呈ABA式结构，是一种古典的封闭性平衡结构，恰好与701单位独具的封闭属性构成呼应；否则，为ABB式结构，是开放型的，现代性的，形式和内容不贴"。[①]最后作者对于编辑意见心生佩服，认为言之有理，认可并同意编辑修改意见而做出删节处理。2014年北京十月文艺出版社沿用英国企鹅出版集团的删章改动，推出四个章节，并对全文进行润色修改的重修版，遂成《暗算》中文新版本。

二、语言润色

重修版还对全文语言进行统一润色和规范修改。文中所有阿拉伯数字均修改为汉字数字，如"1987年"变为"一九八七年"，"301"改为"三〇一"等，全文百余处阿拉伯数字均做统一修改。其次是对修订版中"是……的"判断句型进行统一修改，如"是体现在方方面面的"改为"体现在方方面面"，"都是转眼即逝的"改为"转眼即逝"，"是直接关系到我们国家安全的"改为"直接关系到我们国家安全"等，全文类似的修改40余处。这是作者对过去惯性口语表达的统一修订，体现书面用语的规范和简练。对语言的简化处理还体现在用短句来表达长句意思，如将修订版"然后连个再见都没说就走了"改为重修版中"就走了，没说再见"；将"整个人像垮了似的"改为"心空了，人垮了"；"既有天使的一面，又有魔鬼的一面"改为"既是天使，又是魔鬼"；"只是前段时间她生了一场大病，现在病好了，组织上已经让她接替老陈"改为"她已经听从组织接替老陈"等。

作者对语言的提炼修改还体现在用语细节及真实性上。如黄依依成功破译光密那一刻，在场领导（破译组组长）安在天及全体成员在经过长时间等待、煎熬之后极为激动。初版本、修订版对这一时刻的描述为："我猛然睁开眼，眼泪禁不住夺眶而出，模糊了我的视线。我跌跌撞撞地冲进屋去，模模糊糊地看见大家都扑上来抱住我，喜极而泣。"其实安在天作为破译组组长固然有领导之功，然而破译

[①] 麦家：《暗算》，北京十月文艺出版社2014年版，"代跋：《暗算》的版本说明"。

光密最大功臣无疑当属黄依依。在成功破译前她数十日闭门谢客、孤军奋战,甚至701各级领导都为黄依依舍身工作的精神而感佩,最后她又在演算室现场亲自操作,成功见证了破译时刻。此刻大家兴奋地奔向在场领导安在天时,也绝不可能忽视黄依依,故重修版将此段修改为:"……模模糊糊地看见大家都扑上来抱住我和黄依依,喜极而泣。"这样的修改,从细节上也显得更加真实合理。

三、删改精简

重修版作者还对部分不合时宜的表述进行了大幅删改和精简处理。如第二章第27节中张国庆与黄依依关系败露后应受处分,初版本和修订版叙述为:

> 张国庆因为两个因素一定程度地保护了他:一个他是党员,有种说法,开除党籍可以抵三年罪。就是说,开除了他党籍等于是判了他三年徒刑。另一个他是机要员,身上有高等级的秘密,不便流入社会,可以说他的公职不是想开除就能开除的。所以,最后他的公职还是保住了,只是离开了机要处,到了通讯处,行政级别也由21级一抹到底,降到了最低的24级。国家干部制度上其实是没有24级一说的,最低也是23级,所谓24级其实是下面单位自己搞的名堂,一般是提干第一年,或者学校毕业第一年,都按24级来看待,有点预备党员的意思,一年内如果不犯错误,即可转正。

重修版则改为:

> 张国庆因为身上有高等级秘密,不便流入社会,才有幸保住公职,下放到通讯处,行政级别也由二十一级一抹到底,降到最低二十三级。

重修版删去关于"开除党籍可以抵三年罪"的说法，因为这既没有科学依据，也与现行党员管理制度相悖。机要员的公职不是想开除就能开除这一事实虽然可以成立，但叙述态度给人以蛮横之感，也扭曲了国家工作人员的形象。修改后"不便流入社会，才有幸保住公职"的说法则更加柔和，态度更加中庸。"降到了最低的24级"的说法也不科学，且易误导读者对地方政府及职能部门的了解，故删去所谓"24级"一说。重修版对于意识到的问题进行大幅删减修改，既是对一些不科学说法的纠正，日后也可有效避免出版审查机制的干预介入。

修订版第二章第28节中，当安在天得知黄依依与张国庆的关系及黄依依已怀孕后，心里的想法是：

（略）按理我应该为黄依依感到高兴。可我想到她要由此放下工作，虽然是暂时的，我还是不情愿。这哪是她黄依依生儿育女的时间？什么事都是有时间地点之区别的，同样的事，在不同的时间或地点，性质和效果完全是不一样的，甚至有天壤之别。可是，我又怎么开得了这个口？这是天地之约的果实，而且黄依依已经三十好几，哪是可以随便折腾的？就这样，一边是国家利益，一边天地之约，都是神圣而不可侵犯的，把我夹在中间，如何是好？我犯难着呢。

最后我还是站在"国家利益"这边，对黄依依提出了"非分之想"。

遭拒绝是想得到的，结果却是想不到的。

修订版中作为领导的安在天，虽然知道生儿育女是黄依依的权利，但最后还是站在所谓"国家利益"立场对黄依依提出过分要求（不能要这个孩子），即使知道会遭拒绝，但还是从工作立场做出决定。其实这种打着"国家利益"旗号而做有违人伦之事，是最犯读者忌讳的。代表国家（政府）立场的安在天做出这种决定，既违背人伦，也与主流政策导向不相符。为此重修版将这一大段内容删减修改为一句话：我们都为黄依依感到高兴。最后的结局，也将修订版中"黄依依做出了'让我高兴'的决定：把孩子处理掉，以后再要"，改为重修版中的"黄依依决定：把孩子处理掉，以后再要"。删除修订版中"让我高兴"的说法，呈现出偏中性的纯客观叙述，从而也减弱对读者的误导。

重修版还删除4处将黄依依比作神、天使的叙述。修订版第二章第27节当张国庆要受处分时，黄依依出面向安在天求情，甚至通过要挟搭救张国庆，这时通过安在天之口叙述道：

> 老实说，这个时候，她绝对是个神，可以呼风唤雨，可以点石成金，可以说一不二。

修订版第二章第28节开头，黄依依搭救张国庆和老王后，在701制造出了"新闻"：

> 喊黄依依叫什么"天使"、"有问题的天使"，等等。想想也是，什么人能把他俩从地狱里搭救出来？没有人，只有天使！然后再想想，什么人能这么神奇地破译光密？也只有天使！天使的称谓对黄依依来说，似乎是双重的贴切，所以一喊就喊开了。随着天使之名传开的同时，有关她跟张国庆的私情也开始秘密传播开来。这在我意料之中，不奇怪的，好事者都会这样去猜想，去探听，去证实，去传说。

黄依依到安在天办公室谈判，坚决要与张国庆结婚，也有类似表述：

> 虽说这不是我什么工作，但归根到底，就是工作。因为，我知道她这人脾气，你不顺着她来，她什么事都干得出来，要来个

第八章 《暗算》

《暗算》2014年重修版封面

不吃不喝，压上三天床板，我急得就要跳起来。她是天使，我是凡人，没办法的，只有顺着她来。

…………

其实，不听组织的也得离，事情就这样的，没有回旋余地。余地都在天使那边。天使正在用不停地破译一部部密码这不争的事实告诉我们：她越发像个天使，我们只有越发地跟着她转，而且坚信，跟着她转不会吃亏的。

重修版将类似叙述悉数删去，也将黄依依还原为一个普通人的形象进行叙述。

第三节 讲故事与"重写"的艺术

2013年12月12日，作者麦家写下"代跋：《暗算》的版本说明"，文中回叙："我搜索了下记忆，发现《暗算》的版次着实多：盗版除外，外文不算，中文正版（包括港台）有二十三次，累计印量过百万。这些版次又分两个不同版本：原版和修订版。前者通常被称'茅奖版'，后者说法混乱，有的说'修订版'，有的说'完整版'，有的说'未删节版'，有的把矛头直指我，说是'作者唯一认定版'。"[1]这里原版（或"茅奖版"）就是指与初版本内容一致的人民文学出版社再版本，修订版则是指作家出版社修订后的增补版，这是由作者主动修改所造成的内容有别的两个主要版本。纵观《暗算》版本流变，文本内容有明显差异的涉及四个版本，分别是初刊本、初版本、修订（增补）版与重修版。这些版本差异，既有作家主动修改所致，亦有编辑在征得作者同意后代为"捉刀"促成。但不管是作者本意还是他者建议，把故事"讲好"及作家艺术上对"重写"的审美追求，是《暗算》版本演变与文本差异的共同促因。

麦家在成都电视台从事编剧工作的经历，使他在小说创作中格外注重讲故事的艺术。写小说在他看来也像编剧本一样，塑造好人物，讲好故事才是创作根本所在。作者也并不掩饰编剧工作对小说创作的助益，"写了剧本后编故事的能力有很大提高，对我的小说创作多少起了一点点推动作用"。[2]虽然他把曾经从事的编剧工作看作"行活"，但并不等于编剧本缺乏技术含量，相反作者认为编剧对编故事的能力和功夫要求很高。同时麦家也对当下文艺创作中不注重故事的现象深感困惑和忧虑："在中国有个很怪的现象，有大批小说家或编剧，不会编故事还瞧不起故事，这是很荒唐的。就像歌手不会识乐谱会哼两曲流行曲子，或者吊两个高音就自以为是大师了。其实故事不是那么好编的，记得马尔克斯回忆录的书名就叫《活着就是为了讲故事》；博尔赫斯也感叹：希区柯克真会折腾故事；蒲松龄开免费茶馆就是为了听取故事。"[3]在作者看来，要想取得创作成功，讲好吸引人的故事不可或缺。《暗算》的成功，首先就在于作者讲述了一个不为

---

[1] 麦家：《暗算》，北京十月文艺出版社2014年版，"代跋：《暗算》的版本说明"。
[2] 麦家：《写小说与编剧本》，《人民日报》2010年8月20日。
[3] 麦家：《写小说与编剧本》，《人民日报》2010年8月20日。

人知的神秘单位——"701"里各色天才的离奇故事，且作者用一种独具特色的结构对这些故事加以串联，这也是作者在艺术探索上的匠心独运之处。《暗算》是一种'档案柜'或'抽屉柜'的结构，即分开看，每一部分都是独立的，完整的，可以单独成立，合在一起又是一个整体。这种结构恰恰是小说中的那个特别单位701的'结构'。作为一个秘密机构，701的各科室之间是互为独立、互相封闭的，置身其间，你甚至连隔壁办公室都不能进出。换言之，每个科室都是一个孤岛，一只抽屉，一只档案柜，像密封罐头，虽然近在咫尺，却遥遥相隔。这是保密和安全的需要，以免'一损俱损'，一烂百破。"[①]《暗算》正是凭内容上故事讲述的新颖性和艺术结构的独特性，最终斩获第七届茅盾文学奖。而《暗算》不同版本间内容的差异，除细节调整和订正外，主要也是体现在故事讲述的差异上。

一、陈二湖故事的讲述

初版本内容最大的变化，较初刊本而言是第二部"看风者"中新增第三章"陈二湖的影子"一章内容。初刊本中，陈二湖曾在第二部"看风者"第二章"有问题的天使"中第11、12、13节少许篇幅中出现（该章总共有21节内容）。初刊本对陈二湖的叙说过于简单，陈二湖的命运也显得虎头蛇尾。陈二湖是701破译元老，"老陈不是一般人，他是破译局从无到有、从小到大、从里到外的见证人，曾先后在几个处当过处长和副院长，有的处还几上几下，破译局的大大小小、里里外外、真真假假的内情和机密，都在他漫长而丰富的经历中、史料里。可以不夸张地说，他的解密，意味着大半破译局的秘密将被掏空。"[②]陈二湖不仅是701的重要人物，且他身上还隐藏着很多不为人知的"内情和机密"。对爱讲故事且擅讲故事的麦家来说，陈二湖自

[①] 麦家：《暗算》，作家出版社2009年版，"形式也是内容——再版跋"。
[②] 麦家：《暗算》，人民文学出版社2006年版，第163—164页。

然是不可多得的人物。从作者创作"陈二湖的影子"一章的曲折过程和经历，亦可看出作者对这一神秘且重要的人物的青睐，"最早写的是第三章《陈二湖的影子》，是1990年下半年开笔的，写了一半，写不下去，一直丢在那。1999年春，我花了一个月时间写了《听风者：瞎子阿炳》，回头把《陈二湖》又重写了。然后几乎每年写一章，到2003年春节算是全部写完"。[①]作者时隔多年仍将陈二湖的素材珍藏于心，可见对陈二湖这一人物及其故事讲述的重视。至于初刊本少了这一章，可能是受刊物版面限制不得不删节。《钟山》2003年增刊秋冬卷"新生代长篇小说特大号"仅335页，却同时刊登盛可以《活下去》、黄梵《第十一诫》、麦家《暗器》和陈锟《爱情使用说明书》四部长篇小说。显然每部长篇小说所占版面都非常有限，甚至其他长篇都有类似初刊本《暗器》的删节。初版本在出版时对该章予以恢复十分必要。初刊本的删节，虽然可能是刊物版面受限和编者意见造成的，但作者在遭遇这些删节意见时，也不会有太多的选择权。据作者透露，《暗器》在《钟山》刊出前，曾先后遭到南方三家杂志、北方四家杂志退稿。在遭遇多次退稿后能被大型刊物《钟山》录用，做出部分内容删节的妥协与退让，对作者而言自然也心甘情愿。

二、黄依依故事的重写

如果说初刊本与初版本内容的最大差异在于陈二湖故事的讲述，那么初版本与修订（增补）版之间的最大差异则是有关黄依依故事的重写。所不同的是，前者可能是客观原因所致，后者则是作者主观修改所为。谈起作者修改第二章"有问题的天使"——有关黄依依故事的初衷，也与作者作为《暗算》同名电视剧的编剧有关。正因剧本是通过故事塑造人物，作者以编剧身份进行同名电视剧改编时，意识并

[①] 麦家博客：《〈暗算〉访谈：水晶是美的，也是脆弱的》，https://blog.sina.com.cn/s/blog_5555b48c01018vq7.html。

体验到小说文本黄依依故事讲述的缺陷，这种缺陷也正是编写剧本的最大软肋。作者为了在剧本中弥补黄依依故事讲述的不足，重新搜罗大量资料，但因影视审查机制比文学作品更为复杂和严格，在剧本中所能运用的资料少之又少。作者最后在友人的指导和帮助下，整合剧本所用素材及因电影审查机制而未使用的其他资料，对"有问题的天使"进行修改重写。这次修改不是小修小改，而是彻底回炉重造，翻天覆地式的重写，涉及人物新增、情节改写、形象重塑等。仅篇幅就由原稿四万字修改增加至近十万字。作者之所以不厌其烦地对有缺陷的故事进行重写，乃是因为完善文学创作中故事讲述的艺术追求。"我确实在小说中注重恢复故事的魅力，因为我们的小说一度远离了故事，以有故事为耻，这是好高骛远，误入歧途；但把小说仅仅看作故事，是弱智。我每天都可以听到故事，但可以写成小说的故事一年也遇不到一个。一般的故事只有脚步声，小说里的故事要有心跳声。"①

作者在修订（增补）版中是如何对故事叙述进行艺术修改与重述的呢？故事是"文学作品中一系列有因果联系的生活事件。这种生活事件，往往有曲折生动的冲突，环环相扣，有头有尾的发展过程"。②作者围绕黄依依的故事进行一系列有因果关联的生活事件的增补与改写。为了弥补前版中黄依依与安在天爱情叙述中的情节缺陷与局限，作者首先在修订（增补）版增加次要人物——小雨。小雨作为安在天的妻子，在修改前的文本中并不存在，修订（增补）版中也只以一个从未正面出场的符号化人物出现。但修改后增补的小雨这一次要人物，却成了故事改叙时人物结构中的重要组成部分，并且有着不可或缺的意义和功能。首先，小雨神秘的命运轨迹本身就是作者讲述的一则独立且富有传奇趣味的故事。小雨作为妻子随同安在天前往莫斯科，表面是作为外交部工作人员身份出现，而真实任务则是作为安

---

① 麦家：《小说里的故事要有心跳声》，详见http://www.sohu.com/a/71533248_206086。
② 郑乃臧、唐再兴：《文学理论词典》，光明日报出版社1989年版，第23页。

在天的助手帮其传递情报。更令人惊讶的是作为丈夫的安在天全然不知彼时小雨的秘密——甚至小雨的秘密级别比他更高。小雨之死更被叙述得扑朔迷离、曲折生动、环环相扣，揭示了一个秘密单位里秘密人物有头有尾的故事。在安在天接到任务准备回国前，小雨先被告知因离奇车祸而死亡，不仅安在天没有见上最后一面，甚至还因车毁坠崖，着火后被烧得面目全非，只能通过化验来确认身份。安在天带回国的也只是压根儿没见上最后一面的小雨的骨灰盒。其实这一系列行为只是组织上在制造小雨的假死，因为小雨身上背负的机密太多，只能通过制造小雨假死新闻将其过往秘密封存。为了将"假死"新闻做真，回国后还由其所在单位外交部出面，举行隆重的追悼仪式，甚至铁部长都配合予以出席。"假死"毕竟成不了真，当面对黄依依热烈追求而萌生好感时，为了维护真实的革命伦理，安在天又被告知"小雨其实没有死"的真实消息。原来小雨"假死"只是总部精心策划的一步棋，目的是让小雨以绝对隐秘的身份继续从事谍报工作。而当黄依依意外死亡后，小雨竟真的因为谍报工作死于车祸。更令人匪夷所思的是，小雨因为身份仍未解密，也就意味着仍不能公布死讯，因为她早就已经"死"了。这样"小雨之死"的迷离故事与情节才画上句号。

其次，小雨作为增补的次要人物，还为黄依依的故事承担着某种特殊叙述功能，不仅在情节推进上对主要人物的爱情与命运进行串联和衔接，更推动着对主要人物的形象重塑。修改前文本中黄依依是欲望化的人物形象，对安在天的追求与她对其他异性的暧昧并无二致，围绕在黄依依身上的情感波折也存在情理上的缺陷。修改后，通过次要人物小雨诡秘命运的串联，弥合了黄依依故事中所存在的情理裂隙。一开始黄依依对安在天的爱慕与好感，是出于对他英俊外表及冷静、成熟、理智的男性气质的爱慕。进入701后黄依依对安在天的疯狂追求，则是在得知安在天"亡妻"的信息以后。修改后小雨的"假死"，为黄依依从理智到疯狂的爱情追求埋下合乎情理的注脚。黄依依聪明、知性、漂亮且富有浪漫气息，会对自己钟情的人和事义无反顾地主动追求。安在天尽管有着崇高的革命理想,但面对黄依依的直白追求最后动心也在情理之中。但修订(增补)版中安在天之所以彻底无情地拒绝黄依依,乃是因为被告知小雨还活着。由于对妻子的爱及革命伦理等多重理性因素制约,动情之后的安在天仍无情地拒绝了黄依依的追求。这是革命时代经典的爱情悲剧。安在天的无情拒绝,使黄依依与王主任、张国庆的暧昧关系有了情理上的可能性。"爱而不得"的报复成了黄依依直爽性格中又一个关键特征。黄依依意外死亡事件虽直接归因于张国庆老婆的报复行为,但间接来看,还是与作者增写的小雨的命运紧密关联。当黄依依成功破译"天字一号"密码时,她本可以得到随时带走一个人共同离开701的承诺,但因安在天在拒绝其追求时,不得不将小雨"假死"的机密告知黄依依,而这本是黄依依不该知道的秘密,这样一来黄依依身上也就带有不可示人的机密。一日不解密,她也就不能离开701。正因黄依依不得不继续留在701效力,最后才意外死亡。

三、"讲好故事"的艺术追求

重修版的变化虽不是作者主动修改所致,但考察其修订的前因后果及过程,不难发现,因编辑因素所导致的重修新版仍与整体的故事讲述相关。《暗算》重修版是以企鹅出版集团英文版作为底本进行回译推出的新版,其变化源于英文版编辑提出的删除最后一章即"刀尖上的步履"的建议。企鹅集团英文编辑的考虑亦是从加强故事的连贯和衔接入手,最后一章"刀尖上的步履"讲述的国家内部党争与前四章奇特天才的命运故事风格不协调,为维护文本故事讲述的一致性,故建议作者做删除处理。英文编辑更指出,删除后结构艺术也更趋完美。而作者对英文编辑所提恳切意见也心生佩服,认为言之有理。2014年北京十月文艺出版社推出的重修版就是以英文版为底本进行回译的新版。

"讲好故事"成了作者主动修改或认同他人意见而修改的主要艺

术追求，这是具有编剧与作家双重身份的麦家一贯坚守的创作目标。作者也曾自述："不管是小说还是剧本，塑造人物、讲好故事都是根本所在。"①除了"讲好故事"的艺术追求外，"重写"特定素材的艺术自觉也是影响作者麦家修改《暗算》并造成新版本的另一个主要原因，几乎所有作品都是作者在其"重写"艺术观照下进行的。作者曾说："重写确实是我写作的一个特征，我几乎所有的重要作品都是重写出来的，《风声》之前有个中篇《密码》，《密码》之前还有一个电视剧《地下的天空》。《解密》更不要说了，它经历了从短篇到中篇，再到长篇的过程。《暗算》是先写了三个独立的中篇，然后才针对性地补了两个穿针引线的故事，发展成长篇。"②可见，就长篇小说《暗算》而言，最早也是脱胎于作者早期创作的中篇小说。至于作家不厌其烦地对特定素材坚持重写，也是源于其对创作的特定体会和感悟，"写，是作家的一种本能，至于写什么，有很大的偶然性。作家选择写什么和你找什么对象有很大的相似性，在没有找到'那一个'之前，你并不知道'那一个'是谁，当真正属于你另一半的'那一个'出现时，你是会有感应的。这是个悖论，也是我们生活的重要组成部分，我们一生中会经常遇到类似的困境。我愿意重写，某种意义上说是因为我找到了'那一半'，重写就意味着我忘不掉、丢不下。这也说明它是和我精神气质相接近的一个领域，我在这上面勤劳一点也许会有大收获。作家最终能留下来的也就是一两本书、一两个故事"。③这也就不难理解，作家为什么会对一些特定素材情有独钟。显然对经典故事的反复打造，是作者有意为之的创作努力。长篇小说《暗算》脱胎于三个独立中篇，这不仅为该作的版本源头进行了重写意义上的延伸，而且关于黄依依故事的改写，更是作者故事"重写"观念下产生作品新版本的典型案例。

---

① 麦家：《写小说与编剧本》，《人民日报》2010年8月20日。
② 麦家、季亚娅：《小说写作之"密"》，《文艺报》2012年12月14日。
③ 麦家、季亚娅：《小说写作之"密"》，《文艺报》2012年12月14日。

第九章

《金陵十三钗》

中篇初刊本　《小说月报（原创版）》杂志
　　　　　　2005年第6期

长篇再刊本　《当代·长篇小说选刊》杂志
　　　　　　2011年第4期

长篇单行本　陕西师范大学出版社
　　　　　　2011年6月

《金陵十三钗》版（文）本谱系图

《金陵十三钗》中篇初刊本封面

  2005年第6期《小说月报(原创版)》首次刊出严歌苓中篇小说《金陵十三钗》,约5万字。2006年,严歌苓好友——时任张艺谋工作室文学策划的周晓枫,将这部中篇推荐给张艺谋。张艺谋看完后产生浓厚兴趣,辗转买下电影改编权,并找来知名作家刘恒做编剧。因筹办北京奥运会开幕式及其他原因,《金陵十三钗》剧本改编及电影筹备等工作持续酝酿三年之久。其间,张艺谋也花了数年时间研究南京大屠杀,为使《金陵十三钗》剧本改编达到预期效果,还专门邀请原作者严歌苓担任第二编剧,电影《金陵十三钗》片头显示"编剧:刘恒、严歌苓"字样即可佐证。严歌苓在参与并完成电影《金陵十三钗》剧本修改后,2011年初又将中篇《金陵十三钗》重新扩写为12万字左右同名长篇小说,长篇版再刊于《当代·长篇小说选刊》2011年

《金陵十三钗》
长篇再刊本封面

第4期，文末附作者创作感想《创作谈：悲惨而绚烂的牺牲》一文。长篇单行本随即于2011年6月由陕西师范大学出版社出版，电影《金陵十三钗》也于同年12月正式上映。《金陵十三钗》从中篇原著到电影，再到长篇小说，不仅篇幅、表现形式等外在形态发生改变，且故事细节、叙事视角、人物形象、场景设置，乃至主题内涵也发生或隐或显的变化。本章主要对中篇初刊本与长篇再刊本之间的异同进行汇异校勘，以窥该著从中篇到长篇的版本变迁与文本演化秘密。

第一节　版本跃迁与会意式整理：中篇初刊本与长篇再刊本对校记

《金陵十三钗》由中篇原著（初刊本）向长篇小说（再刊本）的版本修改，严歌苓几乎是重新创作，作家自己也曾表明新的长篇里面几乎没有一段文字是和原来重复的。由此可见其修改异文量大面广，复杂多样，对其版本汇校不可像古籍整理和西方现代校勘一样逐一量化呈现，需要加入汇校者的主观思考和概括，采用会意式整理方式分类别呈现版本异文的主要类型。在《金陵十三钗》版本变迁过程中，中篇初刊本到长篇再刊本的改动最大，具有重要研究意义和价值，而长篇再刊本到长篇单行本的修改较小，故本节主要采用会意式整理呈现中篇初刊本到长篇再刊本之间的修改异文。仅从字数来看，从《金陵十三钗》中篇初刊本约5万字到长篇再刊本约12万字，长篇再刊本改动幅度达中篇初刊本篇幅的1.4倍之多。从修改内容上看，除保留主要情节外，长篇再刊本相较中篇初刊本在情节结构上也发生巨大变化。小说篇幅变化和情节修改只是构成小说版本变迁的外部特征，小说主题修改则构成作品版本变迁的深层内涵。因此研究从中篇初刊本到长篇再刊本的主题变迁，能较好揭示作者版本修改的动态心理及变化过程。本节从场景、人物、故事情节、叙事方法等修改类型入手，对中篇初刊本和长篇再刊本进行文本细读及会意式整理，试图梳理出中篇初刊本和长篇再刊本之间的差异。

一、场景修改

无论中篇初刊本还是长篇再刊本，小说预设故事发生在1937年12月12日南京一座美国天主教教堂里。可根据小说描写勾勒出教堂的布局：这座教堂拥有一个院子，后院是一片墓园，主楼有礼拜堂、阅览室和神父卧室等。教堂的院子在长篇再刊本中增加了洗礼池、草坪、一口废井等设施，而中篇初刊本中写到的院子中的美国胡桃树未在长篇再刊本中提及。长篇再刊本中的增设地点几乎都被赋予了内涵和故事，如草坪深受英格曼喜爱，神父喜爱的马曾在井中摔死。场景细节以神父和教堂帮工的视角加以叙述，增加了教堂的历史纵深感；教堂里一草一木都由神父呵护管理，神父对教堂事务具有最终决定权。中篇初刊本里女学生们居住在楼上宿舍，而长篇再刊本里她们则居住在一个隐蔽的阁楼中。中篇初刊本里妓女们住在教堂院子角落一个废弃仓库里，这个仓库堆满书籍；长篇再刊本中妓女们住在教堂下一个堆满酒的地下仓库。人物住所改动突出了身份之间二元对立的关系，女学生和妓女一个住在高处，一个住在地下。这既是对人物身份的隐喻，也揭示了小说主要人物群体间的矛盾关系。

二、人物改动

从中篇初刊本到长篇再刊本，文本内容经历的改动比较多，特别是关于人物的刻画。小说在人物刻画修改中使用的手法丰富多样，如人物语言的错置和增加，人物心理活动的错置，人物命运的修改和人物数量、年龄、身份与关系的修改等。以下按照不同修改手法汇编呈现小说中篇初刊本与长篇再刊本涉及人物描写的异文内容。

1. 人物语言错置

语言是小说塑造人物形象的重要方式，要在文本微调基础上对小说人物性格进行更改，改变说话主体是较好的办法，本书将其称为人物语言错置。以英格曼和法比为例，长篇再刊本除对二人语言形式进行修改外，还把二人的多处语言进行对调，让二者人物形象发生转变。其中较明显的是，在小说高潮部分，面对日军威逼，终于有人松口承认教堂里藏有女孩的事实。中篇初刊本法比向日本人乞求："她们都只有十二三岁，从来没离开过父母……全是孩子啊……"[1]对比长篇再刊本，类似话语不仅形式上有改动，说话者也从法比变成英格曼："她们只有十几岁，从来没接触过社会，更别说接触男人、军人……"[2]说话者的对调表明长篇再刊本修改了人物间的张力，中篇初刊本代表教堂承受日军压力的是英格曼与法比二人，长篇再刊本直接承受者只有英格曼一人。中篇初刊本第11页，法比大声说："干吗不拿着枪叫日本人听你们说话呢？"[3]长篇再刊本第25页则修改为英格曼神父说："干吗不拿着枪叫日本人听你们说话呢？"[4]这句话是对戴教官拿枪指人的回应，说话人从法比变成英格曼。这首先确立了英格曼的教堂主事人身份，证明英格曼是沟通教堂内外的负责人，面对突发

---

[1] 严歌苓：《金陵十三钗》，《小说月报（原创版）》2005年第6期，第25页。
[2] 严歌苓：《金陵十三钗》，《当代·长篇小说选刊》2011年第4期，第63页。
[3] 严歌苓：《金陵十三钗》，《小说月报（原创版）》2005年第6期，第11页。
[4] 严歌苓：《金陵十三钗》，《当代·长篇小说选刊》2011年第4期，第25页。

事件最具有话语权。

主要女性形象玉墨和红菱，长篇再刊本中亦有人物语言错置的修改，中篇初刊本第8页：

"把这么多经书读下来，我们姐妹就进修道院去吧。"一个叫玉笙的女子说。她正对着光在拔眉毛。
"去修道院不错呀，管饭。"红菱说。①

长篇再刊本第14页则修改为：

"那么多经书读下来，我们姐妹们就进修道院吧。"红菱说着，推倒一副牌，她和了。
小钞、角子都让她扒拉到自己面前。
"去修道院蛮好的，管饭。"玉墨说。②

这段对话中最后一句长篇再刊本中的说话人从红菱修改成玉墨，她在十三钗中年龄较大，需要为自己未来的生存做打算。在乱世背景下，人对生活环境的要求不高，修道院也可以成为生存的好去处。这句话还暗含着玉墨对自己身份和命运的调侃，是中篇初刊本到长篇再刊本玉墨人物形象变迁的原因之一。

除主要人物形象外，次要人物李全有亦有人物语言错置的修改。中篇初刊本第13页：

"早听说藏玉楼的玉墨小姐，今天总算有眼福了！"叫李全有的上士喝彩。③

---

① 严歌苓：《金陵十三钗》，《小说月报（原创版）》2005年第6期，第8页。
② 严歌苓：《金陵十三钗》，《当代·长篇小说选刊》2011年第4期，第14页。
③ 严歌苓：《金陵十三钗》，《小说月报（原创版）》2005年第6期，第13页。

长篇再刊本第35页则修改为：

"谁不知道南京有个藏玉楼，藏玉楼里藏了个赵玉墨，快让老哥老弟饱饱眼福！"红菱替李全有吆喝。①

在等级分明的社会，李全有作为边缘人不可能知晓玉墨在上流社会的名气，即便知道也不太可能直接和玉墨交流，因此长篇再刊本修改为热情的红菱代替李全有发话。

2. 人物语言增加

长篇再刊本描写人物时增加了部分人物语言，更注意小说前后连贯照应。中篇初刊本中妓女们初次闯进教堂，法比让她们去欢迎日本兵时并没有人应声，但长篇再刊本中新增妓女们的回应："还是洋和尚呢！怎么这样讲话！""想骂我们好好骂！这比骂人的话还丑啊！……"②此处细节改动证明妓女们并非不懂得民族大义的麻木之人，也为她们之后的献身埋下了伏笔，为解决中篇初刊本中妓女代替学生赴难的合理性问题提供了解决方案之一。增加语言描写还可突显人物性格特点，在介绍豆蔻身世和性格时，增加豆蔻经常用于巴结人的话："我俩是老乡吧！"③这一描写跟前文豆蔻初次来到教堂时讨好法比说的话遥相呼应。作为边缘人的豆蔻身世悲惨，因无依无靠，所以爱和他人攀交情。

3. 人物心理活动错置

小说修改过程中将心理活动的主体进行改变，可称为人物心理活动错置。在中篇初刊本中法比每次听到枪炮声，总会怀疑战争还在南京城继续，长篇再刊本中抱有怀疑的主体变成了英格曼神父。此外，长篇再刊本还详细描写英格曼神父对日军的态度随着时间逐步改变的

---

① 严歌苓：《金陵十三钗》，《当代·长篇小说选刊》2011年第4期，第35页。
② 严歌苓：《金陵十三钗》，《当代·长篇小说选刊》2011年第4期，第8页。
③ 严歌苓：《金陵十三钗》，《当代·长篇小说选刊》2011年第4期，第36页。

过程，让英格曼神父在长篇再刊本中的地位提高了。神父的心理改变过程也从侧面表现出战争之残酷，日军一次次对人性底线的突破给英格曼造成了巨大心理压力，为他最终承认教堂藏有女学生埋下伏笔。类似修改在英格曼和法比之间还有。中篇初刊本第10页为：

> 这时陈乔治把英格曼神父搀下楼来。神父在楼梯口站住了，然后转过身，慢慢沿来路回去。他不能置门外的中国士兵的生死于度外，更不能不顾教堂里几十个女孩的安危。①

长篇再刊本第23页则修改为：

> 法比不知道该怎么办，他不能让门外的中国士兵流血至死或再上一回刑场，也不能不顾教堂里几十条性命的安危。②

这处改动看似细微，实则调整了两位神父之间的关系。面对伤兵法比犹豫是否该伸出援手，虽然出于本能法比想救人，但教堂对外事务都应由英格曼决定。下文英格曼决定开门后，法比才得到英格曼应该会救人的明确信号。因此当英格曼由于人数原因犹豫时，法比选择顶撞英格曼。这是长篇再刊本两人第一次发生冲突，让二人关系变得复杂，也为解释小说主题提供了更多可能方向。

4. 人物命运修改

长篇再刊本诸多人物命运与中篇初刊本均有不同，可以阿顾、豆蔻、王浦生三人为例。中篇初刊本中阿顾活过了劫难；长篇中阿顾因离开教堂去池塘边打水，被日本人击毙沉没在塘中，他的尸体后来被法比发现带回教堂，众人为其举办了葬礼。无论中篇初刊本还是长篇

---

① 严歌苓：《金陵十三钗》，《小说月报（原创版）》2005年第6期，第10页。
② 严歌苓：《金陵十三钗》，《当代·长篇小说选刊》2011年第4期，第23页。

再刊本豆蔻都与小兵王浦生交好，两人相约一起弹琵琶讨饭过活。中篇初刊本中豆蔻为了实现让王浦生听琵琶的约定，独自返回秦淮河拿琵琶弦，但在路上被日军捉住施暴，后被惠特琳女士救起，虽得以生还但最终也变得疯癫；长篇再刊本中日本人捉住豆蔻并将其折磨至死。王浦生在中篇初刊本中被砍头（赵玉墨在其尸体上围上围巾，长篇再刊本中被砍头的换成戴涛），在长篇再刊本中则是被刺身亡。长篇再刊本中教堂的两位中国帮工全部死亡、豆蔻和王浦生无一生还的结局增加了故事的悲剧色彩。

5. 人物数量、身份与关系的修改

中篇初刊本其中一个妓女名叫喃呢，长篇再刊本改为呢喃。长篇再刊本增加部分人物，如女学生徐小愚和苏菲、徐小愚的父亲、法比的阿婆等，这些新增人物为故事体量增加提供了重要依托。从人物总数上来看，中篇初刊本中女学生为44名[1]，最后剩下21名[2]，这些孩子中的一部分在日军第一次入侵教堂后被惠特琳或父母接走。长篇再刊本中大部分女学生是孤儿，仅徐小愚父亲带走徐小愚和另外一名学生，其他女学生都没能及时离开教堂。中篇初刊本中躲在教堂的负伤军人为5人[3]；而长篇再刊本里，除去豆蔻，最后顶替学生赴约的妓女人数明确为13人[4]，留在教堂的女学生人数为16人[5]，负伤军人为3人[6]。

戴涛在中篇初刊本里没有名字，只是一个教官，在长篇再刊本中成为国民党七十三师二团少校团副[7]。人物关系设定看似简单，实则蕴含着作者对小说主题的重新思考和构建。中篇初刊本设定赵玉墨恰好与书娟父亲胡博士存有私情，书娟为此而憎恨玉墨；长篇再刊本则删

---

[1] 严歌苓：《金陵十三钗》，《小说月报（原创版）》2005年第6期，第5页。
[2] 严歌苓：《金陵十三钗》，《小说月报（原创版）》2005年第6期，第25页。
[3] 严歌苓：《金陵十三钗》，《小说月报（原创版）》2005年第6期，第23页。
[4] 严歌苓：《金陵十三钗》，《当代·长篇小说选刊》2011年第4期，第68页。
[5] 严歌苓：《金陵十三钗》，《当代·长篇小说选刊》2011年第4期，第6页。
[6] 严歌苓：《金陵十三钗》，《当代·长篇小说选刊》2011年第4期，第24页。
[7] 严歌苓：《金陵十三钗》，《当代·长篇小说选刊》2011年第4期，第25页。

除玉墨与书娟的关联，但仍保留对玉墨爱情生活的回忆性叙述。作者删除这种直接的矛盾关系，降低小说设定的刻意性，是对女性心理的独特剖析，对小说主题的变化也造成影响。长篇再刊本增加两位神父对是否收留受伤军人、城市能否恢复秩序持不同意见。神父之间的矛盾是作者对不同文化背景下人性的两种不同诠释，对长篇再刊本主题的迁移也造成一定影响。

三、情节变化

《金陵十三钗》长篇再刊本新增情节众多，描述了众人在教堂中生活的真实场景。相比中篇初刊本的局促与狭窄，长篇再刊本的描绘显得更生动真实。这些新增情节既丰富了小说人物之间的情感关系，又增添了小说本身的故事容量，增加了小说的可读性，让长篇小说整个故事显得更加连贯和合理。从作者角度来看，也是因为严歌苓掌握了更多史料，愿意更新和细化小说的历史叙述。

一是表现人物形象的情节的新增。为突出赵玉墨的独特魅力，长篇再刊本增加玉墨和戴涛暧昧的情节，且神父法比也曾约她单独谈话。为了表现中国军人坚强勇敢的反抗决心，戴涛与英格曼有了一场关于是否要回武器用于自保和反击的交涉，在谈话中也讲述了英格曼的过去，解释了他为什么要来到中国。这些新增情节让小说人物摆脱了呆板主线的束缚，即使被困教堂，不同地点也会同时上演不同故事，人物的心灵依旧会在逼仄的环境中左冲右突地寻求解脱。

二是增添历史叙事性的情节。长篇再刊本开篇增加引子，结尾处增加后人对十三钗下落的调查结果，拓展故事表现的时空，增加故事的真实感。长篇再刊本还新增不少日军入侵南京城后，关于食物、水和社会秩序的历史叙述，构成小说情节发展的重要动力。正因南京城沦陷后物资短缺，所以日军才有可能诱降中国军人并进行残忍屠杀；因战争导致社会秩序混乱，英格曼找不到渡江的船，女学生们才被迫滞留南京；因食物和饮用水短缺，女学生和妓女们才会因抢饼干而发生冲突，阿顾才会因出去找水被杀；女学生在极端生活环境中拉帮结派也自然成了常事，徐小愚用父亲前来营救的话术自然会赢得许多少女的羡慕和顺从。这些新增叙述一方面承担了推动小说情节发展的功能，另一方面能让读者真切感受到在战争中生存的艰难，这种极端环境也成为审视人性的叙述背景。

三是修改情节。为突出玉墨在整个妓女群体中的独特地位，长篇再刊本在部分情节中穿插了对玉墨的描写，如在豆蔻和法比发生矛盾时从中调停，在妓女们笑闹过头时整肃纪律。中篇初刊本对玉墨缺少类似描写，似乎她在妓女中除了比别人年长没有特别之处。这样修改为玉墨成为十三钗的精神领袖，为最后玉墨带领十三钗主动顶替女学生埋下伏笔。

第二节　电影改编与小说修改互援共生

20世纪90年代初，张艺谋曾将第五代导演的成功与辉煌，归功于"文学作品给了我们第一步"[①]，认为当代中国的电影离不开文学这根拐杖。1994年作为导演的他，还曾专门撰文肯定文学对电影的支援与贡献，"至少到现在为止，我还没有见过哪一位导演能真正地自编自导而同文学界彻底'断交'的，相反，无数出色的影片和电视剧莫不是从小说改编而来"[②]。由小说改编成同名电影的《金陵十三钗》亦是其中的典型案例。2005年第6期《小说月报（原创版）》首次刊出严歌苓中篇小说《金陵十三钗》。尽管问世之初它并未引起学界与读者强烈关注，但随着2011年张艺谋将同名小说搬上大荧幕，作家严歌苓同时期将中篇原著重新扩写为全新长篇小说出版，关于《金陵十三钗》讨论的热度便开始迅速攀升，至今对这部作品的解读与阐释仍未止歇。

目前《金陵十三钗》的中篇问世背景鲜再有人关注，它被广泛阅

---

① 李尔葳:《张艺谋说》，春风文艺出版社1998年版，第11页。
② 张艺谋:《文学驮着电影走》，《夜光杯散文精选》，文汇出版社2000年版，第382页。

读及传播接受的是其同名电影及作为长篇小说的文本。从中篇原著到同名影片，研究者亦都注意到张艺谋电影改编所致差异，却鲜有人关注到电影改编过程中剧本生产及影像变异与成长，为《金陵十三钗》从中篇到长篇的改版变迁提供了"电影—文学"的反向启示与支援。由于作家严歌苓与导演张艺谋及电影第一编剧刘恒，都只在公开场合谈及中篇原著与电影间的差异与关联，电影作为"过渡"在中篇向长篇改版过程中的隐形融合与促进作用，并未形成明确的问题意识而被提及，研究者也往往因史料缺乏而对《金陵十三钗》小说文本的修改变化与改版细节语焉不详。正如有研究者所言，"文学作品版本修改和跨媒介改编虽是分属不同学科领域的问题，且各有其特定研究边界及路径，但随着当代文学研究文献史料意识的趋强，文学作品生成及传播过程中的版本与改编问题，理应成为具有勾连关系的重要文献史料视域，借此既可挖掘文本诞生与传衍过程中所沉淀的种种文学史信息，亦可剖析文本及其演化背后的作家心态，还可透视特定时代的文艺创作与传播机制"。[①] 本书借此重返《金陵十三钗》文本演化与跨媒介传播历史现场，结合电影史料及小说版本异文的综合考证，厘清《金陵十三钗》中篇原著、电影改编与长篇生产之间的关联与变异，探讨当代文学与电影互援融合及共助再生之复杂关系。

一、中篇原著：提供"故事"与"精神"支援

当下传播与接受语境中，电影及长篇小说《金陵十三钗》更为读者所熟知，其中篇问世背景少有学人提及。2005年第6期《小说月报（原创版）》头条首次刊出严歌苓著中篇小说《金陵十三钗》，约5万字。2006年，严歌苓好友——时任张艺谋工作室文学策划，并和张艺谋合作过《三枪》《山楂树之恋》的《十月》杂志编辑周晓枫，将这

---

① 罗先海：《跨媒介叙事的互动与裂隙——以〈活着〉的电影改编、小说修改为考察中心》，《文学评论》2020年第4期。

部中篇推荐给张艺谋。导演看完后产生浓厚改编兴趣，辗转买下电影改编权[①]，并找来知名作家刘恒做编剧。[②]张艺谋对此也曾回忆："这个是我2007年奥运会之前拿的题材，严歌苓的原小说。"[③]因筹备北京奥运会开幕式及其他原因，《金陵十三钗》剧本改编及电影筹备等工作持续酝酿三年之久。其间，张艺谋也花了数年时间研究南京大屠杀，为使《金陵十三钗》剧本改编达到预期效果，还专门邀请原作者严歌苓担任第二编剧，电影《金陵十三钗》片头显示"编剧：刘恒、严歌苓"字样即可佐证。严歌苓在参与并完成电影《金陵十三钗》剧本修改后，2011年初又将中篇《金陵十三钗》重新扩写为12万字左右同名长篇小说，长篇版再刊于《当代·长篇小说选刊》2011年第4期，文末附作者创作感想《创作谈：悲惨而绚烂的牺牲》一文。长篇单行本随即于2011年6月由陕西师范大学出版社出版，电影《金陵十三钗》也于同年12月正式上映。随着电影热播及长篇单行本出版发行，《金陵十三钗》传播与接受热度一路"狂飙"[④]，这也是《金陵十三钗》中篇原著逐渐被遗忘的历史背景。

　　回顾中国当代文学创作谱系，女性作家聚焦或擅长抗战题材小说创作的并不多，长期旅居海外的严歌苓，为何对南京大屠杀重大历史题材表现出格外关注？究其原因有二：一是严歌苓母亲是南京人，作家时常会到南京度过各种节日，因母亲之故，作家对南京的感情非常深；二是旅居美国洛杉矶时，华人圈每年12月13日都会举行纪念大

[①] 中篇小说《金陵十三钗》电影改编版权最初是被作家严歌苓的一个外国友人看中并买走，后导演张艺谋读过小说后，产生极大改编兴趣，并希望购买作品改编权，严歌苓遂介绍友人与张艺谋认识，并将改编权过渡给张艺谋。
[②] 在这之前，作家刘恒已担任过张艺谋电影《菊豆》和《秋菊打官司》的编剧，二人有合作基础。
[③] 《时代周报》编写组：《时代·大家》，广东人民出版社2019年版，第133页。
[④] 据中国知网，2006—2010年发表的有关《金陵十三钗》的研究成果相对较少。从数量上看，2006—2010年每年发表研究文章仅为个位数。以2011年（小说长篇再刊本发表、长篇单行本出版及同名电影上映年）为界，此后有关《金陵十三钗》的研究文章数开始骤升，2011年所发研究文章有21篇，2012年达227篇峰值。其后虽逐步下降，但关于《金陵十三钗》长篇小说与电影的研究也一直未曾断线，持续至今。

屠杀的集会,严歌苓也时常关注。随着参加纪念活动的增多,作家逐渐对战争中的正义与邪恶有了深入思考,本着对英烈的尊重,尽管真正动笔写这个题材也绝非易事,但她仍"感到非得为这个历史大悲剧写一个作品"。①这是严歌苓将创作视野聚焦南京大屠杀题材的个人动因与历史契机。

严歌苓是极具创作个性和才情的女作家,当作为重大题材的南京大屠杀事件进入创作视界时,她着重于思考如何根据创作需要,构建并讲述一个另类凄美的故事。"我要是真的去写大屠杀可能也写不了,我必须要有一个凄美的故事,一方面是残酷,一方面是美丽,我才能写,这是我个人审美的一个选择。"②严歌苓查到金陵女子大学教务长魏特琳日记的一段记录③,最后短短几句话成为其小说创作的萌芽。纵观严歌苓创作生涯,可发现她的确是擅讲故事的作家,无论是对移民新生群体的书写,还是对战争等历史问题的关注,严歌苓都展现出令人赞叹的驾驭故事的能力。作家很有信心,"我不管怎么样是个讲故事讲得还不错的人吧,就这点自信还是有的"。④仅从中篇标题《金陵十三钗》来看,严歌苓表现和反映南京大屠杀的视角就格外新颖。金陵十三钗是指南京秦淮河13名妓女,整个中篇小说故事核心就是秦淮女献身日本兵从而拯救女学生,壮美感人却又残酷悲壮。且看2005年第6期《小说月报(原创版)》目录中编者所做的内容介绍:"玉墨又是那样俏皮,给两个神父飞一眼,她腰板挺得过分僵直,只有窑姐们知道,她贴身内衣里藏了那把小剪子。然后,她朝大佐娇羞地一笑,日本人给她那纯真脸容弄得一晕,他们怎么也不会把她和一个刺客联

---

① 严歌苓:《创作谈:悲惨而绚烂的牺牲》,《当代·长篇小说选刊》2011年第4期。
② 严歌苓自述:《作家和编剧身份的转换》,《海南日报》2011年6月13日。
③ 日记载有南京陷落的时候,所有女人在金陵大学避难,日本人要求他们必须交出100个女人,否则就要在学校驻军。当时就有20多个妓女站出来了,使女学生们没有遭此厄运。参见严歌苓:《每一种卑微的牺牲都有尊严》,《最是书香》,商务印书馆2016年版,第165页。
④ 严歌苓:《每个作家都有只同情的耳朵》,《有可奉告》,新星出版社2013年版,第37页。

系到一起了。"[1]读者似乎也很难想象，这会和历史上重要的南京大屠杀事件联系在一起。以往同类题材书写中，战争往往以男性视角描写其毁灭性和残酷性，而严歌苓著中篇小说则换用女性视角，把整个南京大屠杀作为故事展现的背景，表现女性的牺牲与救赎，这也正是小说原著的独创之处。

中篇原著所讲"另类故事"只是作家思想和精神表达的载体，首发杂志所附文前文字"纪念中国人民抗日战争、世界反法西斯战争胜利六十周年"[2]，暗示了小说所要传达的民族精神旨向。尽管中篇原著并没有宏大、正面的抗战叙述，一如开篇所述，姨妈书娟是被自己的初潮惊醒，而非日军的炮火。中篇小说以女性视角切入战争叙事，表现女性在战争夹缝中艰难生存的状况，探索并展现人性在极端条件下的可能性，是用文学笔法进行人性探索的可贵尝试。但鉴于西方世界多数并不知晓中国历史上曾发生过的这件大事，严歌苓曾有感慨"南京大屠杀是一次不同寻常的事件，一定要想办法让世人了解"[3]，透露出文学创作背后作家所担负的民族精神与命运的隐形思考。

严歌苓中篇新著《金陵十三钗》为何会进入张艺谋的拍摄视野？导演为何会不惜代价从他人手中转买改编版权？小说到底能为电影提供什么支援？一方面，这与导演张艺谋自20世纪80年代以来，对电影剧本"超强关注"有关。张艺谋曾坦言自己不是创作型导演，不善白手起家，而善借题发挥，自出道以来不少精力都用在题材发掘上。周晓枫对此曾评价："导演老是吃了上顿没下顿，总是题材供应不上。"[4]无论是《红高粱》《菊豆》《大红灯笼高高挂》《秋菊打官司》《活着》《摇啊摇，摇到外婆桥》《有话好好说》《一个都不能少》《我的父亲母亲》，还是新世纪以来的《幸福时光》《山楂树之恋》等，张

---

[1] 参见2005年第6期《小说月报（原创版）》目录。
[2] 严歌苓：《金陵十三钗》，《小说月报（原创版）》2005年第6期。
[3] 严歌苓：《剧本〈金陵十三钗〉更接近原著》，《广州日报》2014年11月13日。
[4] 《人物》杂志：《回到生活原点》，华文出版社2018年版，第41页。

艺谋的代表性电影无不改编自同时代优秀文学作品，当代优秀作家的文学创作为其提供了剧本资源。在张艺谋看来，源于文学名篇的改编能让电影故事内容更具思想内涵，能提高电影的基础高度，这也是张艺谋热衷以文学作品作为剧本改编和电影拍摄资源的重要原因。严歌苓中篇原著《金陵十三钗》显然符合张艺谋对剧本改编的要求。

严歌苓原创中篇《金陵十三钗》能为电影改编提供"另类故事"与"民族精神"改编支援。张艺谋是善讲故事的导演，他曾在多种场合提及对电影工作的理解："讲故事是我毕生功课，我一直在寻求变化"，"讲好一个故事，是我毕生锻炼的能力"，"讲好故事永远是第一位的"[1]等。可见他对文学及剧本的依赖，很大程度上是对电影故事讲述的高度关注。张艺谋也曾回忆喜读《金陵十三钗》的原因："名字取得比较独特，我一看名字就很有意思，它讲的是13个妓女如何拯救13个女学生的故事，我认为还是很感人。在以南京大屠杀为背景的故事中它是另类，它不是那种庄重、庄严的正剧，多少有点另类，但是也写了伟大的民族精神。我自己很喜欢的原因就是这个故事有独特性。"[2]以南京大屠杀为背景的文学和电影作品已经很多，在意识形态和价值观认知上，这种题材几乎接近规范化，在文艺表现领域的开掘空间很小。但严歌苓的原创中篇并非平铺直叙、场面宏观的战争叙事，也与大部分同类题材最终都演变成悲壮的正剧不同，它是一个角度很妙的反映南京大屠杀的故事。作品故事和人物在同类题材中均难得一见，除了有传统战争正剧的悲壮外，还有残酷之外的凄美。甚至小说开篇以小女孩孟书娟的视点展开叙述。张艺谋认为这就是一个电影可以表现的突破点，小说让张艺谋想到一个定格的镜头画面："通过彩色玻璃，一群花枝招展的女人走进教堂。"[3]严歌苓小说在这种空

---

[1] 张艺谋在接受《成都日报》《每日经济新闻》《新闻晨报》等媒体采访时，都表达过类似观点，新闻媒体也以上述观点为标题进行过报道。
[2] 《时代周报》编写组：《时代·大家》，广东人民出版社2019年版，第133页。
[3] 张英：《"我们不要做狭隘的民族主义者"——张艺谋讲解〈金陵十三钗〉》，《南方周末》2011年12月15日。

间很小的地方有了新突破，契合张艺谋对电影故事讲述的期待。

中篇小说还写出了我们民族的伟大精神，这也是张艺谋钟情于南京题材的又一诱因。不少人批评改编之后的电影有刻意追求夺取奥斯卡大奖之嫌，不仅请来第83届奥斯卡最佳男配角奖得主克里斯蒂安·贝尔扮演男主角，还为适应贝尔不会中文，同时显示所谓"国际范"，让玉墨、陈乔治与女学生在电影中讲英文。正如汉学家李欧梵所说："看了张艺谋的《金陵十三钗》，从电影技术讲，这部电影拍得很好，让人惊心动魄、热血沸腾，但看完之后就是不舒服。一定是有问题，可是问题在哪里？我后来想想，它完全是拍给外国人看的，把中国当作异国情调的人看的，所以一定要有一个外国男人，假神父，这是严歌苓小说里没有的。"[①]张艺谋请国际知名演员饰演电影主角确有夺奥动因，但背后其实亦有他一以贯之对民族精神问题的关注。贝尔出演的男一号并不是花瓶，他身上承担着国际主义、救赎和人道主义主题，因此才会吸引他来演。且和作家严歌苓希望借助小说让更多西方人知道南京大屠杀事件一样，张艺谋也想借电影《金陵十三钗》，尤其是借贝尔出演男一号之机，让更多外国观众知道这场发生在中国的惨烈事件。"如果有这个机会，坦率地说，全世界会多出一亿观众。我指的不是票房，而是全世界多了一亿观众知道了南京大屠杀，你说多好。中国每年抗议日本政客参拜靖国神社，但很多西方人仍旧不知道这段历史，他们不关心。他们自己把犹太人题材弄了多少回了。如果这一个好莱坞演员会吸引来多一亿的观众，这就很让我兴奋。"[②]可见，严歌苓中篇原著为同名电影提供的"故事"与"精神"支援，是深深吸引张艺谋的重要原因。

二、电影改编：小说文本的影像变异与再生

如上所述，严歌苓中篇原著确实提供了较为理想的电影改编小说

---

① 张晓红、徐曼、孟冬梅：《名著赏析与影视改编》，吉林人民出版社2017年版，第368—369页。
② 《时代周报》编写组：《时代·大家》，广东人民出版社2019年版，第133页。

文本,但导演张艺谋却并未像传统文学名著电影改编一样,遵循"忠于原著"或"原著加我"之原则。《金陵十三钗》最终影像呈现与中篇原著之间存在诸多差异,甚至有读者在观影后特地购买中篇原著作为参照,"发现《金陵十三钗》小说和电影像是一个娘胎生的两个娃,脾气秉性决然不同"。①造成小说文本影像变异的有多种因素:一是小说与电影毕竟是两种不同的艺术类型,小说主要通过文字阅读及读者想象来接受,而电影则主要通过画面及视听来感知,"书只让人看到言语,影片却请求观众大大扩展感知力,让观众看到活动的图像和书面语言,听到声响、音乐和口头讲的话"。②文学叙事和电影叙事"阅读"程序的天然差异性,决定了同一文本跨媒介改编的变异特质。二是由以张艺谋为代表的第五代导演跨媒介改编实践与观念变迁所致。自20世纪初到20世纪80年代前四代导演,中国电影改编一直沿着"忠实于原著"和"编剧中心制"两个方向发展。20世纪90年代以来受国外影视改编观念影响,以张艺谋为代表的第五代导演电影改编具体实践和理论观念均有明显突破。一方面改编往往只以原著作为素材,不再完全忠实或复现文学原著,而是在吃透原作精神和故事内核后,借助文学所触发的思想深度及所唤起的形象,循着影像叙事逻辑对小说进行"再度创作";另一方面导演在改编中的作用得以强化,"编剧中心制"逐渐过渡到"导演中心制"。著名作家兼编剧刘恒就曾表达过电影制作过程中,导演是恒星,其他人是行星或流星的观点,认为"写剧本与写小说不同,电影是导演中心制,编剧要尽量去实现导演的想法。当影像把文字反映出来时,已经变了样子,它应该符合电影的属性,而不是文学的属性"。③三是与张艺谋同时代的当代中国作家,对作品如何改编大多持开放包容心态。著名作家莫言就曾对

---

① 曾念群:《好电影 坏电影》,安徽文艺出版社2015年版,第248页。
② [法]弗朗西斯·瓦努瓦:《书面叙事·电影叙事》,王文融译,北京大学出版社2012年版,第18页。
③ 参见"影视剧匠"公众号2021年4月14日所载《编剧刘恒:剧本创作的六个问题》一文。

张艺谋说过:"我不是鲁迅也不是茅盾,改编他们的作品需要忠实原著,改编我的作品,你愿意怎么改就怎么改,小说无非为你提供了材料,激发了你创作的欲望,你放手大胆地干。"①严歌苓在《金陵十三钗》上映后接受媒体采访时也说:"我觉得每个电影,从小说被搬上荧幕,肯定都是要获得一个新的生命的。如果是真的照小说拍,肯定不行……张艺谋导演以他的感觉给了这部小说一个视觉的新的生命,我觉得是非常非常有力量的。"②同时代作家的包容及其他综合因素,共同决定了《金陵十三钗》最终影像呈现与中篇原著间确实存在诸多差异,促成小说文本的影像变异与再生。

主题表达上呈现出从小说到电影的游移与变异。《金陵十三钗》中篇原著是一部具有较浓女性主义色彩的小说,正如开篇所言:"我姨妈书娟是被自己的初潮惊醒的,而不是被一九三七年十二月十二日南京城外的炮火声。"③原著是以14岁教会女生"书娟"视角拉开南京大屠杀序幕,是从人的视角去观察战争,而非从战争视角审视人。这是小说与电影的显在区别。而改编后的电影尽管也保留书娟的窥视视角,但一开场就进入硝烟弥漫的战场,刻意突出民族主义和英雄主义主题,减去小说最为重要的性别叙事线索,弱化女性叙事话语。中篇原著的主题是由人出发指向人(女性),而改编后的电影则是由战争出发指向人群(民族)。诚如研究者所言:"从小说到电影,故事在不同的文本形式中转换,必然产生畸变。一部分改变是出于适应不同艺术形式的需要,而另一部分改变则完全是出于叙述者的个人意愿和选择。"④作为故事文本的《金陵十三钗》,从小说到电影在主题表达上,呈现出严歌苓女性主义叙事追求向张艺谋式民族主义与世俗英雄主义

---

① 王纪人:《文学的速朽与恒久》,上海文艺出版社2011年版,第338页。
② 杨澜:《杨澜访谈录之视界》,译林出版社2013年版,第165页。
③ 严歌苓:《金陵十三钗》,《小说月报(原创版)》2005年第6期。
④ 侯克明:《女性主义背景的英雄主义叙事——〈金陵十三钗〉从小说到电影的文本转移》,《电影批评》2012年第1期。

的游移与变异。从文本到图像这一传播媒介的转变,不可避免会对作品表意产生影响。电影改编也不是单纯地把文字翻译成图像,而是需要遵循电影艺术的特有规律。显然小说的女性主义文本内涵更适合读者安静品读,难以收获电影观众的追捧,而民族主义与世俗英雄主义在画面及视听感知过程中则更易引起共鸣。但也必须承认,作为大众艺术的电影,在降低观影门槛,扩大电影受众面,调动受众观影情绪的同时,无形中也弱化了中篇原著内蕴的思想深度与复杂性,使小说原著的主旨变得扁平化。

  电影在人物及形象塑造上做了较大差异化处理。中篇原著人物关系十分复杂,而电影受视听艺术形式限制,难以同时对多个人物进行深度刻画。导演和编剧在改编过程中不仅减少人物数量,且将人物复杂关系进行明朗化处理,以便通过影像集中表现人物。一是将原小说两个神父的人物形象完全删掉,新增"假神父"约翰·米勒代之。对照小说和电影,改动最大的莫过于新增约翰这一人物。电影中由贝尔饰演的殡葬师约翰是在给死去神父化妆途中,与被日军追杀的教会学生不期而遇后进入教堂。殡葬师约翰原是为了到教堂完成一单生意,结果阴差阳错成了"神父"。电影之所以设置殡葬师代替原著英格曼神父,张艺谋的用意是"想让这个人在最后的活动中能担当事情,不要只是一个推波助澜的角色。按理说秦淮女子顶替女生,不需要神父也可以。让这个人成为必不可少的角色,更符合一个好故事的要求"。[①] 导演认为殡葬师这个职业跟死亡和生命有密切关系。剧本原来写的是家传殡葬师,后来贝尔喜欢这个角色,就将原初剧本设置的家传改为"学了五年"的殡葬师,且第一次就是给自己女儿做的殡葬化妆。张艺谋觉得角色修改和设置很显人性,寥寥数语就能带出人物命运。此外,张艺谋一直想用国际一流团队创造具有世界一流水准的

[①] 张英:《"我们不要做狭隘的民族主义者"——张艺谋讲解〈金陵十三钗〉》,《南方周末》2011年12月15日。

中国电影，贝尔的加盟能给电影走向西方市场提供传播平台，于是给这位大明星量身定制并增添戏份成为电影改编的前提。二是将原著国军少校进行改写。原著国军少校没有名字，只是一个教官，是和伤兵浦生一起躲进教堂的。电影中少校变成了由佟大为饰演的李教官，与小说原著中国军队面对日本侵略者时弃城而逃、束手就擒不同，电影开场便是李教官等进行顽强的巷战。正是李教官在可以脱险的情况下以一敌多，舍命阻击，才让被困教堂的女学生们免遭日军侵犯。小说和电影的中国军人虽都以身殉国，但有所不同的是，电影塑造的李教官形象成为中国军人殊死抵抗的集中代表，使观众为之动容。小说创作初衷是纪念抗战胜利，追求历史真实是严歌苓在创作时不可忽视的维度。中篇原著曾描写南京沦陷后的混乱场面，也描写官兵集体投降后被日军残忍屠杀的历史细节。而电影却将战争片面化为局部战斗场面，李教官等在保护女学生时和日军英勇战斗直至全军覆没，虽壮烈却也忽视了历史的真实性。这就造成小说在改编成电影的同时，把历史和战争的话语片面解读为民族主义和英雄主义话语，造成了主题的偏移。三是陈乔治形象的结局修改。中篇原著里陈乔治是被英格曼神父收养的中国孤儿，小说中详细描述了陈乔治被日军杀害的过程。而电影中陈乔治不仅没有被日军杀害，且为保护被困教堂的女学生，最后主动请缨男扮女装，在只有12名秦淮女不够日军清点过的女学生人数时，挺身而出冒充女学生。正是这一修改，才最终使营救计划得以完成，陈乔治的形象也由中篇原著中的普通教徒转化为电影中的圣徒形象。电影热播后部分网友也曾"挑刺"，称该片人物塑造有些单薄，性格转变过于生硬。对此刘恒曾回忆："人物塑造，尤其是人物性格的转变，的确是在创作中始终面临的一个问题，相信也是张艺谋导演在拍摄过程中始终面临的问题。"[1] 电影对主要人物的改造确有标签化

---

[1] 余姝：《十三钗编剧刘恒：最喜欢的结尾被张艺谋删掉》，《羊城晚报》2012年1月3日。

之嫌，以李教官（佟大为饰）为代表的中国军人浴血奋战，最终舍生取义，成为军人忠烈的符号；殡葬师约翰（贝尔饰）原本贪图小利，机缘巧合却成了"救世主"，成为电影中人性光辉的符号。从小说到电影，人物塑造的差异化处理，也可看作一种跨媒介形象的再生。

电影在剧情呈现上做了更符合情理与更真实的改编。首席编剧刘恒曾坦言，一稿剧本并不成功，甚至剧情设计都无法说服自己，秦淮女为何主动替女学生赴宴？能容下这么多人的教堂是否真有？他甚至怀疑有没有这样的现实基础。一稿剧本失败后，刘恒让张艺谋助理整理出南京教堂名录，然后一家家上门寻访，"我一直在找寻故事的现实依据，最终把所有东西综合起来，才找到了基石"。[①] 从小说到电影，最明显的剧情改动则是增添教会女学生为不被掳走集体跳楼的情节。中篇原著情节设计最大问题就是为何秦淮女愿意替女学生赴死。她们与女学生有过多次摩擦，相处并不融洽，秦淮女甘愿牺牲自己拯救女学生的动机并不充分。而电影则通过修改剧情较为合理地解释了这个问题：首先是日军搜查时书娟冒险引开了日军，却导致其中一名女学生死亡，秦淮女因此对女学生怀有感激和愧疚之情；其次则因秦淮女身份低微，历经战争残酷洗礼，目睹姐妹惨死后内心对敌人充满仇恨；最后则因女学生决定以死抗争侵犯，秦淮女为劝说她们不要轻生，才在情急之下答应替她们赴宴。电影剧情的修改与设计，既在意料之外亦在情理之中，解决了中篇原著最关键的情节失真问题，既表现出女学生宁为玉碎，不为瓦全的抗争精神，又使秦淮女的舍身顶替具备了充分的合理性。

整体来看，电影《金陵十三钗》在主题、人物及剧情等方面都有较大变化。与中篇原著相比，改编后电影更注重对传奇故事的表现，着力于通过视听画面抓取观众注意力。尽管上映后亦存争议，但电影整体呈现效果尚佳。正如有人评价的，"平心而论，假如单就一部电影的文本以及完成形态而言，电影《金陵十三钗》并没有太多值得指

[①] 参见"电影杂志 MOVIE"公众号2020年3月15日所载《刘恒：小说是妻，剧本是妾》一文。

责之处。相反，这部根据严歌苓原小说改编而成的电影，在经过作家刘恒与原作者的重新打造后，在叙事的严谨及其技术的成熟度上已完全可以称为当下中国一流的电影剧本。相对于原著来讲，电影在情节上比原小说更精练也更集中；尤其是在删除、整合了一些次要人物和情节，全新打造了一个'美国的入殓师'这个主要人物后，整个剧情发展更为连贯、流畅，叙事也更为紧凑、简洁"。①作家严歌苓也承认《金陵十三钗》是她非常喜欢的自己作品改编的电影之一，"从很视觉的方面来表达故事，我觉得张艺谋导演是非常棒的，与他的合作也是非常愉快的"。②严歌苓正是在参与电影《金陵十三钗》剧本生产，与导演张艺谋合作过程中，经常碰撞出新的灵感和火花，通过吸收电影呈现之所长，为《金陵十三钗》从中篇到长篇的修改奠定了基础。

三、长篇生产：电影反哺与文本修改

电影《金陵十三钗》较中篇原著确有较大改编，严歌苓虽作为第二编剧参与剧本生产，但其差异及效果主要来自首席编剧刘恒及张艺谋电影改编逻辑与思路。刘恒曾为张艺谋写过两稿剧本，剧本一稿是在北京北部一座山里完成的。张艺谋曾有回忆："第一稿的创作过程，完全是在摸索，难度很大。"③编剧要把导演的颠覆性想法以电影形式来实现，本身就是很有难度的事。刘恒在正式创作剧本前，曾专为电影人物做了一本小传。刘恒也认为一稿剧本并不成功，无法说服自己会真的发生剧本里的事。张艺谋也说："第一稿给了我们一些砖头、瓦块，一些材料，但是还不确定。"④当时北京奥运会开幕式筹备已很

---

① 丁亚平：《大电影制造：异彩纷呈的热播影视》，文化艺术出版社2012年版，第78页。
② 范宁：《写作成为居住之地——当代著名作家访谈录》，江苏凤凰文艺出版社2017年版，第44页。
③ 张英：《"我们不要做狭隘的民族主义者"——张艺谋讲解〈金陵十三钗〉》，《南方周末》2011年12月15日。
④ 张英：《"我们不要做狭隘的民族主义者"——张艺谋讲解〈金陵十三钗〉》，《南方周末》2011年12月15日。

紧张，张艺谋仍就剧本打磨与刘恒进一步沟通，"我只是给他提供一些可能性，希望他再写一稿"。①刘恒答应会静下心来再写。张艺谋因跟刘恒合作过两次②，了解他不是可以无休止磨下去的编剧和作家，刘恒答应创作剧本二稿，对张艺谋而言至关重要。

剧本二稿在北京一栋30层高楼里继续创作，直到2008年5月12日汶川地震爆发，刘恒所在楼房开始摇晃，创作甚至一度被打断。刘恒每天看着地震新闻影像画面，内心极为压抑和沉痛，瞬间觉得和剧本人物之间的距离越来越近，"看着那些被埋在废墟下的人，我突然了解了那些藏在教堂地窖里的人"。③正是这种自我封闭到绝望程度的二稿写作，才让刘恒逐渐在剧本中体会和抵达人性深处。张艺谋后来读到二稿剧本时很高兴，认为："第二稿是真见功力，真的是写出了许多许多电影中要的东西。"④周晓枫多年后亦感叹："正是刘恒老师如此迷人的二稿剧本，奠定整个电影成败的基础。"⑤原著作者严歌苓接到张艺谋邀请加盟编剧工作，看到刘恒创作完成的剧本时也说："我感动了很久出不来，难道我还敢在这样的剧本上动土吗？"⑥可见编剧刘恒遵从导演张艺谋的意见，完成了电影《金陵十三钗》剧本生产与改编的主要工作。

第二编剧严歌苓在剧本生产中的作用亦不能小觑。张艺谋邀请作家加盟编剧主要用意有二：一是华裔作家严歌苓长期旅居海外，有国外生活经历。贝尔出演电影男一号后，外国演员及大量英文台词是张

---

① 张英：《"我们不要做狭隘的民族主义者"——张艺谋讲解〈金陵十三钗〉》，《南方周末》2011年12月15日。

② 刘恒在此之前曾担任过张艺谋电影《菊豆》和《秋菊打官司》的编剧，所以张艺谋对他有一些了解，认为刘恒写剧本前两稿最重要。

③ 这是刘恒英文访谈的译文，原文为"Watching news about those buried under the ruins, I suddenly understood those who hid in the church's cellar"。Liu, Wei, "Ghost Scriptwriter", *China Daily*, 11 January 2012.

④ 张英：《"我们不要做狭隘的民族主义者"——张艺谋讲解〈金陵十三钗〉》，《南方周末》2011年12月15日。

⑤ 周晓枫：《爱恨十三钗》，《中国散文年选·2012》，花城出版社2013年版，第264页。

⑥ 《金陵十三钗》剧组：《金陵十三钗：我们一起走过》，北京联合出版公司2011年版，第9页。

艺谋最难把握之处，而严歌苓恰好是这些工作的最佳人选。二是张艺谋需要严歌苓从女性角度对剧本进行整体把握和调整。后来严歌苓也曾自述："几次和导演讨论，明白了他想派我什么用场。我是个女编剧，女原著者，我的用场是给电影来点儿女人香。两稿下来，是不是香我搞不清，但电影的性别应该稍微明了一点：烫了头发，蹬上了高跟鞋。"①严歌苓虽是作为第二编剧参与改编，但却在深度参与剧本生产过程中，获得一次重新审视作品的机会。她曾在谈及自己扩容后的新长篇时表示，这是她第一次将中篇小说进行扩展写作，原因则是在和张艺谋导演合作过程中发现，确实有很多内容需要重新书写。在剧本生产与电影工作影响下，严歌苓最终反向接受张艺谋及刘恒改编思路之启援，促使《金陵十三钗》由中篇向长篇的修改、变异及成长，使小说文本呈现出二度变异与再生。

仅从修改字数而言，《金陵十三钗》中篇原著约5万字，而长篇修改本逾12万字，修改篇幅是中篇的一倍有余。尽管作品修改异文量大，但严歌苓强调，新的长篇修改本并非中篇原著的简单扩充和改写，而是重新创作。"这次写的时候我没有再去看原来的小说，完全是放在一边，甚至新长篇里面没有一段文字是和原来重复的。"②长篇修改本与中篇原著间虽存在较大改动与差异，但小说叙述主线仍基本相同，"从中篇小说到长篇小说，发展成很大的一棵树，核心没有变。"③笔者仔细对比汇校《金陵十三钗》两版差异，发现长篇修改本所改因由及内容都与电影改编紧密关联。

其一，长篇修改本较中篇原著增写大量历史叙述内容，意在增加小说史的成分。严歌苓之所以萌生重写中篇的想法，缘于张艺谋电影拍摄相关要求。为了能让美国男演员贝尔在电影拍摄前读到这部小说，张艺谋邀请严歌苓把小说写成英文版。严歌苓在用英文重写过程

---

① 《金陵十三钗》剧组：《金陵十三钗：我们一起走过》，北京联合出版公司2011年版，第9页。
② 闫莉青：《严歌苓重写金陵十三钗 小说与电影完全独立》，《北京晚报》2011年5月16日。
③ 蔡震：《严歌苓曝"十三钗"一稿三变 张艺谋看剧本如获至宝》，《扬子晚报》2011年5月16日。

中相较中文小说也有改动，并不完全是直接翻译。后不少国外出版社想出版英文版《金陵十三钗》，严歌苓认为原版单独出版规模不够大，觉得应该重写。特别是重写时因进一步搜集资料，意外发现了她父亲的姨夫蒋公毂先生所著《陷京三月记》。这本书是著者记录南京大屠杀期间所见所闻的日记，直到2006年才由南京出版社公开出版。严歌苓在长篇修改本中增添的许多历史细节皆源自该书的启示，"重写《金陵十三钗》时，我发现了很多新的史料，比如第一次得知我父亲的姨父就是当年负责南京几大医院撤退的军官。他让绝大部分的伤兵撤退以后，自己却没办法撤退，化装成了一个老百姓，最后留在了南京。我觉得这个情节非常重要，写进了这部《金陵十三钗》"。① 中篇原著故事讲述可谓个人化和主观视角之书写；而在长篇扩写过程中，严歌苓不仅做了篇幅增容，且在查证大量史料基础上，尽可能将个人化与虚构性书写放大为历史真相的还原。如蒋公毂《陷京三月记》1937年12月23日记有：

> 敌人最初进据南京的时候，他们估计，城内尚留存着数万我们不及退走的军队，因之他们陆续搜索，演尽种种惨无人道的杀人手段。他们搜捕，凡是壮丁，不问其是否是军士，都指认为"恶鬼"，一群群地押着在一起，迫他们互相捆缚住，然后——他们决不以枪弹来射击爽爽快快地处死的——用刀刺戮、劈杀，或者举火焚死。最残酷的莫过于活埋了。悲惨的哀号，那人类生命中最后挣扎出来的一种尖锐的无望的呼声，抖散在波动的空气里，远在数里以外，我们犹可以隐隐地听得。屠夫的心术是奸诈而多疑的，至今他们还不肯放下那血腥的手，认定尚有二万多的失去抵抗的国军，杂在难民区里，为了要再度严密地搜索，于是想出了登记的办法来。今天各处的墙壁上已张满了布告，说是明

---

① 《严歌苓谈〈金陵十三钗〉》，《文摘报》2011年7月12日。

天开始举行。这又是我们一重难关了……①

严歌苓根据史料所记历史信息，在长篇修改本第八章做了整体新增和扩写，虚构中国军人怎样被日军诱降和诓杀，以文学方式揭露并呈现南京大屠杀中日军欺骗与屠杀中国战俘的历史事实。而新增扩写的第八章是中篇原著所没有的，其一万余字也是长篇修改本扩写最多的内容之一。《陷京三月记》中还有其他史料细节也成为长篇改写的素材，如书中提到"饮水自十一日起就没有自来水供给，都由塘内挑取，竟是泥汤，但谁也没有这般大胆，敢出去担水"。②蒋公毂先生滞留南京时自来水厂无法供水，因此要去池塘担水，后来才清楚这水曾泡过南京士兵和百姓的尸体。这一则史料在修改本中演变为众人因不知情喝了泡过阿顾尸体的水。在长篇扩写过程中，对史料的重新发掘激发了作家在文学表达中对历史真相与人性问题进行全新思考，对作品内容进行了大量调整和修改，明显增强了小说二度创作的历史真实感与可信度。

其二，长篇修改本受电影改编影响，意在弥合中篇原著关键情节的失真。诚如上文所述，中篇原著情节叙述最大问题就是秦淮女替女学生赴死的动因及心理刻画，而电影通过情节修改较好解释了这一问题。严歌苓在参与《金陵十三钗》剧本生产过程中，显然受到电影改编影响。作家意识到中篇原著关键情节合理性存在争议，修改时显然受到电影处理这一问题的影响，但并未简单套用电影中日军这一外在压力的直接干预，而是利用南京沦陷后缺水缺粮的现实情况来支撑情节展开。修改本中教堂女学生在生存受威胁时，仍被迫让出部分口粮给突然到来的秦淮女，为了生存用水外出找水的阿顾还牺牲了，这些让秦淮女内心对教堂和女学生深感愧疚，促使她们最终选择献身。命

---

① 蒋公毂：《陷京三月记》，南京出版社2017年版，第17—18页。
② 蒋公毂：《陷京三月记》，南京出版社2017年版，第16页。

《金陵十三钗》长篇单行本封面

运对以玉墨为精神领袖的秦淮女并不公平，残酷的战争让她们看到生命的平等与价值。秦淮女最终做出牺牲决定，除了保护女学生亦有对命运不公的勇敢反抗。

  电影根据影像改编需要还修改了中篇原著其他不合理情节，长篇修改本在认可这一修改方向的基础上还做了进一步优化改写。对比中篇原著，作家严歌苓在修改本中增添了更多细节，让小说更具真实感。如众人在教堂中躲藏生存，最需要解决的是获得水和粮食等基本生存品。中篇原著对这种生存困境的描写流于形式化，仅说物资匮乏，缺乏对具体条件的描写，仿佛被困教堂时众人面对的压力仅来自日军。长篇修改本则增加了多处众人寻找水和粮食的经历，凸显众人被困时的生存危机，不仅来自外部日军的压迫，还有干渴饥饿等带来的生理折磨。如修改本第六章增写有：

  "要想法子弄粮食和水。不然明天就没有喝的水了。"法比说。
  英格曼神甫明白法比的意思：原先设想三天时间占领军就会收住杀心，放下屠刀，把已经任他们宰割的南京接收过去，现在不仅没有大乱归治的丝毫迹象，并且杀生已进入惯性，让它停下似乎遥遥无期。法比还有一层意思：神甫当时对十几个窑姐开恩，让她们分走女学生们极有限的食物资源，马上就是所有人分尝恶果的时候。

"我明天去安全区弄一点粮食，哪怕土豆、红薯，也能救两天急，决不会让孩子们挨饿的。"神甫说。

"那么两天后呢？"法比说，"还有水，怎么解决？"

"现在是一小时一小时地打算！活一小时，算一小时！"①

对众人生存环境的细节刻画既让长篇修改本更丰满，也让小说情节超脱对苦难的抽象描述，增加了长篇叙述的合理性和真实感。

其三，长篇修改本吸收电影改编之长，意在呈现人物的成长与升华。中篇原著除英格曼神父和阿多那多一心护卫女学生，秦淮女最后挺身而出替女学生赴死外，剩下人物基本都是灰色的。如六个国军官兵赖在教堂不走，而不顾及招引来日军后会殃及其他人；日军搜索紧要关头，国军官兵又处事不当，冲动地出现在日军面前；陈乔治十三四岁就被英格曼神父收养，却胸无大志、不思上进，连神父对他也是嫌恶多于慈爱等。而电影中除了日军外，包括书娟父亲这样的汉奸在内，几乎所有人物最终都呈现出正面的积极作用。尤其是电影中新增由贝尔饰演的角色——假神父约翰，在影片开始，殡葬师约翰呈现的是酒鬼、色鬼和财迷的形象，但教堂中日军残暴的行为激发了其摆脱人性中自私、懦弱的一面，假冒神父拼死承担起拯救女学生的任务，完成从酒鬼向英雄的转变。著名节目主持人杨澜曾就电影改编突出优点访问严歌苓，作家本人也"觉得改得最好的就是把这个原来是真的神父，变成现在一个假的神父。所有进入到这个教堂的人呢，实际上都是来避难的，在这种情况下，战争使每个人扮演起了他们原来并没有扮演的角色——比如说这个落荒而逃的或者是小混混式的美国

---

① 严歌苓：《金陵十三钗》，陕西师范大学出版社2011年版，第59页。

人，进入了这个教堂，他就忽然发现，这身教袍能够保护孩子们，所以他就披上了这个教袍。就是说由于战争，由于这种环境，他从一个人变成了另一个人"。[①]严歌苓显然认可并接受电影改编的人物转型及呈现效果。在长篇本中，作家在修正中篇原著因史料缺乏导致的错误时，不少修改都呈现出从中篇到长篇人物的转型与成长。如在中篇原著中，玉墨的形象着实平淡，于一众秦淮女之中，除了年龄稍长这一并不惹眼的特质外，并没有太多能凸显其独特之处的着墨。但翻开长篇本却能发现截然不同的情况。作者匠心独运地赋予玉墨叙述上特殊的地位，精心为她增添了系列情节，如：在豆蔻与法比发生矛盾时，玉墨主动出面调停；在秦淮女们笑闹过头时，她又能及时整肃纪律。这些新增的情节，从多个维度丰富了玉墨的形象，使她从原本的平淡逐渐变得丰满立体、鲜活生动。同时也为后续情节发展埋下了关键伏笔，正因有了这些前期铺垫，玉墨最终成为秦淮女的精神领袖，带领她们挺身而出的情节，才显得如此顺理成章，也能让人深切体会到这一人物形象发展的合理性与必然性。

与中篇原著相比，长篇本以抗战胜利后"姨妈书娟"在日本战犯审判大会现场寻找赵玉墨的"引子"开始，并在结尾增加后人对"十三钗"下落的调查结果，交代"十三钗"的最终命运，拓展了故事表现的时空，也增加了故事的真实感。在谈到长篇小说《金陵十三钗》的这些改动时，严歌苓也表示："第一个版本里面有很多错误，我在长篇小说里纠正了，另外也加了一节后人对女孩子们下落的追寻，我想通过金陵十三钗这样一个战争的故事，在小小的角落里，各种人物完成了他们人格的成长、转变、完善，最后达到升华。"[②]作家长篇本的增容与改写，显然受到参与电影改编工作的影响，尤其是吸收了电影呈现的合理性与优势，在长篇改写过程中遵循小说创作的艺

[①] 杨澜：《杨澜访谈录之视界》，译林出版社2013年版，第165—166页。
[②] 谢正宜：《严歌苓谈扩写〈十三钗〉：18年资料准备选择凄美》，《新闻晚报》2011年5月13日。

术规律与伦理，最终呈现出更丰富合理和更富有历史感的长篇修改本。

尽管《金陵十三钗》小说与其影像呈现之间因媒介差异存在较大叙事裂隙，但电影作为一种过渡或中介，无形中促成小说由中篇向长篇的修改与再版。长期以来，关于文学与影视关系的讨论一直是学界热点话题，"有的学者认为影视的基础是文学，文学对影视的母体作用不可动摇，将影视看作文学的衍生体和小兄弟而津津乐道。有的学者认为影视的基础未必是文学，影视若无法扔掉文学的拐杖就不会独立行走，寄人篱下的影视永远不会建构独立的艺术体系。其实，两种非此即彼的极端论断均不可取"。[①]《金陵十三钗》电影改编及由中篇向长篇的版本生产及变异成长，隐现出当代文学与电影"互援共生"的新关系。从小说到电影，体现出文学对影视之支援。一方面，中国近几十年比较成功的电影，几乎都改编自相对成功的小说文本，即便还有不是从小说改编而来的成功电影，其剧本也多半出自名作家之手；另一方面，成功的小说总是内蕴着作家对人生及社会的深刻思考，文学作品所特有的思想深度往往会引起导演共鸣，激发导演的创作激情，使电影成为小说基础之上的再生艺术品，而小说借助电影传播又能进一步扩大自身影响。这是一种显而易见的文学对电影的支援及共生关系。导演张艺谋之所以看中严歌苓中篇小说《金陵十三钗》，就是因小说能为电影改编提供"故事"与"精神"支援；而随着同名电影热映，小说《金陵十三钗》的传播与接受热度也一度高涨。电影对文学还存在一种反向启示与支援作用。且不说当下影视霸权对文学创作的刺激与影响，如部分作家在创作之初便对作品未来的影视改编抱有高度期待，创作中会刻意追求语言台词化、叙事场景化和结构平面化，小说叙事渐向电影剧本靠拢。面对影视对文学的利益回报与霸权影响，严歌苓也曾直述："我不是圣贤。电影电视给你造成这样大的收益，这样大的影响，你就会不自觉地去写能够被他们拍成电影和

---

① 薛晋文：《影视与文学——百年论争的再审视》，《文艺评论》2014年第5期。

电视剧的东西。这是下意识里的东西，而不是说我主动想写一个东西让他们拍电影。"[1]当然像严歌苓一样有艺术追求的作家，会将编剧和作家两个身份进行区分，会更注重纯文学作品的创作。这种反向支援还表现为电影可能诱使和刺激文学原作产生变异，催生新的作品。在文学作品的电影改编过程中，原著作者往往有更多机会吸收导演和编剧的影视逻辑与思想，被吸引对原作进行二次修改和加工，再度创作出分量更重的跨文体作品。尤其是中短篇小说经过电影改编之后，原著作者有可能借此契机将其拓展成长篇小说，使其具有更高的思想和艺术价值。严歌苓的《金陵十三钗》和余华的《活着》等当代经典长篇小说生成的背后，都有电影改编作为过渡产生的促进作用和影响。而电影促诱文学文本修改及由中篇向长篇的跨文体变迁，因导演、编剧及作家都鲜少在公开场合提及，这种"电影—文学"的反向支援作用往往是内在和隐秘的。《金陵十三钗》改版历程及其电影改编等周边细节的发掘考证，提示着我们挖掘文学与电影等跨学科视域史料并开展相互参证研究时，具备必要版本文献意识对当代文学的历史化研究具有重要意义。

---

[1] 范宁：《写作成为居住之地——当代著名作家访谈录》，江苏凤凰文艺出版社2017年版，第44页。

第十章

《繁花》

网络初稿本　　上海本地"弄堂网"连载
　　　　　　　2011年5—11月

初刊本　　　　《收获》杂志长篇小说增刊秋冬卷
　　　　　　　2012年8月

初版本　　　　上海文艺出版社
　　　　　　　2013年3月

再版本　　　　上海文艺出版社
　　　　　　　2014年6月

《繁花》版（文）本谱系图

《繁花》最早是网络媒介的产物，也是典型的网络文学作品，虽然诞生时间不长，但却也具备了较为明显的版本迁变谱系（当然是未完成式，不排除作家基于各种因素日后还有修改出版的可能），且呈示出不同于古籍和新书版本学的版本新变问题，是一部当下文学版本批评的样作。2011年5月10日中午11点，作家金宇澄在上海本土的"弄堂网"上，以"独上阁楼"为网名写了一个开场白。从此开始不间断发帖，每天几百字到几千字不等，甚至出差到外地都赶到网吧去写。接连写了5个月，至该年11月完笔，保存下了33万字，暂名《上海阿宝》。这是《繁花》最初连载的具有"草稿"性质的网络初稿本。网上连载的《上海阿宝》，开头基本是上海话，和出版本小说不一样，上海话味道非常浓。作者以其长时间从事编辑工作的经验，意识到不能只让上海人读懂，方言只有转化，才能让更多读者看懂接受，于是初稿本的后半部分方言成分有所弱化。2012年8月，金宇澄将网络初稿本《上海阿宝》删改为29万字左右的《繁花》，发表在《收获》长篇小说增刊秋冬卷，杂志一时脱销、加印。这是该小说第一次以纸质形式面世的初刊本，加上"引子"和"尾声"共33章，内附作者手绘插图5幅，文后附有程德培的《我讲你讲他讲 闲聊对聊神聊——〈繁花〉的上海叙事》和西飏的《坐看时间的两岸——读〈繁花〉记》两篇最早的书评。初刊本较网络初稿本篇幅少了四五万字，主要是上海方言的明显删减，以及从网络即时连载的草稿（初稿）到正式出版后，作者与不同网友及与文本角色对话的删减，保持了正式出版物的书面性与严肃性。2013年3月，在《收获》初刊本基础上，作者又修改多遍,由上海文艺出版社出版35万字的单行本。是为《繁花》初版本,与初刊本相比,不仅文本"净增5万余字,涉及诸多细节修改",还增加了扉页引语和跋,文中手绘插图也由5幅修改增至20幅。2014年6月,上海文艺出版社出版作品精装本,装帧设计有了诸多变化,且精装本《繁花》也增补了2万多字内容,作品责编甚至说:"几乎每一次重版都做修订,这种情况我也是第一次碰到。"[①]这一版因与初版本变动较大,故判定其为再版本。且再版本增加的内容也主要是向作为"类前文本"存在的沪语网络连载草稿本的回归,当然这是一次更重质量修改的回归。再版本除增加了2万余字的附录"独上阁楼,最好是夜里"之外,还另附了"《繁花》主要人物关系图",以增加读者对繁复人物关系的直观印象和理解。综观而言,《繁花》体现出了其特有的版本新变问题,主要是作为"类前文本"存在的网络连载草稿本(《上海阿宝》)—纸媒修改—纸媒向网媒借鉴的互联互动过程。《繁花》的版本演进与变迁中有两次改动较大:一是从网络初稿本到初刊本;二是从初刊本到初版本。从初版本到再版本的文本改动较前两次而言并不大,明显的是增加了被众多网友认可为最佳正版的网络初稿本中部分内容。本章拟将网络初稿本、初刊本、初版本进行对校阅读,以此考察《繁花》的版本差异。

第一节　网生文本的纸质涅槃:网络初稿本与初刊本对校记

《繁花》的网络初稿本,是作家金宇澄每日在上海本土的"弄堂网"即兴"续更"所作。这种偏于随意的网络写作方式也导致了语言不稳定,人名错乱,变化太多;且是与读者面对面开放式的互动写作,小说结构、内涵、清晰程度,都不能与出版本比较,尤其是人物细节、故事结尾,都没有出现。当作品有纸质初刊机会时,一方面有

[①] 见2014年6月6日上海文艺出版社官方微博信息,同时还提供了金宇澄修订的片段为证。

《繁花》2012年初刊本封面

刊物编辑作为"把关人"对文稿的规范要求，另一方面作者在冷静对待网络初稿时有进一步理清文本结构、内涵的主观要求，所以刊登在《收获》杂志上的初刊本，相比网络初稿本就发生了很大变化。其修改的计数统计工作很难实现，但经笔者汇校后，发现初刊本较网络初稿本而言，在语言、人物及情节结构等方面进行了比较集中的删改。

一、纠"错"删改

从网络初稿本到初刊本，是由开放、交互、在线、续更式的网络写作，向严肃并有"把关人"检验的书面出版转变，这个过程主要是纠"错"和语言修改。当然"错"并不是作家有意为之，而是不同创作媒介与环境下的产物。初刊本因期刊书面出版的规范性和严谨性，删掉了网络初稿中大量作者与读者的对白，尽管这些对白都是作者最初创作痕迹和心理的记录。如作者在"开更"不久，2011年6月17日网络读者"葱油饼"与作者的对话：

葱油饼（发表于 2011-6-17 14:42）：

第十章 《繁花》 299

阁楼爷叔好。

格文章真真是乒乓响的好么子,爷叔侬写了实在好。

包括所谓"错别字",我就是看了亲切,看得明白,读了顺口,所以,何错有之?

日里相上班没空,爷叔侬格么子我是带回去夜里相定定心心慢慢交看的。看了一个晚上,看光子一抬头,有点神知吾知,忘记今宵何宵,只觉得手里迭篇东西迭沓纸头沉甸甸有意思。

…………

作者回复:

过奖。实不敢当。弄堂蛮好,也多亏弄堂,督促阁楼每日写一段。照陈丹青讲法,也就是戆小举书包一掼,只要有人叫好,跟斗就一直翻下去。一个月下来,阁楼感觉自家可以脱离北方语言束缚,用上海方言思维,晓得上海字骨头里的滋味,交关欣慰。至于上海字有多少长长短短,专家交关,比较吃力,有时看看,像《红楼梦》,一说便是错。阁楼个人想法,上海人懂就可以,最好外方人也看得明白。谢谢老弟欢喜。[①]

一直到作品连载即将结束时,该网友都一直保持着与创作者之间的在线互动状态:

葱油饼(发表于2011-11-13 08:57):
阿叔好。不知字码出来了吗?

我想想,这是因为你现在写的时候不自由了,想法多了,有压力了。

以前是种简单,顶要紧自己适宜满意,故提笔就来。现在大概心里多牵挂着大众百姓,想着众口难调,不免有些踌躇。

[①] 所引对话为笔者所搜集保存的《繁花》网络初稿原文,有些不符合现代汉语书面书写规范的标点及字词均保持原貌。

呵呵。我瞎猜猜的，关键是想告诉你，这篇东西，不管它有怎样的结局，都是棒极了的上好作品。

…………

作者回复：

谢饼弟。阁楼到华东疗养院三天两夜，应该是稳写的。哈晓得同事的呼噜，一年中又有了长进，阁楼照例四点起来，想不到太湖已经起风浪，一夜浪头排山倒海，面对电脑，背后是这种自然界声响，丝不如竹，竹不如肉，阁楼一字未得，只好钻被头，坐等天亮，跑到太湖旁边，发现已经水平如镜。吃早饭同事讲，呼噜声确实响得多，有一天碰到邻居，说楼下也听得见。阁楼一吓。觉得自家能够抵挡一夜，身体还算好。第二夜调房间，像真的一样，电脑预先摆好，电线接好，哈晓得一觉困到6点半，8点吃早饭，医生来房间讲检查结论，十点要走，阁楼只能算了。等到离开，居然忘记一根电脑接线，回到上海，先去店里配，总之，预先想好的事体，往往会出问题。

现在已经结束尾声。从头改起。谢饼弟关心。一切顺利。[①]

类似对话在作为"类前文本"的网络初稿本中大量存在，几乎每一"更"后都会有读者与作者互动。这种对白也是网络创作开放式特征的体现，较好留存了网络创作初始阶段的痕迹。从这些对白中不仅可以看出网络读者对作者的鼓励，更可以窥见创作背后的网络心理与伦理逻辑。但在初刊本中，这些能代表作家创作心理及文本纠葛的话语因无碍文本结构、情节的完整性而被纠"错"删改了。

二、方言删减及人物名称变更

初刊本还对上海的方言做了明显删减，尤其是一些常用的地方

[①] 《繁花》网络初稿原文。

语气词、人称代词、动词以及一些惯用的鄙俗语言等。如网络初稿的前半部分第二人称和第三人称的侬、伊（你、他的意思）比比皆是，初刊本中均改为普通话词语，或直接以人物名代替。类似的还有很多，如方言疑问词"伐"改为普通话中的"吗""吧"等，"表"改为"不"。"交关"是"很""非常"的意思，亦可以形容"多"之义，但沪语之外的读者难以理解，初刊本中全部删除。"白相"意为"玩"，"困"意为"睡觉"，"夜快"意为"傍晚"，"辰光"意为"时间"等，这些沪语中常用但不易懂的方言，因会影响非沪语区读者接受，故《收获》初刊时，因汉语规范化要求和编辑意志介入均做了较大修改和调整。方言词语的删改也极大地影响着不同版本小说文本的阅读感受。有不少网友一直都对《繁花》网络初稿本偏爱有加，那是因为网络初稿本中软软糯糯的地方语调及方言，独特的旧上海的城市风景，以及塞塞窄窄的弄堂闲话，都是在没有任何外界压力限制和介入的情况下，非常自然的上海日常生活、交往的表达和流露。删改后的初刊本中，明显缺少了上海本地人对话交流中那种细致绵密的感觉。其实，作家的这种修改也并无不妥，"吴侬软语"方言词舍弃后，表面上虽然淡化了这种老上海的地方味道，但通过较为书面的方言句式的呈现，字里行间去除了口语化的表达，较完整地留存了方言叙事的特色。这样的修改，不仅保留了上海的地方韵味，还进一步扫清了更多非沪语读者品读和认识上海的障碍，从而更有利于小说在更大范围内的传播和接受。

初刊本对很多人物名称做了变更。从网络初稿本到初刊本更改的人名主要有：腻先生、沪源改为沪生，银凤改为梅林厂工人，桂芳改为银凤，刘先生（卖碟人）改为孟先生，西西改为雪芝，蓝蓝改为兰兰，海生改为海德，宏生改为宏庆，等等。

名称变化并非随意修改，初稿中前半部分一直是以腻先生为主要叙述者，但网络读者觉得这个名称有些不妥，作者于是接受建议改成了"沪生"。又如网络初稿一直称小毛父亲为"小毛爷"，但这种方言叫法容易让外地读者产生误会，于是改成了"小毛爸"。而"雪芝""兰兰"的名字修改也都更符合人物的身份等。

第二节 沪语精缮与历史补遗：初刊本与初版本对校记

从初刊本到初版本，虽均为纸质出版物，但通篇几乎均有语句修改和润色。以《繁花》开头"引子"为例，字、词、句兼标点符号的调整和修改达290余处。文本30余个章节中修改数量则更多。在此，主要聚焦影响作者表达意图且使文本内容有一定意义变化的实质性异文，包括语言润色、词句调整、对话完善以及大量细节增补等。

一、方言修改及语言润色

首先是方言的进一步修改。因初版本也是作品首个单行本，其出版和发行范围远比专业类期刊要广，出版审查也更严谨规范，易于推广接受且更严谨规范也成为进一步修改的题中应有之义。一种是初刊本中大量口语化或易致歧义的方言均改成了规范书面语，如"谈朋友"改为"谈恋爱"，"可以嘛"改为"条件不错"，"姐妹淘里"改成"大家是姐妹淘"，"白相南京路"改成"去逛南京路"，"心里晓得"改成"心里明白"，"出事体"改成"闯祸"，等等。前者普遍是上海民间的口语，没有方言基础的读者在阅读时可能会感到困惑，修改后的词语则简明易懂。另一种是"改回来"，即把一些不影响非沪语区读者接受和传播的普通话改为更有上海味的口语词。如"走一起"改为"荡一段马路"，"吃雪糕"改为"吃一根'求是'牌奶油棒头糖"，"星期天"改成"礼拜天"，"开口"改成"开腔"，"辛苦钞票"改成"辛苦铜钿"，"车费"改成"车钿"，等等。后者多为上海居民的口语词语，更符合老上海的文化氛围。这样既不增加读者的阅读障碍，又能大大增强小说语言的地方氛围。

其次是细部语言润色。创作《繁花》，作者有意打破当下小说创作中的语言同质化现象，认为语言之美，发于内心，落于笔尖。如作

《繁花》2013年初版本封面

品第二章第二节描述康总、宏庆、梅瑞与汪小姐四人春天出游，初刊本有描述："四人抬头举目，无尽桑田，少有人声，只是小风，偶尔听到水鸟拍翅，无语之中，朝定一个桃花源一样的去处，进发。"这本是一段极好的场景描绘，长短句叠用也使语言极富音乐美。作者出版单行本时，仍紧抓打磨语言之机，将该段修改为："四人抬头举目，山色如娥，水光如颊，无尽桑田、藕塘，少有人声，只是小风，偶尔听到水鸟拍翅，无语之中，朝定一个桃花源一样的去处，进发。"虽只修改增加了下划线处十字，但"山色如娥，水光如颊"更加烘托出了江南春景的朦胧与娇羞感，也为后文中细绘下乡出游的上海人的风雅之态打下很好的氛围基础；"藕塘"二字不仅为此段新增了另一处清晰的场景，更和结尾"进发"二字构成了一种长短句夹杂的铿锵节奏和音乐之美。类似语言润色和修改贯穿文本全篇，作者对语言细部的不断打磨，也使修改文本达到了"繁花似锦"的效果。

二、内容增补

伴随局部语言润色，作者还进行了大量内容增补。常常是以段落形式补充细节、场面描写或历史回忆等。如第十七章增加了20世纪70

年代初关于上海女子穿衣风尚的描述：

> 七十年代初期，上海女子的装束细节，逐渐隐隐变化，静观上海，某些号召与影响，一到此地，向来是浮表。南京路曾经日日夜夜广播北方歌曲，扭大秧歌，舞红绸，打腰鼓，头扎白毛巾，或时髦苏式列宁装，"徐曼丽"式工装裤，"布拉吉"，短期内，可以一时行俏，终究无法生根，因为这是江南，是上海。这块地方，向来有自身的盘算与选择，符合本埠水土与脾性，前几年以军装体服装为荣的政治跟风，开埠后衣着趣味最为粗鄙，荒芜的煎熬，逐渐移形，走样，静然翻开另一页……

这段增加的描写俨然呈现了富有色彩感的上海旧影。读者从中可窥上海市民对精致生活、潮流的追逐，流露出浓厚的都市风味。这既能增加上海读者的怀旧感，对外地接受者而言也有一种新异的感受。

第一章第3节写小毛帮人买电影票后坐车到熟悉的苏州河时，也增加了一段描述小毛和当时上海小孩玩"刮香烟牌子"游戏的情景：

> 前一日，小毛已来附近小摊，买了香烟牌子，以前老式香烟里，附有一种广告花牌，一牌一图，可以成套收集，可以赌输赢，香烟厂国营之后，牌子取消，小摊专卖仿品，16K一大张，内含三十小张。斗牌方式，甲小囡的香烟牌子，正面贴地，乙小囡高举一张牌，拍于甲牌旁边地面，上海话叫"刮香烟牌子"，借助气流力道，刮下去，如果刮得旁边甲牌翻身，正面朝上，归乙方所有。这个过程，甲牌必须平贴，贴到天衣无缝地步，避免翻身，乙牌要微微弯曲，以便裹挟更多气流，更有力道，因此上海弄堂小囡手里，一叠香烟牌子，抽出抽进，不断拗弯，抚平，反反复复，橡皮筋捆扎，裤袋里又有橄榄核等等硬物，极易损耗。小毛买的一大张，水浒一百单八将系列，某个阶段，天魁星

呼保义宋江多一张，天暴星两头蛇解珍，地遂星通臂猿侯健，一直缺少，准备凑齐了，再做打算。

该段增加部分整体描绘非常细致，如同电影镜头缓缓扫过老上海弄堂的一角，清晰而生动地呈现出当时上海孩童们天真烂漫的童年时代，既极富生活气息，又传递出浓郁的上海地方味道。而这段游戏内容的描述，也更丰富了小毛的生活背景，作为普通工人家庭的孩子，他有着迥异于沪生和阿宝的童年时光。

第十一章第三节增加了一段关于火车站红卫兵接待站的描述：

大家等火车开进长江摆渡轮船，一次几节车厢，慢慢排队，看样子，过长江要等半天。我肚皮太饿了，拖了蓓蒂下来，搭车进了南京城。蓓蒂跟我一路穷吵，想去"红卫兵接待站"，以为碰得到马头，据马头讲，进了接待站，就可以免费吃饭……想不到，周围小青年，是一批坏学生，立刻骂我，死老太婆，老神经病，年纪这样大，好意思骗吃骗喝，马上轰我出来。蓓蒂当场就哭了，两个人出来，路上乱走。

这段阿婆和蓓蒂在火车站的红卫兵接待站被人欺负的场景描写，更真实地体现了当时的政治形势对市民生活的影响。干部与小青年的嘴脸，阿婆和蓓蒂被奚落的模样，清清楚楚地铺开在读者眼前，让人读之不免觉得可笑和可怜，又不免生出一些讽刺意味。《繁花》并不是一部站在高处正面描写上海历史的小说，它致力于通过讲述上海市民的琐碎生活，发现不同历史环境下市民们精神世界的变迁。作者故意绕开重大历史事件的正面详细描写，也并不掺杂关于历史的个人评价，而是以看似闲笔将其融于日常生活的叙事之中。

在初版本中，几乎每一章都有不少细节增加。据统计，句以上的增加达200余处。这样既传达了历史生活的真实，也更好地呈现了人物活动的时代背景，使整部小说的文本内容更加丰满厚重。

另外还增加了一些具体地名，如第四章第一节第二段开头，初刊本"车子开到苏州干将路一家大饭店，雨停了"，改为初版本"车子开到苏州干将路'鸿鹏'大饭店，雨停了"。将泛指的"一家"改为具体的"鸿鹏"二字，可以增强叙述的真实性和读者的代入感。类似修改还有"起司令咖啡馆""兰心大戏院"等地名。

三、句式强化

初版本中还有不少重要句式的增加和强化。通过汇校比对，发现初版本较初刊本而言，"我不禁要问……"的句式增加不少。这是沪生的口头禅，如"沪生轻声说，我不禁要问，这种情绪，太消极了，世界并不荒凉"，"沪生说，我不禁要问，革命到了现在，还有漏网之鱼"，等等。"我不禁要问……"是一种"文革"腔，这句口头禅的频繁出现和反复使用，可以让读者感受旧上海遗留的"文革"踪迹。看似简单的口头禅增加，却对小说人物形象和文本思想有了较大补充。另一种是"……不响"的句式，但这种句式并非新增，而是初版本在初刊本大量使用的前提下有所增加。"……不响"是文本中出现频率最高的句式，据统计初版本有1500余处。"……不响"是典型的上海话语，极具地方腔调，意为不语、无语或沉默。就文本而言，"……不响"的使用与增加，颇有深意。正如作者在一次访谈中对使用这种句式的回应，"忽然的沉默，忽然的静止，代替小说常规的啰唆解释，省去陈词滥调，凭这两字，读者或悟人物沉默的原因，作者不做铺排，读者自己意会，是很含蓄很经济的手法"。文本扉页引语"上帝不响，像是一切全由我定"更暗示着小说更深层次的文化内涵。

第三节 "网—纸"互联时代的修改动因与启示

《繁花》最早是网络媒介的产物，也是典型的网络文学作品，但除了作者本人多次在访谈或自述类文章中提及网络创作经历外，鲜有学者从网络文本诞生角度进行研究。[①]《繁花》经反复修改向传统刊物和出版延伸，衍生出多个版本，自此《繁花》"一路繁华"。不仅印量节节攀升，还先后斩获了第十一届华语文学传媒大奖"年度小说家奖"、第二届施耐庵文学奖、搜狐鲁迅文化奖"年度小说奖"、首届中国好书奖、中国小说学会"小说排行榜"榜首、中宣部第十三届精神文明建设"五个一工程"奖等，并最终以初版单行本形式问鼎最具专业荣誉的茅盾文学奖。作品改编成电视剧，成为网媒IP化和纸媒转向的成功案例。目前学界研究多停留在上海（都市）书写[②]、方言（地域）写作[③]和叙事艺术[④]等角度，对作品经网络生产向刊物和出版转化过程中形成的版本演进和反复修改现象鲜有学者问津。[⑤]其实，这已关涉当代文学版本研究的重要学术问题，以及网络文学经典化、历史化过程中网络稿本搜集、保存和价值认知的新问题。而版本批评方法则可以考察《繁花》"网—纸"互联过程中的版本谱系及其修改现象，汇校经作家修改形成不同版本和文本的异文增删及其类型，分析版本演进内外动因，考察不同版本表达效果和叙事逻辑。同时，通过渊源批评方法，对作为"类前文本"形式存在的网络初稿本进行价值估衡，以引起对当代文学（包括网络写作）版本问题的重视。

---

① 2011年首发《繁花》的网站是"弄堂网"，这是一个地方性网站，其受众主要是上海读者。《繁花》初稿几乎是用沪语方言完成，在上海网络读者圈中曾引起强烈共鸣和反响，但也因之制约了非沪语读者群接受。"弄堂网"是一个非商业性网站，是上海人自娱自乐的网络平台。这些或许都是网络本《繁花》未被当作网络文学文本接受的因素。目前"弄堂网"（论坛）因运营成本和其他因素影响已无限期关闭，《繁花》的网络首发初稿也已转至微信公众号。

② 丛治辰：《上海作为一种方法——论〈繁花〉》，《中国现代文学研究丛刊》2016年第2期；黄平：《从"传奇"到"故事"——〈繁花〉与上海叙述》，《当代作家评论》2013年第4期等。

③ 张莉：《一种语言的"未死方生"——读〈繁花〉》，《现代中文学刊》2014年第2期；石林：《方言生态危机下的地域小说创作——以沪语小说〈繁花〉为例》，《当代文坛》2016年第2期等。

④ 惠雁冰：《〈繁花〉阐释的三度空间》，《中国文学批评》2017年第3期；胡立新、江菲芷：《略论〈繁花〉的复调、反讽与隐喻艺术》，《小说评论》2015年第6期等。

⑤ 对于《繁花》经由网络向期刊、出版转化过程中形成的版本演进现象和事实，目前不仅没有研究成果问世，可能作者对此也未必有学术问题意识，但在各种访谈和自述文章中对每次出版反复修改的过程和现象屡有提及，详见下文介绍。

美国文艺理论家韦勒克和沃伦认为："在文学研究的历史中，各种版本的编辑占了非常重要的地位：每一版本，都可算是一个满载学识的仓库，可作为有关一个作家的所有知识的手册。"[1]作品的版本演进不仅涉及物质形态改变，更内蕴着媒介迁变以及作者、编者、出版者、编校排印者、装帧设计者等"复数作者"。基于艺术、政治、商业、道德等差异意图所生产出的不同意涵文本、不同版本为版本批评提供了研究对象。《繁花》存世和研究历史虽不长，但它在广受专家、读者认可及传播、接受过程中所形成的"未完式"版本谱系也亟待关注。做史料与版本研究的学者很清楚，如今很多经典古籍版本已成绝响，随着时间推移，很多新文学作品版本也难觅踪迹，以致无法准确梳理考证。以当代同人身份考证准经典作品版本变迁，不仅因时间靠近易于获取资料，版本研究本身也能成为一种文学批评视角和方法，更为重要的是，还能为后世经典作品传播接受积累准确的版本资料。对当下准经典作品的版本考察是一项有益于文学批评与历史化研究的重要工作。

一、多元化的修改动因

《繁花》的版本变迁伴随着大量修改，正如作者在接受采访时所说，是要"把有温度的东西冷却下来，把文字做了大量的改动。主要是削弱上海话与外地读者之间的屏障，把上海话改良成外地读者叫以理解的东西，《繁花》大量改动就是通文，让南北读者都理解。改动到现在依然还在持续，已经发行了30万册的《繁花》，在每一次加印时，都有所修改，不停改动，是因为自尊心特别强。我现在还经常读这本小说，哪里觉得不舒服就记下来，所以每一版本都有几页纸的勘误"。细究作者每一版修改异文，《繁花》目前四种主要版本间三次变迁过程的修改动因也存在阶段性差异。

---

[1] [美]勒内·韦勒克、奥斯汀·沃伦：《文学理论》，江苏教育出版社2005年版，第56页。

从网络连载初稿本至初刊本作者进行了首次修改,这也是改动最多的一次。究其原因,首先是对新时代技术媒介因素介入文学创作弊端的纠正。《繁花》是在无准备中完成的,是一个无意识状态下的长篇产物。作者的初衷是想隐了身份,在网上写一些寻常百姓的市井事迹,起了网名开帖连载。作者20世纪80年代就初登文坛,经历过传统手写稿时代,知道初稿完成并誊抄完毕后寄给刊物,等待编辑阅读,若有幸刊发,或想得到读者反馈,则过程更缓慢,等得更久。现在创作的媒介与环境不同,网络匿名创作会及时得到反馈意见,可以在线互动,甚至读者意见还能改变作者构思以及作品人物命运。"记得《繁花》网上初稿期,有个人物绍兴阿婆,死得要早一些,她从乡下回来,早上去买小菜,忽然就死了。当时网友的跟帖说,这老太太蛮有意思的,这么早就让她死掉了?这个话引起我的警觉,所以在给《收获》的长篇修改时,绍兴阿婆一直延续到了1966年'文化大革命'初期,才消失了——乡下回来她是生了病,又活过来,想吃一根热油条,就活过来了……"[1]这是非常独异的创作体验,与传统文学闭门静思的体验不同。作者刚开帖创作时,网络读者跟帖内容就是这样——"老爷叔,写得好。赞。有意思。后来呢?爷叔,结果后来呢?不要吊我胃口好吧。"[2]写作进入现场,以前一切经验都消失了,与读者的关系,简单、热情、逼近。其次是语言的完善(主要是对沪语的改写),也是出于进一步扩大受众的需要。《繁花》开始出版发行之时,作者就十分关注这样的问题:第一,实现文学最高的追求,就是形成个人的文字风格;第二,要把这本书写得让所有懂中文的人看得懂,而不是只有上海人能看懂。这两个要求是有冲突的:前者要实现作者"我讲你讲他讲 闲聊对聊神聊"的上海叙事;而达成后一目标,则需作者大量删减《繁花》里的地方语言。作者之所以要在文字上

---

[1] 金宇澄:《〈繁花〉创作谈》,《小说评论》2017年第3期。
[2] 金宇澄、朱小如:《我想做一个位置很低的说书人》,《文学报》2012年11月8日。

下这么多功夫，原因也就是要让更多的外地读者能够看明白这本书。

从初刊本到初版本，修改篇幅达5万余字，主要源于作者艺术上进一步完善的主观追求。在网络初稿结束之前，作者已感觉这是一部不错的稿子。一个网友的跟帖及作者的修改实践亦能说明其修改动因。网友说："阁楼兄，这是个好东西，但要放进抽屉里，至少安心改20遍，才可以达到好东西标准。"[1]作者当时还心存疑虑，这么好的内容还要改20遍？但没有料到，在《收获》发表和第二年出单行本之前，这两个等待期里，作者真的改了20遍，而且是极其自愿的，一次次的改动。这些改动除了语言进一步凝练外，内容细节的增加是作者修改的主要动因。这些细节多涉及上海市井琐碎的日常生活，亦与作者反宏大叙事的初衷关联。作者从《红楼梦》《金瓶梅》等传统经典中清楚地认识到，它们都没有一个宏大结构。中国传统意义上的小说，表现的是当时人们怎么生活，他们穿什么衣服，他们怎么样讲话，怎么样吃饭，多少钱可以买什么东西。这些都是非常珍贵的当时生活情况的记录，但是当代的文学家没有人做这样的事情。《红楼梦》前80回几乎就是作诗、喝酒、赏花、穿什么衣服，都是一些非常生活化的情节，而《繁花》要做的事情，和主流文学的宏大叙事恰好相反，写的都是一户一户人家，他们生活的细节。他们每个人都有另一面，而且必须要生动。初版内容细节的修改也正好出于作者完善艺术的主观追求。此外，文本中的手绘插图也由5幅增加到了20幅，对理解正文本和作品的接受传播都能起到积极作用。

从初版本到再版本的修改变化，主要源于对网络自由写作状态的怀念和回归，再版以附录形式重新收录了"独上阁楼，最好是夜里"的网络初稿本。"重刊这段芜杂之文，读者可发现他在语态、人名等部分，均与纸本有异，但段落、结构方面，与出版本仍然接近。"[2]这

---

[1] 金宇澄：《我所体验的网上写作》，《文学报》2014年6月5日。
[2] 金宇澄：《繁花》，上海文艺出版社2014年版，第437页。

《繁花》2014年再版本封面

部小说的版本变迁和文本演化经历了20次以上修改，但在网友眼里，这个作为"类前文本"的网络初稿本仍有特别的吸引力，不少上海网友至今甚至认定，它才是《繁花》的最佳正版。时隔三四年之后作者的修改又回到了网络连载初稿本状态，是作者对网络"热写作"状态的回顾与怀念。其所体验的网上创作，在写作心理上更容易倾向于吸引读者，每写一帖，都会考虑到更多，试图用更特别的内容，让读者注意，让他们高兴、惊讶或悲伤。"听故事的人，总是和讲故事者为伴"，小说的第一需要，是献给作者心目中的读者，最大程度吸引他们的注意。《繁花》从"弄堂网"码字起步，网络写作成就了《繁花》的繁华开端。

二、"网—纸"互联的修改启示

《繁花》的版本变迁及所呈示的电子化时代网络初稿本，还关涉很多当代文学（包括网络写作）批评及经典化、历史化研究的重要问题，这也是当下不能忽视的学术现象。首先，应持续跟进并关注当代文学尤其是经典作品的版本修改现象。有学者曾辑录考证了从20世纪50年代到80年代初当代长篇小说的三次修改浪潮。[1]跨时代语境变化、语言规范化运动影响及政治运动规训等多方因素，造成了当代文学前30年版本问题的突出现象。新时期以后的30年里，由于时间上的切近及电子化、数字化时代创作环境的变化等，人们对文学版本问题和修改现象的关注呈逐渐弱化趋势。但这并不能掩盖新时期以来以《繁花》为代表的一批作品，存在着版本修改和文本演化的事实。实际上，"由于社会政治、文化心理、艺术审美、传播载体、印刷技术发展变化等多方面因素，当代文学版本不但量大类多，而且还呈现出了古代文学和现代文学版本所没有的纷繁复杂，各种版本之间不再限于个别文字上的歧义，而是更多涉及其所生存的时代社会以及作品的整体思想艺术"。[2]面对不同版本事实存在但受关注不够的现象，新世纪以来金宏宇、黄发有、吴秀明、赵卫东等学者也从宏观角度撰文，呼吁对新时期以来尤其是电子化时代当代文学版本新变问题加以关注。[3]尽管如此，从当下文学研究实践来看，也只有《爸爸爸》《白鹿原》《穆斯林的葬礼》《推拿》《这边风景》等少数几个经典文本的版本问题受到研究者关注。《繁花》问世几年来，作者多次在访谈和自述中谈及作品修改，但仍未有研究成果问世。从整体上来说，文学史和文学批评对当代文学尤其是新时期以来的作品修改现象关注得还很不够。目前，学界逐渐重视当代文学史料问题，但也只是重点关注作家经历和一些文学制度史料，复杂的版本问题还有待持续跟进和深度介入。

其次，网络文学历史化及经典化过程中存在的版本现象也不能忽

---

[1] 金宏宇：《论中国现代长篇小说的修改本》，《文学评论》2003年第5期。
[2] 吴秀明：《中国当代文学史料问题研究》，中国社会科学出版社2016年版，第252页。
[3] 相关成果见金宏宇：《当代文学的版本》，《光明日报》2004年2月4日；黄发有：《中国当代文学的版本问题》，《文艺研究》2004年第9期；吴秀明：《中国当代文学史料问题研究》，中国社会科学出版社2016年版；赵卫东：《略论当代文学的版本问题及其处理原则》，《汉语言文学研究》2016年第3期等。

视。中国网络文学的发展至今已有20余年，它就是最前沿的当代文学，也是新时期文学格局中不可忽视的重要版图。网络文学的版本问题乃是20世纪90年代，随着网络文学诞生而形成的一个新问题。传统经典作品一般都会在作为前文本的手稿之后经历"初刊—初版—再版（重印）—定本"的理想线性谱系，但网络文学创作有所不同，主要表现为版本谱系源头有异，即作为"类前文本"存在的是网络初稿本。与传统创作"手稿"是在封闭式环境下由作者独立完成不同，作为"类前文本"存在的网络初稿本在其生产过程中就伴随着与受众的即时互动。网络时代写作，电子媒介成为创作的主要载体，连载完成之后的网络初稿本往往是作品的最初形态。若网络作家是先通过电脑创作并储存电子初稿，之后在网络上连载，则在正式连载的网络版之前还存在电子稿本形态。好的网络文学往往都会完成线上连载到线下出版的过程转变，线下出版也是对网络文学的一种筛选和价值认定。出版机构往往对文字、结构等进行把关，甚至通过商业意图干预，在意识形态规范内完成对网络作品的纸质出版。有学者提出："电脑写作和出版产生的版本问题尽管已经存在，但似乎还没有到被认真关注的时候。随着当代文学史叙述对象的趋近，这个问题将越来越成为一个迫近的现实问题。"[1]作为新问题的版本之维也应纳入网络文学甚至整个当代文学的研究构架之中。

最后，还应认识到电子化时代"类前文本"的独特价值，并重视对网络初稿本的收集与保存工作。一个明显的事实是，当代文学尤其是新时期文学，作家的手稿保存趋于弱化。一方面固然是因为时间迫近，当下作家普遍没有认识到手稿的价值并加以留存；另一方面更是因为无手稿可保存。随着20世纪90年代中后期电脑书写时代的来临，许多作家选择用电脑写作。电脑写作的电子版可随时修改，也可多次修改，相比纸质书写具有明显工具上的优势。但删改却难留痕迹，针

---

[1] 赵卫东:《略论当代文学的版本问题及其处理原则》,《汉语言文学研究》2016年第3期。

对特定群体发表也难以追踪。更重要的是由于电子产品的更新换代频率快，稍不注意保存可能就与电子媒介一起淘汰消失了。这样，当下作家最初创作的电子"手稿"就永远失去了研究可能。而手稿对于经典作家研究以及经典作品诞生过程考察的意义不容低估。20世纪80年代以来，法国文学批评界出现了一个重视手稿研究的重要流派——渊源批评流派，"它超越了文本范围，朝向'前文本'，对手稿进行考古，旨在重塑'前文本'孕育的过程，由此重新找到作品制作的秘密，试图揭示和解释作者创作的独特性"。[1]这些批评家相信手稿必然留下作家艰辛的创作"痕迹"，其中的修改润色也都是作家思维的投射，从中可洞悉作家动态的思想历程。鉴于手稿的重大价值和意义，近些年国内也有学者提倡"建立现代文学研究的'手稿学'"[2]。而随着网络文学的兴起，在线续更式写作并发布的网络连载初稿本，打破了借用电脑写作并留存在个人电脑里电子"手稿"的神秘感，网络连载初稿本就是作家（尤其网络写作）创作的最初样态。以《繁花》网络初稿本为例，它就是《繁花》的"手稿"，当然它已不完全是渊源批评流派所回溯考古的"前文本"，而是一种创作媒介、环境、心态及读者即时接受均发生了重要变化的"类前文本"。这种"类前文本"具有传统创作意义上的"手稿"价值，而且能以网络方式及时出版，也便于当代同人及时获取和搜集。更重要的是，作为"类前文本"的网络连载初稿本保存着大量作家与接受者即时互动的创作心态，这些都是窥探作家创作心路历程和考察作品诞生过程的重要信息。《繁花》初刊本删除了大量网络初稿本中作家与网络读者的对话，这些对话涉及作家创作动因，作品人物修改，语言的选择和运用，结构的安排，甚至人物命运的走向等。与利用电脑创作电子"手稿"不易保存修改痕迹相比，这些是最为难得的资料。基于这样的认识，对于《繁花》

---

[1] 冯寿农：《法国文学渊源批评：对"前文本"的考古》，《外国文学研究》2001年第4期。
[2] 赵献涛：《建立现代文学研究的"手稿学"》，《上海鲁迅研究》2014年第3期。

网络连载初稿本从创作学、接受美学以及媒介角度进行独立研究，也是具有重要价值和意义的。

网络初稿本的收集与保存工作在当下也显得尤为重要。纸媒时代的手稿不易保存主要是因为年代久远；网络写作草稿本主要是因为网媒技术升级换代过快而不易保存。其实，作为"手稿"的"类前文本"对文学研究的价值和意义不言而喻。当前，原始网络版作品不易保存，已经成为困扰电脑写作甚至网络文学历史化研究的实际问题。随着网络技术快速更替，网络文学开山之作《第一次的亲密接触》连载时的BBS早已成了前尘往事，蔡智恒个人主页及Blog地址也湮没在茫茫网海，如今想要目睹20年前作品的网络原貌已成奢谈。《繁花》最初连载的"弄堂网"因各种原因也已关闭，目前我们尚能查询的网络连载初稿也是得益于热心网友提供。也许当下很多网络文学发表的网络版还能查询，但10年20年甚至更长时间后就很难说了。技术更新导致初始网络版保存不稳定问题，仍是目前网络文学研究面临的困境，这涉及如何更长时间乃至永久保存原始电子文献的技术和学术问题。网络文学在线创作的网络版，好比传统作家创作的手稿和当下部分作家电脑创作的电子稿，当"手稿"、"电子稿"或"网络版"在线创作刚形成时，这些原始初稿版的价值往往不会被马上意识到，但随着岁月流逝乃至不断修改，在作品传播接受过程中甚至逐步经典化之后，这些初稿本又会成为作家作品研究和返回文学历史现场的重要史料，其价值才会被突显出来。当前，一大批经典长篇小说（包括网络文学作品）都有版本变迁的事实，只是距离太近，作者、读者和研究者暂时还没有意识到其重要性。因而，当代文学尤其是经典网络文本的版本问题不容忽视，应引起学界高度重视。

第十一章

新时期以来长篇小说版本修改动因论

综上所论，可见新时期长篇小说版本变迁已经成为显在学术现象，也出现版本难以搜集、辨认和整理研究问题。就修改动因而言，新时期长篇小说既与传统经典古籍因时间久远和传播流散而造成版本差异不同，也与现代长篇小说受政治环境影响而出现伪装本、删节本有别，影响新时期作品修改与再版的动因更为复杂和多元，除传统政治因素外，文学评奖，商业、影视等市场化运作，网络与新媒体，地域文化、版权以及全球化语境变迁等都是主导文本修改和变异的因素。

第一节　文学评奖与长篇小说的修改本

文学评奖是推动新时期长篇小说生成、修改及再版的柔性体制因素。众所周知，新时期以前的当代文学中，只有"全国少年儿童文艺创作奖"（1954）属于全国性的文学奖项，长篇小说专项奖并未诞生。这一阶段长篇小说获奖的只有《太阳照在桑干河上》（丁玲）和《暴风骤雨》（周立波），两部作品分获"斯大林文学奖金"（苏联）二等奖和三等奖。很显然，这一时期文学评奖的缺席状态使其并没有成为一种影响长篇小说生产和修改的体制性因素。而新时期以后，文学奖的缺席状态得到了整体性改观。最早是在1978年的时候，《人民文学》组织了"全国优秀短篇小说评选"的活动，从而拉开了新时期以后全国文学评奖的大幕。其后，从官方到民间相继出现了各类文学体裁的全国性评奖。已有研究者对新时期以来全国性的长篇小说评奖做了从官方到民间的比较细致的梳理。"官方奖"主要是指由中国作家协会等官方机构主办的各种文学奖，包括1981年中国作协设立的长篇小说创作专项奖"茅盾文学奖"，1991年中共中央宣传部主办设立的"五个一工程"奖，1993年新闻出版署主办设立的"国家图书奖"，2000年中国作协设立的"冯牧文学奖"（包括"青年批评家""文学新人""军旅文学"）等；"民间奖"的评选活动，主要由期刊、出版社主办，如《小说月报》主办的"百花奖"，《小说选刊》主办的"《小说选刊》奖"，《十月》主办的"《十月》文学奖"，《当代》主办的"《当代》文学奖"，人民文学出版社主办的"人民文学奖"，等等。[①] 这种全国性的文学评奖在新时期后如雨后春笋般发展起来，究其原因，主要还是由于新时期以来文学体制发生了变化。新时期以前国家对意识形态领域实行直接管控，通过文学组织机构及其主办的期刊对文学实施直接管理。在当时"一体化"的时代语境与文学生态环境下，文艺领域内的批判、打压之态远远超过了奖励与引导政策，文艺评奖发展不充分自然也与这种刚性的文学管理体制紧密关联。

进入新时期后，尤其是20世纪80年代以降，"一体化"文学管理体制出现了较大松动。虽然对文学的管理仍主要通过各层级的文学组织机构来进行，却发生了明显改观。国家主流意识形态正在逐步放松对文学的直接管理，大张旗鼓的文学批判与斗争也逐步退出新时期话语场域的核心位置。1984年颁发的《国务院关于对期刊出版实行自负盈亏的通知》，也极大削弱了各级文学组织机构的文学刊物以及图书杂志的意识形态属性。但是"削弱"并不等于"放弃"，国家主流话语仍要牢牢掌握文化领导权，只是改变过去对文学常用的批判与斗争的方式，而选择更具引导与鼓舞作用的文学评奖，以此作为一种隐形的扶持、鼓励与柔性管理的方式。"正如福柯、布迪厄等人对文化艺术场域的分析一样，当代政治意识形态以一种更加隐蔽、有效的方式参与文学艺术的生产、传播与接受，实现着文化领导权的潜在存在。

---

① 管晓莉：《从长篇小说评奖看新世纪文学观念的嬗变与调适》，《文艺评论》2016年第11期。

就新时期中国文学场域而言，文学评奖就是一种在新的文化政治语境下实践文化领导权的积极有效形式，是党和政府通过作协等中介机构来引领文艺的、具有新质的政治实践，也是从单一粗暴干预文艺的专断式向专家式、科学性的现代性转型。"①正因为如此，我们才能理解进入新时期后文学评奖的繁荣。某种程度上，新时期的文学评奖正逐步取代新中国成立以来文艺领域内批判与打压的刚性意识形态管理方式，而成为一种新时期文学文化领导权的制度性保障和权威的传播途径。从新时期文学的生产及经典遴选来看，中国最具权威的，也是长篇小说专业奖项的茅盾文学奖，无疑对新时期长篇小说的生产、传播、改写与再版及经典化，都起着非常重要的潜移默化的作用。

"在中国的文学奖项中，茅盾文学奖的影响最大，对作家最具有诱惑力，其价值导向对于作家的改塑也最为典型，也确实催生了不少为获奖而写作的长篇小说。"②之所以能"催生"，主要因为国内最具权威的茅盾文学奖不仅是鼓励新时期长篇小说创作和进行经典遴选的主要措施，也是国家主流意识形态对文学实施柔性管理的重要抓手，甚至已经成为新时期文学生产制度设计中的重要一环。关于这一点，吴俊先生更是直言不讳："如果说宏观上看当代文学的生态格局是中国政治的一种制度设计，那么茅奖就是这种制度设计系统中的一个具体环节或构成部分。"③能够参评并最终获得大奖，不仅意味着作家及其作品得到了主流的认可与肯定，背后的象征资本更是会随着大奖的光环而不断累加，所以也就出现了茅盾文学奖评选中或主动或被动的为获奖而修改的情况，甚至有学者将"茅奖"作品的修改版本直接称为"获奖修订版"。④

---

① 张丽军：《文学评奖与新时期文学经典化》，《南方文坛》2010年第5期。
② 黄发有：《以文学的名义——过去三十年中国文学评奖的反思》，《社会科学》2009年第3期。
③ 吴俊：《中国当代文学评奖的制度性之辨——关于茅盾文学奖、鲁迅文学奖之类"国家文学"评奖》，《当代作家评论》2011年第6期。
④ 吴秀明、章涛：《"获奖修订版"生成与当代主流文学话语的规范/妥协机制——以〈沉重的翅膀〉和〈白鹿原〉的修订为例》，《清华大学学报（哲学社会科学版）》2015年第1期。

张洁《沉重的翅膀》是20世纪80年代茅盾文学奖评选中因修改而获奖的代表性作品，其获奖文本不是1981年初版本，而是1984年的再版本（修订本），参评并获奖的经历可谓一波三折。《沉重的翅膀》1981年初版本曾参评首届茅盾文学奖并入围终评，最终却还是落选。直到1984年重新修订后的再版本参评第二届茅盾文学奖，才成功获奖。这一过程耐人寻味，也体现出体制性因素对长篇小说创作与经典遴选的干预与介入。为什么同一部作品非得经过修改并时隔几年之后才能获奖？背后折射的其实是文学与评奖所代表的新时期文学体制之间的冲突、妥协并融合的关系，以及评奖作为新时期文学建构并发展起来的特有文学体制，随着时代与社会语境的宽松而不断自我修正、调整的努力。

《沉重的翅膀》初版本参评首届茅盾文学奖并入围终评后，获奖呼声很高，但最终还是无缘获奖，其原因其实很明显，就是初版本中有关改革的声音和氛围过于沉重（其实初刊本的尖锐和沉重之感更浓厚）。简而言之，初版本和初刊本一样，对于当时的主流意识形态而言，就是一部"越界"的文本。初刊本连载结束后，就收到了百余条批评意见，很多意见非常严厉。为了保证能在当年年底顺利出版（初版本），作者也听从编辑意见在短时间内进行了适当修改，删去少许过于尖锐和激烈的言辞。谁料初版本在编辑、出版社和作者共同努力下面世后，虽然经历初步修改，但依然受到严厉批评。在这样一种背景下，初版本《沉重的翅膀》参评了首届茅盾文学奖。尽管专家评委从艺术创作角度一致认可并投票通过，但最终还是未能获奖。而首届茅盾文学奖的设立和评审，对于80年代初的社会氛围而言，就是意识形态尝试建构对文学管理新的实践方式。《沉重的翅膀》无论是初刊本还是初版本的越界叙述，都受到了不少批评，却仍能送审并参评首届茅盾文学奖。这固然是因为有艺术主体精神的编辑和出版社的推动，更是意识形态对文学不再直接干预而是采取柔性管理的表现。相较于不能送审与参评茅盾文学奖，评审过程中不予通过则更好，既给予了《沉重的翅膀》自主参评机会，也有效维护了茅盾文学奖遴选"国家文学"的意识形态属性。但结果初版本《沉重的翅膀》受到评审专家们的高度青睐，且还通过了专家们的终评，这无疑影响到了首届茅盾文学奖的意识形态属性和文化领导的权威。最终通过专家评审的初版本仍未获奖，这也显示出了80年代初的意识形态在对文学实行柔性干预时，仍坚持文化领导的刚性管控。

面对初版本不彻底的改动及有关批评，韦君宜曾多次劝作者进行针对性修改，同时"又很有耐心地亲自找胡乔木、邓力群等领导同志，为这部长篇小说做必要的解释和沟通工作"。[①]从《沉重的翅膀》诞生之初，有关批评就从未间断，应该说，作家张洁一直在感受并主动面对着强大的批评压力。从其对初刊本所持的"小修小改"姿态来看，作家并不完全认可这种批评，也并不情愿进行修改。初版本问世后这种批评之声仍未间断，且参评首届茅盾文学奖又被无端拉下来，用作者自己后来回忆的话说："在政治上，我为它受到的迫害特别大。"[②]对此，作家也就不得不对初版本进行伤筋动骨的大修改。为了做好再一次的修改准备工作，张洁还专门到曙光汽车厂等单位体验生活，目的就是将文本进行彻底修改。同时，为了应对批评，编辑也从自身角度协助张洁，提出了长达四页纸的审读意见，也是为了帮助作家进行较为彻底的修改。经过了"大改百余处，小改上千处"的打磨后，1984年终于出版了《沉重的翅膀》修订本。从修改过程和修改的文本量来看，修订本较初版本而言显然更加用心，从改动效果看修订本也更彻底。修订本也参评了第二届茅盾文学奖，并最终于1985年顺利获奖。修订本的获奖固然得益于作家面对强大批评所做出的适当妥协，也揭示出新时期之初包括长篇小说在内的文学与主流意识形态之间抵牾、妥协及融合的过程。同时，另一个不可忽视的背景则是1984年12月

[①] 何启治：《文学编辑四十年》，人民文学出版社2001年版，第57页。
[②] 赵为民：《和美国回来的张洁聊天》，《海上文坛》1997年第6期。

29日在北京召开的中国作家协会第四次会员代表大会。会上胡启立代表党中央做重要讲话，纠正了过去"左"的偏向，批评了三个"太多"，即对文艺"干涉太多，帽子太多，行政命令太多"，并重申"创作自由"与"评论自由"的双原则。第四次作代会无疑在政治上给新时期文学进行了进一步松绑，第二届茅盾文学奖正是在这样的背景下开评的。作为新时期文学的重要体制性因素，无疑评奖的时代语境和氛围相比以往和首届茅盾文学奖都会更为宽松，修订本《沉重的翅膀》问鼎"茅奖"也就成了顺理成章的事情。

与《沉重的翅膀》做出大幅修改才最终获奖不同，90年代《白鹿原》是在做出小范围修改后才获奖的。虽然修改范围有限，却也是不得不进行的必要修改，否则《白鹿原》也很可能与第四届茅盾文学奖擦肩而过。据说，第四届茅盾文学奖的评选过程非常艰难，其中的焦点问题就是《白鹿原》。倒不是因为《白鹿原》艺术水平低劣，相反，评委会一致认定《白鹿原》是近些年甚至是当代文学不可多得的精品力作。在评委会的艺术法则里，不是《白鹿原》够不够得上茅盾文学奖的艺术水准问题，而是作为中国文学最高奖的茅盾文学奖不能缺少像《白鹿原》这样难得的精品力作。但就是这样一部艺术水准上乘的作品，评奖的过程也遭遇了类似《沉重的翅膀》的曲折命运。专家评委觉得"非评不可"，但也有意见认为"有问题"，不同意评奖。评与不评的背后其实是新时期文学在新的时代语境里艺术准则与时代标准的博弈问题。为了既维护茅盾文学奖作为国家文学体制的权威，又不错失《白鹿原》以留下遗憾，最后评委会选择了"修改"这种折中方案，以促成难题的解决。当代著名评论家也是当届茅盾文学奖评委之一的雷达曾撰文回忆，评委会达成"修改"折中方案后，也要先征求作者本人意见：如若作者同意按要求修改，则必定会获奖；反之，作者若不同意修改，可以继续走评奖程序，但也可能会落奖。当时通过电话向陈忠实传达修改意见的是评委会副主任陈昌本，陈忠实也在电话中表示愿意接受小范围修改。所以，最后公布获茅盾文学奖的并不是参评的初版本《白鹿原》，而是还没有问世的《白鹿原》修订本。随后在作者和出版社共同努力下，修订本很快推出。修订本较初版本而言虽然改动不多，一共也才2000余字，但这仅有的小范围修改都是围绕着评委会提出的问题进行的。

第二节　市场化运作与长篇小说的文本演变

新时期文学体制能不断自我调整和改塑，重要原因就在于时代与社会的变化，最突出的莫过于国家层面"政治中心"向"经济中心"的逐步过渡和转型，所以从20世纪80年代开始，国家政策与导向就在不断对过往"话语结构"进行渐进的修复和调整。尤其是进入20世纪90年代后，经济体制的市场化变革，更是改塑着整个社会和国民的生存方式与思想观念，新时期以来不断兴起的文学市场化浪潮就是在这样的背景下生成和发展的。当然，文学作为文化的一部分，除了受到政治、经济大环境影响外，传统和外部文化因子的传承和介入，也起到了潜移默化的助力作用。关于新时期文学市场化浪潮的形成，"一方面是上述国家政治经济体制改革的需要；另一方面，海外、港台的文化，提供了一种市场大众文化的范例，如金庸、琼瑶的小说，邓丽君的歌曲，台湾的电影等，大量地通过书籍、录像带、录音带涌进来。另外，从新文学的历史来看，这种文学现象在我国新文学的初始阶段就有表现，1912至1917年兴盛的鸳鸯蝴蝶派、三四十年代的上海都市小说，其面向市场争取大众读者并取得成功的经验，都是九十年代的市场化文学可供借鉴的资源"。[①] 新时期以来尤其是90年代后，长篇小说引人注目的现象就是市场化倾向，这也影响着长篇小说的生产与修改。经济压力不断盖过政治压力，成为影响作家创作或修改不可忽视的因素，因为没有市场的支撑，再好的作品也可能因没有出版

---

① 王晓文：《论90年代以来中国文学的市场化潮流》，《东岳论丛》2006年第3期。

商的关注而成为"抽屉文本"。这样，在出版商或影视化等市场因素干预下，作家就会或主动迎合市场需要进行创作，或被动迫于市场压力进行改动，从而出现了长篇小说的版本变迁和文本演变现象。

文学出版在20世纪五六十年代以来，一直是紧紧依附于各层级文学组织机构的体制性资源，市场经济条件下随着文艺体制改革，出版已经明显演变成了一种社会性和市场化的文艺生产行为或活动。在市场化文学生产过程中，出版商也成了一个不可忽视的群体。出版商不仅通过策划市场化的选题来影响长篇小说的生产，甚至在作品完成之后，还对作品进行市场化包装和推广。与评奖过程中因政治问题对作品的修改不同，少数出版商的市场化行为，往往因商业化和世俗化的过度泛滥，掩盖或扭曲了作品原有的艺术价值，而造成作品修改和文本演变新的问题。中国当代女性主义文学的代表《一个人的战争》及其文本演变，就与文学市场化浪潮中出版商的过度介入相关。2015年花城出版社出版了《一个人的战争》"20年纪念珍藏版"，以纪念其诞生20周年。其中正文前用了四页的篇幅刊登了该作所有不同版本的书影，但唯独缺了1994年甘肃人民出版社的初版本书影。这并不是花城出版社粗心遗漏所致，实乃作者自己一直不愿意承认初版本的存在，所以在各种场合都未提及这个版本，甚至刻意抹去这个版本的存在，而其中原因则主要源于对出版商肆意包装和炒作的排斥。1994年第2期《花城》杂志初刊作品后，因杂志编辑无心之过而使文本出现了结构性失误。初刊本出来后作者对有"蹊跷的错误"的初刊本心有不满，寄希望于正式出版本中能够给予复原和修改，所以对初版本理所当然寄予厚望。但出乎意料的是，出版商在没有与作者达成一致意见的前提下，基于商业逻辑对作品进行了市场化的运作和包装，不仅肆意对封面进行了"色情化"处理，而且在文本内容中新增了第五章"汁液"，甚至将书名由原来的《一个人的战争》改为更醒目且更具暧昧意味的《汁液：一个人的战争》。整个初版本在包装、设计上都显得趣味低俗，而且在推广上也没有作者预期的纯文学的高雅姿态，从而使一个女性作家表达生命体验的个人化文本，沦为迎合大众窥视欲的地摊色情书。这种市场化过度运作的结果是，不仅让作者招致了很多不必要的谩骂和批评，而且作品几乎陷入"禁版"的命运。可以想象，如果初版本的设计与推广能符合作者和文本表达的初始意图，可能初版本就会是作者最重要、最珍惜的一个版本。正是因为对初版本极端不满，所以作者一直期望能够通过再版，对初版本中的问题与不足予以修正。而作者在寻求再次出版的过程中，因为初版本被扣上了"准色情"帽子，很多出版社和出版商又都避之唯恐不及。直到最后作者答应做出必要修改，才由偏远的内蒙古人民出版社纳入文集中予以再版，从而给了《一个人的战争》修改和造就新版的机会。

1993年作家老村呕心沥血创作的《骚土》，其初版本也曾遭遇与《一个人的战争》相似的命运。90年代后的文学创作领域，市场是作家在创作过程中不得不面对和处理的一个决定性因素，作家甚至必须面对市场经济时代"生存还是毁灭"的艰难选择。老村创作《骚土》后，由于当时生活上的拮据以及作为年轻作家遭遇出版上的瓶颈，无奈之下不得不将书稿完全交由书商进行市场化运作。结果书商抓住文本中的性描写大做文章，不仅封面广告语里有醒目的"承金瓶梅之莲露"，封面上的图像也极为暧昧和下流。出版商为了迎合大众市场，完全将作品打造成了一部地摊文学的下流作品。正是因为初版本的粗俗，违背了作者创作初衷和作品初始意图，所以老村也一直耿耿于怀，修改并再版便成了作者孜孜以求的目标。2004年由书海出版社推出《骚土》（足本）新版时，作者在封底的感叹也正是对初版本不满的心声："这一版本，才是我真正认可的版本。十年汩没，它和我都承受了巨大羞辱。如今面世，感觉正义之气充盈于肺腑。我手持《骚土》，敢顶着上天的雷鸣。"

影视化改编也是市场经济大潮中导致新时期文学尤其是长篇小说出现新版的重要因素。文学作品被导演看中并被搬上荧幕，作者再根据电影或电视剧改编的脚本（剧本）进行文学作品的进一步修改再版，这也是新时期以来长篇小说版本生产的主要动因之一。严歌苓的《金陵十三钗》原本在文体归属上也并非长篇小说，而是载于2005年第6期《小说月报（原创版）》上的中篇小说。导演张艺谋看中《金陵十三钗》，并邀请作者参与电影改编（当时第一编剧为作家刘恒，严歌苓为第二编剧，但严也肯定参与其中并对定稿进行了确认），作家在为此创作的电影剧本中，加入了大量史料和细节信息。后来严歌苓又在电影版基础上对作品进行进一步润色，修改并加工成了长篇小说，于2011年初刊于《当代·长篇小说选刊》第4期，并在文末附有作者的创作感想《创作谈：悲惨而绚烂的牺牲》，后由陕西师范大学出版社同年推出单行初版本。通过电影剧本的改编和再一次修订重版，长篇小说《金陵十三钗》与中篇版和电影剧本版都有了联系和差异，譬如长篇版续写了十三钗最后的命运与多年后的相遇，这是电影剧本里所没有的。

余华《活着》的改编与版本变迁与《金陵十三钗》有类似之处，都是源于导演张艺谋的电影改编需要，而将作品由中篇改成了长篇。《活着》长篇与中篇相比也出现了较大的修改及差异，增加了大量历史化叙述内容，而且女主人公家珍的命运也出现了重要改动。无论是历史化叙述内容的增加，还是"家珍后死"的情节修改，其实都是源于导演张艺谋对于剧本改编的意图与需求，遵循的是影像表现的逻辑。为了影像表现的需要，改编的过程中有时会对原作进行主要人物的重新设定和修改，如麦家的《暗算》，铁院长这个主要角色在初版本中并不存在，但由于作者麦家亲自参与改编的30集电视连续剧《暗算》剧本中，需要增加这样一个人物，电视剧《暗算》播出后又引起了极大反响，其收视率和传播度都非常广，为了维护影像传播的连续性，所以作家在之后的小说修订中又都保留了类似修改，从而造成了版本内容上的差异。以往研究中总认为影视化改编是对文学的依赖和模仿，但影视改编反哺文学修改和再版的案例，进一步昭示了文学与影视多元、复杂的融合关系。

第三节　网络媒介兴起与文本演变新问题

网络媒介兴起则是影响新世纪长篇小说修改和演变的新因素。美国当代著名批评家斯文·伯克茨曾在《读书的挽歌》一书中的引言"读书之争"里这样描述：

> 在过去的几十年中，在历史眨眼的瞬间，我们的文化已开始呈现出一种全面改观的态势。电子通信手段及信息处理技术的出现，微处理器不断的升级换代，这一切急剧地促成一种临界状态。突然间像是世间的一切都将要发生变化，曾经把我们养大成人的那个缓慢的世界在后视镜里逐渐消逝。印刷品的稳定结构体系——那个世界的一种规定的标准——正被近期出现的印刷电路脉冲取代。屏幕并没有完全替代书籍（我们手里捧着的这本书就是证明）——将来也不会——但每个观察者都会明显地看到，取代的规模逐渐增大。这种变化只是整个经济形态更大规模变化的一个组成部分，它将影响各个阶层的人。但是，生活在无以数计的种种网络海洋中，我们可以说印刷领域内的这种变化会逐渐扩张，一直达到整体的变化，这在一定程度上反映了社会力量的骚动。[①]

这虽然只是美国学者对20世纪五六十年代后电子通信时代读书革命的一种感受和把握，但这样的描述对20世纪90年代后中国的阅读现状和语境已经不再是一个遥不可及的预言，而是能够真切感受和正在变革的事实。随着现代通信技术尤其是网络新媒体的发展，文学领域里的电子文本业已成为文学生产与传播的全新载体，并以强势的姿态对以纸张为主要载体的传统印刷文本构成威胁。90年代中后期至新

---

① ［美］斯文·伯克茨：《读书的挽歌——从纸质书到电子书》，吕世生、杨翠英、高红岭译，中国对外翻译出版公司2001年版，第3页。

世纪以来，长篇小说的创作与修改除了受到过往形势干预和市场化侵袭外，其创作、修改及版本实践正经历着前所未有的网络媒介及新媒体传播的影响。再用过往的时代与艺术或艺术与市场化等单纯的二元分析，来概括新世纪前后长篇小说的版本生产与实践显然已经捉襟见肘。网络新媒体出现，不仅仅是书写载体（媒介）上的新变化，其背后更是创作方式与理念、资本力量、读者接受及意识形态等复杂因素的同步更新与角力。网络文学同样存在修改与异本问题，但当前却较少受到学术界关注。这既与时间上的过于切近有关，更与网络文学不同于传统文学的特殊的生产与传播机制关联。网络写作的便捷性，使得作家随时可以对作品进行修改，而且修改后便可以即时发布，并不需要过于严格的编辑审查和付印出版，网络作家的每一次修改都可以产生一个新的版本。当然，网络文学修改的随意性也导致很多网络文学版本难以考证和计数。此外，也可能出现因网站编辑修改而产生的异本，出现因读者和"粉丝"网民的续写而产生的伪版本；还有一些作家会在网络上删除其写过的作品，因为没有付印出版，所以一旦删除，便无从寻觅，这就产生了网络文学"潜版本"等问题。总之，网络文学的版本考证、搜集与汇校等问题比"纸书时代"要复杂得多。尽管这样，网络文学时代不少作品版本谱系与文本演变仍呈现着有迹可循的清晰线索。

金宇澄《繁花》的版本修改与实践是兼有着网络时代与纸书时代"网—纸"互联特征的典型作品。《繁花》最早是网络媒介的产物，也是典型的网络文学作品。2011年5月，作家金宇澄在上海本土网站"弄堂网"上首次开帖，此后每天几百字到几千字不等不间断"续更"，连续"更"写了5个多月，最后完成了33万字有余的初稿《上海阿宝》。这就是《繁花》最初通过网络载体生产和连载的具有"草稿"性质的网络初稿本。2012年8月，作者将网络版《上海阿宝》删减2万余字，并进行必要的润色和修改后，更名为《繁花》，初刊于《收获》杂志长篇小说增刊。为了保持正式出版物的书面性与严肃性，文本中还大量删除了网络版中作者与不同网友及与文本角色的对话。2013年《繁花》又由上海文艺出版社推出了较初刊本净增5万余字的初版单行本。2014年上海文艺出版社再一次推出增补了2万余字附录的精装再版本。《繁花》从网络生产向纸质本衍生，已经呈示出了较为清晰的版本谱系，但目前，鲜有学者从网络文本诞生角度进行研究，除了作者本人多次在访谈或自述类文章中提及网络创作及修改经历外，《繁花》"网—纸"互联的版本生产与实践及其产生的学术新问题，仍鲜有研究者跟进并关注。

《悟空传》是早期网络小说的代表作。2000年初，网络"写手"今何在从2月到4月在新浪网旗下的文学论坛——"金庸客栈"进行"更写"和连载，共20章，这个曾被称为"金庸客栈本"的就是《悟空传》最早的网络连载本。2001年2月，光明日报出版社出版了《悟空传》初版本。初版本以网络连载本为底本，保留了其结局，但初版本中除了《悟空传》外，还收有《百年孤独》和《花果山》两个短篇。由于市场反响很好，仅隔两个月，光明日报出版社又出版了《悟空传》修订本。修订本较初版本而言，除了字、词、句等语言上的修改润色外，在故事内容上也进行了较大修改，删去奎木狼的出场以及结局部分"西游"情节等。2006年，二十一世纪出版社又出版了《悟空传》"全本"，恢复到了网络连载本的状态。"全本"删去了以往各版中的章节划分，整个故事一气呵成。除了对网络连载本的词、句等语言上的完善外，还对语序和故事情节进行了微调，删去了结局部分的大量内容，并首次刊出了《悟空传》的动画剧本，且将《百年孤独》改为《百年孤寂》（以后各版本均使用此名），其他内容仍有少量改动。2011年，湖南文艺出版社还推出"完美纪念版"。该版也源自网络连载本，但对章节进行重新划分，从20章变成了50节，内容上也进行了大量修订，删去了"粉红色小虫子"的情节和"西游"结局，在大量章节前加入了诗，补充了近5万字内容，增补了今何在的序"在路上"，以及《杨戬传》和《哪吒传》两个短篇，并附有《西游日记》试读本。

《琅琊榜》也是网络文学中一部具有清晰版本迁变谱系的作品。由网络作家海宴创作的长篇小说《琅琊榜》自2006年11月连载以来，前后经历多次修改，至今已有网络和纸质六个不同版本。2006年11月，作家海宴开始在起点中文网"开更"连载。《琅琊榜》在2007年上架之前因是对所有网友免费开放阅读，在刚开始连载时，得到了大量"粉丝"的帮助和修改建议，海宴也是在边作边改的过程中完成连载本的续更。因网络技术的更新换代和升级，目前这最初的连载本仅剩前22章有残本可寻，其完整连载过程在茫茫网海中已难觅踪迹。2007年5月，海宴宣布暂停连载一个月，决定对之前的创作进行一次大范围修改。修改完毕后6月又开始重新连载，依旧保持对之前创作的修改进度。2007年8月底，《琅琊榜》在起点中文网上宣布完结。网络连载结束后的海宴继续对网络版进行修改，直至2007年12月朝华出版社出版了《琅琊榜》实体初版本。虽然《琅琊榜》连载初稿本与网络定稿本之间存在一次大修改，但由于这次修改实质上是持续至初版本出版前，且如今起点中文网提供的定稿本在内容上与初版本基本相符，所以，这两个版本也可以视为一个版本，即《琅琊榜》的网络修改本。2011年4月，山东影视集团购买了《琅琊榜》影视版权，5月四川文艺出版社就再版了《琅琊榜》。再版本与初版本在内容上虽无大的改动，但副文本中却增收了其电视剧制作人侯鸿亮所撰写的推荐序及作者后记。2014年5月，电视剧《琅琊榜》杀青之际，四川文艺出版社再度出版《琅琊榜》，这也是截至目前《琅琊榜》的定本。定本由编辑与作者六编六校而成，涉及大量语句删减、错误订正等的修改完善。受《琅琊榜》影视改编影响，该版在副文本中还随书附赠电视剧的剧照，显示出了为影视做宣传的意图，也折射了网络文学在IP转化过程中的传播策略。

网络文学的版本与修改理应成为当代文学批评与学术研究的新问题，它启示着我们既要持续跟进并关注当代文学尤其是新时期以来经典作品的版本修改现象，也不能忽视网络文学历史化及经典化过程中存在的版本与修改问题。同时，随着网络技术日新月异的更新换代和升级，网络初稿本的搜集、整理与保存工作在当下也显得尤为重要。更重要的是，当传统作家的手稿逐渐被电子文本或网络稿本替代后，电子化时代"类前文本"的独特价值也应该引起学界关注。

第四节　影响长篇小说文本演变的其他多元因素

曾有研究者总结道："当代文学版本生产受政治、经济、文化、传媒乃至印刷技术发展等因素的影响，呈现出为古代和现代文学版本所没有的纷繁复杂情况。"[①]当代文学前30年文本演变的主因很明显，那就是主要受政治因素影响，而纷繁复杂的多元影响因素则表现在新时期长篇小说的版本生产中。

随着新时期以来法制的健全，公民个人和出版机构法制意识的完善，版权成为一种特殊的介入长篇小说版本生产的助因。英籍华人女作家虹影及其部分长篇小说非常具有代表性。其国内版《英国情人》，原名为《K》，写作于1997—1999年，并最早于1999年5月在台湾尔雅出版社出版。大陆文本最早于2000年第12期长春的《作家》杂志删节发表（较台湾原版删除约5万字），从2001年3月起《四川青年报》又用"凌叔华、陈西滢、朱利安之间的三角恋"作为副标题进行选载。此外，国内还有一些报刊跟风刊载或报道过有关《K》主要人物原型的分析文章。后因居住于英国的陈小滢女士（已故现代知名作家陈西滢和凌叔华独生女）读后，认为该书主要人物涉及其父母，且用非常荒淫的手法对很多情节加以杜撰，并已经公开发表，虽然《K》的全本在大陆未露真容，但仍认为这是作家"侵犯先人名誉"，对她本人也产生了很大的精神创伤，遂将虹影及《作家》杂志、《四川青

[①]　章涛、吴秀明：《当代文学版本生产与版本研究的实践》，《中国现代文学研究丛刊》2013年第11期。

年报》一起告上了中国法庭,并要求立即停止《K》的出版、发行或任何形式的刊载,三方被告应立即赔付其精神损失。①这是著作权与名誉权的冲突,作者自认为其创作行为并不具备侵犯他人名誉权的主要构成要件,对方的指控当然也是于法无据。但最终2002年11月还是由长春市中级人民法院判定《K》这部小说"将原告的父亲写成'性无能',之母写成'浪荡成性',并多处虚构原告母亲与朱利安·贝尔发生的婚外情的两性生活情节,其不顾历史真人表现和社会的公正评价",②因而判定小说《K》犯有"侵害先人名誉罪",其首条惩罚条款便是"小说《K》不得再以任何形式复制、出版、发行。无限期。"③《K》由此成为首部中国法院查禁的小说。《K》被判成禁书,是虹影意料之外的事情,也使她心有不甘。此后,作者一直没有放弃自己的努力,经过对文本中富有争议的人名和地名,以及相关背景和环境描述等的修改,时隔多年后,该小说更换书名为《英国情人》,由春风文艺出版社出版。对此,作者也曾有过交代:"这本小说改得最少,想得最多,仿佛一提笔,所有文字就在那儿。都知道这本书以前叫《K》,国内最早版本是花山文艺社出版的,也都知道被长春法院禁掉,也就有了法院同意出的春风文艺社的《英国情人》版本。"④《英国情人》的问世也成了新时期长篇小说因被法院判为禁书而重新修改

---

① 这场官司的起诉和受理过程也非常曲折。之所以没有在英国(陈小滢和虹影都加入了英籍)和中国台湾(《K》的原版生产地)起诉,最初选择在北京提出诉讼,据陈小滢的代理人之一、中国现代文学馆研究员傅光明在《北京青年报》(2001年7月31日)受访时介绍:由于中国台湾和英国的法律在名誉权问题上都绕开了死者的利益,而我国从2001年3月10日开始实施的《最高人民法院关于确定民事侵权精神损害赔偿责任若干问题的解释》明确规定:"公民去世后,其姓名、肖像、名誉、荣誉、隐私、遗体等人格权利,受到非法侵害,使死者的近亲属遭受精神痛苦的,死者的近亲属可以依法请求赔偿精神损害。"最初北京市海淀区法院驳回了原告陈小滢的诉讼。2002年1月,国内最早的单行本由花山文艺出版社顺利出版。同年,陈小滢又郑重聘请欧洲律师,准备多方取证后再一次把作家虹影及相关出版机构推上法庭,最终又由具有《K》的国内初发地管辖权的长春市中级人民法院再一次受理了这起案件并做出判决。

② 虹影关于长篇小说《K》被法院查禁的说明:http://bbs.tianya.cn/post-no01-32285-1.shtml。

③ 虹影关于长篇小说《K》被法院查禁的说明:http://bbs.tianya.cn/post-no01-32285-1.shtml。

④ 虹影:《K——英国情人》,江苏文艺出版社2013年版,"修订说明"。

出版的典型案例。

　　虹影的另一部长篇小说《饥饿的女儿》也惹上过版权官司。这部小说完稿于1997年，最早于1997年由台湾尔雅出版社出版，1998年10月更名为《十八劫》，删节后由上海文艺出版社在大陆首次出版、发行，2000年4月又由四川文艺出版社恢复书名和原貌出版全本，2003年4月又由北京知识出版社推出新版等。其中，四川文艺出版社推出全本时曾因版权问题陷入当时较为轰动的"一女二嫁"的舆论旋涡。原因则在于《饥饿的女儿》大陆初版本更名为《十八劫》由上海文艺出版社推出时，作家虹影虽与出版社签订了长达八年的合同，但也与代表上海文艺出版社的魏心宏商定了两条："1.改题为《十八劫》，表明已非原书；2.以后有机会，《饥饿的女儿》恢复原书原名出版，与《十八劫》无干。"[①]基于此，两年后虹影将《十八劫》恢复书名为《饥饿的女儿》，并增写和恢复了近三万字内容，主要包括"文革"武斗、三年饥荒和性爱描写的内容，最后交由四川文艺出版社出版。该社也在对《十八劫》版权归属毫不知情的情况下出版了该作，不料却因此惹上了版权官司。"2000年6月中旬，上海文艺出版社在将《十八劫》和《饥饿的女儿》两部作品仔细对照后认为，虹影是将《十八劫》改名，并增加两三万字后重复授权出版，构成了对该社的'侵权'，于是上海文艺出版社一纸诉状将虹影和四川文艺出版社告上了法庭。"[②]当然，这一闹得沸沸扬扬的"一女二嫁"事件，最终以原告撤诉的平静结局收场。虹影长篇小说经历的版权风波及其所造成的作品修改和版本变迁，也昭示出新时期以来长篇小说版本生产的复杂性。

　　地域文化差异也会促成长篇小说的跨语境修改现象。这主要表现在新时期以来作家经常在大陆、香港、台湾出版同一部作品，由于意识

---

① 《"一女二嫁"再起波澜》：http://news.eastday.com/epublish/gb/paper7/20000623/class000700002/hwz80332.htm。
② 该案情况始末可参见金平：《本案请你裁决——〈饥饿的女儿〉"一女二嫁"侵权案追记》，《出版广角》2002年第2期。

形态和文化差异，作家在不同地域出版作品时经常会做出从结构到内容的修改，从而造成不同文化语境下的文本变异。最为明显的是意识形态不同而催生的修改和变本，比如上文分析到的《饥饿的女儿》和《K》，它们的台湾首发版中涉及的关于"大跃进"、上山下乡以及三年灾荒等的描写和议论，在大陆出版过程中，都不同程度地遭到了删改。其次是文化氛围和阅读习惯的不同，也会导致作家根据不同的文化语境进行修改，从而产生版本差异。韩少功《日夜书》跨语境的修改和出版较为典型。《日夜书》从当下回望过去，主要回溯了对作者人生和创作都有着深刻影响的知青生活和岁月。2013年上海文艺出版社出版了大陆初版本，初版通过一种拼贴式的跳转和闪回的叙述策略，讲述了知青一代人的过去和现在。初版本中没有理性的思维和线性的时间线索可以依循，散漫的、游走的叙述语言虽然在阅读上会造成一定困难，但也并不影响了解中国历史（主要是知青时代）读者的阅读和接受。但当《日夜书》即将转由台湾联经出版事业股份有限公司推出繁体新版时，作家韩少功就不得不考虑，台湾文化语境下的读者对中国当代史并不一定很熟悉，可能无法了解知青群体所处的时代环境，也就更难以把握和洞悉社会剧变过程中主要人物命运的起伏，所以作者最后对《日夜书》从结构到内容都进行了适当修改。台湾版中的叙述呈现出了一条清晰可见的时间线索，逻辑性较强，能够牵引着不甚了解中国当代史的台湾读者进入小说情境。同时，台湾版中人物出场顺序较大陆版也略有不同。比如，大陆版对马涛的叙述就采用"未见其人先闻其声"的叙述策略，而台湾版则依照中国常见的熟人相识的逻辑关系交代了马涛的出场，等等。韩少功在台湾版《日夜书》中把大陆版跳跃和闪回的结构，逐步梳理成为依据时间和空间发展的线性结构，这使得《日夜书》的可读性与可理解性大大增强。所以，读者的知识储备和文化背景，也会成为作家对文本进行删改的重要动因，《日夜书》的台湾版体现了不同地域和语境下跨文化修改的必要和可能。

新世纪以来全球化的文化语境也会反哺并促成长篇小说文本的

修改。随着新世纪后中国国际地位的提升，中国文学作为文化软实力的一部分在国际舞台上也发挥着重要影响。走向世界的文学由于脱离了地域文化环境，以更为宏观的国际视野来考察，不可避免地会对自身存在的民族主义倾向有所反思和重估。这一点上，张承志《心灵史》和姜戎《狼图腾》的改写和重构就显著地体现了这种变化。作家对《心灵史》的修改，源自对当下强调国际竞争时代语境的深切体验，以往较为片面地宣扬民族内部矛盾，这样对国家安定团结和民族共生是不利的，也会违背新时代语境下鼓励多民族共同前进和发展的愿景。所以有研究者认为，"在《心灵史》出版后，张承志没有停止自己对哲合忍耶的关注，而是继续搜集相关资料，走访各地教坊，并结合自己在这一时期获得的全新视野，重新思考哲合忍耶的意义，花费3年多的时间完成了对《心灵史》的大幅度修改，最终于2012年推出了改定版《心灵史》（以下简称改定版）。如果说《心灵史》初版本集中表现了张承志于八九十年代之交，对哲合忍耶在历史上遭遇的磨难、压迫与不公的思考，那么这部作品的改定版则是在中国崛起、经济全球化、宗教极端主义甚嚣尘上等历史语境下，对哲合忍耶的价值进行反思"。[1]因此，新世纪以来中国文学的版本研究，也必须关注世界语境下的民族主义倾向问题，这也是文本变迁的重要原因之一。

总之，新时期以来的长篇小说已经出现了修改频繁、修改量大且修改动因复杂的客观事实，对这些因修改而产生不同版本的重要作品，及时进行版本源流考证、异文汇校整理以及文本演变的分析研究，不仅具有独立的学术价值，更应成为整个当代文学研究的重要环节和支撑工作。

---

[1] 李松睿：《"自我批评与正义继承的道路"——新旧版〈心灵史〉对读》，《现代中文学刊》2018年第3期。

第十二章

新时期以来长篇小说版本批评的学术价值

新时期以来的文学，尤其是重要长篇小说，是当代中国最为活跃的文化因子之一，也是国际交往中提升文化自信、振奋民族精神的重要载体。其持续不断的海外传播及成效，更是我国综合国力提升在文化、文学方面的体现。新时期长篇小说已经出现修改频繁、修改量大且修改动因复杂的客观事实，其版本生产与实践已经成为亟待引起重视的学术现象。对这些因修改而产生不同版本的重要作品，及时进行版本源流考证、异文汇校整理及文本演变研究，理应成为当代文学研究的重要环节和支撑工作，具有独立的学术价值。

第一节　推动当代文本文献校勘与整理

不可否认，研究新时期长篇小说的修改与版本问题首先需克服一些实际困难。因为当代文学，尤其是新时期以来的文学还未定型，作家大多健在，其作品还未最终定稿，而且文本汇校和整理工作量大。如果将汇校的异文成果出版成汇校本，作家不一定支持，已故作家的家属也不一定理解。但是中外版本学、校勘学已有悠久的历史，其成果是很多领域展开进一步研究的基础；20世纪八九十年代中国现代文学转向史料研究以来，学界持续不断地对新文学版本进行发掘、整理和研究，取得丰硕成果；新时期文学中也具有较多的作品修改现象和不同版本大量存在的事实。包括新时期在内的当代文学文本整理工作的实践价值和学术价值潜力巨大，值得我们抓紧时间去做。

从事版本批评的基础性工作就是开展不同版本间的异文汇校，并对所汇校异文进行归类整理和分析。新时期长篇小说版本批评工作的一个基本目标，就是希望以校读记或汇校本形式分类呈现大量修改异文。这些异文大多是深藏于同一作品不同版本中未曾揭示的文本"秘密"，以版本批评作为问题和方法，对新时期长篇小说进行文本细读或重读的汇校实践，能为开展作家或作品研究提供新的一手异文资料。异文汇校实质上就是文本整理和校勘过程，传统古籍整理其实也是以文本整理为主，构成了传统文献学研究的重要内容。对于现代文学文本的整理，学者王风根据现代文本独立属性并结合自身《废名集》编校经验，专门提出了"现代文本文献学"[①]问题。尽管相对于古籍整理而言，现代文学文本的整理工作还没有得到大规模清理和开展，"现代文本文献学"作为现代文学史料学的分支也并未完整构建，但现代文学文本整理伴随着作家作品及其经典化研究也出现了一批代表性成果，《〈鲁迅全集〉校读记》《〈女神〉汇校本》《〈文艺论集〉汇校本》《〈棠棣之花〉汇校本》《〈死水微澜〉汇校本》《〈围城〉汇校本》《边城（汇校本）》《穆旦诗编年汇校》等是其中的代表。随着现代文学文献学学科构建的呼吁，相信现代文学文本整理工作会逐步推进。相较于现代文学文本整理工作的启动和推进，当代文学文本校勘和整理工作目前却少有公开出版成果，仅有龚明德《〈太阳照在桑干河上〉修改笺评》一书可算此例。此外作家柳青后人刘芳芳女士已完成《创业史》汇校，2018年第2期《现代中文学刊》已刊出署名文章《〈创业史〉汇校本说明》，并附《〈创业史〉第一部第三十章汇校》案例，相信《〈创业史〉汇校本》也会很快出版。但新时期文学文本校勘和整理问题鲜有学人涉足，包括长篇小说在内的文学汇校本或校读记成果更是未见公开出版成果。新时期长篇小说，尤其是重要作家作品的版本汇校与文本整理，已经成了亟待引起重视的学术实践问题。当下很多作家不太重视手稿或修改稿留存，出版机构也忽

[①] 王风：《现代文本的文献学问题——有关〈废名集〉整理的文与言》，《中国现代文学研究丛刊》2004年第3期。

略初版本档案保管，甚至进入网络时代后电子初稿本早已消失难觅，不同版本搜集和文本整理工作很难完整进行，版本汇校亟待开展。新时期重要作家作品的版本演变也主要不是限于个别文字歧义，更多涉及人物形象延续、增加或者重新塑造，情节、命运改写，作家创作态度、立场变化等。对这些新时期文学文本进行汇校和整理，其成果既可以成为学术研究的一手异文资料，又能让研究者进一步探讨不同文本修改与评奖机制、市场运作、商业因素、地域文化、体制干预、网络媒介以及作家自我艺术完善动因之间的复杂关系。如果能在作品确定定稿后出版汇校本（或者是校读记），就能为专家学者或普通读者提供易于流传和共享使用的文本文献资源。对新时期长篇小说开展必要的版本批评，首先就要重视对包括新时期文学在内的当代文本进行文献校勘、整理。而且，这种汇异性校勘，还关涉一些核心理论和操作问题，如底本及校本选择，作者意图、作者权威，以及结合异文研究版本演变的特征、规律和核心现象，尤其是网络媒介变化带来的版本新变问题等，这些都具有重要的学术价值。

第二节 丰富当代文学研究的问题与方法

从历史来看，中国古籍版本学和西方现代校勘学之所以能发展为比较成熟的文本整理的学问，固然与中外历史上文学先贤创作并流传下来的经典文本有关，这些文本值得研究和传播，但另一个不可忽视的因素是因为时间久远和传播流散，不同时段或特殊时代的经典版本已很难或无从查考。因为稀缺可能造成文脉的断裂，所以很多经典古籍的版本研究都是在一种抢救性、修复性的背景下完成的。如今很多经典古籍版本已成绝响。随着时间推移，很多新文学作品版本也难觅踪迹以致无法准确梳理考证。而以同时代人身份考证新时期重要长篇小说的版本变迁，不仅因时间靠近易于获取资料，也是由于版本研究本身可成为一种文学批评的视角和方法，更为重要的是，还能为经典作品在后世的传播积累准确的版本资料。若待新时期长篇小说将来成为"古籍"后才意识到其版本价值，再进行文本汇校、整理和研究，可能会更费时费力，效果也不一定比当下从事这项工作更好。

从当下来看，新时期文学中重要作家的作品，尤其是长篇小说存在不同版本已成为一个显在的文学现象，也造成了作品版本难以搜集和辨认的难题。如张洁的《沉重的翅膀》有四个不同版本，陈忠实的《白鹿原》包括手稿本也有五个版本，麦家的《暗算》有六个不同版本，金宇澄的《繁花》短短四五年间也出了四个不同版本，而张扬的《第二次握手》正式出版的就有三个不同版本，加上手抄本的话，有近十个不同版本。普通读者肯定大多不知道这些重要作家作品的版本差异，专业读者或研究人员也未必都能厘清这些研究对象的版本源流和文本变化。而这些差异和变化又都不是无关紧要的小修小改。从内容上说，不同版本的篇幅差距最大的达二三十万字之多，而上万字甚至几万字的差异则比比皆是，而且很多修改异文都是涉及作家创作心理、反映作品思想艺术特征、体现时代社会变迁的重要信息和资料，具有重要的学术研究价值。

而在当代文学研究领域，文学批评或曰文学评论一直占据主导地位，它因贴近文学现场而容易引起学术关注，过去在方法选择上更倾向于引进、吸收和移植西方各种现代主义或后现代主义文学观念，以此作为解读本土文学的思想资源。但近来这种"向西方看齐"的方法选择却逐渐陷入理论先行或过度阐释的怪圈而受人诟病。鉴于此，越来越多学者呼吁"文学批评回到文学本体"。① 出于对理论与批评正离文学越来越远的担忧和顾虑，陈晓明、程光炜、陈思和等颇负盛名的批评家开始反思过往的批评方法和风气，重新开始强调文本和文本细读的重要性。版本批评作为一种借鉴融合了中国古籍版本学、西方现

---

① 2016年《文艺报》曾开设"回到文学本体"系列笔谈，在"笔谈之八"中主持人何平曾指出"文学批评回到文学本体"的重要理论及实践意义。参见刘艳：《文本细读：回到文学本体》，《文艺报》2016年7月27日。

代校勘学，乃至现代文学"新书版本学"所倡导之学术资源的批评方法与范式，理应受到关注。首先，它紧扣作品本身，以个案方式考证大量新时期重要长篇小说创作、发表、出版及再版（甚至定稿）全过程。比如要弄清张扬《第二次握手》的版本源流，就要先考证从1963年《浪花》到1974年《归来》五版手抄本出版前史，进而才能对比理清从定名《第二次握手》后的初版本（1979年）到重写本（2006年），再到终极版（2012年）的版本谱系及其流变。这样才能理清准经典作品诞生、修改及成长（或衰退）的历史背景与史实。其次，它将批评或评论的对象聚焦于不同文本的异文，严格意义上说，只有多版本间文本异文才是版本批评的直接对象。而这些深藏于不同文本深处的异文的发现和呈现，则有赖于作为一种文本细读之法的版本汇校。这些异文甚至还能廓清过往作品研究误区，矫正过度阐释现象。如《白鹿原》中对小娥与黑娃及鹿子霖间的性描写，初刊本中删去了很多细节叙述，虽然达到了编者所要求的稍显含蓄和委婉的效果，但与作者在原初手稿中所要呈现的，小娥作为一个敢爱敢恨敢为的女性形象的本来意图并不相符，所以不同版本异文对于人物形象塑造和性格阐释是有差异的。再次，版本批评还将研究视域转向多版本间的文本演变。大幅修改后的作品多会产生文本变异，从而与作者意图文本间出现微妙裂隙。比如张洁《沉重的翅膀》在描述改革派郑子云和保守派田守诚的最后较量中，初刊本最后呈现的是悲剧结局，而到初版本则留了一个光明的尾巴，再到修订本时田守诚呈现出明显的沮丧之气，显然保守派力量越来越弱。其实改革派的最后悲剧结局实乃作家之本意，只是后来在外界严厉的批评之下，作家不得不做出妥协修改。只有综合了解了作品不同版本的修改情况，才能理清作品的文本演变。

总之，无论是微观层面的作品版本个案研究，还是宏观层面的影响因素、核心现象、特征规律及文本演变的总结阐释，版本批评将当代文学过往研究集中于对作品主题、文本内容分析与创作手法等的揭示，转向作家修改或作品重写并再版的版（文）本研究，进一步丰富了当代文学研究的问题与方法。

第三节　促进文学批评与文学史叙述的精准化

　　新时期重要作家作品的版本汇校与文本演变研究，还能为历史化文学批评或文学史写作提供可靠的史料信息。这里所说的历史化文学批评是相对于现场文学批评而言的，而文本汇校、整理与文学批评紧密关联，其指向的也是历史化文学批评。考证并梳理某部长篇小说版本修改及思想流变史实后，会发现不同版本其实有不同的文本内蕴，我们对其进行历史化文学批评时，自然也就应该指向特定的版本。当一部作品刚刚在杂志初刊或出版社初版时，现场文学批评其版本所指自然很明确，这个时候文学批评并不涉及作品版本及其文本整理。但当作品因各种原因有了众多修改本时，在或长或短的历史化语境中，批评指涉的版本问题就会出现。"要么版本笼统所指，就是从众多版本中任选一个版本以此统指作品；要么版本互串，将一部作品某个版本阅读印象强加于另一版本，这种现象严重影响了文学批评的严谨性。"[①]20世纪90年代人文精神大讨论中，有人苛责张承志有文化冒险主义与虚伪的"高雅文化"倾向，甚至指责《心灵史》阐释的"人文精神"是一种极端的宗教情绪。[②]显然这样的批评指向《心灵史》初版本是合适的，却不能用于改定版。《心灵史》改定版呈现的效果与初版本相去甚远，从初版本到改定版，《心灵史》也逐渐由激扬锐气走向了沉潜与理性。此外，绝大多数文学史在评价某部作品前，几乎都没有对具有文本差异的作品进行版本变迁史叙述，更谈不上对一部小说不同版本做具体论析，这样不仅可能评价失当，而且使一些当代文学经典作品的传播产生接受误区。如当前主流的文学史叙述大多未

---

① 罗先海：《加强新时期文学的版本研究》，《中国社会科学报》2020年5月11日。
② 张颐武：《人文精神：一种文化冒险主义》，《光明日报》1995年7月5日。

理清《活着》中篇问世的历史背景，更忽略其由中篇而及长篇的版本转换历程，在文学史接受及学术传播过程中就会出现不同程度的错位与误读，甚至使余华创作转向的阐释失去史实基础。当前，一大批新时期重要长篇小说（甚至包括网络文学作品）都已经有了版本变迁事实，只是距离太近，作者、读者和研究者暂时还没有意识到其重要性。加上不少研究者学术积累中版本意识的欠缺，导致文学批评和文学史叙述过程中出现版本混乱和模糊。对此，我们应补上版本批评这一课，推动文学批评与文学史叙述的科学化和精准化。

对新时期长篇小说进行版本汇校与文本演变考察是一项有益于历史化文学批评、文学史叙述、文学经典化研究的重要工作。同时，以不同版本的修改异文为基础，还能进行作家作品的深度研究，聚焦作家修改或作品重写的学理特征、影响因素及文本变异，并探讨版本批评的当代学术价值；也可推动新时期文学研究从以往偏重于对作家作品主题、文本内容、创作手法及思潮流派等的探讨，转向对作家修改作品或作品重写并再版的版（文）本考察，从而进一步丰富当代文学研究的问题意识与方法论，具有重要的学术意义。

参考文献

一、著作类

1. 孙用编：《〈鲁迅全集〉校读记》，湖南人民出版社1982年版。
2. 龚明德：《〈太阳照在桑干河上〉修改笺评》，湖南人民出版社1984年版。
3. 阎　纲：《文坛徜徉录》，人民文学出版社1984年版。
4. 朱金顺：《新文学资料引论》，北京语言学院出版社1986年版。
5. 朱金顺：《新文学考据举隅》，中国文史出版社1990年版。
6. 陈美兰：《中国当代长篇小说创作论》，上海文艺出版社1991年版。
7. 李　频：《龙世辉的编辑生涯——从〈林海雪原〉到〈芙蓉镇〉的编审历程》，河南大学出版社1992年版。
8. 沈展云、梁以墀、李行远编：《中国知识分子悲欢录》，花城出版社1993年版。
9. 阳海清编：《版本学研究论文选集》，书目文献出版社1995年版。
10. 陈　垣：《校勘学释例》，上海书店出版社1997年版。
11. 唐　弢：《晦庵书话》，生活·读书·新知三联书店1998年版。
12. 韦君宜：《思痛录》，北京十月文艺出版社1998年版。
13. 张光年：《文坛回春纪事》，海天出版社1998年版。
14. 陈思和、虞静：《艺海双桨：名作家与名编辑》，山东画报出版社1999年版。
15. 张志忠：《当代长篇小说论略》，解放军文艺出版社2000年版。
16. 何启治：《文学编辑四十年》，人民文学出版社2001年版。
17. 张　英：《文学的力量》，民族出版社2001年版。
18. 姜德明：《新文学版本》（插图珍藏本），江苏古籍出版社2002年版。
19. 张首映：《西方二十世纪文论史》，北京大学出版社2002年版。
20. 贺仲明：《中国心像：20世纪末作家文化心态考察》，中央编译出版社2002年版。

21. 龚明德：《昨日书香》，东南大学出版社2002年版。
22. 王宗芳、孙伟红：《现代文学版本学》，珠海出版社2002年版。
23. 杨　义：《重绘中国文学地图》，中国社会科学出版社2003年版。
24. 陈漱渝主编：《鲁迅版本书话》，北京图书馆出版社2004年版。
25. 金宏宇：《中国现代长篇小说名著版本校评》，人民文学出版社2004年版。
26. 黄忠顺：《长篇小说的诗学观察》，华中师范大学出版社2004年版。
27. 宋应离、袁喜生、刘小敏编：《20世纪中国著名编辑出版家研究资料汇辑》第9辑，河南大学出版社2005年版。
28. 董健、丁帆、王彬彬：《中国当代文学史新稿》，人民文学出版社2005年版。
29. 唐文一、沐定胜：《消逝的风景——新文学版本录》，山东画报出版社2005年版。
30. 方长安：《对话与20世纪中国文学》，湖北人民出版社2005年版。
31. 张光芒：《中国当代文学启蒙思潮论》，生活·读书·新知三联书店2006年版。
32. 朱国华：《文学与权力——文学合法性的批判性考察》，华东师范大学出版社2006年版。
33. 金宏宇：《新文学的版本批评》，武汉大学出版社2007年版。
34. 王本朝：《中国当代文学制度研究》，新星出版社2007年版。
35. 陈永志：《〈女神〉校释》，华东师范大学出版社2008年版。
36. 解志熙：《考文叙事录》，中华书局2009年版。
37. 苏杰编译：《西方校勘学论著选》，上海人民出版社2009年版。
38. 於可训：《对话著名作家》，河南文艺出版社2009年版。
39. 谢有顺：《被忽视的精神：中国当代长篇小说的一种读法》，吉林出版集团2009年版。
40. 叶立文：《"误读"的方法：新时期初西方现代主义文学的传播与接受》，中国社会科学出版社2009年版。
41. 金宏宇、曹青山汇校：《边城（汇校本）》，长江文艺出版社2009年版。
42. 范国英：《茅盾文学奖的文学制度研究》，中国社会科学出版社2009年版。
43. 谢　泳：《中国现代文学史研究法》，广西师范大学出版社2010年版。
44. 程光炜：《当代文学的"历史化"》，北京大学出版社2011年版。
45. 昌　切：《众声喧哗与对话批评》，武汉大学出版社2011年版。

46. 王　斌：《活着·张艺谋》，人民文学出版社2011年版。
47. 张　均：《中国当代文学制度研究（1949—1976）》，北京大学出版社2011年版。
48. 任东华：《茅盾文学奖研究》，中国社会科学出版社2011年版。
49. 张清华：《中国当代文学中的历史叙事》，北京大学出版社2012年版。
50. 李遇春：《西部作家精神档案》，商务印书馆2012年版。
51. 陈国恩：《学科观念与文学史建构》，中国社会科学出版社2012年版。
52. 樊　星：《当代文学与国民性研究》，中国社会科学出版社2012年版。
53. 吴义勤：《文学制度改革与中国新时期文学》，文化艺术出版社2013年版。
54. 王　尧：《作为问题的八十年代》，生活·读书·新知三联书店2013年版。
55. 龚奎林：《"故事"的多重讲述与文艺化大众："十七年"长篇战争小说的文本发生学现象》，社会科学文献出版社2013年版。
56. 夏志清：《中国现代小说史》，刘绍铭等译，广西师范大学出版社2014年版。
57. 金宏宇：《文本周边——中国现代文学副文本研究》，武汉大学出版社2014年版。
58. 黄发有：《中国当代文学传媒研究》，人民文学出版社2014年版。
59. 赵普光：《书话与现代中国文学》，人民出版社2014年版。
60. 龚明德：《旧日文事》，上海辞书出版社2015年版。
61. 陈晓明：《中国当代文学主潮》（修订版），北京大学出版社2015年版。
62. 洪子诚：《问题与方法——中国当代文学史研究讲稿》（增订版），生活·读书·新知三联书店2015年版。
63. 刘增杰：《发现与阐释——现代文学史料知见录》，中国社会科学出版社2015年版。
64. 吴　俊：《文学批评的向度》，人民文学出版社2015年版。
65. 汪兆骞：《往事流光：见证文学的光荣年代》，重庆出版社2015年版。
66. 陈　墨：《版本金庸》，海豚出版社2015年版。
67. 刘运峰：《版本·文本·故实：中国现代文学与传播论丛》，南开大学出版社2015年版。
68. 姜德明：《余时书话》，复旦大学出版社2016年版。
69. 何启治：《朝内166：我亲历的当代文学》，人民文学出版社2016年版。
70. 吴秀明：《中国当代文学史料问题研究》，中国社会科学出版社2016年版。

71. 陈思广等:《中国现代长篇小说的传播与接受研究》,中国文联出版社2016年版。

72. 洪子诚:《读作品记》,北京大学出版社2017年版。

73. 王春林:《新世纪长篇小说观察》,中国书籍出版社2018年版。

74. 朱金顺:《新文学版本杂谈》,青岛出版社2019年版。

75. 易　彬:《穆旦诗编年汇校》,北京大学出版社2019年版。

76. 陈子善:《中国现代文学文献学十讲》,复旦大学出版社2020年版。

77. 易　彬:《文献与问题:中国现代文学文献研究论衡》,社会科学文献出版社2020年版。

78. 金宏宇:《中国现代文学史料批判的理论与方法》,社会科学文献出版社2021年版。

79. 张元珂:《中国新文学版本研究》,中国言实出版社2022年版。

80. 王　尧:《"新时期文学"口述史》,生活·读书·新知三联书店2024年版。

81. [瑞士]沃尔夫冈·凯塞尔:《语言的艺术作品》,陈铨译,上海译文出版社1984年版。

82. [意]艾柯等:《诠释与过度诠释》,王宇根译,生活·读书·新知三联书店1997年版。

83. [法]让-伊夫·塔迪埃:《20世纪的文学批评》,史忠义译,百花文艺出版社1998年版。

84. [法]热拉尔·热奈特:《热奈特论文集》,史忠义译,百花文艺出版社2001年版。

85. [美]斯文·伯克茨:《读书的挽歌——从纸质书到电子书》,吕世生、杨翠英、高红岭译,中国对外翻译出版公司2001年版。

86. [美]萨义德:《知识分子论》,单德兴译,生活·读书·新知三联书店2002年版。

87. [美]勒内·韦勒克、奥斯汀·沃伦:《文学理论》,刘象愚译,江苏教育出版社2005年版。

88. [法]皮埃尔-马克·德比亚齐:《文本发生学》,汪秀华译,天津人民出版社2005年版。

89. [加]马歇尔·麦克卢汉:《理解媒介:论人的延伸》,何道宽译,译林出版社2011年版。

参考文献　351

二、论文类

1. 赵康太：《现代文学研究中的版本问题》，《文学评论》1983年第6期。
2. 朱金顺：《试谈新文学的校勘问题——〈新文学资料引论〉之一章》，《中国现代文学研究丛刊》1985年第4期。
3. 顾绶昌：《莎士比亚的版本问题》，《外国文学研究》1986年第1期。
4. 樊　骏：《这是一项宏大的系统工程——关于中国现代文学史料工作的总体考察》（上、中、下），《新文学史料》1989年第1、2、4期。
5. 陈思和：《为新文学校勘工作说几句》，《文汇报》1993年9月18日。
6. 龚明德：《浅谈文学名著汇校本》，《中国文化研究》1994年第2期。
7. 王福湘：《几部经典文本的修改与当代文学的版本问题》，《海南师范大学学报（社会科学版）》1998年第2期。
8. 冯寿农：《法国文学渊源批评：对"前文本"的考古》，《外国文学研究》2001年第4期。
9. 刘福春：《20世纪新诗史料工作述评》，《中国现代文学研究丛刊》2002年第3期。
10. 朱金顺：《也谈几部名著的版本》，《中华读书报》2002年10月30日。
11. 杨　义：《五十年代作家对旧作的修改》，《中国现代文学研究丛刊》2003年第2期。
12. 金宏宇：《论中国现代长篇小说的修改本》，《文学评论》2003年第5期。
13. 黄发有：《中国当代文学的版本问题》，《文艺评论》2004年第5期。
14. 王　风：《现代文本的文献学问题——有关〈废名集〉整理的文与言》，《中国现代文学研究丛刊》2004年第3期。
15. 金宏宇：《新文学研究的版本意识》，《文艺研究》2005年第12期。
16. 王得后：《中国现代文学作品的汇校和校记问题》，《中国现代文学研究丛刊》2005年第2期。
17. 吴秀明、赵卫东：《应当重视当代文学史料建设——兼谈当代文学史写作中的史料运用问题》，《中国现代文学研究丛刊》2005年第5期。
18. 陈国恩、孙霞：《〈萧萧〉、〈丈夫〉、〈三三〉、〈贵生〉的版本问题》，《中山大学学报（社会科学版）》2006年第5期。
19. 谢有顺：《重申长篇小说的写作常识》，《当代作家评论》2006年第1期。

20. 刘世德：《关于小说版本和古今贯通研究的随感》，《文学遗产》2006年第2期。
21. 陈国和：《文学与政治之间——关于〈创业史〉的修改》，《广西社会科学》2007年第10期。
22. 谢 泳：《建立中国现代文学史料学的构想》，《文艺争鸣》2008年第7期。
23. 黄开发、李今：《新文学初版本寻访记》，《中国图书评论》2009年第1期。
24. 金宏宇、杭泰斌：《中国现代文学的汇校本问题》，《中国现代文学研究丛刊》2010年第6期。
25. 高 玉：《金庸武侠小说版本考论》，《武汉理工大学学报（社会科学版）》2010年第1期。
26. 张丽军：《文学评奖与新时期文学经典化》，《南方文坛》2010年第5期。
27. 龚奎林、黄梅：《"十七年"小说版本修改的原因考察》，《井冈山大学学报（社会科学版）》2010年第1期。
28. 王 尧：《〈第二次握手〉：手抄本与定稿本》，《小说评论》2011年第1期。
29. 洪子诚：《丙崽生长记——韩少功〈爸爸爸〉的阅读和修改》，《中国现代文学研究丛刊》2012年第12期。
30. 陈建军：《〈桥〉版本摭谈》，《新文学史料》2012年第1期。
31. 吴秀明、章涛：《赓续与建构：当代文学史版本及修改有限性问题》，《文艺理论研究》2013年第6期。
32. 刘 巍：《当代长篇小说作品封面的图像表达与功能变迁》，《文艺争鸣》2013年第7期。
33. 章海宁：《〈呼兰河传〉校订记》，《现代中文学刊》2013年第5期。
34. 李城希：《1949年之后中国现代长篇小说修改的困境及影响——以茅盾及〈子夜〉的修改为中心》，《文学评论》2013年第3期。
35. 杨洪承：《中国现当代文学史料的角度和史识问题——以作家全集的编纂为例》，《文艺研究》2014年第7期。
36. 黄发有：《"历史"的版本：评叶兆言的〈很久以来〉或〈驰向黑夜的女人〉》，《当代作家评论》2015年第1期。
37. 龚明德：《鲁迅〈野草〉文本勘订四例》，《中华读书报》2015年11月11日。
38. 沈杏培：《沿途的秘密：毕飞宇小说的修改现象和版本问题》，《文艺研究》2015年第6期。

39. 朱金顺：《新文学考据杂谈》，《中国现代文学研究丛刊》2016年第9期。
40. 赵卫东：《略论当代文学的版本问题及其处理原则》，《汉语言文学研究》2016年第3期。
41. 雷　鸣：《读者意识与新世纪长篇小说的话语症候》，《首都师范大学学报》2016年第3期。
42. 张元珂：《〈尝试集〉的版本谱系》，《文艺报》2016年4月22日。
43. 易彬：《汇校法与现代文学文本的整理》，《长沙理工大学学报（社会科学版）》2016年第6期。
44. 金宏宇：《中国现代文学校勘实践与理论建构》，《中国现代文学研究丛刊》2017年第3期。
45. 郜元宝：《中国现当代文学研究的史学化趋势》，《中国现代文学研究丛刊》2017年第2期。
46. 彭林祥：《〈湘行散记〉的版本批评》，《中山大学学报（社会科学版）》2018年第4期。
47. 张丽华：《通向文化史的现代文本文献学——以鲁迅〈随感录〉〈新青年〉刊本与北新书局〈热风〉本的校读为例》，《文学评论》2018年第1期。
48. 项　静：《当代文学中的"修改"与作家的主体意识——以韩少功为例》，《文学评论》2020年第3期。
49. 张　均：《转换与运用：本事批评与中国现当代文学》，《中国社会科学》2021年第1期。
50. 段美乔：《建构独立的现当代文学版本文献学》，《中国社会科学报》2021年12月27日。
51. 黄发有：《文学编辑的文学史意义——以中国现当代文学为中心》，《中国社会科学》2022年第12期。
52. 段美乔：《版本谱系：作为文学批评和文学史研究的方法——以〈日出〉版本谱系的建立为例》，《文学评论》2022年第1期。
53. 张　均：《关于当代文学史料发掘与研究若干问题的反思》，《文学评论》2024年第5期。

后　记

　　本书由我在博士论文的基础上修订而成。犹记当年，与博士生导师金宏宇教授商定毕业论文选题之际，金老师便提出，撰写博士论文要"做好做深，力求日后成为该领域他人研究无法回避的资料与成果"。如今看来，我虽与此期望尚有较大差距，但借博士论文撰写之机，首次对新时期长篇小说的版本与修改问题展开系统的搜集、考证、汇校及整理研究，这一过程为我开启了一扇通往新时期文学尤其是长篇小说研究的崭新大门。通过异文汇校，我发现并洞悉了诸多深藏于不同版本中的文本演化秘密，这些文本的修改与变化大多属首次揭示。所汇校的异文为版本演变研究提供了极具说服力的证据，成为本书论述的关键材料与有力支撑。长篇小说的异文汇校工作耗时费力，若不是当年撰写博士论文的压力驱使，仅靠耐得住寂寞的精神，实难完成这一研究课题。在此，我首先要衷心感谢包容并鞭策我的博士生导师金宏宇教授。回顾读博的前两年学习生活，金老师多次为我精心修改稿件，有一篇论文甚至修改了四五次之多，我至今仍保留着那些修改的手稿。正是在这一次次的修改过程中，我逐渐学会了如何优化文章结构。我在学术成长道路上取得的点滴进步，都与金老师这种潜移默化的鞭策和影响紧密相连。

　　衷心感谢何奎先生的包容与接纳，让本书有幸与生活·读书·新知三联书店结下缘分。三联书店堪称拥有近百年历史的出版"老店"，选书、出书皆品位高雅，在人文社科图书领域尤为出色，承载着百年中国丰富的历史记忆与深厚的文化传承。我的博士论文原拟标题为

《新时期以来长篇小说名作异文汇校与文本演变研究》，与本书责任编辑柯琳芳女士经过多轮探讨后，最终将书名确定为《小说变形记：新时期长篇小说版本变迁》。我们一致认为这个书名既贴合内容，又显得轻松平实。柯琳芳女士从编辑出版的专业视角，在书名敲定以及书稿编辑等方面，提出了众多有价值的专业意见。在此，我向令人敬重的三联书店及有缘结识的三联朋友们，致以最诚挚、最衷心的感谢！

本书部分研究成果，曾先后刊发于《文学评论》《文艺理论研究》《当代作家评论》《小说评论》《中国文学研究》《贵州师范大学学报（社会科学版）》《扬子江文学评论》《中国社会科学报》等权威学术刊物与报纸。这些学术文章陆续问世，不仅承载着我的研究心血，更汇聚了众多师友的鼓励与支持，成为我在这一领域持续深耕、不断前行的强大动力。也正是得益于前期这些积累，才有了本书今天得以出版的机会。在博士论文从撰写、盲审、答辩直至修改成书的漫长历程中，我得到过数位专家的悉心指导与热情鼓励。犹记得一位盲评专家的意见，寥寥数语，却戳中了我久藏于心的辛酸苦楚，当然更有辛劳付出之后的收获与喜悦，我愿在此将这份独特的经历，与各位读者一同分享："版本比较和异文汇校，这是一项烦琐、耗时且费力的工作，需要付出极大的耐心和细致入微的注意力，对于愿意投身这一事业的研究人员，应该保有尊重和敬意。从前这项工作为古典文学研究尤其是古代文献学研究独享，今人发觉当代文学的版本学也是一座富矿，里面埋藏了丰富的当代政治史、社会史、制度史、出版史、情感史和文学史信息。该著作就是在做这样的开矿工作，它对于《第二次握手》《沉重的翅膀》等当代长篇小说的版本变化所做的比较研究，掌握资料翔实准确，肯下死功夫，相信是有意义的。这项研究的另一个特点就是需要积累，需要一个个研究者的工作积累，需要有制度和经费的持续支持，才能小溪汇聚成大河，取得阶段性的成效……"

学术研究非一人、一代之力可竟全功，而是需要一代又一代研究者接力奋进。人文社科学术研究又大多不近商业和市场，所以需要有基础研究的制度保障，二者兼备，方有汇小溪以成大河之可能。回首往昔，2004年5月，导师金宏宇教授在博士论文基础之上正式出版《中国现代长篇小说名著版本校评》，书中正式提出"版本批评"概念，作为构建一种新的版本学或新的文学版本学的理论与方法，开始成规模地介入中国现代长篇小说版本研究。时光荏苒，一晃来到写作后记的2024年，整整20载春秋已逝。作为老师的一名普通学生，才以"版本批评"作为问题和方法，延伸至当代文学，尤其是新时期以来的长篇小说版本研究。贯通研究中国现当代文学的版本与修改问题，延续了师生两代人整整20年时间，遂对盲评专家之意见感触良多。令人欣喜的是，近日听闻由导师主持的国家社科基金重大项目进入结题阶段，相信不久的将来会有更多现当代文学版本问题研究成果正式出版，届时真会形成一幅汇小溪成大河蔚为壮观的学术景象。

最后还想借此机会对相关情况做些说明。本书认为并非新时期所有作家都可纳入版本学考察范围，也并非某个作家所有作品都可作为版本研究对象。只有某位作家的某部作品确实经历重大修改，且修改背后关涉丰富的当代社会史、制度史和文学史信息，并能借由作品版本差异拓展到对版本的时代特色、文化印记和意义变化的研究，方能纳入本书版本研究个案中。本书选定《第二次握手》《沉重的翅膀》等几部长篇小说重点考察，就是依据以上因素综合考量的结果。书中版本个案主要按其初刊本或初版本面世时间先后来排序，兼及20世纪80年代、90年代及新世纪以后三个主要时段的代表性长篇小说。本书整体框架呈现为学术问题提出（引言）—学术现象梳理（第一章）—个案研究阐释（第二至十章）—学理总结提升（第十一、十二章），从而力图使书稿结构更合逻辑，更趋完整。

行文至此处，我留意到一个饶有趣味的现象。身为从事文学版本研究的工作者，未曾料到本书竟是基于自己博士论文大幅修改而成的"新版本"。自博士论文完成答辩至今，刚好过去五年。这期间，既有我主动从理论、资源、路径等维度深入展开学理探究后所做的修改，也有因种种其他缘由而不得不进行的被动删减；既有在文本框架结构上十分明显的重大调整，也有文本中那些细微到难以察觉的局部增添、删改与润色。细究背后原因，社会文化、学术制度、艺术追求，乃至我自身的主观心态等诸多因素，均对这一"新版本"的诞生施加了影响。

  刹那间，我仿若拉近了与本书所涉及的那些作家修改作品时的心理距离，生出一种"喜你所喜，忧你所忧，乐你所乐"般穿越时空的共情与同理心。我想，这或许就是研究者与研究对象之间达成的一种互动理解关系吧。

罗先海

2024年12月25日于湖南大学二院楼